Nora Roberts

Sternenfunken

Roman

Deutsch von Uta Hege

blanvalet

Die Originalausgabe erschien 2016
unter dem Titel »Bay of Sighs« bei Berkley, an imprint of Penguin
Random House LLC, New York.

Der Verlag weist ausdrücklich darauf hin, dass im Text
enthaltene externe Links vom Verlag nur bis zum Zeitpunkt
der Buchveröffentlichung eingesehen werden konnten.
Auf spätere Veränderungen hat der Verlag keinerlei Einfluss.
Eine Haftung des Verlags ist daher ausgeschlossen.

Verlagsgruppe Random House FSC® N001967

1. Auflage
Copyright © der Originalausgabe 2016 by Nora Roberts
Published by arrangement with Eleanor Wilder
Dieses Werk wurde vermittelt durch die Literarische Agentur
Thomas Schlück GmbH, 30827 Garbsen
Copyright © der deutschsprachigen Ausgabe 2017
by Blanvalet Verlag in der Verlagsgruppe Random House GmbH,
Neumarkter Str. 28, 81673 München
Redaktion: Angela Kuepper
Umschlaggestaltung und -motiv: © Johannes Wiebel | punchdesign,
unter Verwendung von Motiven von Shutterstock.com
Satz: Uhl + Massopust, Aalen
Druck und Bindung: GGP Media GmbH, Pößneck
LH · Herstellung: sam
Printed in Germany
ISBN: 978-3-7341-0340-7

www.blanvalet.de

Für meine Enkelkinder,
die für mich der größte Zauber und die größten Wunder sind

Mein Herz ist wie ein singender Vogel,
dessen Nest gebaut an rauschendes Wehr.
Mein Herz ist wie ein Apfelbaum,
mit Ästen hangend von Früchten schwer…

Christina Rossetti

Den Mutigen hilft das Glück.

Terenz

Prolog

Die Geschichte war uralt. Sie war über die Jahrtausende hinweg so oft erzählt und vorgesungen worden, bis sie von der Zeit in den Schleier der Legende eingehüllt gewesen war. Aber manche glaubten noch immer daran, weil Legenden tröstlich waren.

Und ein paar Auserwählte wussten, dass diese den Tatsachen entsprach.

Dass in einer anderen Zeit, in einem Reich, das so alt war wie das Meer, drei Göttinnen beschlossen hatten, einer neuen Königin zu Ehren drei Sterne zu erschaffen. Einen Stern aus Feuer, einen Stern aus Wasser sowie einen Stern aus Eis, die über alle Welten hatten scheinen und die Herzen, Geister, Seelen aller hatten stärken sollen.

Als Wächterinnen aller Welten, Hüterinnen aller Gott- und Halbgottheiten, sterblichen und unsterblichen Wesen waren die drei Göttinnen des Mondes selbst Lichtgestalten, aber trotzdem kannten sie sich auch mit Krieg und Tod, mit Schlachten und Blutvergießen aus.

Und neben diesen dreien gab es eine vierte Göttin, die der Dunkelheit entsprang und deren Herz infolge ihrer unstillbaren Gier verdüstert war. Nerezza, die Mutter der Lügen, hasste diese Sterne, während sie sie gleichzeitig begehrte, und schon in der Nacht ihrer Erschaffung, während sie zum Himmel aufgestiegen waren, hatte sie den

Sternen ihre eigenen, dunklen Kräfte hinterhergeschickt und sie mit einem Fluch belegt. Eines Tages würden sie aus ihrer Laufbahn um den Mond in die Tiefe stürzen, und wenn sie sie fände, um sich ihre Kräfte anzueignen, würde das der Tod des Mondes sein. Dann würde alles Licht erlöschen, und sie selbst würde mit harter Hand über die Dunkelheit regieren.

Um die Welten vor dem grauenhaften Schicksal zu bewahren, hatten die drei Göttinnen des Monds – Celene, die Seherin, Luna, die Gütige, und Arianrhod, die Kriegerin – ihre eigene Zauberkraft zum Schutz der Sterne angewandt.

Der ohne Opfer, Mut und grenzenlose Hoffnung nicht zu leisten war.

Die Sterne waren gestürzt, das hatten sie nicht verhindern können, doch sie waren dort gelandet, wo sie niemand finden würde, bis zu einer anderen Zeit in einem anderen Reich sechs Wesen, die von ihnen abstammten, zusammenkämen, um die Suche anzugehen.

Sechs Wächter, die gemeinsam alles wagen würden, damit keiner der drei Sterne in Nerezzas böse Hände fiele.

Zur Rettung des Lichts und aller Welten würden sich die sechs vereinen, um mit allem, was sie auszeichnete, gemeinsam in die Schlacht zu ziehen.

Nachdem sich die sechs gefunden, verbündet und in einer Reihe wilder Kämpfe fremdes sowie eigenes Blut vergossen hatten, bis sie auf den ersten Stern gestoßen waren, begegneten sich die Göttinnen erneut.

Sie trafen sich im fahlen Licht des Vollmonds an dem weißen Strand, an dem sie zur Geburt der Sterne frohgemut und hoffnungsfroh vereint gewesen waren.

»Sie haben Nerezza geschlagen.« Luna nahm die Schwestern bei den Händen. »Sie haben den Feuerstern gefunden und an einen Ort gebracht, an dem er unerreichbar für sie ist.«

»Sie haben ihn versteckt«, schränkte Arianrhod ein. »Und zwar sehr gut, doch unerreichbar wird er erst nach seiner endgültigen Heimkehr sein.«

»Sie haben sie besiegt«, beharrte Luna starrsinnig auf ihrer Position.

»Ja, fürs Erste haben sie sie besiegt. Sie haben tapfer gegen sie gekämpft und bei der Suche und auch in der Schlacht kein Risiko gescheut. Aber trotzdem...« Fragend wandte sie sich an Celene, die langsam mit dem Kopf nickte.

»Ich sehe noch mehr Blut, noch mehr Kämpfe, noch mehr Angst. Sie müssen sich auch weiter Dunkelheit und Zwietracht stellen, wo sie im Handumdrehen grauenhafter, immerwährender Schmerz oder ein schlimmer Tod ereilen kann.«

»Trotzdem werden sie nicht aufgeben«, erklärte Luna nachdrücklich. »Das werden sie niemals.«

»Sie haben ihren Mut bereits unter Beweis gestellt. Und Mut ist ehrlicher, wenn er mit Furcht verbunden ist. Ich zweifle nicht an ihnen, Schwester.« Arianrhod blickte auf den Mond, der über lange, lange Zeit von drei hell glitzernden Sternen angeleuchtet worden war.

»Doch genauso wenig zweifle ich Nerezzas Zorn und fortgesetzten Hunger an. Sie wird sie jagen und immer wieder zuschlagen, solange sie die Kraft dazu hat.«

»Außerdem wird sie sich noch die Unterstützung eines anderen Wesens sichern, eines Sterblichen.« Auf der glatten schwarzen Meeresoberfläche sah Celene die Schatten dessen, was vielleicht einmal die Zukunft war. »Dessen Gier zu ihrem Hunger passt. Er hat und wird auch weiterhin für Beute töten, die bei Weitem nicht so wertvoll wie die Sterne ist. Er ist wie Gift im Wein, wie ein Messer in der ausgestreckten Hand, wie ein hinter einem Lächeln sorgfältig verborgenes tödliches Gebiss. Und in Nerezzas Händen wird er eine scharfe, schnell geschwungene Waffe sein.«

»Wir müssen ihnen helfen. Wir sind uns darin einig, dass sie sich bewährt haben«, fiel Luna ihr ins Wort. »Da muss es doch wohl möglich sein, ihnen auf irgendeine Weise beizustehen.«

»Du weißt, dass das nicht geht«, rief Celene ihr in Erinnerung. »Sie müssen sämtliche Entscheidungen alleine fällen. Wir haben getan, was möglich war, doch jetzt sind sie auf sich allein gestellt.«

»Aegle ist nicht ihre Königin.«

»Ohne Aegle, ohne diesen Ort, ohne den Mond und ohne uns, die wir ihn ehren, haben sie keine Welt. Weshalb ihr eigenes, unser und das Schicksal aller jetzt in ihren Händen liegt.«

»Sie stammen von uns ab.« Arianrhod drückte tröstend Lunas Hand. »Zwar sind sie keine Gottheiten, doch sie sind mehr als Sterbliche. Jeder von ihnen hat eine ganz besondere Gabe. Und ihren Kampfesmut haben sie längst unter Beweis gestellt.«

»Und auch dass sie in der Lage sind, zu denken, zu fühlen und zu lieben.« Seufzend sah Celene die Schwestern an. »Sie haben Herz, Verstand und Mut und verfügen über Schwerter, Reißzähne und Zauberkraft. Das bedeutet, dass sie gut bewaffnet sind.«

»Also werden wir auf ihren Sieg vertrauen.« Flankiert von ihren Schwestern, richtete Luna den Blick zum Mond. »Lasst uns darauf vertrauen, dass sie unser Schutzschild sind. So wie wir die Hüterinnen aller Welten sind, sollen sie die Hüter der drei Sterne sein. Sie verkörpern Hoffnung.«

»Mut«, erklärte Arianrhod.

»Und Klugheit«, schloss Celene und zeigte lächelnd auf den bunten Strudel, der in diesem Augenblick über den Himmel zog. »Da fliegen sie an uns vorbei, durch unsere Welt bis in ein anderes Land, in dem der zweite Stern verborgen ist.«

»Und alle Gottheiten des Lichts begleiten sie auf diesem Weg«, murmelte Luna und sandte den Kämpfern ihre eigenen guten Wünsche hinterher.

1

Während eines kurzen Augenblicks, für die Dauer eines Flügelschlags, roch Annika das Meer und hörte den Gesang. Obwohl der salzige Geruch und auch die Stimmen innerhalb des Strudels aus Geschwindigkeit und Farbe fast nicht wahrzunehmen waren, schwoll ihr Herz vor lauter Liebe an.

Dann vernahm sie einen bittersüßen Seufzer und sein Echo, und in ihren Augen stiegen Tränen auf.

In ihrem Herzen paarten sich Glück und Trauer, als sie fiel. Taumelnd drehte sie sich in einer so atemlosen Geschwindigkeit um die eigene Achse, dass sie neben ihrem Glück und ihrer Trauer wilde Aufregung und einen Hauch von Angst empfand.

Das Flattern von Tausenden von Flügeln und der Wind, der ihr entgegenpeitschte, übertönten alle anderen Geräusche, und die hellen Farben, die sie eben noch umgeben hatten, wichen vollkommener Dunkelheit, als sie so plötzlich landete, dass sie vor Schreck die Luft anhielt.

Sie fürchtete, dass sie in einer tiefen, dunklen Höhle voller Spinnen und anderem ekligen Getier gelandet waren, in der etwas noch viel, viel Schlimmeres als Ungeziefer auf der Lauer lag – die schreckliche Nerezza, der sie gerade erst entkommen waren.

Doch dann bemerkte sie die Schatten, die im Licht des

Mondes lagen, spürte einen harten Körper unter sich und ein Paar Arme, das sie fest umschlungen hielt, und hätte sich, auch wenn Nerezza sich vielleicht gleich auf sie stürzen würde, liebend gern an das Wesen geschmiegt, dessen Duft sie tief in ihre Lunge einsog.

Sie empfand es als ein Wunder, als ein von den Gottheiten bewirktes Wunder, dass sein Herz so schnell und stark an ihrem Herzen schlug.

Dann bewegte er sich leicht, und eine seiner Hände glitt an ihr hinauf zu ihrem Haar und dann wieder hinab, während die andere warm auf ihrer Hüfte lag.

Jetzt schmiegte sie sich an ihn an.

»Hm.« Er legte ihr die Hände auf die Schultern, aber seine Stimme erklang so dicht an ihrem Herzen, dass sein Atem eine ihrer Brüste kitzelte. »Bist du in Ordnung? Bist du verletzt? Geht es euch allen gut?«

Sie erinnerte sich an die Freundinnen und Freunde – nicht dass sie sie je vergessen hätte, aber nie zuvor in ihrem Leben hatte sie derart intim auf einem Mann gelegen –, doch auf diesem Mann, auf Sawyer, lag sie ausgesprochen gern.

Sie hörte Knurren, Stöhnen, ein paar Flüche, bevor Doyle verärgert »Leck mich« raunzte, was, wie sie inzwischen wusste, keine Einladung zur Paarung, sondern ein beliebter Fluch unter den Menschen war.

Trotzdem war sie nicht besorgt um Doyle, weil er schließlich unsterblich war.

»Ach, halt die Klappe«, meinte Bran, der ein paar Meter weiter lag. »Sind alle da? Ich habe Sasha hier bei mir. Riley?«

»Wahnsinn!«, stieß die junge Frau begeistert aus. »Was für ein Flug!«

»Den du mit deinem Knie in meinen Kronjuwelen beendet hast«, monierte Doyle.

Kronjuwelen, hatte Annika gelernt, waren kein Geschmeide, sondern die empfindlichen Bestandteile des maskulinen Unterleibs. Weshalb er Riley mitsamt ihrem Knie von sich herunterschob.

»Ich bin hier«, rief sie und rutschte vorsichtig auf Sawyers Unterleib herum. »Sind wir vom Himmel geplumpst?«

»Beinah.« Zu Annikas Enttäuschung setzte Sawyer sich entschlossen auf. »Ich konnte die Landung nicht verlangsamen. Es war das erste Mal, dass ich so viele Leute über eine derart weite Strecke transportiert habe. Ich nehme an, ich habe mich bei der Geschwindigkeit etwas verkalkuliert.«

»Wir sind alle unverletzt, das ist erst mal das Wichtigste«, erklärte Bran. »Wie sieht's aus, haben wir unser Ziel erreicht?«

»Wir sind offenbar in irgendeinem Haus«, bemerkte Sasha. »Ich kann Fenster und dahinter Mondschein sehen. Wo auch immer wir sind, hier ist auf jeden Fall noch Nacht.«

»Hoffentlich haben Sawyer und sein Kompass uns zum rechten Zeitpunkt an den rechten Ort gebracht. Also lasst uns gucken, wann wir wo gelandet sind.«

Riley rappelte sich auf. Sie war Wissenschaftlerin – Archäologin, wusste Annika, was es in ihrem Volk, den Wesen aus dem Meer, nicht gab. Auch Wolfsmenschen gab es dort keine, weshalb sich nichts und niemand in der Welt, aus der sie kam, mit Dr. Riley Gwin vergleichen ließ.

Die zähe und kompakte junge Frau mit dem breitkrempigen Hut, der während des rasanten Flugs und sogar bei der wenig sanften Landung in dem fremden Haus auf ihrem Kopf geblieben war, trat an eines der Fenster und blickte vorsichtig hinaus.

»Ich kann Wasser sehen, auch wenn die Aussicht anders als auf Korfu ist. Das Haus liegt deutlich höher als die Villa dort. Außerdem sehe ich eine steile, schmale Straße, zu der man von hier aus über eine Treppe gelangt. Ich bin sicher, dass es Capri und dies hier unsere Bleibe ist. Du hast ins Schwarze getroffen, Sawyer. Respekt für unseren Reisenden und seinen magischen Kompass«, sagte sie und deutete eine Verbeugung an.

»Vielen Dank.« Auch er stand auf, bevor er Annika nach kurzem Zögern auf die Füße half. Obwohl ihre Beine stark und ausnehmend geschmeidig waren, nahm sie seine Hilfe dankbar an.

»Am besten suche ich erst mal die Lichtschalter«, fing Riley an.

»Dabei kann ich dir helfen.«

Auch Bran war zwischenzeitlich aufgestanden, legte einen Arm um Sashas Schultern und hielt plötzlich eine Lichtkugel in seiner ausgestreckten freien Hand.

Beim Anblick ihrer Freunde wurde Annika so warm ums Herz wie zuvor bei dem Gesang. Sasha, die Seherin, mit ihrem sonnenhellen Haar und den himmelblauen Augen, Bran, der attraktive Zauberer, Riley, die die Hand am Griff ihrer Pistole hatte und den Blick aus ihren goldenen Augen durch das Zimmer wandern ließ, während Doyle, ein Krieger durch und durch, mit gezücktem Schwert an ihrer Seite stand.

Und Sawyer, immer wieder Sawyer, der den wundersamen Kompass in den Händen hielt.

Nachdem sie blutig und zerschunden aus der letzten

Schlacht hervorgegangen waren, waren sie vorläufig in Sicherheit.

»Ist das hier unser neues Heim?«, erkundigte sie sich. »Es ist sehr hübsch.«

»Wenn uns Sawyer nicht an der falschen Adresse hat fallen lassen, ist das hier unser neues Hauptquartier.« Die Hand auch weiter am Pistolengriff, drehte sich Riley wieder zu den anderen um.

Außer einem langen Bett – nein, Sofa, dachte Annika – mit unzähligen bunten Kissen waren bequeme Sessel und mit hübschen Lampen versehene Tische im Raum verteilt. Der Fußboden war, wie sie alle wussten, hart, obwohl die großen Fliesen aussahen, als wären sie aus Sand.

Riley drückte einen Schalter, und – Magie der Elektrizität – sofort wurde es hell.

»Lasst mich nur kurz gucken, ob wir tatsächlich an unserem Ziel gelandet sind. Schließlich wollen wir nicht, dass uns die Polizei besucht.«

Sie trat durch eine breite Bogentür, machte auch im Nebenzimmer Licht, und Doyle schob seine Waffe wieder in die Scheide und ging ihr entschlossen hinterher.

»Hier sind all unsere Sachen, oder wenigstens sieht es so aus, als ob es alle wären. Und ihre Landung war anscheinend nicht so hart.«

Auch Annika sah durch die Tür des angrenzenden Raums, der offenbar die Eingangshalle war. Durch eine große Glastür blickte man aufs Meer, durch verschiedene Bogentüren kam man in die anderen Zimmer, und auf den Terrakottafliesen waren ihre Taschen aufgetürmt.

Mit einem unterdrückten Fluch richtete Doyle sein umgefallenes Motorrad wieder auf.

»Ich musste das Gepäck ein bisschen früher abwerfen, damit es uns bei unserer eigenen Landung nicht erschlägt«, erklärte Sawyer ihm. »Wie sieht's aus, Riley? Habe ich jetzt einen Volltreffer gelandet oder nicht?«

»Es passt zu der Beschreibung, die ich habe«, antwortete sie. »Angeblich gibt es hier ein großes Wohnzimmer mit Glastüren, durch die man in den Garten… Na, wer sagt's denn?«

Abermals machte sie Licht, und man sah einen großen Raum mit zusätzlichen Sofas, Sesseln sowie jeder Menge hübscher Kleinigkeiten, doch das Beste, oh, das Beste war die breite, breite Glasfront, durch die der Himmel und vor allem das Meer zum Greifen nah waren.

Begeistert wollte Annika die Glastür öffnen, aber Riley hielt sie davon ab.

»Nicht. Noch nicht. Die Vermieter haben die Alarmanlage eingeschaltet. Ich habe den Code und muss sie abschalten, bevor du diese oder irgendwelche anderen Türen oder Fenster öffnen kannst.«

»Die Schalttafel ist hier«, erklärte Sawyer und klopfte auf das Brett.

»Moment.« Riley zog ein Blatt Papier aus ihrer Tasche. »Für gewöhnlich merke ich mir solche Sachen, aber für den Fall, dass meine Hirnzellen auf der Reise durchgerüttelt wurden, habe ich sie dieses Mal notiert.«

»Reisen mit dem Kompass haben keinen Einfluss auf das Denkvermögen.« Grinsend klopfte Sawyer mit den Knöcheln gegen Rileys Kopf, als sie den Code eingab.

»Jetzt kannst du die Tür öffnen, Annika.«

Sie riss die Glastür auf und rannte wie ein Wirbelwind auf eine riesige Terrasse, die im Licht des Mondes lag und auf der einem der Duft des Meeres, von Zitronen und den Blumen, die den Garten schmückten, in die Nase stieg.

»Es ist einfach wunderschön. Aus solcher Höhe habe ich die Insel nie zuvor gesehen.«

»Aber gesehen hast du sie schon mal?«, erkundigte sich Sawyer. »Heißt das, dass du schon einmal auf Capri warst?«

»Ich habe die Insel schon mehrmals vom Wasser aus gesehen. Und von unten, wo es blaue Höhlen gibt und wo man auf dem Grund der See die Knochen von verschiedenen Schiffen findet, die vor langer Zeit an diesem Ort vorbeigesegelt sind. Hier sind Blumen!« Sie berührte vorsichtig die Blütenblätter in einem der farbenfrohen Töpfe, die man überall im Garten stehen sah. »Ich kann sie gießen und mich um sie kümmern. Das kann meine Arbeit sein.«

»Abgemacht. Dies ist das Haus.« Riley stemmte die Hände in die Hüften und nickte zufrieden mit dem Kopf. »Nochmals, Sawyer, das hast du echt sauber hingekriegt.«

»Trotzdem sollten wir uns vorsichtshalber erst mal gründlich umsehen.« Bran stand in der Tür, und seine dunklen Augen suchten den nächtlichen Himmel ab.

Denn häufig griff Nerezza sie von oben an.

»Außerdem werde ich die Alarmanlage noch durch zusätzlichen Schutz verstärken«, fuhr er fort. »Wir haben ihr ziemlich wehgetan, deswegen ist es unwahrscheinlich, dass sie schon herausgefunden hat, wohin wir abgehauen sind, und uns in dieser Nacht noch einmal attackiert. Trotzdem werden wir wahrscheinlich alle besser schlafen, wenn ein Hauch Magie über uns liegt.«

»Verteilt euch.« Wieder zückte Doyle sein Schwert, und seine wirren dunklen Strähnen fielen in sein kantiges, durchaus anziehendes Gesicht. »Durchsucht das ganze

Haus, und vergewissert euch, dass alle Räume leer und ordentlich gesichert sind.«

»Hier unten müssten zwei Schlafzimmer sein und oben noch mal vier sowie ein weiterer Gemeinschaftsraum. Es ist nicht so groß und komfortabel wie die Villa, und vor allem haben wir draußen nicht mal annähernd so viel Platz wie dort.«

»Und auch keinen Apollo«, fügte Annika hinzu.

»Nein«, stimmte ihr Riley lächelnd zu. »Er wird mir sicher ziemlich fehlen. Doch zumindest haben wir hier genügend Platz, und vor allem ist die Lage wirklich ausgezeichnet. Ich sehe mich erst einmal oben um.«

»Weil du dir wieder mal das beste Zimmer sichern willst.«

Riley grinste Sasha an, runzelte dann aber die Stirn. »Alles klar, Sash? Du bist furchtbar blass.«

»Ich habe nur ein bisschen Kopfschmerzen. Normale Kopfschmerzen«, erklärte sie, denn plötzlich sahen sie alle an. »Ich versuche nicht mehr, gegen die Visionen anzukämpfen. Es war einfach ein echt langer Tag.«

»Das stimmt.« Abermals schlang Bran den Arm um ihre Schultern, flüsterte ihr etwas zu, worauf sie lächelnd nickte, und mit einem kurzen »Wir gehen ebenfalls nach oben« wurden er und Sasha plötzlich unsichtbar und tauchten kurz darauf am Kopf der Treppe wieder auf.

»Foul!«, rief Riley ihnen nach und rannte ebenfalls so schnell wie möglich in den ersten Stock. »Es ist unfair, wenn ihr euch mit Brans Magie irgendwelche Vorteile verschafft!«

»Drei sind oben, also bleiben drei fürs Erdgeschoss. Ich kampiere sowieso lieber hier unten«, meinte Doyle und sah sich um. »Weil ich von hier aus schneller draußen bin.«

»Dann bleiben du und ich im Erdgeschoss«, legte Sawyer zu Annikas Enttäuschung fest. »Weil wir hier näher an der Küche und am Essen sind. Lass uns gucken, was es sonst noch alles in dieser Etage gibt.«

Die beiden Schlafzimmer waren zwar nicht so groß wie die auf Korfu, doch die Betten waren bequem, und durch die Fenster bot sich eine hübsche Aussicht auf das Meer.

»Das ist für mich okay«, erklärte Doyle.

»Für mich auch«, stimmte ihm Sawyer zu, nachdem er eine Tür geöffnet hatte, hinter der ein Bad mit einer Dusche lag.

Die Schiebetür verschwand geräuschlos in der Wand, und Annika schob sie begeistert mehrmals auf und zu, bis Sawyer ihre Hand ergriff und sie mit sich zog.

Im nächsten Raum hing neben einem Schrank voller Flaschen ein riesiger Fernseher (für Annika, die Fernsehen *liebte,* das mit Abstand beste Möbelstück im ganzen Raum), und in der Mitte stand ein großer Tisch mit grüner Oberfläche, auf dem aus bunten Kugeln eine Pyramide angeordnet war.

Annika strich mit der Hand über den grünen Stoff. »Das ist kein Gras.«

»Nein, das ist Filz«, erklärte Sawyer ihr. »Das ist ein Billardtisch.« Er wandte sich an Doyle. »Spielst du Billard?«

»Bereits seit Hunderten von Jahren.«

»Ich bin zwar noch nicht so alt, habe es aber trotzdem schon des Öfteren probiert. Lass uns bald mal eine Runde spielen, ja?«

Außer diesen Räumen gab es noch ein zweites, kleineres Bad, die Küche und den Essbereich. Annika sah Sawyer an, wie angetan er von der Küche war. Er schlenderte gemächlich durch den Raum, eine hochgewachsene, geschmeidige Gestalt, die offenkundig nie in Eile war. Es juckte ihr in den Fingern, seine nach der Reise wild zerzausten goldenen Haare mit den sonnenhellen Strähnen glatt zu streichen, und beim Anblick seiner Augen, die so grau waren wie das Meer im ersten Licht des Tages, hätte sie am liebsten laut geseufzt.

»Es ist nicht zu übersehen, dass ein Italiener diese Küche eingerichtet hat. Sie verstehen sich aufs Kochen – und aufs Essen«, stellte er begeistert fest.

Auch Annika konnte inzwischen mehrere Gerichte zubereiten und wusste, dass der große Gasherd und der Ofen wichtig waren. Am liebsten aber spülte sie Geschirr und freute sich besonders, dass es außer einer Spüle in der Kochinsel mitten im Raum noch eine zweite, breitere unter dem Fenster gab.

Sawyer öffnete den Schrank, in dem sie ihre Lebensmittel kühlten, weshalb er, wie sie inzwischen wusste, Kühlschrank hieß. »Der ist bereits gefüllt. Riley hat es wirklich drauf. Bier?«

»Auf jeden Fall«, erklärte Doyle.

»Anni?«

»Ich trinke nicht so gerne Bier. Gibt es auch was anderes?«

»Verschiedene Softdrinks, Säfte und …«, er wies auf ein Regal voller Flaschen, »…Wein.«

»Wein mag ich gern.«

»Okay.« Er wählte eine Flasche aus, reichte Doyle ein Bier, nahm sich selbst eins und trat vor eine Tür. »Auch die Speisekammer ist bis oben hin voll. Verhungern müssen wir also auf keinen Fall.«

Er öffnete verschiedene Schubladen, bis er den Korkenzieher in den Händen hielt. Ein Wort, das Annika sehr lustig fand.

»Ich weiß nicht, wie es euch geht, aber ich habe inzwischen einen Bärenhunger. Es kostet jede Menge Energie, wenn man eine so große Gruppe über eine derart weite Strecke transportiert.«

»Ich könnte auch etwas vertragen«, meinte Doyle.

»Dann koche ich uns erst mal was. Riley hatte recht, Sasha war echt blass. Also sollten wir vielleicht erst mal was essen und trinken und dann relaxen.«

»Während du das Essen machst, gehe ich raus und sehe mich auch dort noch ein bisschen um.« Immer noch mit seinem Schwert bewaffnet, stapfte Doyle durch eine zweite breite Glastür aus dem Haus.

»Ich kann dir beim Kochen helfen.«

»Willst du dir nicht erst einmal ein Zimmer aussuchen?«

»Ich helfe lieber dir.« Vor allem wenn sie dabei mit ihm alleine war.

»Okay, am besten machen wir etwas, das schnell geht. Nudeln mit Pesto oder so. Außerdem haben wir … ja, Mozzarella und Tomaten!« Er holte den Käse aus dem Kühlschrank und hielt ihr eine Tomate hin, die er aus der Schale auf der Arbeitsplatte nahm. »Weißt du noch, wie man Gemüse schneidet?«

»Ja.«

»Dann schneide sie in Scheiben und leg sie auf einen Teller.« Als er die Hände spreizte, um die Tellergröße anzuzeigen, dachte Annika daran, wie stark und gleichzeitig auch sanft doch diese Hände waren. Wobei Sanftheit ihrer Meinung nach eine ganz eigene Form der Stärke war.

»Und danach schneidest du den Käse klein, verteilst ihn auf den Tomaten und beträufelst alles mit Olivenöl.« Er zeigte auf den Blechcontainer, der neben der Schale stand.

»Beträufeln ist wie leichter Regen.«

»Ja, genau. Anschließend nimmst du das hier.« Er trat vor das Fensterbrett und zupfte ein paar Blätter von einer der Pflanzen in den bunten Töpfen ab. »Das ist Basilikum.«

»Ich erinnere mich. Das gibt zusätzlichen Geschmack.«

»Ja. Du hackst die Blätter klein, streust sie über die Tomaten und den Käse, gibst ein bisschen Pfeffer aus der Mühle hier dazu, und fertig ist die Laube.«

»Fertig ist die Laube?«

»Dann ist es geschafft.«

»Dann mache ich die Laube für dich fertig.«

Zufrieden flocht sie ihr hüftlanges schwarzes Haar zu einem Zopf, und während Sawyer einen Topf mit Wasser auf den Herd stellte, ihr Wein einschenkte und sein Bier trank, machte sie sich gut gelaunt ans Werk.

Sie hatte gelernt, die ruhigen Augenblicke zu genießen, wenn sie beide allein waren. Ihr war klar, dass sie bald schon wieder kämpfen müssten, und sie würde auch die Schmerzen akzeptieren, die es während dieser Kämpfe zu erleiden galt. Doch sie hatte gleich mehrere Geschenke bekommen. Beine, die es ihr erlaubten, aus dem Meer an Land zu gehen, wenn auch nur für kurze Zeit. Freunde, die ihr mehr wert waren als alles Gold der Welt. Die Aufgabe, die sie erfüllen müssten, weil sie Teil von ihrem Erbe war.

Vor allem aber Sawyer, den sie schon geliebt hatte, bevor er überhaupt gewusst hatte, dass es sie gab.

»Träumst du, Sawyer?«

»Was?« Er blickte geistesabwesend über die Schulter, während er ein Sieb aus einem Schrank neben der Spüle nahm. »Sicher. Klar, das macht doch jeder.«

»Träumst du von der Zeit, wenn wir unsere Pflicht erfüllt haben und die drei Glückssterne gerettet sind? Wenn Nerezza sie nicht mehr erreichen kann und das Kämpfen ein Ende hat?«

»Es fällt mir schwer, so weit vorauszusehen, während wir noch mitten drin sind. Aber ja, manchmal denke ich darüber nach.«

»Und was wünschst du dir am meisten, wenn all das vorüber ist?«

»Keine Ahnung. Die Suche ist schon so lange Teil meines Lebens, dass ich mir die Zeit danach nicht wirklich vorstellen kann.«

Trotzdem hielt er in der Arbeit inne und dachte darüber nach. Sie fand, dass auch die Aufmerksamkeit, die er allen Dingen schenkte, eine Stärke von ihm war.

»Ich nehme an, vielleicht würde es reichen, wenn wir sechs nach allem, was wir zusammen durchgestanden haben, irgendwo an einem warmen Strand säßen, zum Himmel aufblickten und sie dort blitzen sähen. Die drei Sterne dort zu sehen, wo sie hingehören, und zu wissen, wir haben dazu beigetragen, dass sie jetzt wieder an ihren eigentlichen Plätzen sind – das ist ein ziemlich großer Traum.«

»Dann träumst du also nicht von Reichtum oder einem langen Leben?« Sie sah ihn fragend an. »Oder von einer Frau?«

»Wenn das alles erreichbar wäre, müsste ich schon ein Idiot sein, um es nicht zu wollen.« Er fuhr sich mit den Fingern durch das wirre blonde Haar. »Aber die Freunde, die mit mir gekämpft haben, und dieser warme Strand? Das würde mir schon reichen. Dazu noch ein kaltes Bier, und mein Leben wäre rundum perfekt.«

Sie öffnete den Mund, um etwas zu erwidern, doch im selben Augenblick kehrte Doyle von seinem Rundgang um das Haus zurück. Er war ein großer, muskulöser, aber trotzdem überraschend leichtfüßiger Mann.

»Wir haben hier kein Übungsgelände wie in Griechenland, aber es gibt einen Zitronenhain, den wir nutzen könnten, und vor allem ist das Grundstück deutlich schlechter einzusehen, als ich dachte. Wobei Bran den Sicht- und Schallschutz sicher noch verbessern kann. Wir haben einen Garten, auch wenn der erheblich kleiner ist als der Garten bei der Villa. Und auf der Terrasse stehen jede Menge Töpfe mit verschiedenen Kräutern und Tomaten rum. Außerdem gibt es dort einen großen Tisch zum Essen unter einer weinumrankten Pergola. Wobei die vielen Bienen vielleicht ein bisschen problematisch sind. Vor allem aber haben wir einen Pool.«

»Ach ja?«

»Der ebenfalls erheblich kleiner als der Pool auf Korfu ist. Er liegt direkt neben der Terrasse, und wahrscheinlich haben sie zu beiden Seiten des Grundstücks Baumreihen gepflanzt, um ungestört zu sein.« Er blickte Sawyer fragend an: »Weißt du schon, welches Schlafzimmer du willst?«

»Ist mir egal. Such dir eins aus.«

»Das mache ich, weil ich jetzt erst einmal mein Zeug verstauen will.«

Als er den Raum verließ, trat Riley durch die Tür.

»Könnt ihr Gedanken lesen?« Grinsend trat sie neben Annika und schlang einen Arm um ihre schlanke Taille.

»Ich bin völlig ausgehungert. Was habt ihr für uns gezaubert?«

»Sawyer kocht gerade Nudeln, und ich habe Tomaten, Käse und Basilikum geschnitten und mit Pfeffer aus der hübschen Holzmühle bestreut. Wir werden essen, trinken und relaxen.«

»Unbedingt.«

Sawyer blickte Riley an. »Der Freund von deinem Freund hat sogar Lebensmittel für uns eingekauft.«

»Wofür wir ihm was schuldig sind. Aber erst mal muss ich überlegen, was ich trinken soll.« Sie nahm einen Schluck aus Sawyers Flasche, einen aus dem Glas der Freundin und wiegte nachdenklich den Kopf. »Schwer zu sagen, aber zu den Nudeln passt wahrscheinlich besser Wein. Bran und Sasha haben mir das größte Zimmer vor der Nase weggeschnappt. Aber da sie sich das Zimmer teilen, ist das sicher nur gerecht.«

»Doyle und ich kampieren hier unten. Gegenüber von unseren Zimmern ist ein Bad mit Dusche. Das reicht völlig aus.«

»Okay. Annika, such du dir ruhig eins der beiden freien Zimmer oben aus. Das, was übrig bleibt, benutzen Bran und Sash als Zauberwerkstatt und als Atelier. Das Haus liegt zu weit oben, um zu Fuß zum Strand zu gehen, aber es gibt eine Standseilbahn.«

»Was ist denn das?«, erkundigte sich Annika.

»So etwas wie ein Zug. Man muss eine Fahrkarte lösen, und dann kann man hinunter in den Ort oder in die Nähe des Strandes fahren.«

»Ich möchte das ausprobieren! Können wir morgen damit fahren?«

»Vielleicht. Bis nach Anacapri und zu den Geschäften dort geht's kilometerweit bergab und auf dem Rückweg steil bergauf. Und wenn man nach Capri will, muss man den Bus oder ein Taxi nehmen, weil es hier in Anacapri keine Autos gibt, aber die öffentlichen Transportmittel sind nicht schlecht. Vor dem Essen gucke ich noch kurz, ob draußen alles sicher ist.«

»Das hat Doyle bereits getan«, erklärte Sawyer, während er Spagetti in das kochend heiße Wasser gleiten ließ.

Zögernd blickte Riley Richtung Tür, stellte dann aber achselzuckend fest: »Dann ist ja gut.«

»Wir haben einen Pool«, erzählte Annika.

»Ich weiß. Vielleicht probiere ich ihn vor dem Schlafengehen noch aus. Und außer einem Pool gibt's draußen doch bestimmt auch einen Tisch. Also könnten wir auf der Terrasse essen«, schlug sie vor.

»Unbedingt. Dann bring schon mal die Teller raus.«

Riley nahm sich von dem Wein und prostete Sawyer zu. »Okay.« Als Sasha und Bran von oben kamen, füllte sie ein zweites Glas und hielt es Sasha hin. »Hier, damit du wieder etwas Farbe in die Wangen kriegst.«

»Den Wein kann ich gut brauchen. Und etwas zu essen. Annika und Sawyer, ihr seid echt der Hit.«

»Italienisches Bier? Nicht schlecht.« Bran nahm eine Flasche aus dem Kühlschrank und schaute sich suchend in der Küche um. »Wo steckt denn Doyle?«

»Der Unsterbliche packt erst mal seine Sachen aus.« Sawyer rührte vorsichtig die Nudeln um. »Wir nehmen die beiden Schlafzimmer hier unten.«

»Also, Annika, dann such dir eins der beiden freien Zimmer oben aus.«

»Riley hat gesagt, ihr braucht einen Raum für deine Malerei und Brans Magie. Also sucht euch einen aus. Ich nehme einfach das Zimmer, das übrig bleibt.«

»Wenn's dir tatsächlich egal ist, nehmen wir den Raum, der unserem Zimmer gegenüberliegt. Er ist kleiner als der andere, aber für unsere Zwecke reicht er völlig aus. Und von deinem Zimmer aus kannst du aufs Meer hinunter-sehen, wenn du wach wirst und bevor du einschläfst. Das gefällt dir doch bestimmt.«

Annika fiel Sasha vor lauter Rührung um den Hals. »Danke, das ist wirklich nett.«

»Mein Zimmer geht nach hinten raus«, erklärte Riley. »Zwar muss man keine Nixe sein, um sich zu freuen, wenn man einen Meerblick hat, aber es ist auch nicht schlecht, wenn direkt vorm Fenster Zitrusbäume stehen.«

»Und man obendrein die Bergflanke bewachen kann.«

»Auch das. Wir essen draußen«, sagte sie zu Bran. »So-bald ich weiß, wo die verdammten Teller sind.«

Schließlich fand sie Teller, die so bunt wie die bedruck-ten Sofakissen waren, und während sie und Sasha das Ge-schirr nach draußen trugen, streute Annika noch etwas Pfeffer auf ihre Tomaten und sah Sawyer fragend an.

»Ist das richtig so? Habe ich es so gemacht, wie du woll-test?«

Er warf einen Blick auf ihren Teller. »Sieht fantastisch aus. Ich brauche nur noch fünf Minuten, bis der Rest des Essens fertig ist.«

»Aber es fehlen noch die Kerzen! Und die Blumen!« Eilig lief sie los, um dem gedeckten Tisch mit ein paar hübschen Accessoires ein einladendes Aussehen zu verlei-hen.

Sawyer testete die Nudeln, schaltete den Gasherd aus und wandte sich an Bran. »Ist Sash okay?«

»Anscheinend hat der Flug sie etwas stärker mitgenommen als uns andere. Aber wenn sie erst mal was im Magen hat und sich ein bisschen ausruhen kann, ist sie bestimmt bald wieder auf dem Damm.« Bran drehte den Kopf, als Doyle erschien. »Ich habe einen einfachen Schutzmantel um das Haus gelegt, würde ihn aber gerne noch verstärken, bevor wir nachher schlafen gehen. Früher oder später wird sie uns hier finden, und sicher wird sie dann noch immer ziemlich angefressen sein.«

»Sie wird uns finden«, stimmte Sawyer zu und goss das Nudelwasser ab. »Wobei es jetzt noch schwerer für sie ist, den Feuerstern zu finden, denn du hast ihn wirklich gut versteckt.«

»Deshalb schlägt sie beim nächsten Mal bestimmt noch härter zu.« Doyle trank einen großen Schluck von seinem Bier. »Sie hat uns in der ersten Runde ziemlich unterschätzt. Das hat sie in ihrem Stolz verletzt, und dafür wird sie uns bluten lassen wollen.«

»Wahrscheinlich wird sie auch versuchen, es beim nächsten Mal klüger anzustellen«, fügte Bran hinzu. »Bisher hat sie vor allem wütend und brutal agiert. Was immer uns der Kampf bisher gekostet hat, so hat er sie mehr gekostet, und deshalb wird sie, wenn sie schlau ist, jetzt versuchen, nicht mehr einfach mit Gewalt, sondern strategisch vorzugehen. Dafür sollten wir gewappnet sein.«

»Erst mal sollten wir was essen.« Sawyer rührte die Spagetti mit ein wenig Butter und verschiedenen Kräutern an. »Und dann brauchen wir dringend etwas Schlaf.«

»Das stimmt. Aber vorher sollten wir noch darauf anstoßen, dass wir alle zusammen wohlbehalten hier auf Capri angekommen sind.«

»Und dass unsere Suche nach dem zweiten Stern nicht weniger erfolgreich als die Suche nach dem ersten wird«, fügte Doyle entschlossen hinzu.

Bran nickte zustimmend. »Wobei wir bisher nicht mal wissen, ob der Wasser- oder der Eisstern hier verborgen ist. Aber das Schicksal hat uns hergeführt, wo die unschätzbare Riley abermals ein Dach, Betten und etwas zu essen für uns aufgetrieben hat. Wenn wir morgen unsere Strategie entwickeln, ist das sicher früh genug.«

»Das muss es sein, weil jetzt das Essen fertig ist. Nehmt das Tablett mit, ja? Und den Wein. Und ich selbst könnte noch ein Bier vertragen.«

Die drei Männer traten in die von Zitronenduft erfüllte Dunkelheit hinaus, in der eine schmale Mondsichel ein weiches blaues Licht auf Land und Wasser warf.

Typisch Anni, dachte Sawyer, als er den Serviettenstrauß und eine Unzahl bunter Kerzen auf dem Tisch auf der Terrasse sah.

»Ich konnte die …« Annika tat, als reiße sie ein Streichholz an.

»Streichhölzer«, half Sawyer aus.

»Genau.« Sie nickte mit dem Kopf. »Ich konnte die Streichhölzer nicht finden.«

»Kein Problem.« Bran schnipste mit den Fingern, und die Kerzen und die Teelichter gingen von selbst an.

Annika klatschte begeistert in die Hände und fiel ihm laut lachend um den Hals.

»Ich habe auch Sash und Riley schon umarmt. Weil wir alle zusammen hier auf dieser neuen Insel sind.« Jetzt umarmte sie auch Doyle, und als ein seltenes Lächeln seinen Mund umspielte, stellte sie zufrieden fest: »Wir haben gutes Essen, und wir haben gute Freunde, um es mit ihnen zu teilen.«

Als Letztem schlang sie Sawyer die Arme um den Hals und atmete seinen Geruch so tief wie möglich ein. »Das kann Nerezza niemals haben, weil sie keine Freunde hat.«

»Wobei sie die auch gar nicht haben will.« Sasha geriet kurz ins Schwanken, richtete sich aber sofort wieder kerzengerade auf und sah mit ihren dunklen Augen mehr als das, was alle anderen sahen.

»Sie legt keinen Wert auf Freunde oder Liebe oder Zuneigung. Sie besteht aus Lügen, Ehrgeiz, Gier und Dunkelheit. Sie ist die Verkörperung der Finsternis. Jetzt ist sie außer sich vor Zorn und leidet unter Schmerzen, aber bald wird sie auf Rache sinnen, Ränke schmieden und uns wieder heimsuchen. Sie giert nach Blut, nach unserem Blut, um ihren Durst zu stillen. Und egal, wie dicht der Schleier ist, den wir hier um uns ziehen, die Weltenkugel wird uns finden und ihr zeigen, wo die nächste Schlacht zu schlagen ist. Aber vorher wird sie noch jemanden finden, der mit ihr gemeinsam in die Schlacht ziehen wird. Ein Wesen, das durch seine Gier geblendet und zugleich an sie gebunden wird. In einem Handel, der mit Blut besiegelt wird, nimmt sie den Mann, und er nimmt sie. Hier auf dieser Insel, hier in diesem Meer, in den Liedern und den Seufzern finden neue Schlachten statt. Es wird neues Blutvergießen geben, neuerlichen Schmerz, und der Verrat wird hinter einem Lächeln nicht zu sehen sein.

Hier auf dieser Insel, hier in diesem Meer, in den Liedern und den Seufzern harrt der reine blaue Wasserstern der Unschuldigen und des Kühnen, und es werden viele Tränen fließen, ehe er gefunden wird.«

Wieder fing sie an zu schwanken, wurde kreidebleich. Gerade noch rechtzeitig fing Bran sie auf und zog sie an seine Brust. »Tief durchatmen, *fáidh*.«

»Ich habe nicht dagegen angekämpft. Ich schwöre dir, ich habe nicht versucht, mich dagegen zu sperren. Ich ... Es hat sich einfach etwas seltsam angefühlt.«

»Was sicher an der Reise liegt. Ich bin noch nie mit einer Seherin gereist, deshalb kann ich nicht sagen, was für eine Wirkung eine solche Reise vielleicht auf dich hat«, fügte Sawyer entschuldigend hinzu.

»Meinst du, dass womöglich ihre Hirnzellen durchgerüttelt wurden?«, fragte Riley etwas spitz, und er bedachte sie mit einem bösen Blick.

»Ganz sicher nicht, aber vielleicht musste ja die Vision sie erst mal wieder einholen oder so. Möchtest du ein Wasser? Vielleicht hole ich dir besser erst einmal ein Wasser.«

Sasha schüttelte den Kopf. »Nein, nein, ich bin wieder okay. Es geht mir besser«, sagte sie und holte abermals so tief wie möglich Luft. »Es geht mir wirklich besser. Ich hatte irgendwie mein Gleichgewicht verloren, aber jetzt ist es wieder da. Vielleicht lag es ja wirklich an der Reise. Könnte sein. Und Gott, wir hatten schließlich einen superanstrengenden Tag, nicht wahr? Am besten setze ich mich erst mal hin.«

»Und iss etwas«, empfahl ihr Annika und hielt ihr einen Teller voller Nudeln und Tomaten hin. »Du musst was essen.«

»Und das werde ich. So wie ihr anderen auch. Die Vision kam furchtbar schnell. Es war tatsächlich so, als wäre sie mir hinterhergerannt und wäre dann mit mir zusammengeprallt. Vor allem war sie echt brutal. Allein die Gefühle, die damit verbunden waren. Ihr Zorn und das Gefühl, dass sie uns zerstören muss. Es reicht ihr nicht mehr aus, uns wehzutun oder zu töten. Nein, jetzt muss sie uns zerstören.«

»Du hast gesagt, dass sie jemanden finden würde«, rief ihr Riley in Erinnerung. »Wobei du von einem Mann gesprochen hast.«

»Ja. Sie wird jemanden finden, mit dem sie sich gegen uns verbünden wird.«

»Nach einem Kampf mit einer Göttin mache ich mir keine Sorgen, wenn ich plötzlich gegen einen Sterblichen antreten soll.« Ungerührt häufte sich Doyle den Teller voll.

»Sagt der Mann, der nicht sterben kann«, warf Riley ein. »Aber Menschen können ausnehmend gewieft, verschlagen und gefährlich sein. Und wenn Nerezza sich mit einem Mann verbündet, dann weil er ihr nützlich ist. Unterschätz ihn also lieber nicht.«

Sawyer hielt Annika die Nudelschüssel hin. »Tja, nun wissen wir zumindest, welchen Stern wir hier auf Capri suchen. Wir brauchen also nicht mehr rauszufinden, welcher als nächster auf der Liste steht.«

»Er ist blau und wunderschön. Ätherisch. Ich weiß nicht, ob ich die Farbe malen kann. Der Feuerstern hat lichterloh gebrannt, aber der Wasserstern ...« Sasha schloss kurz die Augen. »Er hat geleuchtet und sich irgendwie gekräuselt wie die Oberfläche eines Sees im Wind. Vielleicht weil er aus Wasser ist.«

Sie wickelte Spaghetti mit der Gabel auf, schob sie sich in den Mund und klappte abermals die Augen zu. »Oh, das schmeckt fantastisch, Sawyer. Das schmeckt einfach wunderbar. Dafür übernehme ich den Frühstücksdienst.«

»Oh nein, den übernehme ich. Du hast den Morgen frei.«

»Ich kann dir wieder helfen.«

»Siehst du?« Sawyer wies auf Annika. »Ich habe eine super Küchenhilfe, die sehr talentiert und obendrein auch willig ist.«

»Den hier habe ich gemacht.« Annika probierte vorsichtig von dem Salat. »Und er ist gut.«

»Sogar verdammt gut«, lobte Riley und langte noch einmal zu. »Ich fange morgen früh mit der Recherche an. Vielleicht ist es voreilig zu denken, dass der Wasserstern im Wasser ist, aber der erste Stern war ebenfalls im Wasser oder darunter versteckt. Ich kenne ein paar Höhlen hier, an Land und auch im Wasser, und am besten finde ich heraus, ob es noch andere gibt.«

»Du hast von Land und Meer gesprochen«, wandte Bran sich seiner Freundin zu. »Von Liedern und von Seufzern.«

»Wie als wir geflogen sind«, erklärte Annika.

»Wie bitte?«

»Nicht wirklich geflogen«, sagte sie zu Sawyer. »Aber ich stelle mir vor, dass Fliegen sich so anfühlt wie vorhin, als wir zusammen unterwegs gewesen sind. Ich rede von den Liedern und den Seufzern, die wir kurz gehört haben, bevor wir hier auf Capri angekommen sind.«

»Was für Lieder und Seufzer?«, fragte Bran und sah sie durchdringend aus seinen dunklen Augen an.

»Hast du sie nicht gehört?«

»Nein.« Fragend blickte er die anderen an. »Und ich glaube, dass auch sonst keiner etwas davon mitbekommen hat.«

»Ich habe nur den Sturm gehört.« Obwohl sie Annika nicht aus den Augen ließ, fuhr Riley mit Essen fort. »Ich habe schon ein paar Tornados miterlebt, und genauso hat sich die Reise für mich angehört. Während du von Liedern und von Seufzern sprichst.«

»Ich habe sie nur kurz gehört. Sie waren wunderschön. Es…« Sie presste sich die Hand aufs Herz. »…es hat mein Herz ganz groß gemacht. Da waren der Wind, die Farben und das Licht. Es war sehr aufregend für mich. Und dann waren da die Lieder, auch wenn ich die Worte nicht verstehen konnte, und die Seufzer, die nicht traurig oder nicht nur traurig waren. Ein bisschen melancholisch, aber gleichzeitig auch süß. Wie Leid, das sich mit großer Freude mischt. Sagt man das so?«

»Vielleicht liegt es an deinen Meerjungfrauenohren, dass nur du das hören konntest«, spekulierte Riley. »Schließlich bist du eine Nixe, und wir suchen nach dem Wasserstern. Interessant.« Lächelnd schob sie sich die nächste Gabel voller Nudeln in den Mund. »Anscheinend brauchen wir auch hier ein Boot. Gut, dass ich jemanden kenne, der eins hat.«

Später, als es still im Haus geworden war, weil all ihre Freunde schliefen, blickte Annika von der Terrasse ihres neuen Zimmers auf das Meer hinaus. Es zog sie magisch an, denn schließlich stammte sie von dort. Sie wünschte sich, sie könnte kurz hinunterfliegen, um ein wenig zu schwimmen, wo sie heimisch war.

Aber dafür wäre später noch Zeit.

Sie war dankbar für die Beine, die sie hatte, doch nachdem sie ihren Freunden hatte sagen müssen, dass sie eigentlich kein Land-, sondern ein Wasserwesen war, waren sie ihr nur noch für kurze Zeit vergönnt.

Und diese kurze Zeit hätte sie gern genutzt, um sich einen Weg in Sawyers Herz zu singen und zu seufzen, damit er, wenn auch vielleicht nur einen Tag lang, das für sie empfände, was sie selbst für ihn bereits seit einer Ewigkeit empfand.

Natürlich würde sie auch weiter ihre Pflicht erfüllen, aber in der Tiefe ihres Herzens durfte sie vielleicht zumindest hoffen, dass sie auch die Liebe kennenlernen würde, ehe sie für alle Zeit zurückkehren müsste in das Element, dem sie wenige Wochen zuvor entstiegen war.

2

Am nächsten Morgen wurde sie früh wach, zog eins der hübschen Kleider an, die weich um ihre Beine schwangen, und lief gut gelaunt ins Erdgeschoss.

Sie wollte heute früh den Kaffee kochen. Sie tat gern, was ganz normale Menschen taten, und das Kaffeekochen hatten ihr die anderen auf Korfu beigebracht. Allerdings stand hier in diesem Haus auf Capri eine andere Maschine, und sie brauchte etwas Zeit, um herauszufinden, wie sie zu bedienen war.

Aber schließlich fand sie gern neue Dinge heraus.

Außerdem wollte sie echte Blumen für den Tisch pflücken. Sie ging in den Garten... und entdeckte dort den Pool.

Das blaue Wasser schimmerte verführerisch im weichen Sonnenlicht des frühen Morgens.

Das Meer wäre zu weit für ein morgendliches Bad, aber das Wasser in dem Becken war zum Greifen nah. Die Bäume, die den Pool flankierten, kamen ihr wie eine dichte grüne Mauer vor. Wahrscheinlich hatten die Menschen das absichtlich gemacht. Das Aufheben, das sie um nackte Körper machten, konnte sie beim besten Willen nicht verstehen. Sie waren so natürlich wie das Haar, die Augen, wie die Finger und die Zehen, und diese Körperteile stellten auch die Menschen ohne Scheu zur Schau.

Sie sehnte sich derart nach dem Wasser, dass sie keine Zeit dadurch verlieren wollte, dass sie noch einmal in ihr Zimmer ging, um sich einen Bikini anzuziehen. Kurzerhand zog sie ihr Kleid über den Kopf, warf es auf einen Stuhl und sprang kopfüber in das kühle Nass.

Sanft wie eine Mutter, zärtlich wie ein Liebhaber umarmte sie das Element. Sie schloss die glänzenden meergrünen Augen und glitt schwerelos über den Boden bis zum Beckenende und zurück, machte einen Handstand und reckte die schlanken Beine in die Luft, bevor sie statt der Beine ihren Schwanz wieder ins Wasser tauchen ließ.

Sawyer, der mit einer Tasse Kaffee aus dem Haus gekommen war, blieb abrupt am Rand des Beckens stehen.

Er hatte sehen wollen, wer außer ihm schon aufgestanden war, um Kaffee für sie alle aufzusetzen, und als er die langen, goldenen, perfekt geformten Beine aus dem Wasser hatte ragen sehen, hatte er sofort gewusst, dass sie es war.

Aber plötzlich hatte sich ein Strudel aus schimmernden Farben um ihre Beine gelegt, aus dem der regenbogenbunt schillernde Schwanz der Meerjungfrau hervorgegangen war.

Ihm stockte der Atem. Obwohl er wusste, dass sie eine Nixe war, hatte er ihre Verwandlung bisher niemals miterlebt. Noch bevor er wieder Luft holen konnte, flog sie mit nassem, langem schwarzem Haar, ausgestreckten Armen, bunt glitzerndem Schwanz und ihrem wunderschönen Gesicht glücklich an ihm vorbei. Schlug einen Salto in der Luft – oh Gott, sie war tatsächlich splitternackt – und tauchte wieder ab.

Sein Körper reagierte auf den Anblick, aber vermutlich ginge es jedem Mann beim Anblick einer entzückenden nackten Meerjungfrau so. Da nützte es auch nichts, sich einzureden, dass sie so etwas wie eine Schwester für ihn war. Oder einfach ein Mitglied ihres Teams.

Vor allem musste er sie daran hindern, so lange mit ihrer Wahnsinnsflosse durch die Luft über dem Pool zu rudern, dass einer der Nachbarn etwas davon mitbekam.

Sie tauchte lachend wieder auf und ließ sich rücklings auf der Wasseroberfläche treiben.

Gegen seinen Willen warf er einen kurzen Blick auf ihre nackten Brüste, aber dann gelang es ihm, ihr wieder ins Gesicht zu sehen. Mit geschlossenen Augen und einem Lächeln auf den Lippen lag sie auf dem Rücken und schwenkte die Flosse sachte hin und her.

»Annika.«

Sie schlug die Augen auf und lächelte ihn an. »Sawyer, guten Morgen. Willst du mit mir schwimmen?«

Ja. Oh ja.

Aber das könnte, sollte, dürfte er auf keinen Fall.

»Ah, nicht jetzt. Und du kannst nicht, na, du weißt schon, du darfst hier nicht nackt und ohne Beine, nur mit Flosse, schwimmen gehen. Schließlich könnte dich hier jemand sehen.«

»Aber da sind doch all die Bäume, und vor allem ist es noch sehr früh.«

»Die Nachbarhäuser haben auch Fenster oberhalb der Bäume, es müsste nur jemand im falschen Augenblick in Richtung unseres Pools sehen.«

»Oh.« Mit einem leisen Seufzer ließ sie ihren Schwanz zurück ins Wasser sinken und reckte im nächsten Augenblick wieder zwei wunderhübsche Beine in die Luft. »Ich wollte mich gar nicht verwandeln, aber es hat sich so fantastisch angefühlt, da habe ich ganz einfach nicht mehr daran gedacht.«

»Schon gut, es ist nur … Nein, bleib drin.«

Er verspürte echte Panik, als sie bis zum flachen Beckenende glitt und aus dem Wasser stieg. Mit ihrem gertenschlanken, makellosen … nassen … Körper und den Wassertropfen, die wie Diamanten auf ihrer goldenen Haut glänzten, brachte sie ihn einfach vollkommen um den Verstand.

»Ich – ich werde dir ein Handtuch holen. Komm nicht ohne Handtuch aus dem Wasser … warte einfach, bis ich wiederkomme.«

Eilig rannte er zurück ins Haus. Der Kaffee würde auch nicht helfen gegen einen Hals, der beim Anblick ihres nassen Haars auf ihren wirklich hübschen Brüsten staubtrocken geworden war.

Er blieb stehen, zählte in Dreierschritten von tausend rückwärts, aber da er nur ein Mensch war, brauchte er danach noch immer einen Augenblick, bis er wieder halbwegs bei sich war und mit einem großen Handtuch aus dem Wirtschaftsraum neben der Küche zurück in den Garten lief.

Als er wieder nach draußen kam, stand sie gehorsam dort, wo sie von ihm zurückgelassen worden war.

»Du musst dich …«, er ließ den Zeigefinger kreisen, »… umdrehen. Und dann brauchst du das Kleid.«

Auf dem Stuhl lag nichts als das Kleid, was bedeutete, dass sie darunter auch weiter völlig nackt wäre. Da es alles andere als klug war, länger darüber nachzudenken, lenkte Sawyer den Blick auf die Zitronenbäume und hielt ihr das Handtuch hin.

»Warum bedecken Frauen immer ihre Oberkörper, Männer aber nicht?«

»Weil ihr, tja nun, weil ihr was habt, was wir nicht haben«, stieß er heiser aus.

»Brüste.« Sie stieg geschmeidig aus dem Pool und wickelte sich in das Handtuch ein. »Manchmal tragen Meerjungfrauen Muscheln vor den Brüsten. Aber das ist einfach eine Mode.«

Er riskierte einen Blick und atmete erleichtert auf, denn endlich hatte sie sich wieder ausreichend bedeckt. »Meerjungfrauenmode?«

»Ja. Wir schmücken uns genauso gern wie die Menschenfrauen. Ich habe Kaffee gekocht.«

»Ja, gut. Danke.« Er griff nach dem Becher, den er auf dem Tisch neben dem Becken hatte stehen lassen, und trank einen ersten, vorsichtigen Schluck. Er war so stark, dass man damit wahrscheinlich hätte Tote wieder auferwecken können, aber das war kein Problem für ihn. »Du musst wirklich einen Badeanzug tragen und vor allem darauf achten, dass du deine Beine nicht zurückverwandelst, wenn du schwimmen gehst.«

»Tut mir leid.«

»Nein. Oh nein, das braucht es nicht.« Er wagte einen neuerlichen Blick und sah, dass sie in ihrem Kleid und mit dem nassen langen Haar, das wie das Fell eines Seehunds glänzte, vor ihm stand. »Deine Flosse ist einfach unglaublich und vor allem wunderschön. Ist doch bestimmt ein seltsames Gefühl für dich, wenn du mit Beinen schwimmst.«

»Die Beine gefallen mir sehr gut.«

»Ja, sie sind echt toll. Wenn Riley uns ein Boot besorgt,

können wir sicher weit genug aufs Meer hinausfahren, dass du deinen Schwanz benutzen kannst. Aber im Pool, bei hellem Tageslicht, lässt du das besser sein.«

»Für einen Augenblick war einfach Morgen, und ich habe mich am Duft der Bäume und dem kleinen Pool in der Sonne erfreut.«

»Eines Tages wirst du aufwachen, und es wird wieder einfach Morgen sein.«

Sie sah ihn fragend an. »Glaubst du das?«

»Oh ja, das glaube ich.«

»Dann kann ich nicht traurig sein. Ich kann den Tisch decken und dir beim Frühstückmachen helfen. Was wird es denn geben?«

»So voll, wie der Kühlschrank und die Speisekammer sind, alles, was du willst. Was hättest du denn gern?«

»Ich darf mir etwas aussuchen?«

»Na klar.«

»Hm – es sind nicht wirklich Pfannkuchen, sie sind viel dünner und mit etwas Leckerem gefüllt.«

»Crêpes?«

»Ja, Crêpes! Die liebe ich.«

»Okay.«

Die Arbeit in der Küche mit all den Gerüchen, Farben und Geschmäckern machte ihr wie immer großen Spaß. Sawyer sagte, dass sie Speck und Eier braten und die Crêpes mit Pfirsichen und Honig zubereiten würden, damit es neben etwas Herzhaftem auch etwas Süßes gab.

Sie half ihm beim Anrühren des Teigs, er zeigte ihr, wie man ihn in die Pfanne gab, ließ es sie dann selbst probieren, und während sie am Herd stand, tauchte Sasha in der Küche auf.

»Na, das nenne ich perfektes Timing. Die anderen sind auch schon aufgestanden. Gott, hier riecht es einfach wunderbar.«

»Ich mache Crêpes.«

»Cool.« Sasha legte einen Arm um ihre Taille und sah ihr kurz bei der Arbeit zu. »Das machst du wirklich toll. Soll ich den Tisch decken?« Doch erst mal schenkte sie sich einen Kaffee ein.

»Der Tisch! Ich wollte noch echte Blumen dafür holen. Außerdem brauchen wir Teller, Gläser, Servietten und …«

»Dann bringe ich jetzt erst einmal die Teller raus«, bot Sasha an.

Annika nickte konzentriert und biss sich auf die Unterlippe, als sie den ersten goldgelben Crêpe auf eine Platte gleiten ließ. »Richtig?«

»Sieht perfekt aus«, lobte Sawyer sie.

»Und jetzt muss ich die Blumen holen.«

Während sie nach draußen flitzte, lehnte Sasha sich gemütlich an die Arbeitsplatte. »Bei Annika sehen gedeckte Tische nie so langweilig wie bei den meisten anderen Leuten aus.«

»Vielleicht könntest du ihr ja erklären, dass man beim Schwimmen etwas anziehen sollte, wenigstens bei Tageslicht.«

»Dann war sie also nackt im Pool?«

»Außer wenn man ihre Flosse als Bekleidung zählt.«

»Oh je.«

»Ich glaube nicht, dass jemand sie gesehen hat. Ich glaube auch, dass sie es verstanden hat, als ich zu ihr gesagt habe, dass das nicht geht, aber wahrscheinlich ist es trotzdem gut, wenn auch noch eine Frau mit ihr darüber spricht. Auf Korfu ist sie jeden Tag in aller Frühe runter an den Strand und dann so weit rausgeschwommen, dass sie sich verwandeln konnte, ohne dass es jemand mitbekommen hat. Anscheinend ist das so was wie ein Ritual für sie. Aber hier…«

»Ich werde dafür sorgen, dass sie es versteht. Brauchst du hier noch irgendwelche Hilfe?«

»Nein, es müsste alles so weit sein.«

In diesem Augenblick kam Riley durch die Tür geschlurft. »Kaffee, Kaffee, Kaffee.« Müde schenkte sie sich einen Becker ein, schnupperte daran und stellte fest: »Das nenne ich mal einen anständigen Muntermacher!«

»Davon wachsen dir wahrscheinlich Haare auf der Brust«, zog Sawyer sie breit grinsend auf. »Ach ja, richtig, dafür brauchst du ja den Mond.«

»Haha.« Sie schnappte sich Annikas Crêpe, faltete sie und schob sie sich in den Mund. Zufrieden nickte sie.

»In einer Viertelstunde müsste alles fertig sein.«

Sasha trug die Teller in den Garten, kam der Gläser wegen wieder in die Küche, wurde ausgiebig von Bran, der gerade aus der oberen Etage kam, geküsst, und als sie abermals auf die Terrasse kam, hatte Annika den Tisch bereits geschmückt.

In einem Teller-Halbkreis stand ein kleiner Turm aus leeren Blumentöpfen, aus dem sich ein leuchtender Serviettenwasserfall in einen kleinen Teich aus hübschen Steinen, Blüten und Blättern ergoss.

»Ein Regenbogenwasserfall.«

»Genau. Und das Wasser gießt den kleinen Garten. Wobei auch das Wasser selber blüht, sodass man in den Blumen schwimmen kann.«

»Ein entzückender Gedanke.«

»Es ist ein glücklicher Ort. Die Dunkelheit gelangt dort niemals hin. Ich denke, dass es Orte geben sollte, die das Dunkle nicht erreichen kann.« Sie blickte auf die Zauberarmreife, die sie an beiden Handgelenken trug. »Einen Ort, an dem man niemals kämpfen muss.«

»Wir werden die Dunkelheit zurückdrängen, Anni. Selbst wenn das vielleicht alles ist, wozu wir in der Lage sind, ist das schon ziemlich viel.«

»Das ist wichtig«, stimmte Annika ihr zu. »Genau wie Freunde wichtig sind. Und wir Freunde werden jetzt am ersten Tag der Suche nach dem Wasserstern hübsch zusammen frühstücken.«

Mit einem Regenbogenwasserfall.

Beim Essen tauschten sie sich über praktische Belange ihrer Suche aus, informierten sich über die Insel und das Meer, das sie umgab, und teilten die Arbeiten im Haushalt auf.

»Wir sind hier lange nicht so abgelegen wie auf Korfu«, meinte Bran. »Deshalb wäre es nicht schlecht zu wissen, was wir sagen sollen, wenn uns jemand fragt, was wir auf Capri wollen. Vielleicht sollten wir einfach sagen, dass wir eine Clique sind, die hier zusammen Urlaub macht.«

»Ich werde erzählen, dass dies für mich ein Arbeitsurlaub ist.« Riley schob sich eine Gabel voller Rührei in den Mund. »Weil's immer leichter ist, wenn man so nah wie möglich bei der Wahrheit bleibt. Ich werde einfach sagen, dass ich Archäologin bin und eine Abhandlung über die Insel schreibe oder so. Dann wundert sich auch niemand über neugierige Fragen, die ich vielleicht stellen muss. Da mein Italienisch deutlich besser als mein Griechisch ist, kann ich das Reden übernehmen. Falls nicht sonst noch jemand diese Sprache spricht.«

»*Io parlo italiano molto bene*«, meinte Doyle und schnitt in eine Crêpe.

Riley zog die Brauen hoch. »Ach ja?«

»Ach ja. Ich hatte schließlich jede Menge Zeit zum Sprachenlernen«, klärte er sie auf.

»Es ist natürlich praktisch, wenn noch jemand anderes im Notfall für die anderen dolmetschen kann. Nach dem Frühstück hänge ich mich erst einmal ans Telefon und gucke, ob ich irgendwo ein Boot und Tauchausrüstungen organisieren kann.«

»Das bekommst du sicher hin«, erklärte Sawyer. »Im Organisieren bist du wirklich gut.«

»Das ist eins meiner Spezialgebiete«, stimmte sie ihm unbekümmert zu.

»Wenn du schon dabei bist, würde es bestimmt nicht schaden, auch ein Auto oder einen Van zu leihen«, bemerkte Bran. »Wir wissen schließlich nicht, wohin uns unsere Suche hier auf Capri führt.«

»Ich werde sehen, was ich tun kann«, meinte sie.

»Bis wir mein Motorrad brauchen, lasse ich es besser erst mal, wo es ist«, erklärte Doyle. »Und hinten im Zitronenhain richte ich das Trainingsgelände für uns ein. Die Bäume bieten einen ziemlich guten Schutz vor neugierigen Blicken, und zur Steigerung der Kondition können wir einfach wandern gehen.«

»Ich wandere gerne.« Annika schob sich den letzten Bissen eines mit Honig getränkten Pfirsichs in den Mund. »Am liebsten runter an den Strand.«

»Vielleicht haben wir dafür nachher noch Zeit«, erklärte Bran. »Aber vorher muss ich noch ein bisschen arbeiten, falls Sawyer Doyle beim Einrichten des Trainingsplatzes helfen kann.«

»Auf jeden Fall.«

»Ich muss die Medizinvorräte wieder auffüllen. Wenn die anderen beiden Frauen die Küche machen, könntest du mir helfen, Annika. Und Riley, du kannst deinen eigenen Zauber wirken lassen, wenn du rumtelefonierst.«

»Wir müssen uns die Karten dieser Gegend ansehen und eine Strategie entwickeln«, meinte Doyle.

»Einverstanden. Könntest du in der Zeit einen neuen Arbeitsplan für uns erstellen, Sash?«

»Wenn wir mit der Küche fertig sind.«

»Also machen wir uns an die Arbeit.« Riley klatschte in die Hände und stand auf.

Annika arbeitete gern mit Bran zusammen, nicht nur weil er wunderbar geduldig war, sondern weil sie Spaß hatte an seinen Zaubereien. Zwar war sie keine Hexe, aber während ihrer Zeit auf Korfu hatte er sie das Zerstampfen der für seine Tränke und Tinkturen notwendigen Blätter und Blüten und auch das sorgfältige Abwiegen der Zutaten gelehrt.

Er konnte neben Medizin auch Waffen fertigen, wie die Licht- und Kraftbomben, von denen ihre Feindin mitsamt ihren Bestien auf Korfu in die Flucht getrieben worden war. Dazu beherrschte er noch Blitz und Donner und ging damit so geschickt um wie die anderen mit ihren Pistolen, Bögen oder Schwertern. Sie hatte selbst gesehen, wozu er in der Lage war, und war der festen Überzeugung, dass er mächtiger als alle anderen ihr bekannten Zauberer und Hexen war. Selbst als die des Meeres.

Die meiste Zeit jedoch brachte er mit der Kunst des Heilens zu. Obwohl sie wusste, dass es Wesen gab, die beim Anblick von Blut und Wunden Angst und Übelkeit verspürten, nahm sie selbst nur die Hilfsbedürftigkeit Verletzter wahr. Und verspürte heißen Stolz, als Bran ihr erklärte, dass sie das Talent habe zu heilen.

Zwar akzeptierte sie den Krieg, wollte aber trotzdem keine Kriegerin wie Riley sein. Ihre Waffen waren ihre Schnelligkeit und Wendigkeit innerhalb und außerhalb des Wassers – und die beiden Armreife, die Kraftstrahlen verschicken oder abwehren konnten, wenn sie in Gefahr geriet.

Als sich Sasha zu ihnen gesellte, zog sich Annika diskret zurück. Denn Sash und Bran waren verliebt, und sie wusste, dass die Zeit, die Liebende allein miteinander hatten, kostbar war.

Sie wanderte durchs Haus, um sich damit vertraut zu machen, und betrat schließlich ein sonnenhelles Zimmer, in dem Riley auf und ab lief, während sie halb englisch und halb italienisch in ihr Handy sprach.

»*Che cazzo,* Fabio! Was für ein Geschäft soll das denn sein? Zwei Wochen Minimum, aber wahrscheinlich eher vier bis sechs. – *Stronzate.* Willst du mich verarschen? Nicht einmal ein Fremder würde mich so übers Ohr hauen wollen wie du. – Okay, das mache ich. Oh, und ich werde mich bei deiner Mutter melden, während ich auf Capri bin. Ich muss sie unbedingt mal wiedersehen, auch wenn sie sicher alles andere als erfreut sein wird, wenn sie von unseren denkwürdigen Nächten in Neapel hört. – Du mich auch, *amico.*«

Nach kurzem Zuhören huschte ein zufriedenes Lächeln über ihr Gesicht. »*Quanto?* – Besser, das klingt schon ein bisschen besser, aber… trotzdem fehlen mir die Unterhaltungen mit deiner Mutter sehr. Oh, der Preis ist für zwei Wochen? Das ist endlich mal ein Wort. Okay, die Anzahlung kannst du auf jeden Fall behalten. – Was?«

Sie warf den Kopf zurück und brach in schallendes Gelächter aus. »Baby, du träumst vielleicht davon, dass ich dich bei den Eiern habe. Also gut, vier Wochen Minimum. Wir holen es morgen ab. Ich hoffe nur, es ist auch seetüchtig, denn, Fabio, wenn du versuchst, mich zu bescheißen, reiße ich dir deinen hübschen Hintern auf. *Ciao.*«

Nach Ende des Gesprächs baute Riley sich in Siegerpose vor der Freundin auf. »Klatsch ab.«

Sie hob die Hand, und als sie Annikas verwirrten Blick bemerkte, lachte sie erneut. »Mit meiner Hand. Das macht man so, wenn man gewonnen hat. Ich habe uns nicht nur ein Boot organisiert, sondern obendrein auch noch den Preis dafür gedrückt.« Sie ließ die Schulter kreisen. »Aber schließlich hatte ich das kleine Arschloch bei den Eiern, weil er als erwachsener Mann noch immer Angst vor seiner Mama hat.«

»Bei was für Eiern?«

Riley wies auf ihren Schritt. »Bei diesen Eiern hier.«

»Oh ja, die kenne ich. Aber wie konntest du ihn bei den Eiern haben, wenn… Das ist nur eine Redewendung, stimmt's?«

»Genau. Die Tauchausrüstungen waren einfach. Dafür ist Fabios Cousine zuständig, und da wir uns sympathisch sind, hat sie mir einen super Preis gemacht. Ich hätte mich auch schon mit Fabios vorletztem Angebot begnügt, wenn *er mich* nicht vorher hätte bei den Eiern packen wollen. Aber wie dem auch sei …« Zufrieden steckte sie ihr Handy wieder ein und stellte händereibend fest: »Es ist geschafft. Und für einen vollen Tank und eine Kiste Bier leiht uns der Freund der Schwester einer Freundin notfalls seinen Van. Wo stecken übrigens alle anderen?«

»Bran und Sasha zaubern oben, und ich glaube, Doyle und Sawyer richten immer noch den Garten für das Training her.«

»Also gut, dann zieh dir erst mal eine Hose an.«

»Eine Hose?«

»Ja, am besten eine, die bis hier geht.« Riley zeigte auf ihre Knie. »Die mit all den Taschen. Und das ärmellose T-Shirt, das du in die Hose stecken kannst. Ich will meine Sprungtechnik verbessern, und du hast einfach die besten Moves. Außerdem trainieren wir beide noch ein bisschen Nahkampf, aber du kannst schwerlich Saltos schlagen, wenn du nur ein Kleid und nichts darunter trägst.«

»Ich habe aber lieber Kleider an. Hosen sind nicht so schön.«

»Möglich, aber wenn du Handstandüberschlag und Saltos machst, blitzt bei dir alles auf.«

»Was blitzt denn dann?«

»Dein nackter Hintern, Anni. Und zu Recht oder zu Unrecht stellen wir Menschen den nicht gern zur Schau. Vielleicht besorgen wir dir einfach Fahrradshorts. Die könntest du dann unter einem Kleid anziehen.«

»Fahrradshorts.«

»Aber darum kümmern wir uns später. Jetzt ziehst du dich erst mal um, und ich gucke, ob Bran auf Sash verzichten kann, weil sie das Training dringend braucht.«

»Sie ist doch schon viel besser.«

»Ja, das stimmt«, pflichtete ihr Riley auf dem Weg nach oben bei. »Du bist eine gute Trainerin.«

»Danke. Ich helfe gern.«

Gut gelaunt, obwohl sie eine Hose tragen musste, ging sie in ihr Zimmer, zog sich um und flocht ihr Haar zu einem langen dicken Zopf.

Obwohl sie gleich wieder nach draußen gehen würde, lehnte sie sich aus dem Fenster, atmete tief durch und sah hinunter auf das Meer.

Auf der schmalen Straße unterhalb des Hauses erklomm eine Gruppe den entsetzlich steilen Berg. Sie alle hatten Shorts und Stiefel an. Vielleicht waren das ja Fahrradshorts, aber sie wusste, was ein Fahrrad war, und keiner dieser Leute hatte eins dabei.

Dann lenkte sie den Blick vorbei an Büschen und Bäumen, die in voller Blüte standen, auf den schmalen Sandstrand und die Boote, die sich in der milden Brise auf dem blauen Wasser wiegten, und erinnerte sich daran, dass sie manchmal gerne unter Booten durchschwamm, um sich ihre Schatten anzusehen und zu raten, wohin ihre Reise ging.

Als ihr Blick zurück zu der steilen Straße wanderte, entdeckte sie eine Frau, die einen Baggy?... Boogie?... Buggy?... richtig, einen Buggy schob, in dem ein pausbackiges Baby saß. Links und rechts hatte sie schwere Plastiktüten an den Sportwagen gehängt und eine dritte Tüte in dem kleinen Drahtkorb unter dem Gefährt verstaut.

Das Baby klatschte lachend in die dicken Händchen, und die Frau sang leise vor sich hin.

Wenn Annika so gut wie Sasha hätte malen können,

hätte sie die Frau gezeichnet, die fröhlich lachte, obwohl noch der größte Teil des steilen Anstiegs vor ihr lag.

Plötzlich sah sie auf und erspähte Annika, die ihr zuwinkte.

»*Buongiorno*«, rief die Frau gut gelaunt.

Ein bisschen Italienisch hatte Annika gelernt, denn wenn sie in der Nähe irgendwelcher Strände oder Schiffe war, hörte sie den Menschen immer gerne zu.

»*Buongiorno*«, grüßte sie zurück. »Sie und Ihr *bambina* – *bella*.« Sie wies auf die Mutter und das Kind. »*Bella*.«

Lachend legte die Frau den Kopf zurück. »*Grazie, signorina. Mille grazie.*« Sie fing wieder an zu singen und setzte den steilen Weg mit ihrem Baby fort.

Lächelnd kehrte Annika zurück ins Erdgeschoss und ging nach draußen, um dort weiter für den Krieg gegen das Böse zu trainieren.

Sasha und Riley hatten sich schon auf dem schmalen Rasenstreifen zwischen Pool und Zitronenbäumen aufgebaut. An den Rändern blühten farbenfrohe Büsche, und die hohen, schlanken Bäume links der Rasenfläche sahen aus wie eine grüne Wand.

Sie hätten nicht viel Platz, deswegen fiele auch das Training sicher… weniger intensiv aus, meinte Riley. Trotzdem machte es Annika Spaß, den beiden anderen Frauen beim Nahkampftraining zuzusehen. Ein Faustschlag, eine schnelle Drehung um die eigene Achse und ein Tritt. Im Grunde war es wie ein Tanz. Dann war sie dran.

Annika nahm Anlauf, landete nach einem Doppelflickflack weich auf ihren Füßen und tat so, als dresche sie mit ihren Fäusten auf die beiden anderen ein.

»Angeberin«, stieß Sasha knurrend aus.

»Hier ist nicht viel Gras, aber trotzdem ist es schön. Du kannst deine Rollen üben, Sash.« Sie ließ die Hände umeinanderkreisen. »Und am Ende springst du auf.«

»Eine Doppelrolle«, beschloss Riley. »Danach kommst du hoch und landest einen Sidekick gleichzeitig mit einem Rückhandschlag.«

»Ist das dein Ernst?«

»Du musst allmählich anfangen, die Rollen und das Fallen mit allem anderen zu kombinieren. Du bist eine Superbogenschützin, aber es genügt nicht, wenn du dich auf die Distanz behaupten kannst. Du brauchst auch Beweglichkeit und Kraft, stimmt's, Anni?«

»Das stimmt.«

»Sie soll anfangen.« Sasha pikste Riley mit dem Finger an.

»Ich soll anfangen? Meinetwegen.«

Riley klatschte in die Hände, ließ die Schultern kreisen und ging mehrmals in die Knie. Dann drückte sie sich plötzlich leichtfüßig vom Boden ab, landete auf ihren Händen, sprang nach zwei blitzschnellen Rollen wieder auf und vollführte einen Kick nach rechts, während sie den Arm mit der geballten Faust in die andere Richtung fliegen ließ.

Als Annika ihr applaudierte, knurrte Sasha: »Jetzt ermutige sie doch nicht noch.«

»Du kannst das auch, Sash. Spann deine Muskeln an.« Annika legte die Hand auf ihren Bauch. »Hier und in den Beinen.«

»Also gut.« Sasha schüttelte die Arme aus und atmete tief durch. »Okay. Muskeln anspannen, springen, abrollen, Kick. Oh Gott.«

Sie nahm drei Schritte Anlauf, stützte sich auf ihren Händen ab, und Annika zuckte zusammen, nachdem der Handstandüberschlag durchaus gelungen war, Sasha aber bei den Rollen aus dem Gleichgewicht geriet und, statt wieder aufzuspringen, auf die Nase fiel.

»Verdammt.«

»Zehn Punkte für die Gesichtslandung«, stellte Riley grinsend fest.

Sasha rollte mit den Augen und bedachte sie mit einem bösen Blick.

»Dein Handstandüberschlag war wirklich gut.« Annika hockte sich neben sie und rieb ihr aufmunternd die Schultern.

»Allerdings.«

»Aber dann bist du nicht geradeaus, sondern nach links gerollt. Du hast deine Mitte nicht gehalten, deshalb hattest du kein Gleichgewicht. Ich werde es dir noch mal zeigen, aber langsamer als Riley, damit du es sehen kannst.«

Sie stand auf, nahm aber keinen Anlauf, sondern beugte fließend ihren Oberkörper vor.

»Du musst den Bauch anspannen«, sagte sie und rollte sich geschmeidig ab. »Und dann musst du in den Knien locker werden, wenn du aufstehen willst.« Sie richtete sich flüssig wieder auf, ließ ein Bein und einen Arm über Kreuz zur Seite schießen und verharrte völlig reglos in der sicher alles andere als bequemen Position.

»Kann ich nicht einfach mit Steinen nach den Schurken werfen?«

»Manchmal«, stimmte Annika ihr lächelnd zu. »Aber das hier kannst du auch. Ich werde dir helfen. Also spann den Bauch an«, wiederholte sie. »So fest es geht. Versuch es mal.«

Dieses Mal gab Annika ihr Hilfestellung und versetzte ihr zu Anfang ihrer Rolle einen leichten Stoß. »Anspannen. Ganz fest! So fest es geht! Und dann drück dich mit den Beinen ab!«

Sasha landete tatsächlich, wenn auch etwas wacklig, auf den Füßen, fand ihr Gleichgewicht und vollführte Kick und Faustschlag wie die anderen beiden Frauen.

»Gut! Sehr gut.« Wieder applaudierte Annika.

»Ich bin wieder nach links gekippt. Das habe ich gespürt.«

»Aber nicht so sehr wie eben.«

»Du hast es geschafft«, erklärte Riley. »Gleich noch mal.«

»Okay, okay. Aber diesmal helft mir bitte nicht. Falls ich wieder auf die Nase falle, ist das mein Problem. Ich werde die verdammte Übung schon hinbekommen. Und wenn es das Letzte ist, was mir gelingt.«

»Das nenne ich echten Kampfgeist«, stellte Riley anerkennend fest.

Abermals vollführte sie zwei – wackelige – Rollen, doch bevor sie vollends aus dem Gleichgewicht geriet, fing sie sich wieder auf.

»Und jetzt alle zusammen«, meinte Annika.

»Meine Güte. Aber meinetwegen.«

»Bauch anspannen. Als wollte euch jemand in den Magen boxen.«

Riley nickte knapp. »Auf drei. Eins, zwei drei!«

Sawyer blieb unter den Zitronenbäumen stehen. »Sieh dir das mal an.«

Zusammen mit Doyle verfolgte er, wie die drei Frauen sich abrollten und zeitgleich wieder aufsprangen.

»Unsere Wolfsfrau ist echt schnell und wirklich gut in Form«, bemerkte Doyle. »Blondie hat echt Biss und schlägt sich inzwischen ebenfalls ziemlich wacker. Aber unser Mädchen aus dem Meer? Bei ihr sieht diese Übung so locker wie ein Strandspaziergang aus.«

»Man sollte meinen, dass sie sich erst dran gewöhnen muss, nicht mehr im Wasser zu sein. Aber ihre Bewegungen an Land sehen genauso fließend aus, wie wenn sie schwimmt.«

»Was sicher auch an ihren tollen Beinen liegt.«

Doyle setzte sich wieder in Bewegung, während die drei Frauen irgendetwas diskutierten, blieb dann aber noch mal stehen. Soeben trat Riley kopfschüttelnd einen Schritt nach hinten, verschränkte die Hände wie zu einer Räuberleiter und nickte der Nixe zu.

Annika lief auf sie zu, sprang mit einem Fuß in ihre Hände, und als Riley die Arme hochriss, landete sie nach einem perfekten Salto rückwärts in der Superheldenposition. Gehockt, ein Bein gebeugt, das andere seitwärts ausgestreckt und eine Hand im Gras.

»Vielleicht sollte ich das Training filmen«, meine Sawyer, aber da entdeckte Annika die beiden Männer und kam eilig auf sie zu.

»Los, macht mit!«

»Ich könnte jahrelang trainieren, aber so etwas bekäme ich niemals hin.«

»Ich kann es dir ja beibringen.«

»Das könntest du bestimmt«, mischte sich Doyle in das Gespräch. »Aber wir machen besser erst mal eine Wanderung, um ein Gefühl dafür zu kriegen, wo wir sind und welche Nachteile die Lage unseres Hauses hat.«

»Einverstanden.« Riley nickte und blickte zum weiten blauen Himmel auf. »Wobei wir gegen diese Schwachstelle wahrscheinlich machtlos sind.«

»Trotzdem müssen wir auf alles vorbereitet sein.«

»Bran arbeitet bereits daran und könnte sicher eine Pause brauchen. Also werde ich ihm sagen, dass wir loswollen. Zehn Minuten?«, fragte Sasha.

»Okay.« Lächelnd wandte Sawyer sich an Annika. »Und du ziehst dir am besten Schuhe an, bevor es in die Berge geht.«

Sie packten ihre Rucksäcke und nahmen den schmalen, steilen Weg bergauf. Es war bereits sehr warm, und die Sonne brannte ihnen auf die Köpfe, als sie aus der Vogelperspektive auf das Meer, den Strand und die Häuser mit den weißen, rosa- oder ockerfarbenen Fassaden hinuntersahen, die den langgezogenen Weg säumten.

Sawyer fertigte gedanklich eine Karte der Umgebung an. Mit Karten kannte er sich aus, das hatte er bereits als Kind von seinem Großvater gelernt. Die Hand des Reisenden, in der der Kompass lag, brauchte mehr als Glück und Zauberkraft. Der Kompass war ein Erbe, ein Geschenk und gleichzeitig eine Verpflichtung, und um richtig mit ihm umzugehen, benötigte man Kenntnisse in Raum und Zeit.

Er trug selbst die Oliven- und Zitronenhaine, die blühenden Gärten und die Häuser, deren Fenster weit offen standen, um die milde Luft hereinzulassen, oder aber hinter sorgfältig geschlossenen Läden nicht zu sehen waren, in seine Karte ein.

Von ihrem hohen Aussichtspunkt aus zeigte Riley auf das Festland.

»Capri war einmal ein Teil des Festlands, die ersten Siedler gab es hier bereits im Neolithikum. Dann wurde die Insel von den Teleboi und danach von den Griechen aus Cumae besiedelt, bevor sie 328 vor Christus von den Römern übernommen wurde. Aber erst unter Augustus wurden auf der Insel Tempel, Gärten, Villen und die Aquädukte angelegt, und unter Tiberius, der nach ihm kam, wurde noch mehr gebaut. Auf dem Monte Tiberio kann man heute noch die Überreste seiner Villa sehen. Wir laufen direkt darauf zu, obwohl es noch ein ziemlich weiter Weg bis dorthin ist.«

»Warst du schon mal dort?«, erkundigte sich Sasha.

»Ja, aber das ist eine ganze Weile her. Ich war mit meinen Eltern dort. Selbst heute ist die Villa Jovis noch ein echt beeindruckender Ort, und sicher würde es sich lohnen, sich dort mal genauer umzusehen.«

»Eine Göttin hätte möglicherweise Lust, ihr Hauptquartier in den Überresten einer Kaiservilla aufzuschlagen«, spekulierte Bran.

»Genau.« Riley dachte kurz darüber nach. »Ein Teil der alten Pracht ist noch erhalten, aber seine Ruhe hat man dort natürlich nicht. Die Villa ist eine der Hauptattraktionen der Insel, und ich schätze, dass all die anderen Leute, die den Berg erklimmen, sie sich auch ansehen wollen.«

»Es gibt auf Capri jede Menge Höhlen«, gab Doyle zu bedenken.

»Das stimmt.« Riley bedachte ihn mit einem neugierigen Blick. »Warst du schon mal hier?«

»Allerdings. Auch wenn das noch länger her ist als bei dir. Als die Engländer und die Franzosen sich um die Insel gestritten haben.«

»Das ist wirklich ganz schön lange. 1806 haben die Engländer die französischen Besatzer rausgeschmissen, aber 1807 hat sich Frankreich die Insel zurückgeholt. Auf welcher Seite hast du damals gekämpft?«

»Auf beiden«, gab er achselzuckend zu. »Dadurch hatte ich etwas zu tun. Vor zweihundert Jahren sah es hier noch völlig anders aus. Die Straßen, die Häuser und die Standseilbahn gab es damals natürlich noch nicht. Aber das Land selbst braucht deutlich länger, um sich zu verändern, und ich schätze, dass die Höhlen und die Grotten noch dieselben sind.«

»Die Grotta Azzurra«, juchzte Annika. »Sie ist wunderschön. Ich war auch schon mal mit meinen Eltern und mit meinen Schwestern hier, um in dem Wasser und dem Licht zu baden.«

»Die Blaue Grotte wäre der ideale Ort für einen Wasserstern«, stellte sich Sawyer vor. »Und genau deswegen wird er dort bestimmt nicht sein.«

»Er wird sein blaues Licht erst wieder verströmen, nachdem er gefunden worden ist. Bis dahin ist er kalt und still.«

Sie alle blieben stehen, und Bran legte die Hand auf Sashas Arm. »Was siehst du sonst noch?«

»Sie. Ich kann sie durch den Rauch und die zerbrochenen Spiegel hindurch sehen. Nerezza, die Mutter der Lügen, wird ihren Palast aus Dunkelheit in Dunkelheit errichten und dort eine neue Waffe schmieden, um sie gegen uns ins Feld zu führen. Durch Versprechungen von Macht, die sie in die durstige Erde pflanzen und mit Blut statt Wasser gießen wird. Ein neuer Hund für einen neuen Tag.«

Sie tastete hilfesuchend nach Brans Hand. »Wie habe ich mich gemacht?«

»Sehr gut. Ich hoffe nur, dass du kein Kopfweh hast.«

»Nein, nein, es geht mir gut. Ich habe die Bilder einfach kommen lassen. Ich kann sie nicht erzwingen, aber kommen lassen kann ich sie.«

»Du bist sehr blass.« Annika zog eine Flasche Wasser aus dem Rucksack und hielt sie ihr hin. »Hier, das hilft.«

»Bestimmt.«

»Genau wie Essen. Da kommt es doch sicherlich gelegen, dass ich Pizza rieche«, stellte Riley fest.

»Mit deiner Wolfsnase«, warf Sawyer ein.

»Genau. Wie wäre es mit Mittagessen?«, fragte sie, und da sie alle Hunger hatten, setzten sie sich vor die kleine Trattoria, die dreihundert Meter weiter direkt an der Straße lag.

Sawyer blickte Sasha fragend an. »Hast du deinen Skizzenblock dabei?«

»Ich gehe niemals ohne ihn aus dem Haus.«

»Kann ich ihn mir wohl kurz ausleihen? Ich will mir was notieren, bevor die Erinnerung daran verblasst.«

Fasziniert zog Sasha ihren Block und einen Kasten Buntstifte hervor. »Ich wusste gar nicht, dass du malst.«

»Nicht so wie du.«

Während die anderen Pizza, Bier und Wein bestellten, zeichnete er sorgfältig das Land, das Meer, den Strand, die Hügel und die Straße mitsamt Häusern, Wäldern und Feldern.

Riley beugte sich über den Tisch und betrachtete sein Werk. »Super, Cowboy«, gratulierte sie.

»Schließlich muss man immer wissen, wo man ist. Und zwar da – das heißt, da ist das Haus. Wir sind den Weg heraufgelaufen, und jetzt sind wir hier.«

Am unteren Rand des Blattes zeichnete er noch eine Windrose, damit die Himmelsrichtungen problemlos zu erkennen waren.

»Und was ist unterhalb des Hauses?«

»Die Straße führt zu einem kleinen Platz, dem *a chiazz*. Er ist das gesellschaftliche Zentrum und bei Touristen ausnehmend beliebt. Dort und in den engen Gassen rundum gibt es zahlreiche Cafés und Bars und jede Menge kleiner Läden.«

»Läden?«, fiel ihr Annika ins Wort. »Können wir dort einkaufen?«

»Früher oder später werden wir das müssen. Schließlich werden unsere Vorräte nicht ewig halten, und vor allem haben wir nicht genügend Munition. Aber du kriegst dort auch irgendwelche Kinkerlitzchen«, fügte Riley gutmütig hinzu. »Und hier oben, das ist die Marina Grande.«

Sawyer trug den Hafen in die Karte ein.

»Dort holen wir morgen früh das Boot – wieder ein RIB – und die Tauchausrüstungen. Außerdem haben wir einen Van, falls wir einen brauchen, aber das würde ich nur empfehlen, wenn es gar nicht anders geht. Die öffentlichen Transportmittel sind ziemlich gut, und außerdem haben wir Sawyer, falls es einmal wirklich schnell gehen muss. Mit der Standseilbahn kommt man von Capri bis zum Hafen, aber am besten laufen wir einfach direkt vom Haus aus hin.«

»Und was machen wir mit unseren Waffen, wenn wir Bus fahren?«, fragte Doyle.

»Da lasse ich mir etwas einfallen«, versicherte ihm Bran.

Bevor eine Diskussion darüber ausbrechen konnte, kam die dampfend heiße Pizza, doch da Sawyer spürte, dass

Riley und Doyle sich wieder mal nicht einig waren, schlug er salomonisch vor: »Wir könnten doch zu Fuß gehen. Im Notfall fahren wir mit dem Bus, und ansonsten gehen wir zu Fuß.«

»Das klingt nach einem guten Kompromiss«, erklärte Bran. »Wir könnten es zumindest versuchen. Den Marsch zum Hafen könnten wir ja als Teil des Frühsports sehen.«

»Ich mag Frühsport«, sagte Annika. »Ich mag Pizza, und der Wein ist wirklich gut. Ich kann auch zu den Geschäften laufen.« Sie wandte sich an Sawyer, klapperte verführerisch mit ihren langen Wimpern und schlug vor: »Wir könnten ja zusammen gehen.«

»Ah …«

»Auf alle Fälle sollten wir uns erst einmal die Pizza während eines einstündigen Waffentrainings wieder abtrainieren«, meinte Doyle. »Ich wette, dass wir auch am Hafen jede Menge Läden finden werden, meine Schöne. Du bekommst auf jeden Fall noch die Gelegenheit, auf Shoppingtour zu gehen.«

»Ich mag meine Waffen.« Sie warf einen Blick auf ihre Armreife und lächelte dann Bran und Sasha an. »Sie sind sehr hübsch. Es ist schön, dass wir den Tag zusammen haben. Dass wir üben und trainieren und planen, aber daneben durch die Sonne laufen, all die hübschen Blumen sehen, Pizza essen und ganz einfach …«

»Leben?«, meinte Bran und pflückte eine kleine, sternförmige Blüte aus der Luft.

Lachend steckte Annika sie sich hinter das Ohr. »Ja. Dass wir einfach zusammen sind. An dem Ort, an den Sash uns geschickt und Sawyer uns gebracht hat. Denn …«, sie legte sich die Hand aufs Herz, »… genau hier sollen wir sein.«

»Und das weißt du, weil du die siebte Tochter einer siebten Tochter bist?«, erkundigte sich Riley.

»Ja, vielleicht. Auf alle Fälle weiß ich es. Und ich spüre genau, dass wir den Wasserstern hier finden werden, weil die Waffe, die Nerezza gegen uns ins Feld führen wird, uns niemals daran hindern kann. Das Dunkle kann nicht siegen, also muss das Licht gewinnen.«

»Du bist selbst ein helles Licht, Anni«, erklärte Sawyer, und vor Glück schwoll ihr das Herz.

»Eins von sechs. Das ist sehr schön. Kann ich noch ein Stück Pizza haben?«

Sawyer schob ihr eine Scheibe auf den Teller. »Alles, was du willst.«

Nach dem Essen kehrten sie zurück zum Haus und führten dort das Waffentraining durch. Annika benutzte gern ihre Zauberarmreife, vor allem wenn sie damit die Schwebebälle jagen konnte, die so schnell an ihr vorüberflogen und so überraschend hinter irgendwelchen Bäumen vorgeschossen kamen, dass sie wirklich auf der Hut sein musste, um sie abzuwehren. Wobei sie darauf achten musste, sie nicht zu zerstören, damit nicht Bran sein eigenes Training unterbrechen musste, um ein halbes Dutzend neuer Bälle für sie zu fabrizieren.

Es machte ihr nichts aus, den duftenden Zitronenhain zu teilen, solange die anderen ihr Bogentraining absolvierten. Aber als sie mit Pistolen übten, waren die grässlichen Geräusche nicht zu überhören.

Nach außen hatte Bran den Garten abgeschirmt, damit die Nachbarn nichts von ihrem Training mitbekamen, aber innerhalb des Grundstücks hallten die brutalen

Schüsse derart laut, dass Annika zurück ins Haus schlich, wo der Lärm erträglich war.

Sie würde irgendwann alleine weiterüben, aber die Geräusche und den grässlichen Gestank der Schusswaffen hielt sie nicht aus.

Sie würde sich auf andere Weise nützlich machen, dafür, dass die anderen bereit waren, ihr den Gebrauch der todbringenden Waffen zu ersparen.

Schade, dass es anders als auf Korfu keinen Hund und keine Hühner auf dem Anwesen gab. Doch auch wenn der Garten nicht so groß war wie in Griechenland, müsste irgendwer dort Unkraut zupfen und im Inneren des Hauses nach dem Rechten sehen.

Sie suchte in der Küche nach den Zutaten des Sonnentees. Sawyer hatte ihr gezeigt, wie man ihn machte, und als gute Schülerin bekäme sie das sicher auch alleine hin. Denn sie sollte nicht nur kämpfen und die Sterne finden, sondern auch so viel wie möglich lernen während ihrer Zeit an Land.

Vor allem aber hatte man sie hergeschickt, damit sie ihren Freunden half. Sie wusste, dass das Wasser kochen musste und dass es ein bisschen dauern würde, bis es so weit war. Also nutzte sie die Zeit und sammelte die Kleider ihrer Freunde ein, die von der letzten Schlacht auf Korfu mit dem Blut und den Eingeweiden von Nerezzas mörderischen Bestien beschmutzt waren. Wobei es etwas dauerte, bis sie die ihr noch fremde Waschmaschine begriff.

Dann ging sie wieder in die Küche und tauchte den großen Glaskrug in das heiße Wasser. Es ärgerte sie, dass sie nicht mehr wusste, wie Sawyer den Arbeitsgang bezeichnet hatte, der verhindern sollte, dass sich irgendetwas Schlechtes mit dem Tee oder Gefäß verband.

Bran hatte sie in der Kräuterkunde unterrichtet, also ging sie in den Garten, schnitt dort, so wie Sasha es sonst immer machte, ein paar grüne Stängel ab, wusch sie unter kaltem Wasser, warf sie in den Glaskrug, füllte ihn mit heißem Wasser, setzte dann den Deckel auf und stellte den Krug auf die Terrasse in den Sonnenschein.

Den Rest der Arbeit würde die Sonne übernehmen, also könnte sie in Ruhe die Gemüsebeete jäten und die reifen Paprika, Tomaten und Zucchini ernten, wie sie es gelernt hatte, als sie nach Griechenland gekommen war.

Es wäre herrlich, immer so zu leben, ohne Training und vor allem ohne Kämpfe gegen einen dunklen Feind. Ein Haus und einen Garten zu versorgen, Sonnentee zu kochen, einen Hund zu haben, der so gern spielte wie Apollo, und ein Haus am Meer, damit das Wasser immer in der Nähe war. Einen Ort, an dem sie mit den Freunden leben und das Bett mit Sawyer teilen könnte wie eine normale Frau.

Oh, sie wüsste wirklich gerne, wie es wäre, sich mit ihm zu paaren.

Davon träumen konnte sie auf jeden Fall. Denn Träume taten niemandem weh. Also träumte sie von einem Haus am Meer, in dem sie mit ihrer einen wahren Liebe und mit ihren Freunden lebte, während alle Welten vor dem Dunkel sicher waren.

Ihr war klar, dass es niemals so sein könnte. Nach dem dritten Vollmond würden ihre Beine ihr nicht länger gehören, und abermals würde das Meer ihr einziges Zuhause sein.

Aber träumen konnte sie und alles tun, damit die Finsternis ihnen am Ende unterlag.

Sie richtete sich wieder auf, als Sasha auf sie zugelaufen kam, und hielt der Freundin ihre Ernte hin.

»Die Sachen waren reif.«

Sasha blickte in den Korb und nickte zustimmend. »Auf jeden Fall. Du warst aber ganz schön fleißig.«

»Und die Sonne macht den Tee. Aus Pfefferminz, Kamille und der Pflanze, die wie die Zitronen riecht.«

»Das ist eine wirklich gute Mischung.«

»Der Tee hat auch schon eine schöne Farbe, aber trotzdem braucht die Sonne noch ein bisschen Zeit.«

»Vielleicht, aber wenn die anderen kommen, werden sie wahrscheinlich nicht länger warten wollen. Wir haben nämlich alle Riesendurst. Ich glaube, jetzt ist erst mal eine kurze Poolpause geplant. Nach all der Gartenarbeit hast du doch wahrscheinlich auch Durst, und vor allem würdest du doch sicher gerne schwimmen gehen.«

»Immer. Hm … ich habe die Waschmaschine angestellt, aber sie ist anders als in Griechenland. Könntest du vielleicht mal gucken, ob sie richtig läuft?«

»Ich schaue auf dem Weg nach oben nach.«

»Wenn du deinen Badeanzug holst.«

»Nein, ich will nicht in den Pool. Ich muss ein bisschen malen.«

»Eine Vision?«

Sie schüttelte den Kopf. »Ich muss einfach regelmäßig malen, so wie du regelmäßig schwimmen musst.«

Annika sah sie mit einem weichen Lächeln an. »Weil es das ist, was dich ausmacht.«

»Ja, genau. Aber weißt du, vielleicht bringe ich die Staffelei ja runter in den Garten. Im Gegensatz zu früher will ich gar nicht mehr so oft alleine sein.«

»Dann hole ich die Gläser und das Eis.«

Gemeinsam gingen sie ins Haus, wo Sasha in der kleinen Waschküche nach der Maschine sah.

»Ich habe die Sachen erst mit Salz bestreut. Wegen des Blutes. Und ich habe auch was aus der kleinen Flasche mit dem Reiniger, den Bran gemacht hat, draufgekippt.«

Sie erklärte jeden ihrer Arbeitsschritte, während sie die Wäschestücke aus der Trommel zog.

Sasha inspizierte sie und nickte zustimmend. »Das hast du wirklich gut gemacht.«

»Und wenn sie trocken sind, kann ich sie so zusammenlegen, wie ich es bei dir gesehen habe. Nach der Pause. Jetzt hole ich schnell meinen Bikini und schwimme im Pool.«

»Nach der Pause braucht Bran unsere Hilfe, wenn er wie auf Korfu einen Schutzvorhang über das Grundstück legt.«

»Besen habe ich hier schon gesehen.«

»Gut. Nachdem ich die Anbringung des Schutzvorhangs in Griechenland verschlafen habe, könntest du mir zeigen, wie es geht. Und wenn der Vorhang angebracht und alles sicher ist, halten wir unseren ersten Kriegsrat hier auf Capri ab.«

»Die Männer und Riley.«

»Auch wenn sie mehr Erfahrung als wir beide haben, haben wir ebenfalls gekämpft und Blut vergossen, deshalb nehmen wir jetzt alle daran teil.«

Annika deckte den Tisch mit Gläsern und einem großen Kübel Eis, schnitt die Minze so, wie Sawyer es sonst immer tat, stellte sie als kleinen Strauß in eine Vase, formte auf einem Teller eine Blüte aus Zitronenscheiben, und da immer jemand Hunger hatte, ordnete sie Obst, Käse und Cracker einladend auf einer Platte an.

Dann ging sie zufrieden in ihr Zimmer, um ihren Bikini anzuziehen.

Vor Beginn ihrer Mission hatte sie nur einen haben wollen, weil es ihrer Meinung nach vollkommen sinnlos war, wenn man in Kleidern schwamm. Doch jetzt beschloss sie, einen Teil von ihrem Geld in einen oder zwei zusätzliche Badeanzüge zu investieren. Kleider machten Spaß und waren hübsch, und da sie plötzlich wunderschöne Beine hatte, lohnte es sich, welche anzuziehen.

Lächelnd ging sie wieder in den Flur und sah, dass Riley ebenfalls aus ihrem Zimmer kam. »Wir sollten langsam wieder runtergehen. Doyle und Sawyer sitzen schon am Pool.«

»Oh. Kann ich mal gucken?«

Achselzuckend zeigte Riley auf die offene Terrassentür.

Annika lief los und sah die zwei in ein Gespräch vertieft am Rand des Beckens sitzen, während Bran ein Stückchen weiter neben Sasha stand, die einen Pinsel und eine Palette in den Händen hielt.

Fröhlich winkte sie den anderen zu. »Hallo!«

Sawyer blickte auf, sah sie mit seinem schnellen, sonnenhellen Lächeln an und winkte gut gelaunt zurück.

Erfüllt von heißer Freude, kletterte sie kurzerhand auf das Geländer des Balkons, vollführte einen Salto und tauchte kopfüber in den Pool.

»*Merda!*« Hektisch stürzte Sawyer sich ins Wasser, um

sie an den Rand zu zerren, als sie lachend wieder an die Oberfläche kam. »Himmel, Anni, du hättest dir alle Knochen brechen können.«

Sie strich sich das nasse Haar aus dem Gesicht und fragte neugierig: »Warum?«

»Der Pool ist nicht sehr tief, und aus der Höhe hättest du mit deinem Schädel auf den Boden krachen können.«

»Weshalb hätte ich das machen sollen? Mein Kopf weiß ganz genau, wie tief das Wasser ist.«

»Hat lustig ausgesehen.« Lässig lehnte Riley sich an das Geländer.

»Das war es auch.«

»Wir Menschen wissen ebenfalls, wie tief das Wasser ist«, erklärte Sawyer, »aber wir können den Fall nicht urplötzlich verlangsamen oder sofort kehrtmachen, wenn wir ins Wasser fallen.«

»Du springst besser nicht von dort«, rief Anni Riley warnend zu.

»Okay.«

Entschlossen nahm sie Sawyers Hand und zog ihn etwas tiefer. »Wir könnten um die Wette schwimmen. Das macht Spaß.«

»Als hätte einer von uns auch nur den Hauch von einer Chance gegen dich.«

»Ich würde auf dem Rücken schwimmen«, bot sie an.

»Trotzdem«, meinte Sawyer, doch als Doyle verächtlich schnaufte, schwamm er bis zum Beckenende, wartete, bis sie sich auf den Rücken rollte, und fragte: »Bist du bereit? Dann los!«

Er gab sich alle Mühe, zählte in Gedanken die Sekunden, doch als er den anderen Beckenrand erreichte, saß sie schon gemütlich auf dem Rand und drückte sich das Wasser aus den Haaren.

»Angeberin.«

»Auch Angeben macht Spaß.«

Zu ihrer großen Freude zerrte er sie wieder in den Pool. Mmmh, nackte Haut. Seine Hände, die sanft über ihre Hüften strichen, sein Gesicht, das ihr so nah war, dass sich ihre Lippen fast berührten, und die Augen, die erst lachten und dann plötzlich ungewöhnlich ernst aussahen.

Abrupt ließ er sie wieder los, und das Wasser trennte sie.

»Wie wäre es mit einem Wettrennen – an Land?«

»Meine Beine sind sehr stark und furchtbar schnell.«

»Das werden wir ja sehen, Wassermädchen.«

Als er wieder untertauchte, schwamm sie über ihn hinweg, ließ sich auf den Boden sinken und dort treiben, bis sie das Verlangen nach Sawyer so weit unterdrücken konnte, dass es ihr nicht schon von Weitem anzusehen war. Dann tauchte sie behände wieder auf und streckte genüsslich ihre Glieder auf dem Wasser.

Sie hörte fröhliches Gelächter und dann einen lauten Platsch, als Riley ebenfalls ins Becken sprang.

Es war beinah wie in ihrem Traum. All ihre Freunde waren zusammen, sie trieb rücklings auf dem Wasser, und die Sonne schien ihr ins Gesicht. Das war für einen Tag genug.

Und selbst die Arbeit entsprach ihrem Traum. Sie waren alle zusammen, während Bran den wunderhübschen, strahlend hellen, unermesslich starken Zauber wirken ließ. Sie fegten das Dunkle fort und legten mit den pudrigen Kristallen und dem Zauberwasser Licht über das Haus, bevor er, unsichtbar für ihre Nachbarn, die hinter der Wand aus Bäumen lebten, in die Luft stieg und den Schutzvorhang über das Haus bis auf den Boden zog.

»Ich wusste nicht, dass es so schön sein würde«, stellte Sasha fest und sah zu ihrem Liebsten auf.

»Der Ire hat echt Stil«, meinte auch Riley, während sie den Arm um ihre Schultern schlang. »Wir haben das alles schon einmal in Griechenland erlebt, aber das ist etwas, was man gut auch häufiger sehen kann. Okay, wo halten wir den Kriegsrat ab? Hier oder im Haus?«

»Wir sind hier draußen ebenso geschützt wie drinnen, und das Wetter ist einfach zu schön, um jetzt schon reinzugehen.«

»Das stimmt.«

»Ich muss noch den neuen Arbeitsplan erstellen. Aber das hat auch bis zum Abend Zeit. Das Abendessen übernehme ich. Es wäre nett, wenn die Gespräche über Krieg vorüber wären, wenn es ans Essen geht.«

»Ich habe ein paar Karten oben liegen.«

»Und ich kann noch schnell die Wäsche falten. Möchte jemand Wein?«, erkundigte sich Annika.

»Also bitte, Schätzchen.« Jetzt schlang Riley einen Arm um ihre Schultern. »Wein ist ein Getränk, das man zu jeder Tageszeit und selbstverständlich auch zu jedem Anlass trinken kann. Also fangen wir am besten langsam damit an.«

Annika sah zu, wie sich die anderen über die Karten beugten, während Riley auf die Höhlen wies, in denen sie schon einmal gewesen war oder von denen sie gehört hatte. Doyle zeigte auf ein paar andere Höhlen, auf die er vor langer Zeit gestoßen war.

»Kennst du weitere Unterwasserhöhlen, Anni?«, fragte

Sawyer. »Irgendwelche, die auf diesen Karten unter Umständen nicht eingezeichnet sind?«

»Wir waren nur hier.« Sie wies auf eine Stelle, die nördlich von ihnen lag. »In der Grotta Azzurra. Es ist Tradition, im blauen Licht zu baden. Aber wir sind nur ganz kurz geblieben und haben keine anderen Orte hier besucht. Weil hier zu viele Leute waren. Es gibt sicher auch noch andere Stellen, wo man nicht so viele Menschen trifft.«

Sasha sah sie fragend an. »Hast du die Seufzer und Gesänge damals schon gehört?«

»Nein, aber ich habe es auch nicht versucht. Ich war jung, und es war alles traumhaft schön und herrlich aufregend. Wir haben Urlaub hier gemacht, und ich habe mir einfach alles angesehen. Vom Wasser aus.«

»Aber du schwimmst nicht allein los.« Bran berührte ihre Hand. »Niemand zieht alleine los. Wir wissen, dass sie kommen und wahrscheinlich wieder ihre Hunde auf uns hetzen wird. Sie werden uns an Land, aus der Luft und im Wasser attackieren, das haben sie auch schon auf Korfu so getan. Dafür müssen wir gewappnet sein. Und dazu gehört, dass keiner von uns je allein loszieht.«

»Wir sind hier eingeschlossener als in der Villa.« Doyle sah auf die Baumreihen und die Häuser, von denen das Anwesen umgeben war. »Was gleichzeitig ein Vor- und Nachteil ist. Wir müssen weniger Terrain verteidigen, haben aber auch weniger Raum zum Manövrieren. Die Lichtbomben haben ganze Schwärme ihrer Hunde umgebracht. Wobei die Bezeichnung meiner Meinung nach eine Beleidigung für Hunde ist.«

»Ich mag Sashas Wort ›Lakaien‹.«

»Also nennen wir sie so.« Er nickte Riley zu. »Sie wird sie wieder auf uns hetzen, weil es ihr egal ist, wenn sie sie verliert. Dann schickt sie einfach neue hinterher. Könntest du vielleicht die Pfeile, die Pistolenkugeln und die Schwertspitzen mit solchen Lichtbomben versehen?«, wandte er sich an Bran.

Der Magier lehnte sich zurück und zog die Brauen hoch. »Das ist ein interessanter Vorschlag. Das kriege ich sicher hin. Ja, das kriege ich ganz sicher hin.«

»Du hast auch das andere Biest verletzt. War es ein Zerberus, Riley?«

»Ein dreiköpfiger Höllenhund? Auf jeden Fall hat es so ausgesehen.«

»Du hast es verletzt«, fuhr Sasha fort. »Und Nerezza selbst Schmerzen zugefügt und ihr vor allem eine Heidenangst eingejagt. Du hast sie altern lassen, was sie dir niemals verzeihen wird. Ich kann nicht sehen, was für eine Waffe sie für diesen Feldzug schmiedet, aber sie wird etwas brauchen, womit sie die Dinge, die ihr könnt, besser als auf Korfu überwinden wird.«

»Die Dinge, die wir alle können«, korrigierte Bran. »Ohne deine Hilfe hätten meine Kräfte dort niemals gereicht.«

»Umso besser, dass du nicht auf mich verzichten musst. Trotzdem haben wir unsere geballte Kraft aufbieten müssen, damit sie uns nicht besiegt.«

»Wir haben ihr ordentlich den Arsch versohlt«, erklärte Sawyer gut gelaunt. »Am Ende ist sie einfach abgehauen. Ihr habt eine Göttin in die Flucht geschlagen. Wir haben eine Göttin und ihre Lakaien besiegt. Und es ist bestimmt nicht voreilig, wenn ich behaupte, dass uns das auch jetzt gelingen wird, egal, was sie versucht. Wobei uns eine Ladung Zauberkugeln ganz bestimmt nicht schaden kann.«

»Die Zitronenbäume bieten gute Deckung«, meinte Doyle. »Statt auf der offenen Rasenfläche beziehen wir also besser in dem Wäldchen Position.«

»Wir halten auf der offenen Fläche ein paar zusätzliche Überraschungen für sie parat und schalten so von vornherein ein paar der Biester aus«, führte Riley den Gedanken weiter aus.

»Sie hat diesen Nebel auf den Boden niedergehen lassen. Der gebissen hat.« Sasha schätzte die Distanz vom Haus zum Hain. »Wir könnten die Lichtbomben von dort aus zünden. Mit Pistolenkugeln, Pfeilen, Schwertern und Magie.«

»Und ich mit meinen Armreifen«, erbot sich Annika.

»Das klingt nach einem guten Plan.« Riley griff nach ihrem Wein. »Damit wären Land- und Luftangriffe abgedeckt. Und jetzt zum Meer.«

»Dort haben wir Harpunen, Messer, einen Zauberer«, stellte Sawyer fest. »Und eine Meerjungfrau.«

Sie lächelte ihn an. »Meine Reife funktionieren auch sehr gut im Wasser, und vor allem bin ich dort viel schneller als an Land.«

»Wir haben dich bisher nie danach gefragt«, fing Sasha an. »Aber wie kommunizierst du mit deiner Familie und mit anderen, die sind wie du?«

»Oh. Das ist einfach ...« Sie tippte sich erst an den Kopf und dann ans Herz.

»Mit Gedanken und Gefühlen?«

»Wir können auch sprechen, aber meistens ohne Stimme.«

»Ich verstehe, was du damit sagen willst.« Riley beugte

sich über den Tisch. »Und was ist mit anderen Meereslebewesen? Fischen, Walen und so?«

»Wir können uns verstehen, aber sie denken nicht wie wir, obwohl Wale manchmal furchtbar weise und Delfine wirklich clever sind. Aber Fische? Sie vergessen schnell.«

»Wie Dorie«, meinte Sawyer, und als Annika ihn fragend ansah, fügte er hinzu: »Ein Fisch aus einem Film. Am besten sehen wir uns den mal zusammen an. Aber was Riley sicher wissen wollte, war, ob du Nerezza und ihre Gestalten vielleicht unter Wasser spüren kannst.«

»Oh. Ich weiß nicht. Sie sind keine Fische, keine Säugetiere und auch keine Menschen. Sie sind etwas anderes. Aber ich kann es versuchen. Ja, ich werde es versuchen«, versprach sie den anderen. »Das würde sicher helfen.«

»Ein Frühwarnsystem wäre echt toll. Und was haben wir sonst?« Sawyer sah die anderen nacheinander an. »Am besten bleiben wie auf Korfu immer zwei von uns zusammen, und wenn's brenzlig wird, kann ich uns transportieren. Es wäre gut, wenn wir einen Reserverückzugsort hätten. Wenn wir aus dem Wasser flüchten müssen, können wir hierher zurück, aber was ist, wenn wir hier in der Bredouille sind?«

»Wie wäre es mit dem Monte Tiberio?«, schlug Riley vor. »Von dort aus hätten wir zumindest einen guten Überblick.«

»Dann besorge ich mir schon mal die Koordinaten.«

Er zog seinen Kompass aus der Tasche und klappte vorsichtig den Bronzedeckel auf. Als er ihn auf die Karte legte, fing er an zu glühen, rührte sich aber nicht vom Fleck.

»Daran muss ich wohl noch ein bisschen arbeiten«, erklärte er und steckte seinen Kompass wieder ein.

»Ich mache mich ebenfalls ans Werk.« Bran stand entschlossen auf. »Kugeln, Pfeile, Schwertspitzen und Armreife mit Lichtbomben. Das klingt echt interessant.«

»Und ich werde ein bisschen weiter recherchieren und gucken, was ich über Seufzer, Lieder und Unterwasserhöhlen in Erfahrung bringe.« Riley erhob sich ebenfalls von ihrem Platz und wandte sich an Doyle. »Willst du die Karte haben?«

»Vielleicht später.«

»Und ich fange schon mal mit dem Abendessen an.« Sasha steckte eine lose Nadel in ihr auf dem Kopf zusammengebundenes Haar. »Kannst du mir dabei helfen, Annika?«

»Ja, ich helfe gern.«

Als die beiden in die Küche gingen, trank Doyle einen Schluck von seinem Bier, lehnte sich auf seinem Stuhl zurück und blickte Sawyer an. »Eine so fröhliche Nixe habe ich noch nie gesehen. Warum versuchst du nicht dein Glück bei ihr?«

»Sie ... Ich glaube nicht, dass sie dafür was übrighätte, und vor allem käme ich mir vor, als würde ich mich an die kleine Schwester eines Freundes ranmachen. Die obendrein noch von der Venus kommt.«

»Für mich sieht sie durchaus erwachsen aus, aber das musst du halten, wie du willst. Wie wäre es mit einem kurzen Gang in den Zitronenhain, um ganz sicherzugehen, dass es dort keine ungeschützten Stellen gibt?«

»Gute Idee.«

Während sie im Licht der Sterne aßen, rückte André Malmon seinen schwarzen Schlips zurecht. Der Abend würde sicher sterbenslangweilig werden, und er bereute es schon jetzt, dass er die Einladung zu dieser öden Wohltätigkeitsgala angenommen hatte. Doch er hoffte, dass er auf dem Fest neue Kontakte knüpfen konnte, um mit ihnen irgendwelchen aufregenden Geschäften nachzugehen.

Er brauchte dringend wieder einmal einen Kick.

Inzwischen gab es kaum noch etwas, das er nicht schon getan oder gesehen hatte oder was sich nicht durch bloßes Schnipsen mit den Fingern mühelos erreichen ließe.

Seine letzten beiden Abenteuer hatten ihm zwar jede Menge Geld eingebracht, ihn jedoch nicht ernsthaft herausgefordert und vor allem nicht wirklich amüsiert.

Und seine momentane offizielle Freundin wie auch die Hure, die er für die ausgefalleneren Spielchen nutzte, nervten ihn inzwischen allein schon durch ihre bloße Existenz.

Natürlich hatte er diverse Angebote, aber keines, das ihn wirklich lockte. Morde? Kein Problem, aber inzwischen tötete er nicht mehr ausschließlich für Geld, sondern nur dann, wenn es ihm auch ein persönliches Vergnügen bereitete.

Diebstahl war mitunter durchaus faszinierend, aber weshalb sollte er für jemand anderen stehlen statt für sich selbst? Momentan war seiner Meinung nach nichts auf der Welt die Mühe wert.

Entführungen, Gehirnwäsche, Verstümmelungen. Hmm.

Natürlich war da noch der Typ, der ihm fünfzig Millionen für ein Einhorn oder wenigstens das Horn von einem Einhorn bot.

Weil sich Vernunft mit Geld nicht kaufen ließ.

Vielleicht würde er sich ja die Mühe machen, ein gefälschtes Einhornhorn zu fabrizieren, aber das wäre wirklich die allerletzte Möglichkeit, der Langeweile zu entfliehen.

Er fuhr sich mit der Hand über das blonde Haar, das in perfekten Wellen um ein feingemeißeltes Gesicht mit einem ansprechend geformten Mund, einer schmalen Nase sowie täuschend sanften blauen Augen fiel.

Vielleicht sollte er auch erst mal Magda, seine augenblickliche Geliebte, umbringen. Nicht die Hure, denn sie wäre die Mühe eindeutig nicht wert. Magda allerdings war nicht nur eine reiche Erbin, sondern obendrein auch wunderschön mit einem Tropfen blauen Blutes.

Er könnte sie nicht nur ermorden, sondern obendrein verstümmeln und dem Ganzen einen Touch von Okkultismus oder sexueller Perversion verleihen. Das gäbe einen herrlichen Skandal, und vielleicht würde sich ja seine Stimmung dadurch wieder etwas aufhellen.

Jemand klopfte zaghaft an die Tür des Schlafzimmers. Grimmig drehte er sich um.

»Verzeihung, Mr. Malmon.«

»Da gibt's nichts zu verzeihen«, stellte er mit kalter Stimme fest. »Ich hatte Ihnen ausdrücklich verboten, mich zu stören.«

»Ja, Sir. Aber da ist jemand, der Sie sprechen will.«

Drohend trat er auf den Butler zu. »Was verstehen Sie unter ›nicht stören‹, Nigel?«

Stoisch hielt ihm Nigel eine Karte hin. »Sie wartet im Salon.«

Wütend wollte Malmon ihm die Karte aus den Fingern schlagen, aber dann bemerkte er die Miene seines Butlers.

Sie war vollkommen ausdruckslos. Fast tot. Der Mann

stand einfach da, starrte reglos geradeaus und hielt ihm die verdammte Karte hin.

Ein schimmernd schwarzes Rechteck, auf dem in blutroten Lettern ein einziger Name stand.

Nerezza

»Was will sie?«

»Mit Ihnen sprechen, Sir.«

»Und weder das Tor noch Lucien noch Sie selbst konnten sie aufhalten?«

»Nein, Sir. Möchten Sie, dass ich Erfrischungen serviere?«

»Nein, verdammt noch mal. Suchen Sie sich einen Strick und erhängen Sie sich, Nigel.«

Malmon schob sich an dem Mann vorbei und stapfte schlecht gelaunt, zugleich aber auch neugierig in Richtung des Salons.

Zur Vorsicht tastete er nach der Derringer, die er im Ärmel trug. Weil er immer, selbst in seinem eigenen Haus, bewaffnet und Lucien in diesem Fall genauso nutzlos wie der Trottel Nigel war.

Als er durch die Tür trat, drehte sie sich lächelnd zu ihm um.

Ein Bild von einer Frau, die zwar nicht wirklich schön, aber betörend war.

Das Rabenschwarz der Haare, die sich schlangengleich um ihre Schultern wanden, wurde durch die weiße Strähne, die sie wie ein Blitz durchzuckte, noch betont. Sie sah ihn durchdringend aus großen schwarzen Augen an, ein wissendes Lächeln umspielte die blutroten Lippen, die in deutlichem Kontrast zu ihren bleichen Wangen standen. Ihr bodenlanges schwarzes Kleid schmiegte sich eng an ihren wohlgeformten Leib.

»Monsieur Malmon.« Ihr exotischer Akzent und ihre Stimme zogen ihn sofort in ihren Bann. *»Je m'appelle Nerezza.«*

»Mademoiselle.« Er ergriff die dargebotene Hand, hob sie an seine Lippen, und in seinem Inneren wogte glühendes Verlangen auf.

»Bitte nehmen Sie doch Platz, Mademoiselle.«

»Nennen Sie mich einfach Nerezza.« Mit raschelnden Röcken nahm sie wieder Platz. »Denn wir beide werden gute Freunde werden, Sie und ich.«

»Ach ja?« Obwohl sein Herz inzwischen raste und das Blut durch seine Adern rauschte, hoffte er, möglichst souverän zu klingen. »Dann stoßen wir am besten erst einmal auf diese neue Freundschaft an.«

»Sehr gern.«

Um wieder die Kontrolle über ihre Unterhaltung zu erlangen, trat er vor die Bar und schenkte, ohne sie zu fragen, was sie trinken wollte, Whisky für sie beide ein.

Er reichte ihr ein Glas, nahm ihr gegenüber Platz, und sie stießen höflich miteinander an.

»Also, Nerezza, was führt Sie zu mir?«

»Ihr Ruf. Sie sind genau der Mann, den ich brauche, André.« Sie nahm einen Schluck aus ihrem Glas und blickte ihn unter ihren dichten schwarzen Wimpern hervor an. »Sie werden der sein, den ich brauche. Und wenn meine Bedürfnisse befriedigt sind, kann ich Ihnen mehr bieten, als Sie jemals gehabt oder sich je erträumt haben.«

»Ich habe schon sehr viel und erträume mir noch mehr.«

»Geld haben Sie auf jeden Fall bereits genug. Aber es gibt Dinge, die viel wertvoller als Gold und Silber sind.«

»Wie zum Beispiel?«

»Darüber werden wir später sprechen, weil es heute Abend erst einmal um die Sterne gehen wird. Haben Sie je von den Glückssternen gehört?«

Er nickte knapp. »Dem Mythos nach haben drei Göttinnen zu Ehren einer jungen Königin drei Glückssterne aus Feuer, Wasser, Eis erschaffen, und die vierte Göttin hat sie kurz darauf verflucht.«

Die Schärfe ihres Lächelns hätte zum Zerlegen irgendwelcher Knochen ausgereicht. »Und was halten Sie von Mythen?«

»Ich denke, dass in ihnen sehr viel Wahres steckt.«

»Ich kann Ihnen versichern, dass es die Sterne wirklich gibt. Und ich bin hier, weil Sie sie für mich finden sollen.«

Obwohl er in der bodenlosen Schwärze ihrer Augen zu versinken drohte, hatte er sich einen kleinen Teil von seinem Stolz bewahrt und sah sie fragend an. »Ach ja?«

»Ach ja. Doch bei der Suche steht Ihnen ein Sechserbund im Weg.«

»Mir steht niemand dauerhaft im Weg.«

»Wüsste ich das nicht, so wäre ich nicht hier. Wenn Sie sich dieser Herausforderung stellen und wissen wollen, was Sie im Gegenzug dafür von mir bekommen werden, kommen Sie morgen um Mitternacht zu der Adresse, die auf meiner Karte steht.«

»Auf der Karte steht keine Adresse.«

Lächelnd stand sie auf. »Kommen Sie dorthin, und erfahren Sie, welches Schicksal Sie erwartet.«

Ehe er sich auch nur erheben konnte, glitt sie bereits aus dem Raum. Als er aufsprang und zur Tür lief, war sie schon nicht mehr zu sehen. So als hätte sie sich einfach aufgelöst.

Er zog die Karte aus der Tasche und bemerkte, dass er offenbar nicht richtig hingesehen hatte.

Weil dort plötzlich unter ihrem Namen auch eine Adresse angegeben war.

Fasziniert, verblüfft und leicht beunruhigt drückte er den Knopf der Gegensprechanlage und bellte: »Lucien.«

»Sir?«

»Wo ist sie hin?«

»Verzeihung, Sir, wen meinen Sie?«

»Die Frau, die Frau in Schwarz, du Trottel. Wer wohl sonst? Warum hast du sie ohne meine Zustimmung ins Haus gelassen?«

»Heute Abend ist niemand ins Haus gekommen, Sir. Ich habe keinen hereingelassen.«

Wütend wandte er sich ab, rief nach Nigel. Als der nicht reagierte, riss er zornbebend die Tür seines Apartments auf… und brach in schallendes Gelächter aus.

Seine Langeweile war wie weggeblasen, denn der Butler hatte sich tatsächlich erhängt.

3

Der Tagesanbruch war die Zeit des ersten weichen Lichts und der diamantenen Tautropfen im Gras.

Daneben war er auch die Zeit des Frühsports, von dem Annika total begeistert war.

Sie machte gerne Liegestütze, hatte das Gefühl zu tanzen, wenn sie Ausfallschritte, Kniebeugen und Hampelmänner absolvierte, und vor allem fand sie das Gestöhne und Geächze, das hauptsächlich Sasha bei den meisten Übungen entfuhr, in höchstem Maße amüsant.

Genau wie wenn Sawyer sich darüber beschwerte, dass sich Doyle mit seiner barschen Art wie ein verdammter Oberfeldwebel benahm. Sie wusste, dass das Wort »verdammt« ein Schimpfwort war, das praktisch immer passte und beim Frühsport abgesehen von ihrem in aller Munde war. Beim Anblick von Doyle, der nach Luft schnappend die Kommandos gab, musste sie an Barsche denken.

Lachend stellte sie sich einen Barsch mit dem Gesicht des Freundes vor.

»Was gibt es da zu lachen?« Mit vor Anstrengung gerötetem Gesicht quälte die arme Sasha sich mit ihrem ersten Klimmzug ab.

Annika setzte zu einer Erklärung an, doch ihre Freundin winkte ab.

»Gott steh mir bei«, murmelte Sasha, bevor sie sich ein

zweites und mit wild zitternden Armen ein drittes Mal nach oben zog.

Als Annika ihr applaudieren wollte, zischte sie erbost: »Ich schaffe noch ein viertes Mal. Verdammt.«

Als Sasha fast vor Schmerzen schrie, hielt Annika vor lauter Mitgefühl den Atem an, doch ihre Freundin schaffte wirklich einen vierten Klimmzug, ehe sie sich stöhnend auf den Rasen fallen ließ.

»Prima«, lobte Doyle. »Die Ausführung war ziemlich schlampig, aber du hast wirklich Mumm bewiesen, und wenn du die Arschbacken noch etwas mehr zusammenkneifst, schaffst du bestimmt auch fünf.«

»Pass lieber auf, dass dir niemand in den Hintern kneift«, fuhr sie ihn böse an.

»Versuch's doch mal.« Er riss sie wieder auf die Füße, schob sie zur Seite und sah Riley an. »Du bist an der Reihe, Gwin.«

In der Zeit, in der sich Sasha unter Mühen viermal hochgezogen hatte, bekam Riley spielend gleich ein Dutzend Züge hin.

»Am besten kneife ich dir auch gleich in den Hintern«, stellte Sasha mit Grabesstimme fest. »Oder vielleicht bringe ich euch beide einfach um die Ecke, denn dann hat die liebe Seele endlich Ruh.«

»Du hast vier Klimmzüge geschafft«, rief Annika ihr in Erinnerung. »Beim ersten Mal hast du nicht einen hinbekommen, aber heute waren es schon vier.«

»Ja, ja.« Sie atmete vernehmlich aus, dann aber nickte sie und fuhr mit kraftvollerer Stimme fort: »Ja. Und morgen schaffe ich ganz sicher fünf.«

Sie frühstückten, erledigten die Hausarbeiten, die in Sashas neuer Liste standen, und brachen in Richtung Hafen auf.

Am liebsten wäre Annika den ganzen Weg gerannt. Sie konnte es kaum erwarten, sich ins Meer zu stürzen, aber unterwegs genoss sie es zu sehen, wie Bran und Sasha Händchen hielten, und zu hören, wie sich Doyle mit Riley darum stritt, wer das Boot lenken dürfte, das sie ergattert hatte.

Sie atmete begierig den Geruch des Salzwassers, der Blumen, der Zitronen und der Gräser links und rechts des Weges ein, bewunderte die hübschen Gärten, sah den bunten Vögeln hinterher, die am wolkenlosen Himmel schwebten, und freute sich, weil Sawyer neben ihr den Berg hinunterlief.

»Wirst du im Wasser Fotos machen?«

»Ja, wahrscheinlich.«

»Wenn du mir zeigen würdest, wie das geht, könnte ich ja ein paar Fotos von dir machen. Wenn immer nur du fotografierst, bist du selbst auf keinem einzigen Bild.«

»Ich habe ein paar Selfies.« Um zu zeigen, was er damit meinte, streckte er den Arm nach vorne aus und tat, als drücke er mit seinem Zeigefinger auf den Auslöser einer Kamera.

»Oh! Das ist wirklich clever.«

»Trotzdem könnte ich dir zeigen, wie man mit der Kamera umgeht. Es schadet sicher nicht, wenn auch noch jemand anderes Bilder macht.«

»Ich könnte im Wasser und vom Wasser aus fotografieren«, erbot sie sich, bevor sie den Blick in Richtung Hügel wandern ließ. »Ich würde gerne noch mal in die Berge gehen. Ich weiß, dass wir dort vielleicht kämpfen müs-

sen und dass unsere Suche wichtiger als alles andere ist.
Aber eine Wanderung wäre sehr aufregend für mich. Dort
würde ich bestimmt sehr viele neue Dinge sehen.«

Als er ihr spielerisch gegen die Schulter boxte, wusste
sie, dass er ihr damit zeigen wollte, wie sympathisch sie
ihm war. »Es ist eben nichts so schlecht, dass es nicht auch
sein Gutes hat.«

»Wobei uns das Gute im Kampf gegen das Schlechte
helfen wird.«

»Auf jeden Fall.«

»Beim letzten Kampf hatte ich Angst. Ich glaube, dass
wir unsere Aufgabe erfüllen und am Ende siegen werden,
hatte aber trotzdem Angst.«

»Die haben wir alle, Anni.«

Sie hob überrascht den Kopf. »Aber außer mir schien
niemand Angst zu haben.«

»Wir hatten alle Angst«, erklärte er. »Wenn wir die nicht
hätten, wären wir verrückt. Du weißt, was Mut ist«, sagte
er, und sie nickte zustimmend.

»Mut ist, wenn man sich dem Dunkel stellt.«

»Genau. Wenn man sich dem Dunkel stellt, obwohl
man Angst hat. Was bedeutet, dass wir gleichzeitig auch
alle mutig sind.«

Sie nickte abermals und wusste, dass sie zukünftig noch
mutiger sein könnte, wenn er sie darin bestärkte.

»Warum hast du eigentlich keine Partnerin?«

»Ah … tja, nun, ich war während der letzten Jahre ständig unterwegs. Ich musste ewig suchen, bis ich euch begegnet bin.«

»Aber du hattest Sex?«

Er nahm den Sonnenhut vom Kopf, fuhr sich mit den

Fingern durch das dichte, blond gesträhnte Haar, das sie selbst so gerne berührt hätte, setzte seinen Strohhut wieder auf und stopfte die Hände in die Taschen seiner Jeans.

»Weißt du, wenn du Fragen zu dem Thema hast, solltest du damit zu Riley oder Sasha gehen.«

»Oh, das wird nicht nötig sein. Der Sex in meiner Welt ist auch nicht anders als bei euch. Wir können Sex haben, mit wem wir wollen. Was eins der guten Dinge bei uns ist.«

Er musste einfach lachen. »Unbedingt.«

»Aber wenn wir unseren Partner finden und ihm lebenslange Treue schwören, gibt es niemand anderen mehr für uns. Dann gibt's nur noch den jeweils anderen, wie bei Sash und Bran.«

»Das ist schön. Das erhoffen sich die meisten.«

»Also hattest du zwar Sex, aber keine Partnerin.«

»Genau.«

Die Häuser rückten dichter an den Straßenrand, und um sie schnellstmöglich vom Thema abzulenken, zeigte Sawyer auf die Auslage eines Geschäfts.

»Oh, wir können doch bestimmt noch mal zurückkommen und shoppen gehen, oder? Schließlich bin ich fleißig.«

»Und beim Einkaufen noch fleißiger als sonst.«

»Nein, nein, ich meine, dass ich selbst bezahlen kann. Dass ich ... *flüssig* bin.«

»Auf jeden Fall.« Obwohl er grinsen musste, legte er den Arm um ihre Schultern und setzte den Weg in Richtung Hafen fort.

»Sieh dir dieses hübsche Essen an!«

Im Schaufenster einer Konditorei waren verführerische

kleine Törtchen, knuspriges Gebäck und luftige Plätzchen ausgelegt.

»Auf dem Rückweg nehmen wir auf alle Fälle etwas davon mit. Und da unten gibt's Gelato.«

»Was ist das?«

»Etwas besonders Leckeres.«

»Etwas besonders Leckeres«, wiederholte sie begeistert und lief fröhlich neben ihm den schmalen, steilen Weg hinab.

Er nahm zur Vorsicht ihre Hand. Auch wenn bisher die wenigsten Geschäfte offen waren, wusste er von Korfu, dass sie manchmal so spontan in einen Laden rennen konnte wie ein Terrier, der auf eine Katze traf.

»Auf dem Rückweg kriegst du ein Gelato«, sagte er zu ihr.

»Danke.«

»Aber erst mal müssen wir zum Boot.«

»In diesem Dorf ist alles furchtbar groß und gleichzeitig sehr klein. Das Gemüse und das Obst hier ...«, meinte sie und wies auf einen Stand. »Sieh dir all die Farben und die Formen an. Die meisten Sachen habe ich noch nie gesehen. Kann man die alle essen?«

»Ja. Manche roh, und manche muss man vorher kochen.«

Ihre Offenheit und Neugier waren Teil ihres besonderen Charmes. Sie glitt mit den Fingern über Hauswände, weil sie ein Gefühl für die Textur bekommen wollte, und wenn Sawyer sie nicht festgehalten hätte, wäre sie wahrscheinlich auch noch einer dreifarbigen Katze, die an ihr vorbeilief, hinterhergerannt. Entschlossen zog er sie vorbei an mehreren Cafés, vor denen Leute bei Espresso und Gebäck die Morgenzeitung lasen, bunt gestrichenen Häusern und Hotels mit farbenfrohen Sonnenschirmen und Markisen, bis sie zwei Minuten nach den anderen zum Hafen kamen, wo unzählige Boote auf dem Wasser schaukelten.

»Da.« Riley wies auf ein Gefährt, das aussah wie das Boot in Griechenland.

Nach kurzem Überlegen wusste Annika, es war ein RIB, ein Schlauchboot mit einem festen Rumpf.

Riley nickte einem dürren Mann mit großen Zähnen zu, der auf sie zugelaufen kam. Er verzog den Mund zu einem breiten Lächeln und wirkte dadurch auf Annika wie ein Hai.

»Den übernehme ich.«

Riley stapfte los, begann ein lebhaftes Gespräch auf Italienisch, und verblüfft hörte Annika, wie ihre Freundin den ihr fremden Mann nach Kräften zu beschimpfen schien.

Sasha holte ihren Skizzenblock hervor und brachte die Umgebung zu Papier – die Markisen und die Tische vor den Restaurants und Cafés sowie die Gebäude links und rechts der steilen Straße, über die man in die Berge gelangte.

»Er will mehr Geld«, erklärte Doyle. »Sie erklärt ihm auf verschiedene Arten, dass er das vergessen kann.«

Zuversichtlich, dass Riley diesen Streit gewinnen würde, bestieg er schon mal das Boot.

»Sie hat etwas von seinem Arsch und von einem Loch gesagt«, stellte Annika verwundert fest.

Sawyer zog sie lachend Richtung Boot. »Sie hat gesagt, dass er ein Arschloch ist. Das ist eine Beleidigung.«

»Dann ist ein Arschloch also jemand, der sein Wort nicht halten will.«

»Unter anderem.«

Der dürre Mann zeigte inzwischen nicht mehr alle seine Zähne, sondern schürzte die Lippen. Zufrieden kehrte Riley zu den anderen zurück. »Fabio, dies ist mein Team. Leute, das ist Fabio. Der Tauchclub befindet sich da drüben. Großzügigerweise hat sich Fabio bereit erklärt, mir beim Tragen der Gerätschaften zur Hand zu gehen, aber vielleicht kommt ja auch von euch noch jemand mit.«

»Sicher«, meinte Sawyer und sah Fabio lächelnd an. »*Buongiorno, Fabio, come va?*«

»*Bene.*« Wieder blitzte das Gebiss des Mannes auf.

»Ich werde auch beim Tragen helfen.« Bran gab Sasha einen Kuss und schlenderte zusammen mit den anderen davon.

Wenig später kamen sie mit Tauchflaschen, Neoprenanzügen und den ganzen anderen Sachen, die sie unter Wasser brauchten, sowie einer Kühlbox voller Eis und Wasser, den von Annika geliebten Fruchtsäften und ein paar Dosen Cola zurück, die sie ebenfalls gern mochte.

Während sie das Boot beluden, unterhielten Riley und Fabio sich abermals auf Italienisch, aber diesmal waren keine Schimpfworte dabei.

Und dann waren sie endlich − *endlich* − allesamt an Bord, und der dürre Fabio machte die Leinen los, die das Boot gesichert hatten.

Riley tippte mit zwei Fingern an die Krempe ihres Huts. »*Ciao*, Fabio«, rief sie laut und fügte leise »alter Saftsack« an.

»Ein Saftsack ist ein Arschloch?«

Riley schob sich ihre Sonnenbrille auf die Nasenspitze

und sah Annika aus ihren leuchtend braunen Augen an. »Ein Saftsack ist ein riesengroßes Arschloch. Anders als die gute Anna Maria, die kein Saftsack und kein Arschloch ist. Sie hat extra einen Liegeplatz im Tauchclub für uns reserviert, wodurch das Be- und Entladen erheblich leichter wird.«

Riley ging nach vorn zum Ruderhaus, wo Doyle bereits am Steuer stand. »Heute übernehme ich das Steuer, weißt du noch?«

»Ich wollte uns nur so schnell wie möglich von dem Saftsack wegbringen«, erklärte er, trat aber trotzdem einen Schritt zur Seite, damit sie ans Steuer kam.

Sie ließ den Motor an, und während sie über das Wasser glitten, teilte er die Druckluftflaschen aus.

»Ich brauche keine«, begann Annika.

»Trotzdem ist es besser, wenn du eine auf dem Rücken hast.«

»Weil wir unterwegs auf andere Taucher treffen könnten«, erläuterte Sawyer. »Leute, die sich wundern würden, wenn du ohne Flasche tauchst.«

»Dann soll ich also nur so tun, als ob ich eine brauchen würde.«

»Ja, genau.«

»Okay.«

»Außerdem entfernt sich niemand von der Truppe«, befahl Bran, als sie aus ihren Kleidern stieg und Sawyer schnellstmöglich in eine andere Richtung sah. »Selbst wenn ich es für unwahrscheinlich halte, dass Nerezza uns so schnell gefunden hat, dürfen wir kein Risiko eingehen. Wir bleiben die ganze Zeit so dicht zusammen, dass jeder jeden sehen kann.« Er wandte sich an Sasha, doch sie schüttelte den Kopf.

»Ich fühle nichts. Trotzdem bin ich froh, wenn ihr mich im Blick behaltet, falls ich unter Wasser anfange zu träumen oder so.«

»Ich werde auf dich aufpassen«, versicherte ihr Annika.

»Ich weiß, dass du das wirst.«

»Am besten bilden Annika und Sawyer wie beim letzten Mal die Spitze, ich und Sash bilden die Nachhut, und Riley und Doyle sichern die Flanken, oder was meint ihr?« Bran sah die anderen fragend an.

»In Ordnung«, stimmte Sawyer zu und schloss den Reißverschluss seines Neoprenanzugs. »Das ist das erste Mal, dass ich bewusst mit einer Nixe tauchen gehe.« Er sah Annika mit einem breiten Grinsen an. »Was es für mich noch aufregender macht.«

»Aber behalt bloß deine Beine, meine Schöne«, warnte Doyle, und Riley hielt entschlossen auf die hohen Klippen zu.

»Versprochen. Außer wenn wir angegriffen werden.«

»Apropos Angriff, hast du schon was bei den Kugeln, Pfeilen und Schwertspitzen erreicht?«, wandte sich Doyle an Bran und befestigte eine der Harpunen an seinem Gürtel.

»Ich bin schon ziemlich weit, aber es wird noch ein, zwei Tage dauern, bis wir ausprobieren können, ob es funktioniert. Bis dahin nimmt am besten jedes Zweierteam eine Harpune mit. Und so gut wie Sasha mit dem Bogen umgehen kann, würde ich sagen, dass sie unsere Harpune übernimmt.«

»Oh.«

Doyle hielt ihr eine der Harpunen hin. »Kommst du damit zurecht?«

Sasha runzelte die Stirn und wog die Waffe prüfend in der Hand. »Ich denke schon.«

»Ich will kein solches Ding«, erklärte Annika sofort.

»Schon gut, ich übernehme sie.«

»Sawyer, Sasha.« Doyle blickte in Richtung Ruderhaus, wo Riley stand. »Willst du dich mit mir um die Harpune streiten?«

»Nein, am besten wechseln wir uns einfach ab. Wenn ich steuere, nimmst du die Waffe, und wenn du am Steuer stehst, gibst du sie mir.«

»Das klingt gerecht.«

Sie stoppte das Boot und zeigte auf einen hohen Fels. »Dahinten liegt die erste Höhle, deren Eingang circa vier Meter unter der Wasseroberfläche liegt. Man muss erst durch einen schmalen Tunnel, der nach rund dreizehn Metern breiter wird. Das heißt, dass es für einen Anfänger bestimmt kein leichter Tauchgang wird.«

»Ich komme schon zurecht«, sagte Sasha und stieg in ihren Neoprenanzug.

»Nachdem du dich auf Korfu ganz hervorragend geschlagen hast, bist du schließlich auch keine Anfängerin mehr.« Riley zog sich aus und griff nach ihrem eigenen Neoprenanzug. »Die Öffnung ist so schmal, dass immer nur einer sie passieren kann – und vor allem ist sie leicht zu übersehen.«

»Ich kann sie für euch finden.« Annika nahm auf dem Rand des Bootes Platz, tat, wonach sie sich im Augenblick am meisten sehnte, und rollte sich rückwärts mit dem Kopf zuerst ins Meer.

Obwohl sie am liebsten sofort bis zum Meeresgrund geschwommen wäre, tauchte sie umgehend wieder auf.

Fürs Erste würde es ihr reichen, dass sie von der See umgeben war. Fröhlich winkte sie den anderen zu.

»Wir sind noch nicht so weit.« Riley setzte ihre Druckluftflasche auf, und Annika schwamm lachend um das Boot herum, darunter hindurch und genoss das herrliche Gefühl, ganz in ihrem Element zu sein.

Dann posierte sie für Sawyers Kamera und tat, als ob sie einen Handstand machen würde, bevor Bran und Sasha, dicht gefolgt von Doyle und Riley, ebenfalls ins Wasser sprangen und sie auf Brans Zeichen hin die Führung übernahm.

Sie durfte nicht zu schnell schwimmen, erinnerte sie sich, und passte die Geschwindigkeit an die der anderen an, so wie sie es hielt, wenn sie inmitten eines Schwarms von Fischen oder anderer Meereslebewesen schwamm.

Achtlos glitten ein paar Fische an ihnen vorbei, doch sie spürte den Herzschlag eines Seesterns, der auf einem Felsen döste, hörte, wie das Seegras sich sanft in der Strömung wiegte und wie sich die anderen flüsternd hinter ihr bewegten. Sie vernahm auch Sawyers ruhigen, gleichmäßigen Puls.

Bald schon zeigte sie auf den Höhleneingang, der zwei Meter unter ihnen lag, merkte, dass die anderen ihn nicht sehen konnten, zeigte abermals nach unten, schwamm ein Stück voraus und wartete, bis alle anderen um sie versammelt waren, bevor sie weiterschwamm.

Im Wasser war sie völlig furchtlos, dachte Sawyer, und derart geschmeidig, dass sie sich so flüssig wie das Wasser selbst in dem schmalen Tunnel zu bewegen schien. Die Röhre wurde immer enger, gerade breit genug für einen Menschen, und das Wasser wurde trüb.

Trotz der Dunkelheit und Enge drehte Annika sich mühelos zu ihnen um, und obwohl Sawyer ihr Gesicht nicht sehen konnte, wusste er, dass sie sich lächelnd vergewisserte, dass niemand von der Truppe fehlte, ehe sie nach einer neuerlichen Wende weiterschwamm.

In einem Felsspalt lauerte ein Aal. Da Sawyer sich jedoch für schlangenähnliches Getier nicht unbedingt begeistern konnte, hoffte er, dass das Tier blieb, wo es war.

Schließlich ging der Tunnel in die Höhle über, und hoch über ihren Köpfen fiel genügend Licht durch ein paar Öffnungen im Fels, sodass alle wieder etwas sehen konnten.

In Zweiergruppen gingen sie die Suche an. Vor allem aber hofften sie, dass Sasha vielleicht etwas spüren würde, so wie auf Korfu, bevor sie auf den Feuerstern gestoßen waren.

Sawyer schaute sich nach merkwürdig geformten Felsen, fremden Lichtquellen oder möglichen Veränderungen innerhalb des Wassers um und brach in Panik aus, als Annika mit einem Mal verschwunden war.

Hektisch drehte er sich nach ihr um, zog sein Messer aus dem Gürtel und schlug mit dem Griff gegen die Steinwand, um die Blicke seiner Mitstreiter auf sich zu ziehen. Im nächsten Augenblick jedoch tauchte die Nixe wieder aus der dunklen Tiefe auf, drückte seine Hände, ließ sie wieder los und fuhr ihm tröstend mit den Fingern übers Gesicht.

Doyle signalisierte, dass es Zeit zur Umkehr war, und wieder nahm sie Sawyers Hand, zog ihn zurück zum Tunnel und glitt vor ihm durch den schmalen Spalt.

Bis er sich an Bord des Bootes gezogen hatte, hatte

sie schon ihre Maske abgesetzt. »Dein Herz hat furchtbar schnell geschlagen!«

»Was?«

»Am Ende in der Höhle hat es ganz schnell geklopft.« Sie trommelte sich mit der Hand vor ihre eigene Brust. »Warum?«

»Weil du mit einem Mal verschwunden warst.«

»Ich war direkt unter dir, nur ein bisschen tiefer, um mich auf dem Höhlenboden umzusehen. Aber ich hatte dich die ganze Zeit im Blick.«

»Ich konnte dich nicht sehen. Wir konnten dich nicht sehen.«

»Oh.« Sie setzte ihre Flasche ab. »Ich habe nicht daran gedacht, dass ihr nicht so wie ich im Wasser sehen könnt. Es tut mir leid.«

Jetzt zog auch Riley sich zurück an Bord und sah sie fragend an. »Was tut dir leid?«

»Dass ich so tief geschwommen bin und Sawyer mich nicht mehr gesehen hat. Entschuldigung. Das werde ich nie wieder tun. Ich habe euch die ganze Zeit gesehen, war aber offenbar so weit weg, dass ich für euch nicht mehr zu sehen war. Sawyers Herz hat deshalb furchtbar schnell geschlagen.«

Riley nahm ihr lächelnd die Druckluftflasche ab. »Wahrscheinlich nicht zum ersten Mal.«

»Seltsam. Woher wusstest du, wie schnell mein Herz geschlagen hat, als du nicht mehr zu sehen warst?«

»Ich kann so etwas fühlen, wenn ich im Wasser bin. Nicht so, wie wenn ich dich berühre«, meinte sie und drückte ihm die Hand. »Aber trotzdem fühle ich es ganz genau.«

»Interessant.« Bran öffnete die Kühlbox und bedachte Annika mit einem nachdenklichen Blick. »Du kannst wirklich fühlen, wie die Herzen anderer Lebewesen schlagen, während du im Wasser bist?«

»Ja. Obwohl ich es vielleicht nicht fühle, sondern spüre oder einfach weiß.«

»Und du kannst auch viel weiter sehen als wir.«

»Das hatte ich vergessen. Ich konnte Sashas Herzschlag an dem Tag auf Korfu fühlen oder spüren, und da ich sie außerdem gesehen habe, wusste ich genau, wo ich sie suchen muss. Nur meine Beine waren nicht schnell genug, deshalb musste ich sie gegen meine Flosse tauschen.«

»Aber selbst mit Beinen kannst du fühlen und sehen wie eine Meerjungfrau?« Riley nahm für Sasha eine Flasche Saft und für sich selbst eine Dose Cola aus der Box.

»Im Wasser. Bist du mir deswegen böse?«, wandte Annika sich wieder Sawyer zu.

»Nein. Ich bin dir deswegen nicht böse. Allerdings hast du mir einen Riesenschrecken eingejagt. Da unten sind wir zwei schließlich ein Team.«

Lächelnd setzte sie sich neben ihn und legte den Kopf auf seine Schulter. »Dann schwimme ich dir nicht noch einmal weg.«

»Das hoffe ich. Und wie ging's dir dort unten in der Höhle, Sash?«

»Es war okay. Zwar kann ich nicht gerade behaupten, dass der enge Tunnel mir gefallen hat, aber es war nicht so schlimm. Im Gegensatz zu Annika habe ich dort unten jedoch nichts gespürt.«

»Dann haken wir die Höhle ab und knöpfen uns die nächste vor.« Riley trank den nächsten großen Schluck von ihrer Cola und strich sich die nassen Haare aus der Stirn. »Im Osten und im Süden gibt's noch andere Höhlen, aber hier in dieser Gegend gibt's nur drei, und die schaffen wir wahrscheinlich heute alle noch.«

Annika hätte noch den ganzen Tag und auch die halbe Nacht im Wasser bleiben können, doch den anderen reichten die fünf Stunden auf dem Boot und unter Wasser mit nur einer kurzen Mittagspause völlig aus.

Sie fanden nichts als eine Reihe hübscher Meerestiere, seltsame Felsformationen und eine Gravur in einer Höhlenwand. Ein Herz, in dem die Namen Franz und Greta standen und in dem der 15. August 2005 als Datum angegeben war.

Hoffentlich waren die beiden immer noch zusammen, dachte Sawyer, und lebten auf einem hübschen kleinen Bauernhof nahe dem Rhein.

Er hatte nicht erwartet, dass sie gleich am ersten Tag den Stern entdecken würden. Wie auf Korfu würde ihre Suche auch auf Capri sicher zeitaufwändig, anstrengend, riskant und – da sie gegen eine Göttin kämpften – blutig werden, doch sie mussten allen Spuren folgen, und das hatten sie für diesen Tag getan. Wobei zu seiner großen Freude keiner der Lakaien ihrer Feindin sich bisher in ihrer Nähe hatte blicken lassen und seit ihrer Ankunft auf der Insel noch kein Blut vergossen worden war.

Nach der Rückkehr in den Hafen und der Rückgabe der leeren Druckluftflaschen setzte Sawyer seinen Rucksack auf. Der Gedanke an den anstrengenden Heimweg war nicht unbedingt verlockend, doch zumindest gäbe es dort Bier.

»Und jetzt können wir shoppen gehen.«

Die Freunde starrten Annika entgeistert an.

»Hier gibt es viele Läden mit sehr hübschen Dingen, auf den Straßen laufen viele Menschen herum, und Sawyer hat gesagt, es gäbe etwas ganz besonders Leckeres.«

»Ein Bier klingt für mich ziemlich lecker«, meinte Doyle.

»Sie spricht von Eis.« Gegen seinen Willen war Sawyer abermals entzückt von ihrem unschuldigen Charme. »Sie vergisst niemals etwas, das man ihr sagt.«

»Ich könnte durchaus ein Eis vertragen«, überlegte Riley.

»Und ich brauche noch etwas, das ich zum Schwimmen anziehen kann. Ein Bikini reicht auf Dauer nicht.«

Jetzt zog Riley ihre Brauen hoch. »Das, was du Bikini nennst, ist ja wohl eher ein Hauch von nichts.«

»Der ihr fantastisch steht«, erklärte Doyle, und Anni lächelte ihn an.

»Ich bin für Eis.« Sasha band ihr feuchtes Haar zu einem Pferdeschwanz und sah sich suchend um. »Auf dem Heimweg kommen wir doch bestimmt an einer Eisdiele vorbei.«

»Lasst es uns herausfinden«, meinte Bran und nahm entschlossen ihre Hand.

Fünf Minuten gelang es ihnen, Annika an Schaufenstern voll hübscher Nippsachen vorbeizulotsen, doch dann blieb sie vor einem Laden stehen und sah die anderen entschlossen an.

»Hier gibt es Schwimmsachen. Ich muss da rein.«

»Geh mit ihr einen Bikini kaufen, Sawyer«, meinte Riley, aber ebenso entschlossen wie nachdrücklich schüttelte er den Kopf.

»Oh nein. Das ist ein Mädchending. Das ist auf jeden Fall ein Mädchending.«

»Das sehe ich genauso.« Bran schlug seinem Kumpel solidarisch auf die Schulter. »Deshalb geht ihr Frauen in den Laden, und wir anderen laufen schon mal heim. Unterwegs füllen wir die Bierreserven auf.«

»Ich gehe mit«, schlug Riley sich umgehend auf die Männerseite, und als Sasha protestieren wollte, fügte sie hinzu: »Ich werde auf dem Weg das Zeug besorgen, das man für Bellini braucht. Denn die haben wir uns auf jeden Fall verdient.«

»Bellini.« Sasha seufzte, doch nach kurzem Überlegen nickte sie den anderen zu. »Okay, ihr habt mich überzeugt. Annika, ich gehe mit dir in den Laden, aber statt wie auf Korfu tausend Sachen anzuprobieren, musst du dich auf die Bikinisuche konzentrieren.«

»Versprochen. Und danach gibt's leckeres Eis.«

Fröhlich rannte sie in das Geschäft. Sasha knurrte: »Hoffentlich ist der Bellini das Martyrium wert«, und lief ihr hinterher.

Annika fand zwei Bikinis – einen rot geblümten und einen leuchtend grünen –, dazu Sandalen mit hübschen Muscheln und ein praktisch durchsichtiges Wickeltuch für sich sowie ein zweites, weißes Tuch mit blauen Wellen, das sie Sasha überreichte, als sie an der Kasse fertig waren.

»Für dich«, erklärte sie. »Weil du mit mir in das Geschäft gegangen bist und mir geholfen hast.«

»Oh nein«, wehrte die Freundin ab. »Ich helfe dir auch, ohne dass du mir etwas dafür kaufst.«

»Aber es ist für dich.« Sie drückte ihr die kleine Tüte in die Hand. »Das Blau der Wellen ist wie das Blau deiner

Augen, und es macht mich froh, wenn ich dir eine Freude bereiten kann.«

»Danke. Es ist wirklich wunderschön. Aber jetzt müssen wir los. Vor allem können wir nichts mehr kaufen, weil du schließlich alles, was du kaufst, nach Hause tragen musst.«

»Hübsche Dinge haben kein Gewicht.«

Obwohl die beiden winzigen Bikinis, die gerade das Nötigste bedeckten, wirklich fast nichts wogen, lotste Sasha ihre Freundin auf die Straße und hielt ihren Arm umfasst, bis sie die anderen erreichten, die ein Stückchen weiter Flaschen auf die Rucksäcke verteilten, weil sich das Gewicht so leichter tragen ließ.

»Du bist vom Schleppen des Gepäcks befreit«, erklärte Riley Sasha und setzte entschlossen ihren schweren Rucksack auf. »Das hast du dir verdient.«

»Ich kann noch was tragen. Meine Sachen sind ganz leicht«, erbot sich Annika und hielt den anderen ihren Rucksack hin.

Kurzerhand packte ihr Doyle die letzten beiden Flaschen hinein. »Das reicht. Der Rest ist schon verteilt.«

»Da drüben gibt es Eis!«, rief Annika begeistert, und als hätten ihre neuen Sandalen Flügel, lief sie leichtfüßig den steilen Weg hinauf.

Bis die anderen sie erreichten, unterhielt sie sich schon angeregt mit einem amerikanischen Touristenpaar.

»Jessica findet Schokolade lecker, aber Mark isst lieber Pistazieneis. Pistazien sind Nüsse.«

»Stimmt.« Riley nickte Sawyer zu, damit er Annika beim Auswählen ihres Eises half, und lenkte ihrerseits das Paar mit Small Talk von der Nixe ab.

»Die beiden waren sehr nett, aber ich weiß nicht, auf

wen ich hören soll. Und, oh, die vielen bunten Sachen sehen alle lecker aus.«

»Such dir zwei Sorten aus«, schlug Sawyer vor, und ihre Augen wurden kugelrund.

»Ich darf zwei Eis haben?«

»Zwei Kugeln in einer Waffel«, klärte er sie auf.

»Zwei Kugeln in einer Waffel«, wiederholte sie. »Und was nimmst du?«

»Such du dir erst was aus«, bat er. »Du kannst dich nicht vertun, weil alle Sorten lecker sind.«

»Ich glaube … das Pink und dieses Grün. Sie sehen zusammen hübsch wie eine Blume aus.«

»Erdbeere und Pfefferminz. Das ist eine gute Mischung. Los, sucht ihr euch auch was aus«, bat er den Rest des Trupps. »Ich gebe einen aus.«

Als Annika ihr Eis einfach bewundernd ansah, statt daran zu lecken, hob er seine eigene Waffel an den Mund. »Am besten isst du es, bevor es schmilzt.«

Sie leckte vorsichtig an ihrem Erdbeereis. »Oh! Das ist, wie wenn man Freude isst!«

Seltsam, dachte Sawyer, als es schwer beladen heimwärts ging. Sie gab ihm das Gefühl, ein Held zu sein, weil ihr durch ihn der erste Eisgenuss ermöglicht worden war.

Plötzlich war der steile Anstieg kein Problem für ihn, und da er schneller als die anderen marschierte, war er noch vor Doyle im Bad, wusch sich das Meerwasser, das Salz und den Schweiß unter der Dusche ab und fühlte sich, als er die Hälfte seines ersten Biers im Badezimmer leerte, endlich wieder wie ein Mensch.

Als er in den Flur trat, hörte er Gelächter aus der Küche. Weibliches Gelächter, und obwohl ihn das Geräusch wie der Gesang einer Sirene anzog, hielt er es für klüger, erst einmal ein wenig auf Distanz zu Annika zu gehen.

Denn egal wie sehr er sich bemühte, ihn zu unterdrücken, stieg sein Lustquotient ihr gegenüber immer weiter an.

Er nahm den Rest von seinem Bier mit in den Garten, setzte sich auf einen Liegestuhl im Schatten und klappte die Hülle seines Tablets auf. Er müsste endlich wieder einmal seinen Eltern mailen, um sie auf den neuesten Stand zu bringen, und dann wollte er vielleicht noch ein bis zwei Kapitel eines Buchs lesen, das er sich heruntergeladen hatte.

Eilig schickte er die Mails an die Familie ab, versprach, beim nächsten Mal auch ein paar Fotos anzuhängen, und beschloss, nach einer kurzen Lese- oder Ruhepause ein paar eigene Nachforschungen anzustellen. Zwar war Riley die Recherchekönigin, aber auch er konnte problemlos ein paar Strippen ziehen.

Gerade als er die Augen schließen wollte, um ein wenig zu dösen, kam sie aus dem Haus. Die Meerjungfrau in einem ihrer weich fließenden Kleider, mit leicht gewelltem offenem Haar und einem Tablett mit hohen, bis zum Rand mit einer schaumigen, orangefarbenen Flüssigkeit gefüllten Gläsern in der Hand.

»Riley sagt, jetzt ist Bellini-Zeit.« Sie stellte das Tablett auf den Terrassentisch und hielt ihm eins der Gläser hin. »Sie hat sie gemacht, und Sash und ich haben probiert.« Sie setzte sich mit ihrem eigenen Glas ins Gras und zog ihre phänomenalen Beine unter sich. »Das Eis hat so geschmeckt, wie wenn man Freude isst, und das hier ist, wie wenn man Freude trinkt.«

Ihr zuliebe nahm er einen kleinen Schluck aus seinem Glas. »Ausgefallen. Gut. Gut und ausgefallen.«

»Sash hat gesagt, ein Mönch habe entdeckt, wie man Champagner macht, und gemeint, er sei so, wie wenn man Sterne trinkt.«

»Das habe ich schon einmal irgendwo gehört.«

»Sterne sollen Licht und Schönheit über alle Welten bringen. Was bedeutet, dass Nerezza nie von ihnen kosten wird.«

»Da hast du recht, das wird sie nicht.« Sawyer wandte sich ihr zu und stieß vorsichtig mit ihr an.

»Genau, das wird sie nicht.«

In diesem Augenblick kamen auch Bran und Sasha aus dem Haus und suchten sich einen eigenen Schattenplatz. Riley setzte sich mit ihrem Cocktail und ihrem Laptop in die Sonne, und als Letzter erschien Doyle, warf einen argwöhnischen Blick auf das Tablett, nahm sich aber achselzuckend ebenfalls ein Glas und wählte wie Riley einen Sonnenplatz.

»Ich habe es gern, wenn wir alle zusammen sind«, murmelte Annika. »Wenn wir so wie jetzt ein bisschen Abstand zueinander haben, aber gleichzeitig zusammen sind. Das wird mir fehlen, wenn die Suche nach den Sternen abgeschlossen ist.«

»Dann halten wir einfach regelmäßig Klassentreffen ab.«

»Was ist denn das?«

»Ein Klassentreffen ist, wenn Leute jahrelang zusammen in der Schule waren, danach getrennte Wege gehen und sich dann für einen Abend oder ein paar Tage wiedersehen.«

»Ein Klassentreffen.« Sicher würde das eins ihrer neuen

Lieblingsworte, dachte Annika und blickte Sawyer fragend an. »Würdest du dann auch kommen?«

»Na klar. Ich wette, Bran könnte ein Plätzchen irgendwo am Meer organisieren, wo wir ganz alleine wären. Und dann schlürfen wir Bellini, essen Eis ...«

»Und Pizza.«

»Das ist ja wohl eine Selbstverständlichkeit.« Unwillkürlich strich er ihr mit einer Hand über das Haar. »Nerezzas Ende wird ganz sicher nicht das Ende unserer Freundschaft sein.«

4

Um Mitternacht stand Malmon, viel zu fasziniert, um der Verabredung zu widerstehen, vor dem Haus, in welches er von Nerezza eingeladen worden war. Einer seiner Männer hatte im Verlauf des Tages bereits Aufnahmen davon gemacht, und ein anderer hatte alles herausfinden sollen, was es über diese Frau herauszufinden gab.

Wobei es ihn im höchsten Maß verärgerte, zugleich aber auch faszinierte, dass die Nachforschungen seines Mannes vollkommen ergebnislos geblieben waren.

Das Gebäude passte seiner Meinung nach hervorragend zu ihr. Durch die Rauchglasfenster seiner Limousine blickte er auf ein gespenstisch elegantes altes Steinhaus mit Wasserspeiern auf den Dachvorsprüngen, das genau wie sein Haus hinter einem Tor und hohen Bäumen gut geschützt vor neugierigen Blicken war. Er konnte ihren Wunsch nach Ungestörtheit und die Kraft, die man brauchte, um diese zu bewahren, gut verstehen.

Vor allem aber war er gespannt darauf zu hören, was die Frau ihm dafür bieten würde, dass er ihr bei ihrer Suche nach den Sternen half.

Als er seinen Fahrer anwies, bis zum Tor zu fahren, überraschte es ihn nicht, dass es sofort zur Seite glitt. Und als der Chauffeur die Tür des Fonds aufriss, stieg er in der Überzeugung aus, man könne seiner selbstbewussten

Miene und dem teuren Anzug deutlich ansehen, dass es nichts gab, was er nicht bereits getan oder gesehen hatte.

Er ging zum Haus, und wie zuvor das Tor schwang auch die breite Bogentür lautlos auf, bevor er klingeln konnte. Ein bleicher Mann mit dunklen Augen nahm ihn schweigend in Empfang und schob die schwere Tür hinter ihm ins Schloss.

Mit wild klopfendem Herzen sah sich Malmon im schummrigen Licht der Eingangshalle um, in der Dutzende von Kerzen brannten.

»Meine Herrin erwartet Sie bereits«, sagte der Mann mit einer Stimme, die so rau klang wie das Reiben einer Echsenzunge über nacktes Fleisch. Malmon folgte ihm, vorbei an Urnen voller roter Lilien, die im Kerzenlicht fast schwarz aussahen und deren starker Duft ihn beinahe schwindlig machte, in den ersten Stock.

In dem riesigen Salon thronte Nerezza auf einem goldenen, reich verzierten Stuhl, auf dessen hoher Rückenlehne ein schimmerndes Knäuel von Schlangen abgebildet war.

Sie trug das dunkle, beinah schwarze Rot der Blumen, und die leuchtenden Rubine, die die Ohren und den Hals der Gastgeberin schmückten, sahen aus wie dicke Tropfen Blutes, das ihr auf die Schultern und die Brüste troff.

Ein seltsamer Vogel – offenbar halb Krähe, halb Eule – hockte ähnlich wie die Wasserspeier auf den Dachvorsprüngen auf der breiten Armlehne des Stuhls.

Ihre fürchterliche Schönheit traf ihn wie ein Blitz, rief glühendes, unstillbares Verlangen in ihm wach, und ein wissendes Lächeln huschte über ihr Gesicht.

»Es freut mich, dass Sie gekommen sind. Lass uns allein«, befahl sie ihrem Diener und sah Malmon durchdringend aus ihren dunklen Augen an. Dann stand sie auf, glitt mit einem leisen Rascheln ihres Kleids zu einem Tisch, auf dem eine Karaffe stand, und schenkte eine dunkelrote Flüssigkeit in zwei kristallene Gläser ein. »Am besten stoßen wir erst einmal auf eine neue Freundschaft an.«

Obwohl sein Mund staubtrocken war und sein Puls noch immer raste, bemühte sich ihr Gast um einen möglichst ruhigen, gleichmütigen Ton.

»Werden wir denn Freunde sein?«

»Wir haben schon jetzt sehr viel gemeinsam, und es wird bestimmt noch mehr.« Sie schaute ihn über den Rand des Glases hinweg an. »Sie sind gekommen, weil mein Erscheinen gestern Sie gewundert hat und weil es in Ihrem Leben kaum noch Wunder gibt. Und Sie werden bleiben, denn Sie werden haben wollen, was ich Ihnen bieten kann.«

Sie hüllte ihn in ihren Duft und rief Gedanken an verbotene dunkle Dinge in ihm wach.

»Und was wird das sein?«

»Die Entscheidung wird bei Ihnen liegen. Sie werden mir sagen, was Sie wollen«, erklärte sie, wobei ihr Blick verriet, dass sie schon wusste, was es war. »Sollen wir uns setzen?«

Statt auf ihrem Thron nahm sie auf einem sanft geschwungenen Sofa Platz und wartete, bis er ihr gegenübersaß.

»Die Glückssterne.«

»Sie glauben, dass sie existieren.«

»Ich weiß, dass sie das tun. Der erste, der Feuerstern, wurde vor ein paar Tagen in einer Unterwasserhöhle vor Korfu entdeckt.«

Das rief sein Interesse sowie einen Hauch von Ärger in ihm wach. Sein Netzwerk hätte ihn darüber informieren sollen. Wenn es tatsächlich so war…

»Sie haben ihn?«

Ihre Miene drückte Dunkles, noch viel Fürchterlicheres als ihre Schönheit aus. »Wenn ich ihn hätte, bräuchte ich Sie nicht. Wie ich gestern bereits sagte, stehen sechs Wesen zwischen mir und diesen Sternen. Sie haben den Feuerstern gefunden und so sorgfältig versteckt, dass ich ihn fürs Erste nicht erreichen kann. Und jetzt jagen sie nach dem nächsten Stern, und gleichzeitig mache ich Jagd auf sie. Ich habe ihren… Einfallsreichtum unterschätzt. Was mir kein zweites Mal passieren wird.«

Er lächelte, denn er nahm an, dass er plötzlich im Vorteil war. »Sie wollen meine Hilfe.«

»Wir sollten unsere Fähigkeiten und vor allem unsere Gier verbinden. Kraft alleine reicht in diesem Fall nicht aus. Diese Angelegenheit verlangt nach Raffinesse und menschlichen Ambitionen.«

Malmon sah sie fragend an, doch statt genauer darauf einzugehen, trank sie wieder von dem Wein, der Malmon wie der süßliche Geruch der Lilien schwindlig werden ließ.

»Sie kennen zwei der sechs.«

»Ach ja?«

»Riley Gwin.«

»Ah ja.« Bei der Erwähnung ihres Namens wurden seine Lippen schmal. »Ich kenne Dr. Gwin. Eine intelligente und gewiefte Frau.«

»Sie ist noch mehr als das. Und Sawyer King. Der, wie ich sehe, ebenfalls nicht gerade einer Ihrer besten Freunde ist.«

»Er hat etwas, das ich will. Aber bisher ist es mir nicht gelungen, es ihm abzuluchsen.«

»Seinen Kompass. Den können Sie haben. Ich habe selbst keine Verwendung für das Ding.«

Fasziniert beugte sich Malmon vor. »Sie wissen von dem Kompass und davon, was er angeblich bewirken kann?«

»Sawyer ist der Reisende, der Raum und Zeit problemlos überwinden kann, solange er dieses Gerät besitzt. Sie hätten gerne selbst diese Fähigkeit.«

»Und früher oder später werde ich sie auch erlangen. Auf die eine oder andere Weise habe ich bisher noch stets bekommen, was ich will.«

»Genau wie ich. Aber diese beiden haben sich mit vier anderen verbündet, die genau wie sie viel mehr sind, als man denkt. Wenn Sie sich dafür entscheiden, meine Bitte zu erfüllen, werde ich Ihnen zeigen, was sie haben und was sie in Wahrheit sind. Über all das können Sie verfügen, weil ich selbst nur die Sterne will.«

Der Kompass. Malmon hatte immer schon danach gegiert, und dass ihm Sawyer King damit hatte entkommen können, hatte sein Verlangen noch verstärkt.

Doch genauso gierte sie anscheinend nach den Sternen, also kämen sie ganz sicher ins Geschäft. »Falls die Sterne, wie Sie sagen, existieren, kann, was diese sechs womöglich sind oder besitzen, niemals auch nur annähernd so wertvoll sein wie sie.«

»Die Wächter – diese sechs – sind nicht das Einzige, was ich Ihnen als Lohn für Ihre Mühe bieten kann. Mir ist klar, dass etwas so Gewöhnliches wie Geld Sie niemals locken könnte, André, obwohl ich Ihnen mehr Geld bieten kann, als je ein Mensch besessen hat. Sie können sich also dafür entscheiden, Ihren Reichtum noch zu mehren, aber ich gehe davon aus, dass Ihnen etwas anderes lieber ist.«

»Und was sollte das sein?«

Sie öffnete die Hand, und Malmon starrte auf die kleine durchsichtige Glaskugel, die plötzlich darin lag.

»Versuchen Sie es jetzt etwa mit Taschenspielertricks?«

»Sehen Sie genauer hin«, forderte sie ihn mit einer Flüsterstimme auf, die ihn erschauern ließ. »Schauen Sie in die Weltenkugel. Sehen Sie.«

»Irgendetwas stimmt nicht mit dem Wein«, murmelte er, als er die Wolken- und Wasserstrudel in der Kugel erblickte.

»Natürlich«, gab sie unumwunden zu. »Aber nur damit Sie dieses Treffen gleich wieder vergessen, falls aus unserem Geschäft nichts wird.« Und damit er – wie sein Diener – alles täte, was sie ihm befahl.

Sollte er sie tatsächlich enttäuschen, würde er nach Hause fahren, nach der Waffe greifen, die er immer bei sich trug, sie sich in den Mund stecken und abdrücken.

Denn wenn er nicht auf ihren Vorschlag einginge, hätte sie keine Verwendung mehr für ihn.

»Schauen Sie hin und sehen Sie«, verlangte sie erneut. »Sehen Sie die sechs. Die Hüter der Sterne. Feinde von Nerezza. Sehen Sie, was sie sind.«

Er sah Riley, wie sie sich im Licht des vollen Monds in einen Wolf verwandelte, den Kopf nach hinten warf und laut heulend in der Dunkelheit verschwand.

Sawyer, der den Kompass hielt, bevor ein goldenes Licht ihn einhüllte und kurz darauf an einem anderen Ort zu einer anderen Zeit wieder in Erscheinung treten ließ.

Einen Mann, der Blitze in den Händen hielt, eine Frau,

die von Visionen und der Zukunft sprach, einen dritten Mann, den man mit einem Schwert durchbohrte, ehe er gesund und munter wieder auf die Füße sprang.

Und die Frau, die Schönheit, die bei Nacht im Meer abtauchte und mit einem bunt schillernden Schwanz statt Beinen wieder an die Oberfläche kam.

»In der Kugel sehen Sie die Wahrheit«, klärte ihn Nerezza leise auf, als sie den benommenen Ausdruck seiner Augen bemerkte. »Alles, was sie sind und haben, können Sie besitzen. Können damit tun und lassen, was Sie wollen. Stellen Sie sich vor, wie aufregend die Jagd auf diese Wolfsfrau wird. Sie ist Teil von einem Rudel, also ist die Jagd mit ihrem Tod noch lange nicht vorbei. Und stellen Sie sich vor, eine Nixe zu besitzen, einen Zauberkompass oder dass Ihnen in Zukunft eine Seherin und obendrein auch noch ein Zauberer zur Verfügung stehen.

Oder dass Sie sie zerstören könnten … Wie berauschend und wie aufregend es wäre, solche Wesen zu zerstören. Sie können mit ihnen machen, was Sie wollen. Können sie zu Ihren Sklaven machen oder sie vernichten.«

»Und der Unsterbliche?«

Sie lächelte, als er sie wieder anschaute, weil ihm, wie sie vorausgesehen hatte, seine Gier nach Leben überdeutlich anzusehen war.

»Sie könnten so werden wie er.«

»Unsterblich?«

»Das könnte ein Teil Ihrer Bezahlung sein. Wenn Sie wollen, kann ich Ihnen ebenfalls Unsterblichkeit verleihen.«

»Und wie? Wie soll das gehen?«

»Ich habe die Macht dazu, weil ich Nerezza bin.«

»Benannt nach der Göttin, die die Glückssterne vom Himmel hat stürzen lassen.«

Sie erhob sich, reckte die Arme über ihren Kopf, das Licht der Kerzen dehnte sich zu einer Wand aus Feuer aus, und der Donner ihrer Stimme zwang ihn auf die Knie.

»Ich bin Nerezza. Die Göttin der Finsternis.«

Mit einem Schrei, der beinahe menschlich klang, erhob sich der seltsame Vogel von der Lehne ihres Throns. Malmons Hals fing an zu brennen, und er zitterte vor Ehrfurcht und vor gleichzeitiger Lust.

»Verweigere dich mir und verlasse mein Haus, ohne dass du diese Wunder jemals wiedersehen wirst. Oder erfülle deine Aufgabe und wähle deine Bezahlung selbst. Reichtum, Macht? Unsterblichkeit?«

»Unsterblichkeit. Schenk mir Unsterblichkeit.«

»Bring mir die Sterne, und dein Wunsch wird dir erfüllt.«

Der Raum wurde erneut in Kerzenlicht getaucht, sie nahm wieder Platz und hielt Malmon ein Stück Pergament und eine Silberfeder hin. »Also unterzeichne den Vertrag.«

Seine Hände zitterten vor Angst und Aufregung. Er hatte vollkommen vergessen, wie es war, wenn man so viel *empfand*. Um sich zu beruhigen, leerte er sein Glas bis auf den letzten Tropfen, bevor er nach der Feder griff.

»Das ist ja Latein.«

»Eine Sprache, die zwar tot, aber zugleich unsterblich ist.«

Er verstand Latein genauso gut wie Griechisch, Aramäisch und Arabisch, aber als er übersetzte, schlug sein Herz ihm bis zum Hals. Er hätte gern ein bisschen Zeit gehabt. Eine Nacht, um diese Angelegenheit zu überdenken und seine Nerven zu beruhigen.

Doch ehe er sie darum bitten konnte, stand sie auf, fuhr mit den Händen über ihren Bauch, und ihr Gewand glitt lautlos auf den Boden, bis sie nackt und prachtvoll vor ihm stand.

Wieder rief ihr Anblick glühendes Verlangen in ihm wach.

»Sobald du unterschrieben hast, werden wir den Vertrag besiegeln«, sagte sie zu ihm. »Es ist schon viel zu lange her, seit in meinem Bett ein Mann lag, der es wert gewesen ist.«

Er könnte eine Göttin nehmen, all die wunderbaren Dinge haben, die er in der Glaskugel gesehen hatte, und unsterblich werden.

Eilig unterschrieb er den Vertrag, sie tat es ihm gleich, und ihre Namen brannten sich blutrot in das uralte Pergament.

Dann nahm sie seine Hand. »Komm mit. Wir werden uns miteinander vergnügen, bis die Dämmerung anbricht.«

Wild und gierig fielen sie übereinander her, und als er Stunden später schlief, lag sie im Dunkeln neben ihm und blickte ihn mit einem kalten Lächeln an.

Er war nicht schlecht im Bett, es bliebe also sicher nicht bei diesem einen Mal. Obwohl die Männer aller Welten sowie aller Spezies ihrer Meinung nach erschreckend einfältige Wesen waren. Vielleicht handelten sie impulsiver, leidenschaftlicher und wesentlich brutaler, dafür aber fehlten ihnen oft die Raffiniertheit und die Cleverness der Frauen.

Vor allem waren Männer Sklaven ihrer Triebe. Wurden allzu sehr von ihrer Gier nach Sex beherrscht.

Kaum hatte sie sich vor ihm ausgezogen, hatte Malmon

willig unterschrieben. Hatte den Vertrag mit seinem eigenen Blut besiegelt und sich dadurch ihrer Gnade ausgeliefert, ohne dass es ihm bewusst gewesen war.

Und jetzt war er ihr Eigentum. Jetzt würde er die Sterne
für sie finden, und wenn er, so wie er es sich wünschte, erst
unsterblich wäre, würde er ihr bis in alle Ewigkeit gehören.

Da Annika nicht schlafen konnte, schlich sie sich noch
mal ins Erdgeschoss. Sie sah den schmalen Lichtspalt unter
Sawyers Zimmertür und hätte am liebsten leise bei ihm an-
geklopft. Sie sehnte sich danach, auf seinem Bett zu sitzen
und mit ihm zu reden oder, besser noch, mit ihm in seinem
warmen Bett zu liegen, während er sie in den Armen hielt.

Doch sie wusste, verschlossene Türen zeigten, dass
die Menschen, die sich in den Räumen aufhielten, den
Wunsch hatten, allein zu sein.

Sie glitt durch die Terrassentür und sah über die Blumen und die steile Straße, auf der die singende Frau mit
ihrem Baby unterwegs gewesen war, aufs Meer.

Hier und da glitzerten Lichter links und rechts des Weges und in Anacapri, und sie fragte sich, ob jemand tanzte,
als aus weiter Ferne so leise, dass es fast nicht zu hören war,
Musik an ihre Ohren drang.

Über ihrem Kopf und der indigoblauen See bewegte
sich der Mond auf seine dunkle Phase zu. Ihre Mutter
hatte ihr als Kind erzählt, die Himmelsfeen würden am
Licht des Mondes knabbern, bis sie satt waren, und das
Licht dann langsam wieder ausatmen, bis der Mond erneut
als helles Rund am Himmel hing.

Ein hübsches Märchen, mit dem Eltern kleinen Kindern ihre Ängste nahmen, dachte sie. Was wohl ihre El-

tern gerade machten? Nun, wahrscheinlich schliefen sie. Ihr war klar, dass sie stolz auf sie gewesen waren, als sie für die Suche nach den Sternen auserkoren worden war. Sie vertrauten ihr und glaubten fest daran, dass sie der Aufgabe gewachsen war.

Sie könnte und würde ihre Eltern nicht enttäuschen. Dafür liebte sie sie viel zu sehr.

Ihre Mutter hätte sicherlich Verständnis für die Träume, das Verlangen und die Liebe, die sie auf ihrer Mission begleiteten, und würde sie so gut wie möglich trösten, wenn sie erst wieder zu Hause wäre. Und tatsächlich würde sie nicht lange weinen, nahm sich Annika mit einem leisen Seufzer vor. Denn dann hätte sie ihre Aufgabe erfüllt, die Glückssterne gerettet und sie wieder auf die Glasinsel zurückgebracht. Und sie hätte diese wunderbare Zeit mit ihren Freunden gehabt, die auf dieser Welt ihre Familie waren.

Die Erinnerungen an die Freunde und an Sawyer, der die eine wahre Liebe ihres Lebens war und bleiben würde, würden unauslöschlich sein.

Trotzdem wären es nur Erinnerungen, und da Wünsche, die niemandem wehtaten, gestattet waren, suchte sie den hellsten Stern am Himmel aus und wünschte sich, dass sie vor Ende der Mission, vor ihrer endgültigen Heimkehr Sawyers Liebe und die Freude kennenlernen würde, die daraus erwuchs.

Mit diesem Wunsch wurde ihr leicht ums Herz, und plötzlich hörte sie die Seufzer. Sie kamen aus weiter Ferne wie auch die Musik, nur ein leiser Lufthauch, der sie allerdings erschauern ließ.

Sie machte einen Schritt nach vorn und vernahm ein anderes kaum hörbares Geräusch.

Schritte und ein leises Rascheln in der Dunkelheit.

Kampfbereit fuhr sie herum.

»Entspann dich, meine Schöne. Ich bin's, Doyle.«

»Oh.« Sie richtete sich wieder auf, entspannte ihre zu Fäusten geballten Hände und nahm eine lockere Haltung ein. »Ich dachte, du schläfst.«

»Ich drehe nur noch eine letzte Runde um das Haus.«

Sie hörte, wie sein Schwert zurück in die Scheide glitt, bevor er aus dem Dunkeln trat.

»Kannst du nicht schlafen?«, fragte er und kam über die Treppe auf sie zu.

»Noch nicht. Hast du die Seufzer auch gehört?«

»Nein.« Er sah sie forschend an. »Wann hätte ich sie hören sollen?«

»Gerade eben. Es hat so geklungen, wie wenn Blätter in der Brise rascheln, doch das war es nicht. Es kam vom Meer her, aber … ach, ich weiß nicht.«

»Alles, was wir hier erleben, hat etwas zu bedeuten.« Tröstend legte er die Hand auf ihre Schulter. »Ich bin sicher, dass du diese Seufzer noch mal hören wirst.«

Er blickte auf, als über ihnen eine Tür geöffnet wurde, und als Annika Sashas leise Stimme hörte, hob auch sie den Kopf.

»Ich brauche einfach etwas Luft.«

Annika trat einen Schritt nach vorn, bis sie sah, dass Sasha sich an das Balkongeländer lehnte, während Bran sie in den Armen hielt.

»Sasha«, rief sie. »Bist du krank?«

»Nein, nein, ich bin nicht krank.«

»Sie hatte einen Traum«, erklärte Bran. »Einen ziemlich harten Traum, von dem sie euch am besten gleich er-

120

zählt. Also weck bitte die beiden anderen auf. Wir kommen runter, wenn es Sasha wieder besser geht.«

»Ich werde Sawyer holen.« Annika lief los, vergaß in ihrer Eile anzuklopfen, riss die Tür des Zimmers auf und sah, wie er im Schneidersitz inmitten eines Bergs von Büchern und Karten auf dem Bett saß und den Kompass in den Händen hielt.

»Was ist?« Er rollte sich vom Bett, riss seine Schusswaffe vom Tisch und sah sich hektisch um. »Greift uns Nerezza wieder an?«

»Nein, nein, es geht um Sash. Sie hatte einen Traum. Bran sagt, dass sie uns gleich davon erzählen soll.«

»Himmel.« Er fuhr sich mit der freien Hand über das Gesicht und legte die Pistole wieder fort. »Okay.«

»Wolltest du gerade schwimmen gehen? Wenn du willst, komme ich mit.«

»Schwimmen? Nein, ich habe ein paar Nachforschungen angestellt.«

»Und warum hast du dann eine Badehose an?«

Er lenkte den Blick auf seine Boxershorts und klärte sie mit rauer Stimme auf: »Das ist − tja nun, das ist was anderes. Geh schon mal vor, ich komme sofort nach. Ah, vielleicht kochst du uns erst mal einen Tee.«

»Den Sonnentee? Aber draußen ist es dunkel.«

»Nein, den heißen Tee.«

»Ja, natürlich! Mit dem Wasser, das man in dem Kessel kocht.«

»Genau. Ich nehme an, dass Sasha einen Tee gebrauchen kann.«

»Ich mache ihn sofort.«

Sie stürzte los, und er drückte die Zimmertür ins Schloss

und atmete erleichtert auf. Das Herz hatte ihm bis zum Hals geschlagen, als sie angerannt gekommen war, denn er hatte gedacht, dass ihr Nerezza mitsamt ihren Höllenhunden auf den Fersen war.

Und dann war ihm das Herz zwischen die Kniekehlen gerutscht, als das Mondlicht auf ihr durchsichtiges weißes Kleid gefallen war.

Er hätte ihr sagen müssen, dass sie etwas anderes anziehen sollte, dachte er und stieg in seine Jeans. Doch es war egal; was sie auch trug, ihre Schönheit rief ein schmerzliches Verlangen in ihm wach.

Außerdem war es zu spät, denn sie war nicht mehr da. Er zog ein T-Shirt an und stapfte los, um sich zu vergewissern, dass sie nicht das Haus abbrannte, wenn sie ganz allein in der Küche war.

Doch er hätte sich die Mühe sparen können, denn Doyle lehnte am Küchentisch und sah ihr bei der Arbeit zu – die sie ganz ausgezeichnet machte.

Die Art, wie Doyle sie ansah, störte ihn.

Genau wie es ihn störte, dass man ihn bei seiner Arbeit unterbrochen hatte, kurz bevor er hatte schlafen gehen wollen. Stattdessen hielten sie jetzt mitten in der Nacht den nächsten Kriegsrat ab, und Annika trug weiterhin dieses weiße Nichts, durch das hindurch man jede Rundung ihres Körpers überdeutlich sah.

Dann kam Riley in die Küche, und aus irgendeinem Grund ging es ihm wieder besser, als er sah, dass sie noch deutlich schlechter drauf war als er selbst.

»Ich habe ganze drei Minuten schlafen können, bis der schwarze Ritter gegen meine Tür gedonnert hat. Hat wenigstens schon jemand Kaffee aufgesetzt?«

»Ich koche gerade Tee«, erklärte Annika ihr gut gelaunt.

»Meine Großtante und Kranke trinken Tee. Bei mitternächtlichen Gesprächen braucht man schwarzen Kaffee oder Alkohol.«

»Ich nehme einen Kaffee«, meinte Doyle.

»Ich vermute, dass keiner von euch beiden noch ins Bett gehen will, wenn wir hier fertig sind.«

Riley nahm zwei Becher aus dem Schrank und blickte Sawyer von der Seite an. »Du weißt nicht, wie man richtig schläft, wenn du die Augen schon nach einer Tasse Kaffee nicht mehr zubekommst.«

Ihre schlechte Laune legte sich erst, als Sasha in die Küche kam. »He, bist du okay?«

»Ja, ja. Es tut mir leid, dass Bran euch alle noch mal hat wecken lassen, aber ich … wir … denken, dass es wirklich wichtig ist.«

»Riley war die Einzige, die schon geschlafen hat.« Vorsichtig goss Annika das kochend heiße Wasser in die Teekanne. »Sawyer hat gearbeitet, und Doyle und ich waren draußen.«

»Doyle und du? Und was habt ihr gemacht?«, erkundigte sich Sawyer schlecht gelaunt.

»Wir haben uns unterhalten.« Doyle zog einen Stuhl unter dem Küchentisch hervor und bot ihn Sasha an. »Setz dich erst mal hin.«

»Danke, gern. Der Traum war wirklich intensiv.«

»Falls du noch mal davon geträumt hast, dass du ohne Flasche tauchst, binde ich dich bei unserer nächsten Bootstour an.« Riley klatschte Doyle einen gefüllten Kaffeebecher hin und nahm sich selbst den zweiten.

»Es ging um etwas anderes.«

Annika brachte die Kanne, Tassen und das kleine Teesieb an den Tisch. »Er muss erst noch …«

»… ziehen«, half ihr Sawyer aus.

»Ziehen, ja genau. Und danach schenke ich euch ein.«

»Danke, Anni. Also gut.« Sasha atmete tief durch. »Ich habe einen Raum gesehen. Hunderte von Kerzen haben dort gebrannt. Die Möbel waren antik. Sie sahen teuer und irgendwie europäisch aus. Abgesehen von dem Stuhl. Nerezzas Thron, auf dem sie auch schon in der Höhle saß.«

»Aber es war nicht in der Höhle«, hakte Riley nach.

»Nein, nein, ganz sicher nicht. Das Zimmer hatte altmodische Buntglasfenster, und ich konnte durch die Scheiben einen dunklen Garten voller Bäume sehen. Sie saß auf dem Thron, und auf der Lehne hockte ein seltsamer schwarzer Vogel. Anders als die Biester, die uns angegriffen haben. Kleiner, aber trotzdem aggressiv. Seine Augen sahen nicht wie Vogelaugen, sondern wie die einer Echse aus. Außerdem war da ein Mann. Er war Ende dreißig, Anfang vierzig, attraktiv und hatte einen dunklen Anzug an.«

Sie legte eine kurze Pause ein und strich sich die vom Schlaf zerzausten Haare aus der Stirn. »Sie stand auf und schenkte etwas in zwei Gläser ein. Weingläser, obwohl die Flüssigkeit kein Wein gewesen ist. Selbst im Traum konnte ich riechen, dass sie nach Blut, Rauch und etwas eklig Süßlichem gerochen hat. Trotzdem hat der Mann sein Glas geleert.«

Sie erschauerte, und Annika sprang eilig auf und kippte etwas von dem Tee durchs Sieb. »Du brauchst ganz dringend einen Tee.«

»Ich friere immer noch und kann riechen, was auch immer sie ihm angeboten hat.« Dankbar wärmte Sasha ihre Finger an dem heißen Becher. »Ich konnte nicht hören, worüber sie gesprochen haben, weil es wie das Surren von Insekten klang. Aber sie hat ihm die Weltenkugel hingehalten, und ich konnte uns darin so deutlich sehen wie jetzt: Riley, wie sie sich bei Vollmond in den Wolf verwandelt hat, Annikas Flosse, die im Sonnenlicht geglitzert hat. Bran, der Blitze in den Händen hielt, Doyle, wie er von den Toten aufersteht, Sawyer mit dem Kompass in der Hand und mich selbst beim Traumwandeln. Sie weiß alles über uns, und jetzt weiß er es auch. Die Angst hat mir die Kehle zugeschnürt. Überall um die beiden herum stiegen plötzlich helle Flammen auf. Die Flammen waren kalt, nicht heiß, und ich konnte sie auch weiter durch das Feuer hindurch sehen. Ich wollte weg von dort, aber ich war vor Entsetzen wie gelähmt. Dann hat plötzlich der Vogel geschrien, ist auf die beiden zugeflogen und hat dem Mann mit seinem Schnabel die Kehle aufgeritzt.«

Sasha hob die Finger und zog eine imaginäre Linie über ihren Hals.

»Er hat nicht einmal geblinzelt, sondern weiterhin Nerezza angestarrt. Ich habe sein Verlangen, seine Gier deutlich gespürt. Selbst als sie eine Silberschlange an die Wunde hielt, hat er sich nicht gerührt.«

»Er war hypnotisiert«, erklärte Bran.

»So hat's auf jeden Fall gewirkt. Die Schlange hat sein Blut getrunken. Hat sich zischend um Nerezzas Hand gewickelt und sein Blut geschlürft. Dann hat er ihr die Schlange abgenommen, sie als Stift benutzt und ihren Kopf mitsamt den Zähnen auf ein Pergament gedrückt.«

Um sich zu beruhigen, trank sie einen Schluck von ihrem Tee. »Sie stand auf, legte die Kleider ab, und sein

Verlangen nahm noch zu. Ich weiß, dass er mit seinem Namen unterschrieben hat – ich konnte ihn nicht lesen, aber trotzdem weiß ich ganz genau, dass es sein Name war. Die Worte haben sich ins Pergament gebrannt, und das Pergament hat Blut und Rauch versprüht, wobei das Blut schwarz wie der Rauch und der Rauch rot wie das Blut geworden ist. Und dann …«

Sie schloss kurz die Augen und hob erneut die Tasse an den Mund. »Dann hat sich der Rauch zusammenge-rollt wie vorher die Schlange und ist in die Halswunde des Mannes eingedrungen. Dabei hat der Mann ein furcht-bares Geräusch gemacht, gezuckt und sich auf eine Art verrenkt, die eigentlich unmöglich ist, und der Raum hat derart stark gebebt, dass ich umgefallen bin. Während er weiter einfach dagesessen hat.

Sie hat sich vorgebeugt, das Blut von seiner Kehle ab-geleckt, und sofort ging die Wunde zu. Sie hat eine Narbe hinterlassen, aber sie war zu. Und das, was vorher in ihn eingedrungen war, kam nicht mehr raus. Sie hat eine Mar-kierung hier.« Sasha griff sich an ihr eigenes Herz. »Ein dunkelrotes Symbol. Eine Fledermaus mit einem Schlan-genkopf. Und als sie ihn aus dem Raum geführt hat, hat sich das Symbol bewegt. Es hat seine Flügel ausgebreitet, und dann hat der Vogel meinen Namen gekrächzt, ist auf mich zugeflogen, und von seinen lauten Flügelschlägen bin ich aufgewacht.«

Riley drückte ihre Hand. »Ich würde sagen, dass du etwas Stärkeres als Tee gebrauchen kannst.«

»Nein, der Tee ist gut. Sie hatte keine Ahnung, dass ich sie sehen konnte – das weiß ich genau. Sie hat mich nicht gespürt, denn sie hat sich ganz auf ihren Gast konzentriert und auf das, was sie von ihm wollte oder was sie mit ihm im Schilde führte. Und der Mann, er war ihr völlig hörig und blind und taub für alles, was um ihn herum geschehen ist.«

»Warum ein Mann?«, fragte sich Sawyer. »Warum denkt sie, dass ein Mensch ihr helfen kann?«

Sasha erschauerte erneut. »Ich glaube nicht, dass er noch ein normaler Mensch war, als sie mit ihm fertig war.«

»Das kann natürlich sein.« Sawyer nickte zustimmend. »Sie haben offenbar einen Vertrag geschlossen oder etwas in der Art.«

»Sie hat ihn sehen lassen, wer und was wir sind«, erklärte Doyle. »Vielleicht will sie ihn als Spion. Ein Mensch, egal was er vielleicht auch sonst noch ist, kann durch die Gegend reisen, ohne dass sich jemand etwas dabei denkt.«

»Oder sie setzt ihn, wie Sasha es vorhergesehen hat, als Waffe ein.« Bran glitt mit den Fingern über ihren Arm und füllte ihre Tasse wieder auf.

»Sie hat ihm etwas Schlimmes angetan«, murmelte Annika. »Wir müssen ihm helfen, falls er unschuldig in ihren Bann geraten ist. Gibt es eine Möglichkeit, ihn wieder davon zu befreien?«

Bran schüttelte den Kopf. »Das weiß ich nicht, denn ich bin mir nicht sicher, wie genau sie ihn verzaubert hat.«

»Als Erstes sollten wir versuchen rauszufinden, wer er ist. Wenn du ihn noch einmal sehen würdest, würdest du ihn doch bestimmt erkennen«, wandte Sawyer sich an Sasha.

»Auf jeden Fall.«

»Kannst du ihn für uns zeichnen?«, fragte Riley. »Wenn ich eine ordentliche Skizze von ihm habe, zeige ich sie einem Kumpel, der sich auf Gesichtserkennung spezialisiert hat und uns vielleicht sagen kann, wer dieser Typ ist.«

»Der Mann, der Vogel und das Zimmer haben sich mir derart ins Gedächtnis eingebrannt, dass ich sie problemlos für dich zeichnen kann.«

»Dann hole ich dir deinen Skizzenblock.«

Bevor Sawyer aufstehen konnte, winkte Bran kurz mit der Hand, und sofort lagen Skizzenblock und Stifte auf dem Tisch.

»So geht's schneller.«

»Allerdings.«

»Er sah weltgewandt und ausnehmend erfolgreich aus.« Deutlich ruhiger als zuvor fing Sasha mit der Skizze an. »Auch wenn Annika womöglich recht hat, hat er nicht wirklich *unschuldig* gewirkt. Er war vielleicht eins achtzig groß und hatte eine sportliche Figur. Er war zwar nicht so durchtrainiert wie Doyle, hat aber durchaus fit auf mich gewirkt. Schon bevor er etwas getrunken hat, wirkte er leicht nervös, sah aber mit seinem kalten Blick zugleich auch irgendwie berechnend aus.«

Sie skizzierte ein Gesicht mit hervorstehenden Wangenknochen, einem geraden Kinn, einer schmalen Nase, einem schmalen, wohlgeformten Mund und dichtem, leicht gewelltem Haar.

Noch während Sasha malte, blickte Riley Sawyer an und merkte, dass der Mann auf dem Papier auch für den Reisenden kein Fremder war.

»Der verdammte Malmon«, stellte sie mit dumpfer Stimme fest.

»André das Arschloch Malmon, der bestimmt nicht unschuldig in diese Sache reingezogen worden ist.« Zornbebend sprang Sawyer auf.

Er erinnerte sich allzu gut daran, dass er dem Typen in

Marokko nur mit Müh und Not entkommen war. Wäre er nicht schnell genug gewesen, hätte ihm der Schweinehund die Kehle aufgeschlitzt.

»Warum hat sie sich gerade an ihn herangemacht?«

Obwohl Riley mit den Achseln zuckte, wurde ihre Miene hart. »Gleich und Gleich gesellt sich nun mal gern.«

»Seid ihr sicher, dass ihr ihn erkannt habt?«, fragte Doyle.

»Todsicher. Jetzt reicht Kaffee bestimmt nicht mehr. Hol uns ein Bier, Sawyer. Malmon hat sich mit der Herrin der Verdammten eingelassen. Das bedeutet, dass sie wirklich, wie von Sasha prophezeit, eine neue Waffe gegen uns geschmiedet hat.«

»Ich glaube nicht, dass, was auch immer sie aus ihm gemacht hat, noch erheblich schlimmer sein kann als das Original.« Sawyer stellte ein paar Flaschen auf den Tisch.

»Aber er war ein Mensch ...«, fing Anni an.

»Wobei man das Wort Mensch erst einmal definieren muss.« Riley schnappte sich ein Bier. »Er ist kaltblütig wie eine Schlange, tötet zum Vergnügen und für Geld, stiehlt, was er in die Finger kriegt, und liebt die Großwildjagd, wozu für ihn auch Menschen zählen.«

»Ich dachte, dass das nur Gerede ist«, warf Sawyer ein, doch Riley schüttelte den Kopf.

»Darauf würde ich mich nicht verlassen. Meines Wissens veranstaltet er alle drei Jahre ein Turnier. Sein ganz privates gefährliches Spiel. Leute, die gelangweilt, grausam und vor allem reich genug sind, zahlen ihm fünf Millionen dafür, dass er sie auf einer Insel vor der Küste Afrikas eine Woche lang Jagd auf ein Dutzend Menschen machen lässt. Am Ende der Woche kriegt der mit den meisten Opfern einen Preis. Einen verdammten Preis.«

»Aber das ist … unmenschlich.«

»Genau.« Zustimmend prostete Riley Annika mit ihrer Flasche zu. »Also brauchen wir uns nicht zu überlegen, wie wir diesem Typen aus der Patsche helfen sollen. Er wird uns jagen, und da er gewieft und clever ist, kommt er ganz sicher nicht allein.«

»Er hat eine eigene Söldnertruppe«, führte Sawyer aus. »Die Art von Kerlen, die kein Problem hätten, ein Baby auszuweiden. Hauptsache, die Kohle stimmt. Tut mir leid«, entschuldigte er sich, als Annika erbleichte. »Aber es ist besser, wenn wir wissen, was uns blüht.«

»Er hat also Söldner. Aber wir sind besser.« Jetzt nahm sich auch Doyle ein Bier. »Wir haben auf Korfu ihre Bestien ausgeschaltet, und das werden wir jetzt wieder tun.«

»Aber …« Sasha legte ihren Stift zur Seite, nahm ihn dann aber noch einmal in die Hand. »Diesmal ist es etwas anderes, oder? Bisher haben wir nur Wesen umgebracht, die sie erschaffen hat. Jetzt reden wir von Menschen.«

»Damit musst du klarkommen, denn Feind ist Feind.«

»Doyle hat recht.« Bran drückte Sashas Hand. »Wir haben keine andere Wahl. Er weiß, was Annika und Riley sind, und würde sie deshalb bestimmt nicht sofort umbringen.«

»Er würde uns meistbietend verkaufen«, klärte Riley Sasha mit scharfer Stimme auf und trank einen großen Schluck von ihrem Bier.

»Und dasselbe täte er wahrscheinlich auch mit Doyle. Aber erst mal würde er ihn sicherlich behalten. Denkt an all die Stunden, die er sich mit jemandem vergnügen könnte, der nicht sterben kann. Der Traum jedes Sadisten, oder nicht?«

»Ich verstehe nicht …«, setzte die Nixe an, doch da stand Sasha auf.

»Das Dunkle ist dem Ruf der Dunkelheit gefolgt. Versprechungen wurden in Blut gemacht. Durch das, was sie aus ihm gemacht hat, wird dem Mann und auch ihr selbst zusätzliche Macht verliehen. Er ist jetzt ihr Geschöpf, Mensch und Bestie zugleich. Die Jagd beginnt und endet, indem Menschenblut vergossen wird. Der schwarze Zauber trinkt, der weiße Zauber brennt, und inzwischen wartet der Stern darauf, dass die Hand der Reinen abermals sein Licht erstrahlen lässt. Durch Kampf und Schmerz, im Wasser und aus Wasser. Mut, Söhne und Töchter, diesmal schlägt die Schlange zu. Setzt alles für alle ein und siegt.«

Sie sank zurück auf ihren Stuhl und atmete vernehmlich aus. »Wow.«

»Und ob. Möchtest du jetzt vielleicht was Stärkeres?«

»Nein danke, das war stark genug.«

»Hört auf die Seherin.« Abermals hob Riley ihre Flasche an den Mund. »Macht euch bereit, Leute. Machen wir Nerezza und dem Bastard Malmon Feuer unterm Arsch.«

»Am besten hauen wir uns erst mal alle hin«, erklärte Doyle und stand entschlossen auf. »Und morgen früh beginnt das Kampftraining. Ich schätze, dass er ein paar Tage braucht, bis seine eigene Mannschaft steht und er mit ihnen hier Quartier bezogen hat. Bis dahin werden wir auf jeden Fall gewappnet sein.«

5

Annika gefiel das neue Training nicht. Es war irgendwie bösartig, wie die verhassten Schusswaffen. Sie droschen aufeinander ein, schleuderten sich gegenseitig auf den Boden und gingen mit Messern aufeinander los.

Sie wollte Nein sagen wie bei den Schusswaffen, nein, sie war nicht bereit, einem ihrer Freunde wehzutun. Aber ihr war klar, sie hatte keine andere Wahl. Weil es für diese Art des Kampfes keine Zauberwaffen gab.

Es gefiel ihr nicht, mit anzusehen, wie Doyle Sasha die Beine wegzog und sie auf den Boden fiel, wie Riley ihrerseits dem armen Bran einen Fußtritt in den Bauch versetzte, und dass ihre Freunde sich mit Messern attackierten, tat ihr in der Seele weh. Obwohl natürlich Bran die Messer so verzaubert hatte, dass sie nicht wirklich gefährlich waren.

Sie selbst vermied es weitestgehend anzugreifen und wich ihren Trainingspartnern tänzelnd, Saltos oder Flickflacks schlagend aus. Wenn sie es nicht vermeiden konnte, auf sie loszugehen, tat sie es nur mit halber Kraft, um die Wesen, die sie liebte, nicht zu verletzen.

»Los, Anni. So langsam bist du nicht.« Doyle stemmte die Beine in den Boden und schlug sich herausfordernd mit einer Faust gegen die harte Brust. »Greif mich an, und zwar mit Wucht.«

In der Hoffnung, dass er dann zufrieden wäre, lief sie los,

vollführte einen Handstandüberschlag und setzte zu einem Salto an, doch er packte entschlossen ihren Fuß, nutzte ihren Schwung, warf sie in die Luft, und sie musste sich eilig umorientieren, damit sie zumindest auf die Füße fiel.

»Also bitte, mach mal halblang.« Sawyer unterbrach den Kampf mit Riley, und als sie die Chance nutzte, um ihm einen Fausthieb in den Magen zu verpassen, fauchte er: »Und du gefälligst auch.«

»Das war doch nur ein liebevoller Klaps.«

»Da bin ich aber wirklich froh, dass zwischen uns nichts läuft.« Er wandte sich erneut an Doyle. »Halt dich etwas zurück, okay?«

»Wer sich zurückhält, wird verletzt. Sie attackiert uns nur mit halber Kraft, und genau das ist das Problem. Stimmt doch, meine Schöne, oder?«

Anni sah ihn flehend an und hob traurig ihre Hände in die Luft. »Ich will keinem meiner Freunde wehtun.«

»Wenn es hart auf hart kommt, werden uns die anderen wehtun, sobald du nicht mit ganzem Herzen bei der Sache bist. Los, mach mit«, raunte er Sawyer zu, hielt ihm sein Messer an den Hals und sah die Nixe fragend an. »Wie willst du mich daran hindern, ihm die Kehle aufzuschlitzen?«

»Das Messer kann ihn nicht verletzen«, antwortete sie, obwohl die Situation ihr keineswegs gefiel. »Dafür hat Bran gesorgt.«

»Da hat sie recht, mein Freund«, stimmte ihr Sawyer grinsend zu.

Knurrend warf Doyle die Waffe fort und nahm Sawyer in den Schwitzkasten.

»He!«

»Spiel bitte mit.«

»Spiel – verdammt«, stieß Sawyer gurgelnd aus.

»Und was, wenn ich ihm einfach das Genick breche?«
Doyles Armmuskeln spannten sich sichtlich an. »Mit dem
richtigen Griff und dem passenden Druck könnte ich ihn
schnell und lautlos um die Ecke bringen. Das wäre das reinste
Kinderspiel für mich. Was also willst du dagegen tun?«

»Ich weiß, dass du ihn nicht verletzen wirst.«

»Und wenn ich den Druck etwas erhöhe?«

Als Sawyer pfeifend Luft holte, riss Annika entsetzt die
Augen auf. »Hör auf!«

»Zwing mich aufzuhören. Zwing mich, von ihm abzu-
lassen. Vielleicht ist er im nächsten Augenblick schon tot.«

»Aufhören, habe ich gesagt!« Annika ballte die Faust,
und während noch der Lichtstrahl ihres Armreifs Doyle an
Arm und Hals erwischte, sprang sie auf ihn zu.

Im selben Augenblick ließ Doyle von Sawyer ab, der
hustend die Hände auf den Oberschenkeln abstützte.

»Der Lichtstrahl hat dich nicht verletzt, weil du nicht
böse bist.«

»Aber es hat auf jeden Fall gekribbelt«, antwortete
Doyle. »Und wenn du so auf einen unserer Feinde losgegangen wärst, hättest du ihn kalt erwischt. So muss man
das angehen. Alles klar, Junge?«

Sawyer rang ein letztes Mal nach Luft, nickte, richtete
sich wieder auf und rammte ihm den Ellenbogen in den
Bauch.

Jetzt hustete Doyle. »Das war ein Volltreffer.«

»Den hattest du verdient.«

»Wir tun uns gegenseitig weh.« In Annis Augen stiegen Tränen auf, und Doyle hob abwehrend die Hände in
die Luft.

134

»Jetzt gehört er wieder dir.«

»Okay, hör zu.« Sawyer legte einen Arm um ihre Schultern und drehte sie sanft zu sich herum. »Lass uns ein Stück spazieren gehen.«

»Doyle hat dir wehgetan, dann du ihm, und Sasha hat gesagt, dass Riley ihr den Hintern aufgerissen hat.«

Dies war nicht der rechte Augenblick zum Lachen, dachte Sawyer, während er erklärte: »Das ist eine Redensart. Aber ja, wir werden uns beim Training immer wieder mal ein bisschen gegenseitig wehtun. Das trägt uns sicher ein paar Schrammen und blaue Flecken ein und verletzt vor allem unseren Stolz. Aber, Anni, unsere Feinde werden keine stumpfen Messer bei sich haben und so kräftig zuschlagen, wie es nur geht. Wahrscheinlich sind sie noch schlimmer als das, was uns auf Korfu angegriffen hat, denn es sind Menschen, die selbstständig denken und ihre Attacken sorgsam planen, statt wie Nerezzas Lakaien nur auf das zu reagieren, was um sie herum geschieht. Und wenn sie mich erwischen, werden sie mich töten, weil ich völlig wertlos bin.«

»Oh nein, du bist nicht…«

»Für Nerezza und diese Typen schon. Und Bran und Sasha werden sie wahrscheinlich auch umbringen, falls sich die Gelegenheit dazu ergibt. Und dich, Riley und Doyle werden sie gefangen nehmen wollen. Was noch viel schlimmer ist, denn gegen das, was sie mit euch machen werden, ist der Tod eine Gnade.«

Sie blieb stehen und sah ihm forschend ins Gesicht. »Sie werden dich umbringen?«

»Sie werden es auf jeden Fall versuchen.«

»Und Sasha und Bran?«

»Sie werden uns entweder umbringen oder gefangen nehmen wollen, wobei eine Gefangennahme mindestens so schrecklich wäre wie der Tod. Wir müssen überleben und unbedingt vermeiden, dass wir ihnen in die Hände fallen.«

»Das ist unsere Pflicht.«

»Genau. Und vor allem müssen wir uns gegenseitig schützen. Das ist mehr als bloße Pflicht. Deshalb nehme ich die blauen Flecken und die Schrammen während unseres Trainings gern in Kauf. Doyle springt ziemlich unsanft mit uns um, aber dafür gibt's auch einen guten Grund.«

»Willst du Menschen töten?«

»Nein, ganz sicher nicht. Aber wenn ich dich, die anderen, mich und die Sterne nur auf diese Weise retten kann, werde ich es trotzdem tun.«

»Dann werde ich dir auch beim Training wehtun.«

Lachend rahmte er ihr liebliches Gesicht mit beiden Händen ein und presste ihr sanft die Lippen auf die Stirn.

Sie floss einfach auf ihn zu, schmolz an seiner Brust und hüllte ihn in ihren süßen und zugleich geheimnisvollen Duft.

Er müsste nur den Kopf neigen, um sie zärtlich auf den Mund zu küssen.

Doch nach dieser winzigen Bewegung wäre nichts mehr so, wie es bisher gewesen war.

»Tja, nun.« Er rieb ihr kurz die Arme, trat entschlossen einen Schritt zurück und riss seinen Blick von den verträumten grünen Nixenaugen los. »Wollen wir doch mal sehen, ob du es vor dem Frühstück schaffst, mir wehzutun.«

Wieder nahmen sie das Boot und sahen sich ergebnislos in mehreren Unterwasserhöhlen um. Auf dem Heimweg aber gab es wieder leckeres Eis für alle, was aus Sicht von Annika der schönste Augenblick des Tages war.

Als sie das Haus erreichten, schlenderten die Männer zum Zitronenhain. Ohne sich etwas dabei zu denken, schaute Annika den dreien hinterher und bereitete noch einmal Sonnentee für alle zu. Riley aber dachte sich anscheinend jede Menge dabei, dass die drei einfach verschwunden waren. Sie kam in orangefarbenen Chucks, einem Grateful-Dead-Shirt und einer ausgebeulten Cargohose aus dem Haus, stemmte die Hände in die Hüften und fragte mit argwöhnischer Stimme: »Weißt du, was sie im Schilde führen?«

»Ich glaube, dass sie ein paar Schießübungen machen wollen.«

»Das glaube ich nicht.« Riley wandte sich an Sasha, die mit ihrem Skizzenblock und einem großen Krug mit einer leuchtend pinkfarbenen Flüssigkeit auf die Terrasse trat.

»Ich habe einen Drink aus Zitrone, Himbeere und Mineralwasser für uns gemixt und finde, dass er ziemlich lecker ist.«

»Das zu beurteilen überlässt du besser uns.«

»Wo sind denn alle hin?«, erkundigte sich Sasha, während Riley etwas von dem Mischgetränk in drei mit Eiswürfeln gefüllte hohe Gläser gab.

»Genau. Alle, die einen Penis haben, haben sich in den Zitronenhain verdrückt. Ich rieche einen Männertreff.«

»Meinetwegen. Mir ist heiß, ich bin total erledigt, und ich habe einen Riesendurst.« Trotzdem runzelte auch Sasha die Stirn, als sie sich müde auf einen der Stühle sinken ließ. »Was meint ihr, worum es bei dem Treffen geht?«

»Wahrscheinlich überlegen sie sich eine Strategie, um uns Frauen vor Unheil zu bewahren.«

»Das ist beleidigend.«

»Auf jeden Fall. Aber dein Drink ist wirklich lecker.«

»Ich mag ihn auch sehr gerne«, stimmte Annika ihr nach dem ersten Schluck zu. »Warum halten wir dann nicht ein Frauentreffen ab? Denn schließlich können wir sie andersrum genauso gut beschützen, oder nicht?«

»Worauf du einen lassen kannst.«

»Was soll ich lassen können?«

»Das ist eine Redewendung, so wie ›Worauf du deinen Arsch verwetten kannst‹.«

»Eure Sprache ist sehr lustig. Bevor ich euch begegnet bin, habe ich niemanden gekannt, der je sein Hinterteil verwettet hätte.« Da sie im Schatten saßen, nahm sie ihre Sonnenbrille ab. »Aber ich denke, dass die Männer sich vor allem Sorgen um uns machen, weil ich keine Schusswaffe benutze und weil Sasha noch nicht ganz so gut im Nahkampf ist.«

»Das ist ja wohl totaler Schwachsinn.« Wütend blickte Riley Richtung Wald. »Ihr beide habt inzwischen hinlänglich bewiesen, dass ihr kämpfen könnt.«

»Auf jeden Fall«, stimmte ihr Sasha zu. »Aber trotzdem hat Anni recht. Ich bin langsamer und schwächer als ihr anderen. Trotzdem habe ich mich verbessert, und das werde ich auch weiter tun. Und, Annika, du bist unglaublich wendig und sehr stark, und mit den Armreifen richtest du mehr als mit einer Pistole aus.«

»Worauf du einen lassen kannst«, probierte Anni grinsend die zuvor erlernte Redewendung aus. »Im Wasser bin ich besser als ihr anderen, Riley kann am besten von uns

138

allen schießen und ist eine wirklich gute Kämpferin, und Sasha kann mit einer Armbrust sogar besser umgehen als Doyle und sieht sehr viel von dem, was für uns wichtig ist. Wir wurden ausgewählt wegen der Dinge, die wir sind, die wir können und die uns deswegen möglich sind.«

»Aber wenn die Männer und die Frauen jetzt zwei Lager bilden, sind wir irgendwie kein echtes Team«, stellte Sasha durchaus richtig fest.

»Wir sind eine Familie, und wenn sich die Männer Sorgen um die Frauen der Familie machen, ist das meiner Meinung nach total normal.«

Riley trommelte mit den Fingern auf den Tisch. »Sprich weiter, Anni, irgendwie klingt es logisch, was du sagst.«

»Wir sind ebenfalls in Sorge«, fuhr die Nixe fort. »Ich würde alles tun, um sie und euch zu schützen, selbst wenn ich euch dafür während unserer Trainings wehtun muss. Als wir zum ersten Mal vor Korfu angegriffen wurden, war ich noch nicht bereit. Ich war einfach zu glücklich, endlich wieder im Meer zu sein. Aber inzwischen sperre ich Augen und Ohren auf und beschütze euch, so gut ich kann.«

Sasha legte eine Hand auf ihren Arm. »Du hast mich gerettet.«

»Beim letzten Kampf warst du bei Bran hoch oben auf der Klippe, weil du wusstest, dass er dich dort braucht. Wir alle haben dich dort gebraucht. Und als Riley sich bei Vollmond in den Wolf verwandelt hat, ist sie zurückgekommen und hat nur mit Zähnen und Krallen gekämpft. Das alles wissen auch die Männer, aber trotzdem machen sie sich Sorgen um uns Frauen.«

»Ich bin nicht so tolerant wie du.« Trotzdem fügte Riley achselzuckend an: »Aber solange sie uns unsere Ruhe lassen, sollen sie machen, was sie wollen.«

»Und genau das machen wir am besten auch«, erklärte Annika und sah sie lächelnd an. »Du bist die Cleverste von uns.«

»Langsam hellt sich meine Stimmung wieder auf, Anni.«

»Sawyer ist ebenfalls sehr clever, Doyle ist schon so lange auf der Welt, dass er mehr Erfahrung als wir anderen hat, und Bran kann zaubern und ist furchtbar klug. Aber du hast das größte Hirn und findest viele Dinge heraus. Du gräbst so lange, bis du all das in Erfahrung gebracht hast, was wichtig für uns ist.«

»Über die Seufzer und die Lieder kann ich euch jedoch bisher nichts sagen, aber ich werde nicht lockerlassen, bis ich rausgefunden habe, was es damit auf sich hat«, meinte Riley.

»Falls nicht, wird Sash davon träumen, damit wir auf diese Art erfahren, was es bedeutet.« Die anderen beiden Frauen konnten deutlich hören, dass nicht naive Einfalt, sondern echte Überzeugung aus der Stimme ihrer Freundin sprach.

»Wissen ist Macht, und auch die Männer wissen, dass vor allem ihr beiden uns diese Macht verschafft. Trotzdem brauchen wir natürlich auch Waffen, aber als ich mich geweigert habe, die Pistole in die Hand zu nehmen, hat mich Sawyer darin unterstützt, Doyle hat nicht versucht, mich dazu zu zwingen, und Bran hat diese Armreife für mich gemacht.«

Lächelnd streckte sie die Arme aus, damit das Sonnenlicht auf ihre Kupferreife fiel. »Ihm war klar, dass ich mit diesen Waffen besser kämpfen kann. Und Sawyer hat in einer Regennacht für dich als Wolf extra ein Feuer im Garten gemacht, und Doyle schlägt Sasha immer nur so leicht, dass sie wieder aufstehen kann. Bei dir schlägt er viel fester zu, denn du bist stärker.«

»Und gemeiner«, fügte Riley gut gelaunt hinzu.

»Im Kampf?«

Wieder zuckte Riley mit den Achseln, aber gleichzeitig huschte ein Grinsen über ihr Gesicht. »Ich kann auch sonst durchaus gemein sein, wenn es nötig ist.« Sie lehnte sich auf ihrem Stuhl zurück. »Ich hätte nie gedacht, dass mir mal eine Meerjungfrau erklären würde, wie die Männer ticken.«

»War denn falsch, was ich gesagt habe?«

»Oh nein. Es hat genau gestimmt. Wie gesagt, ich bin zwar nicht so tolerant wie du, aber trotzdem kann ich dir in dieser Hinsicht schwerlich widersprechen. Das lässt meine ungeheure Cleverness nicht zu.«

»Vielleicht habe ich mich ja geirrt«, sinnierte Sasha. »Vielleicht ist es hin und wieder durchaus gut, wenn wir die Dinge aus der Sicht der Frauen und die Männer sie aus ihrer Sicht bequatschen, denn wahrscheinlich wird das Team am Ende dadurch noch gestärkt.«

»Darf ich eine Frage stellen, bei der es nicht ums Kämpfen, sondern nur um Männer geht?«

»Na klar.«

»Wie hast du Bran dazu gebracht, dich zum ersten Mal zu küssen?«

»Ich schätze, dass das nicht mal Absicht war. Wir waren beide etwas sauer aufeinander.«

»Damit Sawyer mich küsst, müssen wir also sauer aufeinander sein?«

Riley zog die Brauen bis unter ihren langen Pony, aber Sasha schüttelte den Kopf. »Nicht unbedingt. Das ist bei jedem anders. Du empfindest also was für ihn.«

»So viel, dass mein Herz davon fast überquillt.«

»Dann mach doch einfach du den ersten Schritt«, mischte sich Riley ein. »Oder können das die Frauen bei euch nicht?«

»Oh, doch. Es wäre dumm, wenn wir nicht auch als Erste küssen könnten, falls der Mann sich küssen lassen will.«

»Ich gehe sicher davon aus, dass Sawyer sich mit Freuden von dir würde küssen lassen wollen.«

»Aber es ist mir nicht erlaubt, ein Landwesen zuerst zu küssen. Erst muss er mir zeigen, dass es das ist, was er will. Er muss sich entscheiden.«

»Und warum?«

»Weil wir Meerjungfrauen die Macht haben, Menschenmänner zu verführen, selbst wenn sie das nicht wollen. Vor langer, langer Zeit und auch noch heute haben immer wieder einmal Frauen von uns Seemänner und Forscher angelockt.«

»Als Sirenen.«

»Ja, genau. Der Sirenengesang ist wunderschön und kraftvoll, aber für die Menschen, die er anlockt, kann er sehr gefährlich sein. Und wir schwören, dieses Lied niemals zu singen und auch nie als Erste einen Mann zu küssen, wenn man uns an Land gehen lässt. Ein Schwur ist etwas Heiliges, und ich wäre es nicht wert, mit euch zusammen auf Mission zu sein, wenn ich ihn brechen würde, weil ich Sawyer küssen will.« Sie blickte sehnsüchtig in Richtung des Zitronenhains. »Aber ich will es unbedingt.«

»Das ist natürlich blöd.« Riley blickte Sasha an. »Wobei ich persönlich glaube, dass er sicher nicht mehr lange an sich halten kann.«

»Ich glaube, dass ihn seine Ehre daran hindert, auf dich zuzugehen. Er hat Angst davor, dich auszunutzen, Annika.«

»Wie könnte er das jemals tun? Ich würde einfach Nein sagen, wenn ich nicht wollen würde, dass er mich küsst.«

»Für Landwesen gibt's manchmal auch noch etwas anderes als Schwarz und Weiß«, erklärte Sasha ihr. »Aber ich brauche keine Seherin zu sein, um zu erkennen, dass er dich bestimmt genauso gerne küssen würde wie du ihn.«

»Glaubst du?« Mit blitzenden Augen wandte Annika sich an Riley. »Und du?«

»Worauf du einen lassen kannst.«

Sie klatschte lachend in die Hände. »Ich bin wirklich froh, dass ich mit euch gesprochen habe, denn jetzt weiß ich, dass es Grund zur Hoffnung gibt.«

»Und du darfst ihn auch nicht bitten, dich zu küssen?«, hakte Riley nach.

»Nein. Erst nach dem ersten Kuss. Nachdem er sich entschieden hat.«

»Und warum fragst du ihn dann nicht, warum er dich nicht küsst?«

Die Nixe öffnete den Mund, runzelte die Stirn und schüttelte den Kopf. »Das ist etwas anderes. Das ist eine … Unterhaltung und bedeutet, dass ich etwas wissen will. Damit bitte ich ihn nicht, etwas zu tun. Niemand hat zu mir gesagt, dass es verboten ist zu fragen, warum mich ein Mann vom Land nicht küsst. Ich darf ihn wie gesagt nur nicht darum bitten, es zu tun.« Mit einem neuerlichen Lachen nahm sie Rileys Hände. »Du bist wirklich klug!«

»Ich bin schließlich die Cleverste von uns, und vor allem kenne ich mich halbwegs mit Männern aus.«

»Am besten gehe ich gleich los und frage ihn.«

»Momentchen.« Eilig streckte Sasha die Arme nach der Freundin aus. »Ich glaube, es ist besser, wenn du damit wartest, bis ihr beiden mal alleine seid. Wenn du ihn vor den anderen Männern fragen würdest, brächte ihn das sicher in Verlegenheit.«

»Oh, dann werde ich es so machen, wie ihr es mir empfehlt, weil ihr mir schließlich sehr geholfen habt.«

»Frauenpower«, stellte Riley fest. »Der andere Teil davon ist, dass du uns genau erzählst, wie er auf deine Frage reagiert.«

»Es ist gut, wenn eine Frau mit anderen Frauen reden kann. Und für einen Mann ist es bestimmt genauso gut, wenn er mit anderen Männern reden kann.«

»Wahrscheinlich, aber wie es aussieht, haben die Männer ihren Gesprächsbedarf erst mal gedeckt. Sie kommen nämlich direkt auf uns zu.«

Sasha hatte recht gehabt, erkannte Riley. Selbst ein Blinder konnte sehen, dass Sawyer ihrer Meerjungfrau verfallen war. Trotz der dunklen Sonnenbrille, die er trug, war deutlich zu erkennen, dass sein Blick zuerst auf Anni fiel, als er über den Rasen auf sie zugeschlendert kam.

»Das sieht aber gut aus.«

»Ihr habt Glück, dass wir nicht alles ausgetrunken haben, weil ihr einfach heimlich abgehauen seid.«

Bran trat hinter Sashas Stuhl und strich mit einer Hand über ihr Haar. »Wir haben nach den besten Positionen für die Lichtbomben gesucht. Die erste Ladung müsste am Abend fertig sein.«

Lächelnd setzte er sich neben sie und schaute in den Krug. »Und was haben wir hier?«

»Eine Art Himbeer-Zitronen-Limonade.«

»Uhhh. Ich hole mir ein Bier«, erklärte Doyle, bevor er Sashas böse Miene sah. »Oder vielleicht auch nicht. Bist du sauer, Blondie?«

»Ich und Riley wären es bestimmt gewesen, hätte Annika uns nicht aufgeklärt über die Männer und ihren Instinkt, die Frauen ihrer Familie zu beschützen. Selbst wenn diese Frauen dazu durchaus selbst in der Lage wären. Und wenn sie uns obendrein nicht auch noch darauf hingewiesen hätte, dass ihr Männer manchmal einfach unter euch sein möchtet oder müsst, wären wir jetzt sicher nicht so nett zu euch.«

»Danke, meine Schöne.« Doyle schenkte sich etwas von der pinkfarbenen Limonade in ein Glas ein.

»Ich glaube, dass ihr drei uns respektiert. Wenn ich das nicht glauben würde, wäre ich jetzt wütend.«

Bran hob Sashas Fingerspitzen an die Lippen, und als er sie wieder losließ, hielt sie eine sonnengelbe Rose in der Hand.

Lächelnd blickte er zu Annika, die hörbar seufzte, und erklärte: »Ja, natürlich respektieren wir euch. Und davon abgesehen, sind wir vollkommen abhängig von euch und lieben euch. Was sicherlich der Grund für unsere Angst um euer Wohlergehen ist.«

»Und wann küsst du uns die Hände, Ire?«

Lächelnd sah er Riley an. »Gib her.«

»Vielleicht später.«

»Gerne. Und bis dahin kriege ich es vielleicht hin und verbessere unsere Waffen auf die Art, die Doyle mir vorgeschlagen hat. Wobei ich deine Hilfe brauchen könnte, *fáidh*«, wandte er sich wieder seiner Liebsten zu.

»Dann wirst du sie bekommen.«

»Wenn wir die Veränderungen testen können, werde ich euch alle brauchen.«

»Um zu zaubern?«, fragte Anni.

»Um zu zaubern.«

Fröhlich wackelte er mit den Fingern, überreichte einer strahlenden Nixe eine leuchtend pinkfarbene Rose und hielt Riley eine kühle weiße Rose hin.

»Und während wir die besten Plätze für die Lichtbomben gesucht haben, kam Sawyer ein Gedanke«, klärte er die Frauen auf.

»Dir kam ein Gedanke?«, hakte Riley feixend nach.

»Hin und wieder kommt das vor. Es ging bei unserem Gespräch um Defensive, Offensive, Strategien und darum, wie wir unser Territorium verteidigen, falls es zu einem Angriff kommt. Aber diesmal haben wir es nicht mehr nur mit ihren Bestien, sondern auch mit Malmon und mit dessen Handlangern zu tun. Sie sind Menschen, und als Menschen werden sie die Burg ganz sicher nicht von unten stürmen wollen. Ich … Darf ich?«

Er griff nach Sashas Skizzenblock, und sie schob ihn ihm hin.

»Wir sind also hier. Das ist der Zitronenhain, und hier ist die Straße«, fing er an und fertigte mit ein paar Bleistiftstrichen eine grobe Karte an. »Die nächsten Nachbarn wären da und dort. Es wäre also eine schlechte Strategie, die Truppen die Straße raufzuschicken. Vielleicht eine Handvoll Leute, um uns abzulenken, obwohl die Anstrengung sich meiner Meinung nach nicht lohnt. Sie kommen besser über unsere Flanken, wobei wir im Westen und von oben am verwundbarsten sind. Das Terrain ist rau und bergig, und sie kämen sicherlich nicht allzu schnell voran, aber …«

»Langstreckenwaffen«, überlegte Riley, und als Sawyer nickte, stand sie auf, trat an den Rand der Pergola und blickte Richtung Berg. »Die Deckung dort ist ziemlich gut. Wir wären unsererseits relativ gut durch den Zitronenhain und das Haus selbst geschützt, aber ein anständiger Scharfschütze könnte uns trotzdem mühelos erwischen, und Malmon bringt sicher keine Luschen mit.«

»Aber er wird uns nicht alle töten wollen«, warf Sasha ein.

»Dann setzen sie eben Betäubungsmittel ein.« Riley stopfte die Hände in die Hosentaschen und schaute sich weiter um. »Er weiß inzwischen, was wir sind und dass er zumindest Doyle nicht töten kann. Und mich und Anni wird er ebenfalls lebend erwischen wollen, weil man mit uns viel Geld verdienen kann. Bran und Sasha würde er vielleicht aus Neugier erst mal ebenfalls am Leben lassen, doch an Sawyer interessiert ihn nur der Kompass, also wäre es das Einfachste, ihn abzuknallen und sich zu nehmen, was er haben will.«

»Sag so was nicht«, murmelte Annika.

»Tut mir leid, aber der Kerl hat schließlich schon einmal versucht, ihn umzubringen. Und das wird er wieder tun.«

»Obwohl es ihm nichts nützen wird, weil er auf diese Art niemals in den Besitz des Kompasses gelangen wird. Man kann ihn sich nicht einfach nehmen«, klärte Sawyer seine Freunde auf. »Man muss ihn überreicht bekommen. Wenn das nicht passiert, kehrt er einfach zu meinem Großvater zurück.«

»Hm.« Riley trat wieder an den Tisch. »Weiß er das?«

»Im Grunde sollte es ihm klar sein, aber in Marokko hat er mir aus lauter Wut einen seiner Killer auf den Hals gehetzt. Vielleicht hat er nicht tief genug gegraben, um zu wissen, wie die Sache funktioniert.«

»Ja, Malmon und sein Jähzorn. Also, was habt ihr geplant?«

»Wir müssen die Gegend auskundschaften, ehe dieser Kerl nach Capri kommt. Ich nehme an, deine Kontaktleute haben dir noch nicht Bescheid gegeben, wann mit ihm zu rechnen ist.«

»Noch nicht, aber das werden sie auf jeden Fall noch tun.«

»Doyle kennt sich in der Gegend aus.«

Riley zog die Brauen hoch. »Ist dein Gedächtnis denn so gut, dass du dich nach zweihundert Jahren noch erinnern kannst?«

»Es ist auf alle Fälle gut genug, und deshalb wird es morgen statt aufs Meer hinaus erst einmal in die Berge gehen. Weil wir den Stern nicht finden können, wenn wir tot oder gefangen sind.«

»Das stimmt. Und wenn wir erst mal raufgeklettert sind und rausgefunden haben, von wo aus man uns am besten attackieren kann ...«

»... stellen wir Fallen für sie auf.«

Riley pikste Bran mit dem Zeigefinger in die Brust. »Das ist endlich mal ein Wort.«

»Aber die Lichtbomben können wir nicht verwenden«, schränkte er mit ruhiger Stimme ein. »Wir können nicht riskieren, dass ein abenteuerlustiger Tourist oder jemand aus der Gegend eine auslöst und dabei verbrennt.«

»Gegen meine Armreife wären sie immun«, erklärte Annika.

»Genau.« Er nickte zustimmend. »Und deshalb muss ich etwas Ähnliches entwickeln, was nur jemandem mit bösen Absichten gefährlich werden kann. Ich habe da auch schon ein paar Ideen.«

»Dann bist du heute Abend von der Hausarbeit befreit.«

»Ich kann seine Arbeit übernehmen«, erbot sich die Meerjungfrau.

»Danke, das ist nett. Außerdem werde ich Sashas Hilfe brauchen, aber sie ist, soviel ich weiß, zum Kochen eingeteilt.«

»Das übernehme ich«, bot Sawyer achselzuckend an. »Ich koche schließlich gern.«

»Dann fangen Sash und ich am besten sofort mit der Arbeit an.«

»Und wir anderen absolvieren noch eine Trainingseinheit im Zitronenhain«, verfügte Doyle.

»Das hatte ich befürchtet.«

Doyle sah Sawyer an. »Eine Stunde, dann gibt's Bier.«

Obwohl Annika nicht gerne Bier trank und die blauen Flecken hasste, die ihr Doyle verpasste, während er ihr zeigte, wie sie sich am besten gegen Halt- und Würgegriffe wehrte, wusste sie: Wenn diese Schurken sie gefangen nähmen und in einen Käfig sperrten, würde das viel schlimmer sein als Bier und blaue Flecken, und so hielt sie bis zum Trainingsende durch.

Sie genoss den Wein, den sie statt eines Biers eingeschenkt bekam, und freute sich, weil sie erneut mit Sawyer in der Küche stand.

149

Sie würde Bruschette zubereiten, was hieß, dass sie als Erstes langes Brot in Hälften schnitt und es toastete, während er Huhn mit einer Sauce kochte, die Alfredo hieß.

»Und jetzt schneidest du diese Tomaten und die Knoblauchzehen ganz klein.«

Sie machte sich ans Werk und wünschte sich, sie könnte eines Tages irgendwo mit ihm zusammen kochen, ohne dass sie voller blauer Flecke wäre, weil es nämlich nichts mehr zu kämpfen gab.

»Das Hühnchen riecht sehr lecker.«

»Und es wird noch besser schmecken, wenn es die Fettuccine und die Sauce dazu gibt. Das hast du gut gemacht. Und jetzt schneide Basilikum in dünne Streifen. Schneiden und nicht hacken, ja?«

»Ich weiß, was schneiden und was hacken ist. Wenn ich nicht im Wasser leben würde, hätte ich auf alle Fälle einen Blumen-, einen Kräuter- und einen Gemüsegarten. Dann würde ich jeden Tag dort sitzen, Wein trinken und mich an allem, was da wächst, erfreuen.«

»Das klingt gut.«

Er zeigte ihr, wie sich mit etwas Wein, Öl, Essig, Pfeffer, Salz und Käse der Belag für die Bruschette würzen ließ.

»Das muss alles erst mal etwas ziehen«, erklärte er und rührte seine eigene Sauce an.

Sie sah ihm gern beim Rühren zu – sein Körper war dann wunderbar entspannt, und in seinem Haar fing sich das Sonnenlicht, das durch die Fenster fiel.

»In meinem Haus an Land hätte ich auch so eine große Küche«, spann sie ihre Träumerei weiter aus. »Mit Fenstern für die Sonne, einem großen glänzenden Schrank für kalte Sachen und hübschem Geschirr.«

»Und vor allem einer riesengroßen Speisekammer.«

»Einer riesengroßen Speisekammer«, wiederholte sie.

»Und einer großen Kochinsel, die man zugleich als Frühstückstheke nutzen kann.«

»Eine Insel ist doch eine Landmasse, die ringsherum von Wasser umgeben ist.«

»Ein Punkt für dich.« Er pikste sie scherzhaft mit dem Zeigefinger. »Aber ich meine damit eine Arbeitsfläche, die mitten in der Küche steht. An der man das Essen vorbereiten kann und wo die Leute sitzen und gemütlich essen oder dir Gesellschaft leisten können, während du kochst.«

»Damit du nicht alleine bist. Hast du eine solche Küche?«

»Ich? Oh nein. Meine Eltern haben eine hübsche Küche, und die meiner Großeltern sieht zwar altmodisch aus, aber wir haben sie mit vielen praktischen Gerätschaften bestückt. Aber wir bauen hier gerade schließlich unsere Traumküche.«

Bei der Vorstellung, dass sie zusammen träumten, sang ihr Herz. »Und welche Farbe soll sie haben?«

»Was ist deine Lieblingsfarbe?«

»Oh, es gibt so viele wunderschöne Farben, dass ich keine Lieblingsfarbe haben kann.«

»Dann machen wir die Arbeitsplatten grün wie deine Augen. Mit Geräten aus rostfreiem Stahl und einem riesengroßen Gasherd mit sechs Kochstellen. Und die Schränke werden dunkelgrau.«

»Du hast graue Augen. Grau ist schön.«

»Aber die Schränke bleiben offen oder kriegen Glastüren, damit man deine hübschen Teller sehen kann. Außerdem brauchen wir noch eine begehbare Vorratskammer, eine große Spüle und vor allem große Fenster, die nach Süden gehen, damit du dort im Winter verschiedene Kräuter in Tontöpfen ziehen kannst. Das wäre auf jeden Fall schon mal ein guter Anfang«, sagte er und stellte einen Topf voll Wasser auf den Herd.

»Kann sie am Meer liegen?«

»Als Traumküche auf jeden Fall. In Träumen liegt einem die Welt zu Füßen.«

»Ich möchte aber nicht auf einem Berg, sondern am Strand wohnen.« Sie sah ihn fragend an. »Das war wieder eine Redeweise, stimmt's?«

»Genau. Ich wollte damit sagen, dass in Träumen alles möglich ist.«

»Ich möchte, dass die Traumküche in einem Haus am Wasser liegt. Und dass wir dort jeden Tag zusammen kochen.«

Er sah sie an, doch ehe er etwas darauf sagen konnte, stürzte plötzlich Riley durch die Tür.

»Malmon ist in London.« Eilig schenkte sie sich aus der offenen Weißweinflasche ein. »Mein Kontaktmann hat gesagt, dass er in den letzten Tagen häufiger in einem Haus am Hyde Park war, das diesem reichen Kerl und seiner dritten Frau gehört. Während er die beiden in den letzten Tagen nicht gesehen hat. Und vor allem hat sich Malmons Butler erhängt. Die Polizei hat in dem Fall ermittelt und beschlossen, dass es Selbstmord war.«

»Und was hat sein Butler mit der Angelegenheit zu tun?«, überlegte Sawyer.

»Keine Ahnung, aber es gab keinen Hinweis darauf, dass der Mann betäubt war, sich gewehrt hat oder überhaupt Gewalt im Spiel gewesen ist. Es heißt, dass Malmon hier auf Capri eine Villa mieten und ein paar von seinen Söldnern mitbringen will.«

»Sie wissen also, wo wir sind, aber wenn er noch in London ist, bleibt uns etwas Zeit.«

»Dann weiß auch Nerezza, wo wir sind«, bemerkte Annika. »Wenn dieser Mann es weiß, weiß sie es auch. Und vielleicht greift sie uns ja früher an.«

»Bis dahin werden wir mit unseren eigenen Vorbereitungen auf alle Fälle fertig sein«, versicherte ihr Sawyer. »Genau wie unser Abendessen langsam fertig ist.«

»Riley muss den Tisch decken.«

»Was? Na gut.«

»Ich mache die Bruschette.«

»Brus-kette«, korrigierte Sawyer ihre Aussprache.

Sie sprach das Wort noch einmal richtig aus, und Riley nahm die Teller aus dem Schrank.

Während sie gemeinsam aßen und ihr Vorgehen weiter planten, behielt Annika den Himmel vorsorglich im Auge, denn Nerezzas Bestien hatten sie bereits des Öfteren von dort aus attackiert.

Nach dem Essen trat sie vor das Haus, sah hinunter auf das Meer, und als Sawyer sich zu ihr gesellte, lehnte sie sich sanft an seine Schulter.

»Du solltest langsam schlafen gehen. Es wird bestimmt noch ein, zwei Tage dauern, bis etwas passiert.«

»Warum denkst du das?«

»Weil sie meiner Meinung nach erst einmal sehen will, wozu Malmon in der Lage ist und inwieweit er uns schaden kann. Wir haben sie letztes Mal verletzt, was sie ganz sicher nicht vergessen wird. Vor allem hat sie selbst versagt, deshalb wird sie es jetzt erst mal auf andere Art versuchen wollen. Und dafür hat sie Malmon ausgesucht.«

»Du darfst nicht zulassen, dass er dir wehtut.«

»Keine Angst, das habe ich ganz bestimmt nicht vor. Liegt dir sonst noch etwas auf der Seele?«

»Ich wandere gern. Wir werden morgen in die Berge wandern, aber … dann bleibt keine Zeit, aufs Meer zu fahren. Auf Korfu konnte ich spätabends oder früh am Morgen schwimmen gehen. Aber hier auf Capri ist das Meer zu weit entfernt.«

Eilig zog er seinen Kompass aus der Tasche. »Wenn du möchtest, bringe ich dich hin.«

»Das würdest du tun?«

»Na klar. Dann könntest du kurz schwimmen und im Anschluss schlafen gehen. Morgen wird bestimmt ein anstrengender Tag, nach dem du dich mit einer Runde durch den Pool wirst begnügen müssen. Also lauf ins Haus und zieh deinen Bikini an.«

Sie blieb stehen und lächelte ihn unter ihren dichten Wimpern hervor an.

»Okay, verstehe. Du willst ohne Kleider schwimmen gehen. Nun, ich nehme an, inzwischen ist es dafür spät genug.«

»Ich tausche meine Beine erst gegen die Flosse aus, wenn ich im Wasser bin«, versprach sie ihm.

Nickend nahm er ihre Hand und sah sie fragend an. »Bist du bereit?«

»Oh ja.«

Sie klammerte sich an ihm fest, und gemeinsam flogen sie hinunter an den Strand.

6

Hand in Hand mit Sawyer landete die Meerjungfrau an einem kleinen Kiesstrand, der von hohen Felsklippen umgeben war und dem das Licht des abnehmenden Mondes ein romantisches, intimes Flair verlieh.

»Oh, wie schön! Das ist, wie wenn man die Tür zu einem Zimmer schließt, weil man für sich sein will.«

»Ich habe mich ein bisschen umgesehen, weil ich dachte, dass du einen solchen Ort vielleicht gebrauchen kannst.«

Wie könnte sie einen solchen Mann nicht lieben? Wie könnte ihr Herz nicht eng mit einem solchen Herzen verbunden sein?

»Du bist so freundlich. Freundlichkeit ist eine Stärke, deshalb bist du sehr, sehr stark. Du wirst mit mir schwimmen, ja?«

»Ich passe besser auf.«

»Du hast gesagt, wir hätten noch ein bisschen Zeit, bevor sie kommen.«

»Ja.«

»Also kannst du mit mir schwimmen.« Sie nahm seine Hände und zog ihn zum Rand des Meeres. Sie würde niemals das Sirenenlied anstimmen, doch verführerische Blicke waren erlaubt. »Dann kannst du bestimmt auch besser schlafen.«

»Ich habe keine Badehose dabei.«

»Aber du hast doch sicher diese andere Sache an. Unter deinen Jeans. Falls du schüchtern bist.«

Jetzt kam er sich vor wie ein Idiot. »Ja, ich habe meine Unterhose an.« Er zog eine Kette aus dem Kompass, hängte ihn sich um den Hals und zog sein T-Shirt aus.

Annika glitt stillvergnügt aus ihrem Kleid, bis sie splitternackt im Silberlicht des Mondes vor ihm stand.

»*Blin!* Du hättest mich wenigstens warnen können.«

»Was heißt *blin*?« Sie hob das Kleid vom Boden auf und warf es achtlos über einen Stein.

»Das ist…« Wo sollte er nur hinsehen? Wo zum Teufel sollte er nur hinsehen? Himmel, schließlich war er auch nur ein ganz normaler Mann. Er sah ihr ins Gesicht. »Das ist Russisch, und das sagt man, wenn man überrascht ist.«

»Ich bin gerne *blin*.« Sie stürzte sich ins Meer und tauchte in den schäumend dunklen Wellen ab.

Er blieb einfach am Ufer stehen – weil das sicher und vernünftig war. Doch kurz darauf tauchte sie aus den Wellen auf und forderte ihn fröhlich auf. »Komm ins Wasser! Es ist wunderbar.«

Er hoffte nur, das Wasser wäre kühl, als er aus seinen Jeans und Turnschuhen stieg. Er könnte eine Abkühlung gebrauchen, nachdem ihm beim Anblick ihres makellosen goldenen Körpers siedend heiß geworden war.

Er watete ins Wasser und zuckte zusammen, als sich irgendetwas um seine Beine schlang. Sie hatte ihren Schwanz um ihn gelegt, und als sie an ihm zog, tauchte er unter und fuhr mit der Hand über die glatte Rundung ihrer Flosse.

Sie schleuderte ihn wieder an die Wasseroberfläche und tauchte an seiner Seite auf.

»Jetzt bist du ganz nass.«

»Du auch.«

Sie vollführte eine Rolle, reckte die schillernde Flosse kurz ins Licht und tauchte wieder ab.

»Wir können so weit schwimmen, wie du willst«, bot sie ihm an. »Ich kann dich zurück an Land bringen.«

Als er auf seinen Kompass klopfte, nickte sie. »Ich weiß. Das kannst du auch.«

Sie ließ ihn auch dann nicht aus den Augen, als sie weiterschwamm.

»Wir dürfen nicht so lange bleiben«, rief Sawyer ihr in Erinnerung und kraulte ihr eilig hinterher.

Abermals tauchte sie ab, schoss in die Luft und sprang spielerisch wie ein Delfin dicht über ihn hinweg. Vielleicht folgte er ihr weiter, als er hätte tun sollen, aber schließlich kam es nicht alle Tage vor, dass er mit einer Meerjungfrau bei Mondschein schwimmen ging.

»Halt die Luft an.«

Sie nahm seine Hände, zog ihn unter Wasser, und sie schossen durch das dunkle Meer, bevor sie direkt neben einem Felsen in die Luft flog und dort einen Salto schlug.

»Das war wirklich cool!«

»Hat es dir Spaß gemacht?«

»Auf jeden Fall. So etwas Tolles habe ich noch nie erlebt.«

»Du schwimmst sehr gut. Du bist sehr stark im Wasser, aber trotzdem lassen deine Kräfte langsam nach. Wir können uns zusammen auf den Felsen setzen, bis du genug Energie für den Rückweg hast.«

Sie legte die Hände auf den Stein, zog sich geschmeidig hoch, lächelte auf ihn herab und drückte sich das Wasser aus den Haaren.

Er könnte wirklich eine kurze Pause brauchen, dachte er und zog sich neben sie. Vor allem musste er, wenn er an ihrer Seite saß, nicht mehr ihre nackten, wunderschönen Brüste ansehen.

»Also sitzen Meerjungfrauen wirklich gern auf Felsen und beobachten das Meer, die Schiffe und das Ufer?«

»Ja. Wir brauchen Zeit im Wasser und auch an der Luft, damit wir glücklich sind. Menschen haben das Land, das Wasser und die Luft. Deshalb haben vor langer Zeit ein paar von uns aus Neid die Männer auf den Schiffen zu den Felsen oder auf den Meeresgrund gelockt, wo sie ertrunken sind. Was eine Schande war. Deshalb schwören wir heutzutage, weder unseren eigenen Leuten noch denen vom Land je wehzutun.«

»So wie es Rileys Rudel macht.«

»Genau.« Sie sah zum Mond und zu den Sternen auf. »Ich habe eine Frage.«

»Ja?«

»Warum willst du mich nicht küssen?«

»Was?«

»Du hast mich heute hier geküsst.« Sie tippte sich gegen die Stirn. »Aber das hat nicht gezählt, und die Frage, warum du mich nicht küssen willst, ist mir erlaubt.«

»Wir sind Mannschaftskameraden.«

»Das sind Bran und Sash auch. Das ist also ganz sicher nicht der Grund.«

»Doch, oder auf jeden Fall zum Teil«, beharrte er auf seiner Position. »Und, hör zu, du bist, tja nun ... du bist noch nicht sehr lange hier in dieser Welt. Du bist noch dabei zu lernen, wie die Dinge außerhalb des Wassers funktionieren.«

Annika nahm eine kerzengerade Haltung ein und reckte herausfordernd das Kinn. »Ich weiß, wie Küssen funktioniert. Und hast du selbst etwa aufgehört zu lernen? Ich finde nicht, dass es in Ordnung ist, wenn jemand nichts mehr lernen will.«

»Okay, das stimmt. Das ist sogar echt tiefschürfend. Aber wir haben gerade alle Hände voll zu tun und sind auf einer wirklich wichtigen Mission. Und wie Sasha mal gesagt hat, hast du eine ganz besondere Reinheit, und, na ja, ich habe Angst, dass dadurch vielleicht alles aus dem Gleichgewicht gerät.«

»Das sind keine echten Antworten. Ich habe dich mit meiner Frage in Verlegenheit gebracht«, erklärte sie ihm steif. »Das tut mir leid. Es war nett von dir, mit mir zum Meer zu fliegen. Aber am besten kehren wir jetzt zum Haus zurück.«

»Bitte, Annika. Ich will deine Gefühle nicht verletzen.«

»Aber du verletzt meine Gefühle, wenn du mir nicht ehrlich sagst, warum du mich nicht küsst.«

Er raufte sich frustriert das Haar. Wie ging man am geschicktesten mit einer angefressenen, verletzten Nixe um?

»Ich versuche ja, ehrlich zu sein. Und ich habe weder deine Gefühle noch sonst etwas verletzen wollen. Die Frage hat mich einfach völlig überrascht.«

»Und deshalb sind dir keine besseren unehrlichen Antworten auf meine Frage eingefallen?«

Ab und zu durchschaute sie ihn einfach viel zu gut. »Nicht wirklich«, gab er zu. »Ich will dich ja auch nicht nicht küssen, es ist nur so … «

»Wie soll ich das verstehen?«, fiel sie ihm ins Wort und blitzte ihn herausfordernd aus ihren grünen Augen an.

»Heißt ›du willst mich ja nicht nicht küssen‹, dass du es willst?«

»Nein. Vielleicht. Ja. Verdammt.«

Er packte ihre Schultern und schaffte es gerade noch, sich so weit zu beherrschen, dass er seine Lippen nur ganz sanft auf ihre Lippen presste, ehe er den Kopf wieder nach hinten riss.

Ihre Augen wurden trüb, und mit einem unglücklichen Nicken meinte sie: »Du willst mich küssen wie der Bruder meines Vaters. Das ist eine Antwort, die ich akzeptieren muss. Danke. Und jetzt sollten wir nach Hause gehen.«

Sie wollte zurück ins Wasser gleiten, aber er verstärkte seinen Griff um ihre Schultern und sah sie durchdringend an. »Das ist eine Antwort. Aber ehrlich ist sie nicht.«

»Kannst du mir nicht die Wahrheit sagen?« Traurig legte sie die Hand auf seine Brust. »Ist das ein Schwur? Ich würde nie von dir verlangen, einen Schwur zu brechen.«

»Nein. Oh nein, das ist kein Schwur. Es ist …« Vertrackt, hochkompliziert und grundverkehrt … »… ein Fehler, sicherlich ist es ein Fehler. Oder vielleicht ist es auch ein Fehler, das, was ich für dich empfinde, weiterhin zu ignorieren. Ich nehme an, am besten finden wir es einfach heraus.«

Jetzt rahmte er mit seinen Händen ihr Gesicht ein, sah ihr in die Augen, und mit wild klopfendem Herzen hielt sie so lange den Atem an, bis Sawyers Mund erneut auf ihren Lippen lag. Sachte, aber anders als zuvor. Sanft, so sanft und leicht, wie wenn ein Schmetterling auf eine Blüte traf.

Rief der Schmetterling wohl ebenfalls ein schmerzliches Verlangen in der Blüte wach?

Dann verstärkte er den Druck seiner Lippen, und mit einem Mal taten sich völlig neue Welten für sie auf.

Sie atmete erleichtert auf und schloss die Augen, als er sie ganz vorsichtig und wie in Zeitlupe in diese Welten zog. Welten voll neuer Geschmäcker, stiller Wunder, süßen Glücks.

Sie öffnete den Mund, erwiderte den Kuss und hatte das Gefühl, als dränge sie immer tiefer in die Wärme dieses wunderbaren Mannes ein.

Er hatte gewusst oder auf jeden Fall geahnt, dass er verloren wäre, wenn er jemals wagen würde, diesen Schritt zu tun. Kein Kompass brächte ihn jemals zurück an einen Ort, wo er fest mit beiden Beinen auf dem Boden stünde.

Sie gab sich ihm vollkommen hin, presste ihre Hand gegen sein Herz, als wolle sie es halten, und ließ ihre Zunge über seine Zähne gleiten, als wäre sie nur dafür gemacht.

Der Geruch des Meeres mischte sich mit ihrem Duft und zog ihn endgültig in ihren Bann. Das Geräusch der Wellen, die wie in einer nicht enden wollenden Paarung sanft gegen die Felsen schlugen, verband sich mit ihren Seufzern und verzauberte ihn ein für alle Mal.

Alles Richtige und Gute, alles, wofür sich das Kämpfen lohnte, gipfelten in diesem Kuss. Und trotzdem wollte er noch mehr.

Doch er dürfte nie vergessen, dass die Ehre es gebote, ihr nicht mehr abzuverlangen, als sie geben wollte, also machte er sich widerstrebend von ihr los.

»Annika.« Noch immer rahmten seine Hände ihr Gesicht, aber, oh Mann, wie gerne wären sie an ihr hinabgewandert, um die wundervollen Brüste zu umfassen, die viel schöner waren als alle, die er jemals zuvor liebkost hatte. Während er noch darum kämpfte, weiterhin das Richtige zu tun, sah sie ihn strahlend an.

»Jetzt kann ich dich küssen.«

»Hast du das nicht gerade erst getan?«

»Nein, nein – als Erste. Bisher musstest du den Anfang machen, aber jetzt…«

Glücklich schlang sie ihm die Arme um den Hals und erforschte seinen Mund mit einer Leidenschaft, die ihn vergessen ließ, dass es einen Begriff wie Ehre gab.

Heiß und leuchtend hell wie eine Fackel brannte sie an seiner Brust. Er tauchte in das Feuer ein, ließ sich davon verzehren und glitt mit seinen Fingern über ihren samtig weichen Körper, bis er endlich ihre straffen, rundherum perfekten Brüste umfangen hielt.

Natürlich hätte er es langsam angehen oder sich im besten Fall beherrschen sollen, aber sie schlang ihm begierig ihre bunt schillernde Flosse um den Leib und reckte ihm derart begehrlich ihren nackten Oberkörper hin, dass er taub für alles andere als das Rauschen des Blutes in seinen Adern war.

Er musste einfach ihre makellosen Brüste kosten, und als er sie rücklings auf den Felsen presste, wandte sie sich ihm nicht weniger leidenschaftlich zu und zog ihn mit sich zurück ins Meer.

Völlig benommen vor Verlangen ging er unter, und als er sich wieder an die Wasseroberfläche kämpfen wollte, schob die Meerjungfrau ihn lachend an.

»Ich bin viel zu glücklich.«

Wieder legte sie ihm ihre Flosse um den Leib, schlang einen Arm um seinen Hals und hielt ihn über Wasser, ohne dass sie auch nur einen Muskel zu bewegen schien.

Ihm wurde klar, dass er ihr in verschiedener Hinsicht hilflos ausgeliefert war.

Sie legte den Kopf auf seine Schulter und knabberte sacht an seiner Haut.

Statt abzukühlen, mischte sein Verlangen sich mit Zärtlichkeit und brachte ihn zumindest annähernd wieder ins Gleichgewicht.

»Zu glücklich kann man gar nicht sein«, erklärte er und strich ihr liebevoll über das Haar.

»Ich bin so voller Glück, dass ich ewig mit dir hier auf dem Wasser treiben könnte, ohne dass es je zur Neige gehen würde«, klärte sie ihn auf.

Doch sie konnten hier nicht bleiben, rief sich Sawyer in Erinnerung. Sie waren schon viel zu lange von dem Haus und den anderen fort.

»Ich weiß, dass das nicht geht«, kam Anni ihm zuvor. »Nur noch ganz kurz. In diesem Augenblick, an diesem Ort ist das Dunkel etwas Kostbares und Schönes. Aber bald schon wird es böse und gefährlich sein.«

»Noch kurz«, stimmte er zu, überglücklich, weil er in den Armen einer Nixe auf dem mondbeschienenen Wasser treiben durfte.

Sie drängte nicht darauf, noch länger zu verweilen, und er spürte, wie ihr Schwanz das Wasser teilte, als sie sich zurücklehnte und ihn zurück ans Ufer zog.

»Was hast du damit gemeint, dass du mich erst nicht küssen konntest, aber jetzt schon?«

»Das ist uns nicht erlaubt.«

»Zu küssen?«

»Nein, das wäre traurig, findest du nicht auch?« Ihre Haare hoben sich wie schwarze Seide von dem dunkel-

163

blauen Wasser ab. »Bei einem Landwesen müssen wir warten, bis es uns als Erstes küsst. Und wir dürfen auch nicht darum bitten. Es muss uns freiwillig als Erstes küssen, aber dann ist uns das Küssen ebenfalls erlaubt.«

»Wie bei Arielle?«

Sie runzelte verwirrt die Stirn.

»Arielle ist die Geschichte einer Meerjungfrau.«

»Oh. Die Geschichte habe ich noch nie gehört. Wirst du sie mir erzählen?«

»Ich kann sie dir sogar zeigen. Es gibt sie als Film. Ich werde sehen, ob es die DVD auf Capri gibt oder ob ich den Film runterladen kann. Aber wie dem auch sei, sie musste in der Geschichte darauf warten, dass der Prinz sie küsst.«

»Und du bist ein König. Schließlich heißt du Sawyer King.« Lachend neigte sie den Kopf und küsste ihn erneut.

Ihre Flosse schwenkte hin und her, dann trat sie plötzlich mit den Beinen aus und richtete sich neben ihm im nur noch knietiefen Wasser auf.

»Küsst du mich auch, wenn ich Beine habe? Jetzt darf ich dich schließlich danach fragen.«

Amüsiert und fasziniert hob Sawyer seine Hände abermals an ihr Gesicht und presste seine Lippen fest auf ihren Mund.

»Aber jetzt müssen wir schnellstmöglich zurück – und vor allem brauchst du dein Kleid. Zwar ist die Gefahr gering, dass uns die Polizei erwischt, aber wenn, nimmt sie uns sicher fest.«

»Dafür, dass wir uns küssen?«, fragte Annika erstaunt.

»Dafür, dass wir nackt sind.«

»Manche eurer Regeln und Gesetze kann ich einfach nicht verstehen.«

Trotzdem watete sie an den Strand und zog sich das Kleid über den Kopf, bevor er selbst wieder in Jeans und T-Shirt stieg und ihr die Arme um die Taille schlang. »Bist du bereit?«

Sie legte ihm die Arme um die Hüfte. »Ja.«

Als sie, noch immer eng umschlungen, wieder vor der Villa standen, schmiegte sie sich lächelnd an ihn.

»Das Reisen fühlt sich anders an, wenn du mich in den Armen hältst. Alles fühlt sich dann anders an. Wenn du mit in mein Zimmer kommen würdest, könntest du dort bei mir liegen und mich festhalten.«

Er bat alle Götter, die es gab, um größtmögliche Kraft. »Morgen wird ein langer, anstrengender Tag. Also geh alleine hinauf und schlaf.«

»Manchmal ist es schwer zu tun, was man tun muss, aber du musst auch schlafen.«

»Ja. Geh du schon mal ins Haus, ich komme sofort nach.«

Ihnen beiden zu Gefallen küsste er sie noch einmal und dann noch einmal. Schließlich wandte sie sich mit verträumtem Blick zum Gehen.

»Gute Nacht.«

»Nacht«, rief er ihr leise hinterher, und als die Haustür hinter ihr ins Schloss fiel, setzte er sich auf die Stufen vor dem Haus und atmete tief durch.

Im nächsten Augenblick jedoch war er schon wieder auf den Beinen und griff eilig nach dem Messer, das er stets am Gürtel trug.

Doyle trat aus dem Dunkel auf ihn zu. »Halt dich zurück, Soldat. Ich drehe nur noch eine letzte Runde um das Haus.«

Sawyer schob sein Messer zurück in die Scheide, während Doyle zu ihm auf die Terrasse trat. »Ein solches Angebot kriegt man nicht jeden Tag. Ich weiß nicht, ob ein solches Maß an Selbstbeherrschung eher zu bewundern oder zu bedauern ist.«

»Das weiß ich selbst auch nicht so genau.«

»Ich würde dir ja raten, kalt zu duschen, aber wie es aussieht, bist du schon tropfnass. Offenbar hast du die Chance genutzt und warst mit ihr am Meer. Aber ich kann gut verstehen, dass selbst die größte Selbstbeherrschung irgendwann an ihre Grenzen stößt.«

»Irgendwie fand ich es angenehmer, als du noch die ganze Zeit geschwiegen hast.«

»Was ich dir nicht verdenken kann.« Doyle versetzte Sawyer einen freundschaftlichen Boxhieb auf den Arm und ging an ihm vorbei ins Haus.

Sawyer beschloss, noch etwas länger draußen auszuharren und vor sich hin zu tropfen, bis er wieder halbwegs wusste, wer er war.

Zumindest hatte er am nächsten Morgen keinen Frühstücksdienst, und da sie wegen des geplanten Marsches in die Berge auch kein Morgentraining hatten, holte Sawyer während dieser Stunde einen Teil des Schlafes nach, der ihm während der Nacht aufgrund seiner Bemühungen, ja nicht von einer nackten Annika zu träumen, nicht vergönnt gewesen war.

Den Rest bekäme er bestimmt mit Kaffee hin.

Er schlurfte in die Küche, in der Bran unzählige Dinge briet und kochte, die aus der Sicht des Iren für ein anständiges Frühstück nötig waren. Da er daran nichts auszusetzen hatte, knurrte er nur einen kurzen Gruß und schenkte sich einen Becher dampfend heißen Kaffees ein.

»Ich bin in zehn Minuten fertig«, meinte Bran. »Doyle will los, sobald wir gegessen haben.«

»Ich bin bereit.« Und zwar im wahrsten Sinn des Worts, denn einen Teil der Nacht hatte er, statt sich im Bett zu wälzen, mit dem Packen seines Rucksacks zugebracht. »Kann ich dir was helfen?«

»Danke, nein. Ich komme gut alleine klar.«

»Dann gehe ich schon mal nach draußen.«

Als er durch die Tür trat, stand dort Annika in Cargo-hose, Wanderschuhen und einem Batik-T-Shirt, das sie hatte haben müssen, weil es sie an Regenbogen denken ließ. Leise singend, schmückte sie den Tisch mit einer Saft-glas-Pyramide, aus der sich ein Katarakt aus Klee und Blu-men über mehrere Figuren ergoss, die sie aus Blättern, Zahnstochern und zusätzlichem Klee kreiert hatte.

»Guten Morgen.«

Sie blickte auf, lief auf ihn zu, sprang ihm in die Arme, und ihr Kuss war gleichzeitig so strahlend wie ein Maitag und so dunkel wie die Nacht.

»Wow.« Auch Riley kam mit ihrem Kaffeebecher aus dem Haus. »Was habe ich verpasst?«

»Sawyer hat mich geküsst.«

»Das war nicht zu übersehen. Gratuliere. Ruhig und stetig kommt man auch ans Ziel, nicht wahr, mein Hüb-scher?«, wandte sie sich Sawyer zu.

Da er sich augenblicklich weder ruhig noch stetig fühlte, setzte er sich einfach hin. Sei einfach ganz natürlich, dachte er. Am besten tat er so, als wäre alles ganz normal.

»Ein Blumenwasserfall?«

»Genau. Und wir alle machen Urlaub. Der Spiegel, auf dem die Gläser stehen, ist die Glasinsel. Wenn wir die Sterne erst gefunden haben und zurückbringen, verleben wir dort alle einen wunderbaren Tag.«

»Den könnte ich gebrauchen«, stimmte Riley ihrer Freundin zu.

»Den werden wir auch haben«, antwortete Annika. »Ich wollte noch einen Garten kreieren, aber dazu ist jetzt keine Zeit.«

»Ich finde, dass ein Blumenkatarakt ein eigener Garten ist.«

Froh über Sawyers Kommentar, wandte Anni ihr Gesicht der Sonne zu. »Vielleicht haben wir ja schon heute einen wunderbaren Tag.«

Falls zu einem wunderbaren Tag ein schweißtreibender, harter Aufstieg auf den Berg gehörte, waren die Bedingungen erfüllt.

»Die phönizische Treppe«, klärte Riley Sasha am Fuß der unzähligen Stufen auf. »Sie wurde so genannt, weil man mal angenommen hat, die Phönizier hätten sie gebaut. Inzwischen wissen wir, dass das die alten Griechen waren. Und«, fuhr sie auf dem Weg nach oben fort, »früher war die Treppe der einzige Zugang, den es zu Anacapri und zum Wasser gab. Also solltet ihr, wenn ihr anfangt zu keuchen und eure Waden jammern, an die armen Frauen denken, die tagtäglich die fast tausend Stufen bis nach unten nehmen mussten, wenn sie Wasser holen wollten, um danach mit vollen Krügen auf den Köpfen den gesamten Weg wieder hinaufzulaufen.«

»Tausend?«, hakte Sasha nach.

»Neunhunderteinundzwanzig, um genau zu sein.«

»Manchmal wünschte ich, du wüsstest nicht so viel.«

»Aber die Treppe ist sehr hübsch.« Annika sah sich nach allen Seiten um und tänzelte leichtfüßig vor den anderen her. »All die Blumen und das Grün.«

»Vor allem ist der Weg nach oben leichter als nach unten. Weil die Stufen steil und ungleichmäßig sind«, klärte Riley ihre Freunde fröhlich auf.

»Als ich diese Treppe letztes Mal erklommen habe, hat der Steinschlag zwei von unseren Leuten umgebracht«, erinnerte sich Doyle.

»Dafür sind ja jetzt die Netze da.«

Sie kämpften sich die Treppe hinauf, vorbei an Häusern und an Feldern voller Wildblumen und leuchtend gelbem Ginster, an Kastanien und an einem winzig kleinen Weinberg mit noch jungen grünen Trauben an den Stöcken. Oben angekommen, blickte Riley auf die Uhr.

»Sechsunddreißig Minuten, alle Achtung«, gratulierte sie den anderen.

»Ab hier gibt's keine Treppe mehr.« Als Doyle entschlossen weiterstapfte, rollte Riley mit den Augen, setzte dann aber den Weg nicht weniger entschlossen fort.

Die Sonne brannte gnadenlos herab, und immer wieder ging der schmale Pfad, der kaum als solcher zu erkennen war, in Felsengruppen über, die die Nixe ebenso beherzt und unerschrocken überwand wie die winzig kleinen wilden Blumen, die sich ihren Weg zur Sonne durch die allerkleinste Spalte bahnten.

Über ihren Köpfen drehten Vögel ihre Kreise, und mitunter stürzte einer sich vollkommen lautlos auf eine der Echsen, die sich auf den Steinen sonnten und eilig in Felsspalten verschwanden, wenn sie merkten, dass Gefahr bestand.

Sawyer überlegte flüchtig, ob es wohl auch Schlangen in der Gegend gäbe, und als Anni plötzlich aufschrie, nahm er eilig ihre Hand und zerrte die Pistole aus dem Bund seiner Jeans.

»Was ist?«

Sie deutete auf eine große Felsengruppe und die Büsche, die sich an die Steine klammerten, und er entspannte sich. »Das ist nur eine Ziege. Eine Bergziege«, erklärte er.

»Eine Ziege.« Sie und das Tier starrten einander an. »Sie sieht aber nicht wie Käse aus. Wie der, den wir gegessen haben. Ziegenkäse.«

»Stimmt. Der Käse wird aus Milch gemacht. Aus Ziegenmilch. Die man erhält, wenn man die Ziegen melkt.« Ihm wurde klar, dass er sich auf gefährliches Terrain begab. »Frag am besten Riley. Sie ist wirklich clever, und ich bin mir sicher, dass sie es dir ganz genau erklären kann.«

»In Ordnung.« Ebenso behände wie die Ziegen kletterte sie weiter und holte die Freundin schon nach ein paar Schritten ein.

»Jetzt kommst du drum herum, ihr zu erklären, was Zitzen sind.« Bran erklomm den Felsen, streckte eine Hand nach hinten aus und zog Sasha neben sich.

»Das hätte mir gerade noch gefehlt«, stieß Sawyer knurrend aus.

»Und mir fehlt eine kurze Pause.« Sasha wischte sich die Schweißperlen von der Stirn und zeigte mit der Hand auf einen dürren Busch, der wenigstens ein bisschen Schatten warf. »Gott weiß, wann es mal wieder etwas Schatten gibt.«

»Da hast du völlig recht. Doyle«, rief Bran und winkte seinen Freunden zu. »Zehn Minuten Pause, weil hier wenigstens ein bisschen Schatten ist. Ich schwöre, wenn es eine Brücke gäbe, könnte dieser Mann von hier bis nach Neapel durchmarschieren.«

Müde nahmen sie im Schatten Platz, und als Sasha die Ziege über ihren Köpfen meckern hörte, fauchte sie: »Jetzt lacht das blöde Biest uns auch noch aus.«

Sie nahm einen Schluck aus ihrer Wasserflasche und sah ihren Liebsten fragend an. »Die drei Stellen, die du für die Bomben vorgesehen hast, reichen doch bestimmt nicht aus.«

»Es ist auf jeden Fall schon mal ein guter Anfang«, antwortete er und tätschelte ihr Knie.

»Die Aussicht ist einfach phänomenal.«

Stirnrunzelnd folgte Sasha Rileys Blick und räumte seufzend ein: »Ja, sie ist tatsächlich wunderbar. Ich würde sie echt gerne malen, aber ich schwöre euch, es kommt mir vor, als hätten wir inzwischen den Vesuv erklommen, und ich frage mich, wie ich den knappen Kilometer, den wir noch bis zu der blöden Höhle kraxeln müssen, überleben soll.«

»Zu was für einer Höhle?«, fragte Doyle.

»Zu der, an die du dich noch aus der Zeit erinnerst, als du hier Soldat gewesen bist.«

»Ich habe diese Höhle bisher nie auch nur mit einem Wort erwähnt.«

Sie sah ihn forschend an. »Aber … nein, das hast du nicht. Du hast tatsächlich nichts davon gesagt. Aber trotzdem führst du uns dorthin.«

»Kannst du jetzt auch noch Gedanken lesen?«

171

»Nein. Oh nein, ich habe nur ...« Kopfschüttelnd stand sie auf. »Gebt mir eine Minute Zeit.«

Sie kehrte auf den Pfad zurück und starrte nach Nordwest. »Ich kann es sehen. Ich weiß nicht, ob ich deine Erinnerung an diese Höhle sehe oder etwas, was erst noch passieren wird. Ich weiß nicht, ob sie sie benutzen wird, aber jetzt ist sie auf jeden Fall nicht dort. Fledermäuse und Spinnen halten sich im kühlen, trockenen Innern der Felsen auf. Aber sie ist nicht dort.«

Sie drehte den Kopf und blickte nach Südwest. »Sie wird ihren Palast im Inneren des großen Berges errichten. Diejenigen, die ihn erklimmen, die dort Picknick machen und die Aussicht auf die Insel und das Meer genießen, sind für sie nicht mehr als Ameisen. Sind weniger als nichts für sie. Sie wird dort sein, und zwar bald. Doch den letzten Schlag werden wir ihr weder jetzt noch hier verpassen. Ihre Waffe ist geschmiedet, unsere aber nicht. Sie wird ihr Ende hier nicht finden, andere aber schon.«

Sie griff sich an die Stirn.

»Sie fühlt mich. Bran.«

Eilig trat er zu ihr und legte ihr beide Hände auf den Kopf. »Sperr sie aus. Du weißt doch, wie das geht.«

»Sie klammert sich an mein Gehirn. Sie ist unglaublich stark.«

»Das bist du auch, *fáidh*. Sieh mich an, schau her.«

Sie sah aus schmerzerfüllten Augen zu ihm auf.

»Zusammen sind wir noch stärker. Nimm einen Teil von meiner Stärke in dich auf.«

Nickend zog sie Kraft aus seiner Nähe, ehe sie erschauernd den Kopf auf seine Schulter fallen ließ. »Sie kam so schnell, dass ich nicht darauf vorbereitet war.«

»Aber trotzdem hast du sie blitzschnell wieder aus deinen Gedanken ausgesperrt.« Er zog sie zurück in den Schatten, glitt mit den Händen über ihre Flasche, um das Wasser abzukühlen, und sah die anderen an. »Sie wird die Zeit bekommen, die sie braucht, um sich zu erholen.«

»Nur bis ich wieder einen völlig klaren Kopf habe. Was bestimmt nicht lange dauern wird.«

»Am besten trinkst du erst mal was.« Anni drückte ihr die Flasche in die Hand. »Bran hat das Wasser abgekühlt. Und iss vielleicht auch einen dieser… Energieriegel. Auch wenn der nicht besonders lecker ist.«

»Nein, das ist er wirklich nicht. Aber ich kann etwas gebrauchen, was mir neue Kraft verleiht.«

»In deiner Rede ging es um den Monte Solaro«, stellte Riley fest.

»Wenn du es sagst.«

»Der hohe Berg da hinten, oberhalb von Anacapri.«

»Der Solaro liegt auf unserer Inselseite«, meinte Doyle. »Aber der Weg dorthin ist trotzdem mörderisch.«

»Malmon wird dort nicht Quartier beziehen. Und seine Söldner wird er ebenfalls woanders stationieren.« Inzwischen konnte Sasha wieder klarer sehen und atmete tief durch. »Der Ort ist nur für sie. Sie wird ihn ausstatten und wahrscheinlich auch Malmon dorthin bringen, aber meiner Meinung nach wird er wohl eher die Höhle nutzen, zu der du uns gerade führst. Vielleicht kann ich mehr sehen, wenn wir erst dort angekommen sind.«

»Wir könnten doch den Kompass nehmen.« Sawyer tätschelte ihr aufmunternd das Knie. »Der Weg war schließlich bereits anstrengend genug.«

»Ich bin in Ordnung, wirklich. Vielleicht ist mir das

Laufen so schwergefallen, weil sie schon die ganze Zeit an mir gekratzt hat, ohne dass ich wusste, was es war. Aber jetzt bin ich okay.«

»Wenn du es dir noch einmal anders überlegst, bringe ich dich gerne hin.«

Um den anderen zu beweisen, dass sie weiterlaufen konnte, stand sie ohne Hilfe wieder auf. »Noch ein knapper Kilometer, oder?«

»In etwa«, stimmte Doyle ihr zu. »Du wirst es schaffen, Blondie, weil du sonst beim nächsten Training noch mehr Kniebeugen als gestern machen wirst.«

»Den Teufel werde ich tun.« Sie setzte ihren Rucksack wieder auf und lief zurück zum Felsenpfad.

Auch Annika lief los, bis sie an ihrer Seite war. »Wir sind echte Bergziegen.«

»Ich weniger, doch du auf jeden Fall.«

»Ich habe auch sehr gute Beine. Deine Beine sind genauso stark, nur hast du sie schon viel öfter benutzt, weil du mit ihnen auf die Welt gekommen bist.«

»Inzwischen weiß ich, dass ich viel mehr Muskeln in den Beinen habe, als mir je bewusst gewesen ist. Das ist schon mal nicht schlecht. Auch wenn es mir nicht unbedingt gefällt, dass jeder dieser vielen Muskeln momentan vor Schmerzen schreit.«

»Lass uns singen.«

»Singen?«

»Um dich vom Geschrei der Muskeln abzulenken«, meinte Annika. »Als kleines Mädchen habe ich einmal ein Lied auf einem Schiff gehört, das wirklich lustig ist. ›Buddy, you're a boy make a big noisc …‹«

»Queen?«, stieß Sasha lachend aus.

»Queen? Das heißt doch Königin. Was für eine Königin?«

»Nein, so heißt die Gruppe, die das Lied gesungen hat. So heißt die Band.«

»Aber die Stimmen waren von Männern, nicht von Königinnen«, widersprach die Nixe ihr.

»Das ist ein bisschen schwierig zu erklären. Auf alle Fälle hast du guten, anständigen Rock gewählt, aber ich kenne leider nicht den ganzen Text.«

»Ich schon«, mischte sich Riley ein, und als sie laut die nächste Zeile sang, stimmte die Nixe lachend ein.

»Freddie Mercury wäre echt stolz auf euch«, erklärte Sawyer, als die beiden Frauen den Refrain anstimmten und auch Sasha aus voller Kehle mitsang.

»Die Königin der Meere hatte recht. Schließlich hat es einen Grund, dass Soldaten während langer Märsche singen«, meinte Doyle und wandte sich an Bran. »Jetzt wird sie es sicher schaffen.«

»Daran habe ich nicht einen Augenblick gezweifelt«, gab der Zauberer zurück, wobei ihm neben heißer Liebe der genauso heiße Stolz auf seine Freundin deutlich anzuhören war. »Ihre Willensstärke würde sie auch dann noch weitertragen, wenn die Beine ihren Dienst versagen. Und sie ist noch mutiger als wir, weil sie sich mit mehr Angst und ohne überhaupt zu wissen, worum es bei all dem geht, auf dieses Abenteuer eingelassen hat.«

»Inzwischen weiß sie deutlich mehr als wir, denn wenn meine Erinnerung nicht trügt, marschiert sie direkt auf die Höhle zu, zu der ich euch führen wollte.«

»Dann lass sie einfach weiter vorgehen, damit wir sehen, ob sie uns wirklich dorthin führt.«

»Ich bilde gern die Nachhut«, mischte Sawyer sich in das Gespräch ein. »Singen ist schließlich nicht das Einzige, womit man sich von den Strapazen dieses Marschs ablenken kann.«

»Sie sehen auch von hinten alles andere als übel aus«, pflichtete Bran ihm bei.

»Ich erspare mir am besten einen Kommentar«, schloss Doyle. »Wenn ich was über Blondies Hintern sage, trifft mich sicher gleich der Blitz, und wenn ich mich über die Wassernymphe äußere, kriege ich es mit dem Reisenden zu tun.«

»Es gibt doch noch eine dritte Frau«, bemerkte Bran.

»Die Wolfsfrau? Die ist auch nicht übel«, räumte Doyle mit einem gleichmütigen Achselzucken ein.

»Wir sollten noch was singen!« Annika erklomm – tatsächlich mühelos wie eine Bergziege – den nächsten Felsen.

»Kennst du denn noch ein Lied?« Auch wenn sie erst einmal zu Atem kommen müsste, wäre Sasha auf jeden Fall dabei.

»Oh ja. Ich höre immer gerne die Musik, die von den Booten oder von den Stränden kommt. Ich kenne da ein Lied, auch wenn ich die meisten Worte nicht verstehen kann.«

Sie kniff die Augen zu, fuhr kurz mit den Armen durch die Luft, bis sie den Rhythmus fand, und setzte dann zur Überraschung aller auf dem Berg zu einer Arie an.

»*Twoju mat*«, stieß Sawyer voller Ehrfurcht hervor. »Sie ist … Das klingt ja wie aus einer Oper.«

»Allerdings. Und sie singt wirklich wunderbar«, fügte der Magier hinzu, als Annika mit lauter Stimme weitersang, von ihrem Felsen sprang und fröhlich weiterlief.

»*La Traviata*. Einen größeren Gegensatz als Queen und Verdi gibt es wohl kaum.«

»Du kennst dich mit Opern aus?«, erkundigte sich Sawyer überrascht.

Schulterzuckend setzte Doyle den Weg in Richtung Höhle fort.

»Man kennt sich mit vielen Sachen aus, wenn man so lange lebt wie ich. Zum Beispiel weiß ich auch, wie eine Sirene klingt. Pass also auf, Bruder, wenn sie dich nicht wie einen Fisch am Haken haben soll.«

»Ich nehme an, dass sie ihn sich schon längst geangelt hat.« Bran schlug Sawyer auf die Schulter, und sie alle applaudierten, als der letzte Ton der Arie verklang.

Während Annika sich lachend vor den anderen verbeugte, meinte Riley: »Wahnsinn, das war wirklich toll. Wo hast du das gelernt?«

»Es gibt nicht weit von hier ein großes Theater nahe am Meer. An drei Abenden haben sie dort diese Geschichte mit Liedern erzählt. Aber sie ist nicht fröhlich, weil die Frau, die dieses Lied gesungen hat, am Ende stirbt.«

»So geht's nun mal in Opern zu«, erklärte Riley ihr.

»Aber die Lieder und die Stimmen waren wunderschön, deswegen war ich jeden Abend dort. Ich kann euch das Lied beibringen.«

»Ich würde niemals lernen, so zu singen, selbst wenn du jahrzehntelang versuchen würdest, mir zu zeigen, wie das geht«, gab Riley wehmütig zurück.

»Und so viel Zeit haben wir ganz sicher nicht«, fiel Sasha ihr ins Wort. »Wir haben nämlich unser Ziel erreicht. Der Höhleneingang liegt da vorn.«

Sie wies auf einen hohen, schmalen Spalt im Fels. Die

spindeldürren Äste eines Buschs hingen wie ein alter Vorhang vor der Öffnung, über der sich eine kleine schwarze Schlange wand.

»Eine Mauereidechse«, erklärte Riley, während Sawyer schon nach der Pistole griff.

»Das ist keine verdammte Echse.«

»Wenn es keine Echse ist, dann ist es eine Pfeilnatter – die ganz bestimmt nicht giftig ist.« Feixend schraubte Riley ihre Wasserflasche auf. »Wenn ich mich nicht irre, beißt sie trotzdem gern.«

Sie nahm einen schnellen Schluck, steckte die Flasche wieder ein und trat entschlossen auf den Höhleneingang zu.

Sawyer murmelte eine Verwünschung, doch als er ihr folgen wollte, machte Sasha einen Satz und packte seine Hand.

»Wartet! Stopp!«

Vor dem Höhleneingang drehten Doyle und Riley sich verwundert zu ihr um.

»Nicht reingehen. Nicht...« Sie sah den Reisenden aus dunklen Augen an. »Du darfst noch nicht mal in die Nähe dieses Eingangs gehen. Schmerzen, Angst, die Schatten des Todes, Blut und Zorn, Wasser und Fallen. Ich kann es nicht genau erklären, denn ich kann es nicht deutlich sehen. Aber ich sehe dich und Annika.«

»Mich und Anni?«

»Ich sehe, dass es für euch beide dort nicht sicher ist. Halt dich von der Höhle fern, Anni.«

»Keine Angst.« Die Nixe ergriff tröstend ihre Hand. »Wir werden nicht in diese Höhle gehen.«

»Er wird es benutzen. Wird euch zwei benutzen. Einen, um dem anderen wehzutun. Ihr dürft ihm nicht glauben.«

178

»Malmon?«

»Malmon. Allerdings nicht das, was er mal war, und auch nicht das, was er bald wird. Er gehört jetzt ihr. Ihr könnt nicht in die Höhle gehen.«

»Okay. Wir warten hier. Wir bleiben hier«, versicherte ihr Sawyer. »Aber was ist mit den anderen?«

»Was soll mit ihnen sein?«

»Ist es für uns sicher?«, fragte Bran. »Gehen wir anderen rein?«

Sie atmete vernehmlich aus. »Für uns spüre ich nichts. Nur für Sawyer und für Annika. Für die beiden geht es dort um Leben und Tod. Während es für uns nur eine ganz normale Höhle ist.«

»Also gut, dann bleiben sie hier draußen, und wir anderen sehen uns mal im Innern um.«

Sasha nickte. »Bitte.« Wieder nahm sie Sawyers Hand und drückte sie. »Versprich es mir.«

»Versprochen. Ich und Anni warten hier.«

Aber als die anderen in die Höhle gingen, trat er auf den Eingang zu.

»Versprich es mir«, bat jetzt auch Annika.

»Was denn?«

»Dass du nicht in diese Höhle gehst. Und dass du auch nicht deinen Kompass benutzt, um später noch einmal zurückzukommen und dich darin umzusehen.«

Genau mit dem Gedanken hatte er gespielt und sah sie zögernd an.

»Versprich es mir. Und ich verspreche dir, auch selbst niemals dort hineinzugehen. Weil wir an Sasha glauben.«

Verdammt. »In Ordnung. Du hast recht. Ich verspreche, dass ich nicht in diese Höhle gehen werde – außer wenn ich keine andere Wahl habe, weil einer von den anderen dort in Schwierigkeiten ist. Genügt dir das?«

Sie nickte. »Ja. Und das verspreche ich dir auch.«

Sie presste ihm die Lippen auf den Mund und trat dann wieder einen Schritt zurück. »Jetzt ist es ein Schwur, den man nicht brechen darf.«

Er dachte an Doyles Worte – dass ihn Annika wie einen Fisch am Haken hatte –, doch er konnte einfach nichts dagegen tun.

7

Als sie vor dem Rückweg eine kurze Pause machten, um zu essen, zu trinken und sich auszuruhen, berichteten die anderen, dass die Höhle, die sie sich angesehen hatten, ganz normal aussah – breit, tief und trocken.

Sasha zeichnete sie auf, trug die von Doyle geschätzten Maße und den schmalen Tunnel, der zu einer zweiten, noch breiteren Kammer führte, in die Skizze ein, und Doyle markierte auf dem Blatt die besten Stellen für die von Bran erdachten Sprengfallen.

Auch Bran sah sich die Skizze an. »Nicht zu dicht am Eingang«, meinte er. »Falls ich die Dinger zünden muss, sollten möglichst viele unserer Gegner in der Höhle sein.«

»Warum zum Teufel sollte Malmon eine Höhle nutzen, die dazu noch derart abgelegen liegt?«, wunderte sich Riley. »Schließlich will er eine Villa hier auf Capri mieten, was auch deutlich besser zu ihm passt.« Sie sah Sasha fragend an. »Bist du sicher, dass nicht doch Nerezza hier Quartier beziehen will?«

»Ganz sicher.« Sasha nickte nachdrücklich.

»Aus irgendeinem Grund hat er etwas mit der Höhle vor. Weshalb hätte Sasha sonst gesehen, dass es dort für zwei von uns gefährlich ist?« An Doyle gewandt, erklärte Bran: »Mit diesen Positionen kann ich arbeiten. Das Gebräu kann in der Höhle ebenso gut ziehen wie bei uns im

Haus. Was meinst du, Sawyer? Sollen wir kurz runterfliegen und die Sachen holen, die ich brauche?«

»Sicher.« Instinktiv griff er nach seinem Kompass, schaute dann aber den Magier an. »Du kannst uns auch zusammen runterbringen, stimmt's? Schließlich hast du auf Korfu dich und Sasha auch auf die Landspitze gebeamt.«

»Von hier zum Haus? Auf jeden Fall. Das ist das reinste Kinderspiel.«

»Ich bin noch nie auf deine Art gereist.«

»Dann wirst du jetzt erleben, wie das ist.« Er wandte sich den anderen zu – »Bis gleich!« –, umfasste Sawyers Unterarme, und im nächsten Augenblick waren die zwei nicht mehr zu sehen.

Riley blickte auf den leeren Fleck, von dem der Magier und der Reisende verschwunden waren. »Mir fehlt das Fahren.«

Doyle schob sich den Rest von seinem Sandwich in den Mund. »Wem sagst du das.«

Entschlossen stand er auf, schlenderte davon und blickte auf das leuchtend blaue Meer, die weißen Felsen und die bunten Häuser inmitten des Wiesengrüns hinab.

»Er sucht nach potenziellen Heckenschützennestern«, klärte Riley ihre anderen Freunde auf. »Obwohl er weiß, dass man das Haus von hier aus nicht erreichen kann. Vielleicht nutzen sie die Höhle ja als Hauptquartier, aber die Heckenschützen müssten weiter unten Position beziehen. Wenn wir zurück sind, werde ich versuchen rauszufinden, ob Malmon inzwischen eine Villa auf der Insel angemietet hat. Außerdem wird er ein Boot haben wollen. Er hat eine eigene Yacht, vielleicht kommt er also mit der oder lässt sie von jemand anderem hierher überführen. Die

182

Escapade – als wären die Dinge, die er darauf treibt, auch nur annähernd so charmant.«

»Hoffentlich suchen wir morgen wieder nach dem Stern. Ich mag den Geruch des Landes…« Wie um ihre Worte zu beweisen, holte Annika tief Luft. »Und ich mag auch, wie die Sonne auf das Wasser und die Insel scheint. Aber wenn wir den Stern morgen finden, könnten wir bereits verschwunden sein, wenn er nach Capri kommt.«

»Wir werden uns ihm stellen. Auf dem Land und auf dem Meer. Im Dunkeln und im Hellen. Unsere Blitze werden sich mit seinen Blitzen messen, und er wird dir wehtun.« Sasha umklammerte erneut die Hand der Nixe und sah sie durchdringend an. »Ich sehe dein Blut im Wasser und dass Sawyer auf dem Grund des Meeres liegt.« Sie senkte unglücklich den Kopf. »Die Bilder kommen zu schnell. Ich kann damit nicht Schritt halten.«

Riley legte ihr die Hände auf die Schultern und massierte sachte die Verspannungen. »Weil du krampfhaft versuchst, ja nichts zu übersehen.«

»Es würde mir schon reichen, halbwegs klar zu sehen.«

»Du hast sie ausgesperrt, und das versucht sie andersrum wahrscheinlich auch. Bemüh dich nicht zu sehr, Sasha.«

Dann waren plötzlich Bran und Sawyer wieder da und hielten jeder eine Tasche in der Hand.

»Das war ein obermegacooler Trip.«

»Hattest du noch eine Vision?«, erkundigte sich Bran nach einem Blick auf Sasha.

»Die Bilder sind nur ganz kurz aufgeblitzt. Ich kann heute nicht deutlich sehen.«

»Vielleicht bemühst du dich zu sehr.«

»Siehst du?« Riley rieb ihr noch einmal die Schultern

und stand wieder auf. »Und jetzt sollten wir erst einmal die Sprengfallen verteilen.«

»Werden sie nicht sehen, wenn plötzlich irgendwelche fremden Sachen in der Höhle sind?«, erkundigte sich Annika.

»Ich versenke sie im Boden, wo man sie nicht sehen kann. Wenn wir sie benutzen müssen, löse ich die erste Bombe aus, und in einer Kettenreaktion gehen dann nacheinander auch die anderen Dinger hoch.«

»Werden diese Bomben töten?«

»Wir befinden uns im Krieg.« Inzwischen war auch Doyle von seinem Aussichtspunkt zurückgekehrt. »Da kann sich keiner von uns leisten, allzu zimperlich zu sein.«

»Jetzt mach mal halblang«, forderte ihn Sawyer auf.

»Wir können auch nicht halblang machen, wenn sie auf der Insel angekommen sind. Ich an ihrer Stelle würde jede Menge Munition in dieser Höhle lagern, Käfige für diejenigen von uns aufstellen, die sie gefangen nehmen wollen, und von hier aus ein paar Heckenschützen weiter unten Position beziehen lassen. Männer, die mit Langstreckenwaffen umgehen können, sich mit Töten ihren Lebensunterhalt verdienen und die dafür ausgebildet sind, dir eine Kugel in den Kopf zu schießen, wenn du mitten beim Handstandüberschlag bist.«

Schützend baute Sawyer sich vor seiner Liebsten auf. »Verdammt, hör auf.«

»Du darfst mich nicht beschützen«, widersprach ihm Annika. »Das ist wirklich nett, aber das darfst du nicht.« Ihre Finger wollten zittern, doch sie zwang sie, ruhig zu bleiben, und legte die Hand auf Sawyers angespannten Arm. »Ich weiß selbst, was geschehen muss. Ich habe einen

184

Schwur geleistet.« Entschlossen trat sie hinter ihm hervor und wandte sich an Doyle. »Du hast schon Menschen umgebracht und wirst es wieder tun. Um das zu wissen, muss ich keine Seherin wie Sasha sein. Schon immer haben Landwesen sich gegenseitig umgebracht. Das ist eure größte Schwäche und zugleich auch eure größte Schmach. Ich weiß, die Wesen, die auf diese Insel kommen, werden töten, also müssen auch wir dazu in der Lage sein. Aber Frieden oder Freude bringt das nicht.«

»Oh nein. Niemals.«

»Siehst du noch die Wesen, die durch deine Hand gefallen sind?«

»Jedes einzelne.«

Sie sah ihm reglos ins Gesicht, bevor sie seine Hände nahm. »Das ist eine schwere Last, die du auf deinen Schultern trägst. Und nach den nächsten Kämpfen werden wir sie alle tragen. Ich kann die Bomben nicht in dieser Höhle deponieren. Aber ich und Sawyer werden unseren Beitrag leisten, also zeigt uns, wo ihr sonst noch welche braucht.«

Sie nahmen Sashas Skizze, eine von den Taschen und marschierten zu der ersten Stelle außerhalb der Höhle, die von Doyle mit einem Kreuz versehen worden war.

»Du solltest Doyle nicht böse sein, wenn er mir gegenüber einen barschen Ton anschlägt.«

»Ich kann nichts dagegen tun.«

»Oh doch, das kannst du. Denn du weißt genauso gut wie ich, dass er nur deswegen so unsanft mit mir umspringt, weil er Angst hat, dass ich wegen meines Zögerns selbst verwundet werde oder dass deshalb ein anderer von euch Schaden nimmt.« Um sie beide zu beruhigen, lehnte sie sich an ihn. »Du bist ebenfalls in Sorge.«

»Klar, ein bisschen.«

»Mehr als nur ein bisschen, und ich mag es nicht, wenn du in Sorge um mich bist. Deshalb brauche ich es ab und zu, dass Doyle so mit mir spricht und mich daran erinnert, wie ich diese Dinge angehen muss.«

»Okay, aber genauso solltest du dich jederzeit daran erinnern, dass du nie alleine bist.« Er legte eine Hand unter ihr Kinn und zwang sie sanft, ihm ins Gesicht zu sehen.

»Ja, natürlich. Weil wir schließlich Mannschaftskameraden sind.«

»Genau. Und jetzt pass auf.« Behutsam stellte er das erste kleine Fläschchen aus der Tasche auf den harten Boden, und sie sahen beide zu, wie es in dem Felsen wie im Meer versank.

»Ah«, entfuhr es Annika. »Bran hat wirklich eine ganz besondere Gabe. Aber bist du sicher, dass die Bombe anderen, Unschuldigen, nicht gefährlich werden kann?«

Noch während sie versuchte, ihn zurückzuhalten, trat Sawyer absichtlich auf die Stelle, wo die Flasche unsichtbar unter den Steinen lag. »Unser Magier hat sich wieder einmal selbst übertroffen. Diese Dinger werden nur durch Wesen ausgelöst, die Böses im Schilde führen. Und jetzt platzieren wir die nächste Bombe etwa fünfzig Schritt südöstlich.«

Er verließ den schmalen Pfad und sah sie an. »Ich weiß, das ist nicht leicht für dich. Du hast einfach ein gutes, reines Herz. Aber du hast recht, wenn du erklärst, dass Doyle es richtig macht. Du musst die Dinge nüchtern sehen. Nerezza hat beschlossen, diesen Weg zu gehen – und die Männer, die sie gegen uns ins Feld führen wird? Sie hätten die Wahl gehabt. Anders als wir sechs. Indem sie sich entschieden haben, haben sie uns die Möglichkeit genommen, selbst frei zu entscheiden. Wenn wir uns nicht wehren, werden sie uns töten, und Nerezza wird sich die drei Sterne schnappen, ohne dass irgendjemand es verhindern kann.«

Schweigend sah sie zu, wie er die nächste Flasche aus der Tasche nahm.

»Und wenn Malmon erst die Jagd eröffnet hat, wird er nicht eher Ruhe geben, als bis keiner von uns sechsen übrig ist. Und er ist wirklich gut. Er hat fast unbegrenzte Möglichkeiten, seine Suche fortzusetzen, bis er die Sterne hat. Vielleicht findet er am Schluss sogar den Feuerstern, den Bran bereits gesichert hat.«

»Er würde dich töten.«

»Ja. Und zwar mit Freuden«, stimmte Sawyer zu. »Nur sein eigenes Leben ist ihm wichtig, alle anderen sind ihm vollkommen egal. Mich würde er einfach töten, und auch wenn ich davon alles andere als begeistert wäre, würde es für euch – vor allem für dich, Riley und Doyle – noch viel, viel schlimmer sein.«

»Aber Doyle ist doch unsterblich.«

»Gerade deshalb.« Sawyer zeigte auf die nächste Stelle, und sie gingen weiter. »Er kann nicht sterben, aber Schmerzen kann er trotzdem spüren. Und Malmon würde ihm wahrscheinlich über Jahre hinweg immer wieder grauenhafte Schmerzen zufügen, allein weil er es kann.«

»Ich kenne das Wort Grausamkeit.«

»Aber du verstehst es nicht.«

»Das möchte ich auch nicht. Aber ich verstehe, dass wir diese Männer aufhalten müssen wie Nerezzas Bestien, als sie auf uns losgegangen sind. Es ist unsere Pflicht, einander und die Sterne zu beschützen. Und auch wenn du es nicht willst, bist du bereit zu töten, wenn du uns nicht anders schützen kannst.«

»Das stimmt.«

»Ich weiß, dass es den anderen auch so geht. Da kann ich ja wohl nicht zurückstehen. Also lass mich die nächste Flasche auf den Boden stellen, ja?«

Sie arbeiteten sich den Berg hinab, von dem sich immer noch eine phänomenale Aussicht bot.

An einer Stelle hockte Sawyer sich hin, legte sich dann auf den Bauch und blickte auf das sonnenbeschienene Meer, die blendend weißen Felsen und das Grün, das in der Mittagshitze flirrte.

»Doyle hat recht, dies wäre das perfekte Heckenschützennest.« Er streckte einen Arm in Richtung ihres Hauses aus. »Siehst du? Da unten wohnen wir.«

»Ja, ja, ich sehe es. Aber es ist sehr weit entfernt.«

»Sie werden leistungsstarke Waffen mit Visieren haben, und vor allem bin ich sicher, dass sie wirklich gute Schützen sind. Hier.« Er schob sich vorsichtig zurück, setzte sich auf seine Fersen, zerrte einen kleinen Feldstecher aus seinem Rucksack und hielt ihn ihr hin. »Guck mal da durch.«

Sie sah sich das Gerät von allen Seiten an, hielt es vor ihre Augen und fuhr keuchend auf. »Oh! Das Haus springt plötzlich auf mich zu.«

Sie ließ das Fernglas sinken, verengte die Augen zu zwei Schlitzen und stellte verwundert fest: »Jetzt ist es wieder, wo es vorher war.«

»Feldstecher sind mit besonderem Glas versehen, durch das man alles größer sieht. Ein Heckenschütze hat so etwas – ein Visier – auf sein Gewehr montiert.«

»Und dadurch wären wir ihm plötzlich nah«, murmelte sie, als sie das Fernglas abermals vor ihre Augen hielt. »Ich verstehe. Ein Visier ist also eine Zauberwaffe in den Händen böser Menschen.«

»Wenn sie Heckenschützen sind, auf jeden Fall.«

»Dann stellen wir hier auch ein Fläschchen hin«, erklärte sie und machte sich sofort ans Werk.

Anschließend wandte sie sich Sawyer wieder zu, stellte sich auf die Zehenspitzen und küsste ihn zärtlich auf den Mund. »Das hier ist das Gute, um das Schlechte auszugleichen.«

»Dann lass es uns noch besser machen.«

Er zog sie an seine Brust, gab ihr einen ausgedehnten, warmen Kuss und fragte sich, wie er es je hatte ertragen können, dass er dieses zauberhafte Wesen nicht in seinen Armen hielt.

»Ihr solltet euch ein Zimmer suchen.« Plötzlich tauchte Riley ein Stückchen oberhalb von ihnen auf, stemmte die Hände in die Hüften und grinste auf sie herab.

»Wir haben einfach etwas Gutes in die Waagschale geworfen«, klärte Sawyer sie noch breiter grinsend auf.

»Was auch immer. Habt ihr eure Flaschen ordentlich verteilt?«

»Die Positionen sind alle abgedeckt. Komm mal her und sieh dir diese Stelle an.«

»Heiliges Kanonenrohr!« Wie zuvor er selbst legte sich auch Riley auf den Bauch. »Eins muss man Doyle lassen. Dies ist das perfekte Heckenschützennest. Hol dir ein M24 oder…«

»…eine AS 50«, meinte Doyle, während er leichtfüßig von einem Fels heruntersprang.

189

Riley sah ihn über ihre Schulter hinweg an. »Die hätte ich als Nächste ausgewählt.«

Er schob sich neben sie und nickte knapp. »Ja. Deckung, Stabilität, Sicht und passende Entfernung. Alles da.«

»Dies ist die perfekte Stelle«, pflichtete ihm Riley bei. »Wir brauchen nur hinter das Haus zu gehen, und peng, peng, knallen sie uns alle sechs von hier aus wie Enten auf einem Dorfteich ab.«

»Auf jeden Fall euch fünf.«

»Stimmt. Du würdest einfach weiterquaken.«

»Aber dann wäre er allein, und sie würden ihn überwältigen.« Annika bedachte Doyle mit einem unglücklichen Blick. »Und dann würden sie ihm endlose Schmerzen zufügen. Das können wir nicht zulassen.«

»Das werden wir auch nicht«, erklärte Riley ihr. »Habt ihr noch Flaschen übrig?«

Sawyer klopfte auf die Tasche. »Drei.«

»Und du?« Sie drückte sich vom Boden ab und stieß Doyle mit dem Ellenbogen an. »Fallen dir noch irgendwelche Stellen ein, die man mit Sprengfallen versehen kann?«

»Eine oder zwei bestimmt.«

»Dann decken wir die auch noch ab.« Sie streckte eine Hand in Richtung Tasche aus. »Und da kommen auch Sash und Bran. Also kehrt ihr vier schon mal zum Haus zurück. Wir kommen nach, sobald die letzten Flaschen in der Erde sind. Und dann ist erst mal Margarita-Zeit.«

»Dann gibt's heute also keinen Bellini?«, fragte Annika, und Riley schüttelte den Kopf.

»Nach so einer Klettertour müssen es Margaritas sein. Weißt du, was nach einem solchen Marsch und dem Aufstellen von Sprengfallen für die bösen Buben ausgezeichnet dazu passt? Salsa.«

»Wirst du kriegen«, meinte Sawyer.

Nach der Rückkehr in die Villa sehnte Annika sich nach dem Trost, den ihr ein kurzer Aufenthalt im Wasser bot. Da Sash und Sawyer bereits in der Küche waren, um die Margaritas und die Salsa zuzubereiten, lief sie eilig in ihr Zimmer und zog einen ihrer neuen Bikinis an und drapierte das hübsche, weich fließende Wickeltuch darüber.

Als sie wieder aus dem Haus kam, sah sie Doyle am Rand des Beckens stehen und in Richtung Berge schauen. Er hatte eine Sonnenbrille auf, und eine Hand ruhte am Griff des Messers, das er stets am Gürtel trug.

Doyle hatte das Aussehen eines Kriegers, durchtrainiert und stark, bereit, sich jedweder Gefahr zu stellen.

»Du hast noch gar kein Bier.«

»Dazu komme ich gleich.«

»Du schaust dorthin, wo wir gerade waren, weil du dir Sorgen machst. Du fragst dich, ob dir etwas Wichtiges nicht aufgefallen ist. Ob all das, was wir getan haben, vergeblich war. Du hast Angst, dass wir trotz all der Planung und der Arbeit getötet werden. Aber das werden wir nicht.«

»Optimismus ist ein Teil deines besonderen Charmes.«

»Wir werden nicht getötet werden«, wiederholte sie. »Aber du hast schon mehr Tote gesehen, als jemand sehen sollte. Ein Unsterblicher sieht jeden Tag den Tod, nur niemals seinen eigenen. Wie die Männer, die durch deine Hand gestorben sind, sind die Verluste allzeit da.«

Sie hatte es genau getroffen, dachte er und wandte sich ihr zu. »Wie lange lebst du schon?«

»Wir leben länger als die Landwesen. Viel länger. Deshalb weiß ich, dass mein Herz, wenn ich wieder im Meer lebe, auch dann noch schlagen wird, wenn das von Sawyer eines Tages nicht mehr schlägt. Das ist sehr schwer für mich.«

»Er hat Glück, dass er dich wenigstens vorübergehend hat.«

»Das Schicksal hat uns füreinander vorgesehen«, erklärte sie ihm schlicht. »Zumindest für die Zeit, die uns beschieden ist. Genau wie es uns allen bestimmt ist, dass wir hier zusammen sind und nach den Sternen suchen, um sie auf die Glasinsel zurückzubringen. Und wir werden uns den Dingen stellen, die passieren werden, und die Dinge tun, die wir tun müssen, weil das unser Schicksal ist.«

Sie legte einen Arm um seine Taille und lehnte sich tröstend an ihn. »Du bist ein echter Krieger, und ein echter Krieger ist kein Mörder, weil er Ehre hat. Wogegen die Männer, die auf diese Insel kommen werden, keine echten Krieger sind.«

»Nein, das sind sie nicht.«

»Und wenn sie kommen, werden wir gewinnen. Unsere Arbeit heute haben wir gut gemacht. Wir sollten uns darüber freuen, und du solltest dir dein Bier holen, denn das hast du dir verdient.«

»Auf jeden Fall.«

Er erlaubte sich nur selten, wahre Zuneigung zu einem Wesen zu empfinden oder gar zu zeigen, doch jetzt legte er die Hand unter ihr Kinn und gab ihr einen sanften Kuss.

Dann ging er in die Küche, in der Sawyer mit einem Tablett mit Chips und frischer Salsa stand.

»Muss ich dir jetzt etwa in den Hintern treten?«

Doyle warf einen Blick zurück auf Annika, die den Kopf nach hinten legte, die Arme in den Himmel reckte und im nächsten Augenblick kopfüber in das Becken sprang.

»Bruder, wenn die Dinge anders stünden, solltest du's auf jeden Fall versuchen. Aber da sie so sind, wie sie sind, können wir es uns ersparen, einander wehzutun. Willst du lieber ein Bier oder das Gesöff, das Riley macht?«

»Ich trinke erst mal was von dem Gesöff.«

»Das kannst du halten, wie du willst«, erklärte Doyle und holte für sich selbst ein Bier.

Sawyer trug die Salsa und die Chips hinter das Haus und trat zum Rand des Pools.

Annika lag mit geschlossenen Augen und verträumtem Lächeln auf dem Grund.

Riley schleppte ihren Margaritakrug in einer großen Schale voller Eis zum Tisch. »Sasha bringt den Rest.«

Sie stellte die Schale ab und ließ die Schultern kreisen. »Ich sollte vielleicht erst mal eine Runde schwimmen gehen.«

»Das geht jetzt nicht.«

»Warum nicht?«

»Annika macht dort gerade ein Nickerchen.«

Riley trat zu Sawyer an den Beckenrand. »Hm. Wie der Seewolf bei *Zelda,* findest du nicht auch? Aber so bleibt mir zumindest etwas Zeit für eine andere flüssige Erfrischung.«

Sie trat wieder vor den Tisch, tauchte ein paar Chips in Sawyers Salsa und schob sie sich in den Mund. »Oh, Baby, du weißt wirklich, was mir schmeckt. Ich könnte diese Salsa literweise in mich reinkippen. Schieb mal die Gläser rüber, Sash«, bat sie die Freundin, die inzwischen ebenfalls auf der Terrasse stand. »Damit endlich die Party steigen kann. Wo steckt denn Bran?«

»Er ist noch kurz in seinem Arbeitszimmer, hat aber gesagt, er käme gleich nach. Doyle ist, glaube ich, im Bad, und wo ist Annika?«

»Die macht gerade ein Nickerchen im Pool.« Riley füllte drei der Gläser bis zum Rand.

»Ein Nickerchen im Pool.« Sasha nahm ihren Skizzenblock vom Tisch. »Ist es nicht seltsam, wie schnell lauter Dinge, die – auf jeden Fall aus meiner Sicht – völlig unmöglich waren, für uns normal geworden sind? Anni schläft im Pool, Bran ist oben und braut irgendeinen Zaubertrank, und es würde nicht wirklich was passieren, wenn einer von uns plötzlich durchdrehen und so wie in *Psycho* auf Doyle losgehen würde, während er unter der Dusche steht.«

Riley ließ ein unsichtbares Messer durch die Luft sausen und kreischte wie der Angreifer in der berühmten Duschszene des Hitchcock-Klassikers.

»Außerdem hatte ich immer schon um die Jahrhundertwende herum kurz nach Frankreich reisen wollen, um mich mit Monet zu unterhalten.«

»Monet oder Manet?«, hakte Riley nach.

»Am liebsten mit beiden, doch vor allem mit Monet, weil er seit jeher einer meiner Lieblingsmaler war.« Sasha kostete die Margarita, an der es nicht das Geringste auszusetzen gab. »Ein kurzer Trip nach Giverny Anfang des zwanzigsten Jahrhunderts wäre also toll.«

»Ich könnte dich dort hinbringen.« Sawyer nahm sich von der Salsa.

»Ja, das könntest du. Und in zwei Wochen, wenn wir Vollmond haben, wird aus Riley wieder eine Wölfin.«

Sawyer warf den Kopf zurück und ahmte sehr gekonnt das Heulen eines Wolfes nach.

»Und ich?« Sie fuchtelte mit ihrem Glas. »Ich fange immer wieder mitten in einer ganz normalen Unterhaltung an, Dinge vorherzusehen.« Seufzend trank sie einen Schluck. »Und inzwischen ist das alles vollkommen normal für mich.«

»Weil es das – auf jeden Fall für uns – schließlich auch ist.« Riley prostete ihr zu. »Also, auf uns – die anderen sollen ruhig zur Hölle fahren.«

Sie stießen miteinander an, und plötzlich tauchte Annika vom Grund des Beckens auf und stützte sich mit ihren Armen auf dem Poolrand ab. »Ist jetzt Margarita-Zeit?«

»Komm raus und hol dir eine.« Riley schenkte auch der zweiten Freundin ein.

Als Doyle mit einem kalten Bier auf die Terrasse kam, sah er, dass außer Anni jetzt auch Riley ein paar Runden durch das Becken zog. Die taffe Dr. Gwin war keine Meerjungfrau, schwamm aber trotzdem wie ein Fisch.

Sasha stand vor ihrer Staffelei neben dem Haus, blickte hinunter auf das Meer, und die beiden anderen Männer hatten ihre Köpfe unter der Pergola zusammengesteckt.

Vor allem da er ein Riesenfan von Sawyers Salsa war, gesellte er sich kurzerhand dazu.

»Gibt's was Neues?«

»Wir gehen gerade noch mal alles in Gedanken durch«, erklärte Sawyer.

»Meiner Meinung nach haben wir uns bestmöglich geschützt.« Bran schaute auf Sashas kerzengeraden Rücken und den sanft geschwungenen Hals, der besonders gut zur Geltung kam, da sie ihr Haar unter den Sonnenhut gesteckt hatte. Dann lenkte er den Blick wieder auf den Berg. »Aber Annika hat uns erzählt, dass du dir trotzdem Sorgen machst.«

»Die kleinste Lücke reicht schon aus, denn eine Kugel braucht nur wenig Platz.«

»Ein aufbauender Gedanke«, knurrte Sawyer schlecht gelaunt.

»Wir haben Sprengfallen deponiert, und ich habe den Schutzmantel ums Grundstück noch einmal verstärkt. Trotzdem hat Doyle recht, weshalb uns Sasha weiterhelfen muss. Auf Korfu waren wir für Nerezzas Angriffe gewappnet, weil sie sie vorhergesehen hat. Vielleicht tut sie das hier ja auch. Und vielleicht erfährt Riley rechtzeitig von ihrem Informanten, wann sich Malmon auf den Weg nach Capri macht. Sobald er hier ist, beginnt ein Zweifrontenkrieg für uns. Gegen Menschen und die Wesen, die Nerezza schon vorher in die Schlacht geworfen hat.«

»Aber wir sind stärker, als wir es auf Korfu waren.« Wieder blickte er dorthin, wo Sasha stand. »Inzwischen sind wir eine echte Einheit. Was für uns bestimmt von Vorteil ist. Dann ist da natürlich noch die Suche nach dem Stern.«

»Gibt es irgendwelche neuen Hinweise?«, erkundigte sich Doyle.

»Bisher noch nicht. Sasha steht in der Beziehung furchtbar unter Druck, deswegen wäre ich euch dankbar, wenn ihr nach ihr sehen könntet, wenn ich einmal nicht in ihrer Nähe bin. Sie sollte möglichst nie alleine sein. Inzwischen kommt sie mit ihren Visionen ziemlich gut zurecht, aber je offener sie ist, umso heftiger versucht Nerezza, in sie einzudringen.«

»Wir behalten sie im Auge«, versicherte Sawyer und blickte Richtung Pool. »Sobald die Angelegenheit ins Rollen kommt, sollte keiner von uns je allein sein, aber trotzdem passen wir auf Sasha ganz besonders auf.«

»Und dann fahren wir mit unserer Suche außerhalb und innerhalb des Wassers fort.«

»Wenn es ihnen um den Stern geht, wäre es natürlich dumm, uns ernsthaft anzugreifen, während wir selbst auf der Suche sind«, erklärte Doyle. »Ich an ihrer Stelle würde uns die Arbeit machen lassen, uns danach erledigen und mir die Beute schnappen.«

»Aber...«

»Offenbar geht es hier weniger um Logik als um Gier und darum, dass der Typ vollkommen irre ist. Sasha hat uns prophezeit, dass Malmon weder der ist, der er war, noch der, in den er sich verwandeln wird. Wir müssen also davon ausgehen, dass Nerezza irgendeinen furchtbaren Vertrag mit ihm geschlossen hat. Wir haben keine Ahnung, was er ist, welche Kräfte sie ihm unter Umständen verliehen hat und wie wild er darauf ist, uns zu erwischen, seit er weiß, dass jeder von uns etwas ganz Besonderes in Besitz hat oder ist.«

»Er wird hinter uns her sein wie der Teufel hinter der berühmten armen Seele«, stellte Sawyer fest.

»Wenn das der Fall ist, schätze ich, dass er schon gleich zu Anfang einen Testlauf machen wird. Er wird entweder versuchen, Einzelne von uns gefangen zu nehmen oder umzubringen, oder gleich aufs Ganze gehen, weil er denkt, dass wir Informationen haben, aufgrund derer er den Stern alleine finden kann.«

»Er ist ein arroganter Hurensohn, ich nehme also an,

dass er sofort aufs Ganze gehen wird. Ich glaube nicht, dass er uns alle töten will. Gefangene wären ihm sicher lieber, aber wenn er schon dabei ist, hat er sicher nichts dagegen, wenn auch unser Blut auf dieser schönen Insel fließt.«

»Oder im Meer«, bemerkte Bran. »Weil wir uns bei unserer Suche schließlich hauptsächlich aufs Wasser konzentrieren.«

»Und weil wir dort noch angreifbarer sind.« Doyle lenkte den Blick auf Annika. »Selbst mit dem Vorteil, den wir dadurch haben, dass sie eine Nixe ist.«

»Ich könnte den Rest von euch mit den Bomben bewaffnen, die auch oben in der Höhle verborgen sind. Sie würden schließlich nur die Angreifer verletzen, doch damit sie unter Wasser funktionieren, müsste ich sie noch ein bisschen ummodeln.«

»Und bis dahin haben wir nur unsere Harpunen, die nach einem Schuss vollkommen nutzlos sind.«

»Wir wurden doch schon unter Wasser angegriffen, und wir haben die Attacken immer abgewehrt«, warf Sawyer ein.

»Das stimmt. Aber mit Sashas Hilfe arbeite ich momentan an Doyles Idee, unsere normalen Waffen mit so etwas wie den Lichtbomben von Korfu zu versehen. Die Entwicklung des Systems ist fast abgeschlossen, und bei zukünftigen Kämpfen auch oder vor allem unter Wasser wird es uns wahrscheinlich eine große Hilfe sein. Trotzdem ist nicht ausgeschlossen, dass wir uns spontan zurückziehen müssen und dass Sawyer uns an einen anderen Ort bringen muss. Darüber haben wir uns gerade unterhalten, als du aus dem Haus kamst, Doyle.«

»Wir dürfen dabei die Verbindung zueinander nicht

verlieren, das ist das Allerwichtigste. Deshalb habe ich uns auch in Griechenland mitsamt dem Boot zurück zum Haus gebracht. Ich konnte das Risiko nicht eingehen, einen von euch zu verlieren, weil er sich nicht mehr halten kann.«

Doyle war Kriegsgespräche hinlänglich gewohnt und tauchte seelenruhig die nächsten Chips in Sawyers Salsa ein. »Was würde denn passieren, wenn sich jemand nicht mehr halten könnte?«

»Das ist bisher nie passiert, aber mein Großvater hat mir erzählt, dass dann der Passagier erst mal ins Bodenlose stürzt. Ich weiß, dass ich euch auf dem Boot problemlos alle transportieren kann. Unter Wasser könnte es passieren, dass ich einen von euch nicht erwische oder dass sich einer unserer Feinde an die Gruppe hängt und mitgerissen wird.«

»Falls die Gruppe also nicht zurück zum Boot kann, müssen wir uns möglichst eng um Sawyer scharen, wenn es Zeit zum Rückzug ist.«

Ein Handtuch um die Hüften, tauchte Riley bei den Männern auf. »Im Wasser«, fing sie an und schenkte sich die nächste Margarita ein, »sind wir zwei Dreierteams.«

»Ach ja?«, gab Doyle zurück.

»Ach ja. Wie jedem klar sein müsste, der nicht vollkommen bescheuert ist. Unser größter Vorteil ist natürlich Annika, denn sie ist dort in ihrem Element. Sie kann weiter hören und sehen und sich viel schneller bewegen als wir anderen fünf. Vor allem aber würde ich ganz sicher keinen Schlag mit ihrem Schwanz abbekommen wollen. Auch Brans besondere Fähigkeiten sind ein Vorteil, der sich unter Wasser nutzen lässt. Niemand wird gern vom Blitz getroffen, und mit einem seiner Blitze kann er mehr

Gegner aus dem Verkehr ziehen als wir anderen vier, wenn wir mit Tauchermessern auf sie losgehen. Außerdem kann er allein von dort verschwinden und mindestens einen von uns mitnehmen, richtig?«

»Richtig, doch ich würde niemals ohne euch verschwinden. Das ist nicht verhandelbar.«

»Vielen Dank, aber das habe ich damit auch gar nicht sagen wollen. Das sollte einfach eine Überleitung sein. Zu Sawyer, dessen Kompass ebenfalls von Vorteil für uns ist. Er kann uns zur Flucht verhelfen, falls es nötig ist. Und in dem Bewusstsein, dass wir anderen bei ihm in guten Händen sind, kann Bran sich notfalls darauf konzentrieren, selbst abzuhauen.« Sie setzte sich auf einen Stuhl. »Wir anderen achten darauf, dass niemand ums Leben kommt oder verloren geht.« Jetzt sah sie Sawyer an. »Hast du jemals unter Wasser eine Schusswaffe benutzt?«

Er schüttelte den Kopf, und Bran zog überrascht die Brauen hoch.

»Unter Wasser?«

»Ja, es gibt besondere Pistolen, die auf den Gebrauch unter Wasser ausgerichtet sind. Sie feuern keine Kugeln, sondern Stahlnadelgeschosse ab, weil die Läufe nicht gezogen sind, und behalten die Geschossbahn durch Hydrodynamik bei. Sie funktionieren gar nicht mal so schlecht.«

»Ich habe schon einmal davon gehört – von Pistolen und Gewehren. Sie werden hauptsächlich von Froschmännern und SEALs verwendet, stimmt's?«

Sie nickte Sawyer zu. »Von denen auch. Ich habe eine Quelle, und vielleicht kann ich uns zwei solcher Pistolen und Munition dafür besorgen, auch wenn das wahrscheinlich ein paar Tage dauern wird.«

Doyle runzelte die Stirn. »Zwei Pistolen reichen längst nicht für uns alle aus.«

»Es wird schon schwierig genug werden, diese beiden zu bekommen, und die reichen sicher aus. Du bist ein durchaus ordentlicher Schütze, aber noch viel besser gehst du mit dem Schwert und mit der Armbrust um. Und auch Bran ist zwar ein anständiger Schütze, aber weshalb sollte er wohl seine Zeit damit vergeuden, wenn er Blitze schleudern kann. Sasha schießt inzwischen zwar schon besser, aber sie ist längst noch keine gute Schützin, und vor allem ist sie mit dem Bogen mindestens so gut wie Robin Hood und sein gesamter Trupp. Und wenn Annika an Land keine Pistole in die Hand nimmt, wird sie das im Wasser auch nicht tun. Also reichen zwei Pistolen für mich und Sawyer aus. Weil wir die besten Schützen sind. Und falls ich nur eine kriege, werde ich sie Sawyer überlassen. Weil der noch mehr Zielwasser getrunken hat als ich.«

»Also gut dann.«

»Ob für eine Waffe oder zwei – ich brauche zunächst mal Geld.«

»Sag, wie viel, dann werden wir zusammenlegen«, bot der Magier an. »Es wäre wirklich gut, wenn wir so eine Waffe hätten, allerdings müssen wir wohl davon ausgehen, dass die anderen ebenfalls auf diese Art bewaffnet sind. Wir brauchen also etwas, um sie abzulenken«, überlegte er. »Etwas, worauf sie eher schießen würden als auf uns. Ich lasse mir was einfallen. Aber das ist eine gute Strategie, Riley. Die beiden Dreierteams.«

»Sie werden deutlich mehr sein.« Kreidebleich trat Sash unter die Pergola und legte ihre Leinwand auf den Tisch.

Sie hatte eine Unterwasserschlacht gemalt. Sich und die fünf anderen mit Harpunen, Messern und Pistolen, umzingelt von – wie Sawyer zählte – zwanzig Mann, die ebenfalls bewaffnet waren. Das Wasser mischte sich mit Blut und zog die Haie an.

Annika trat an den Tisch und legte Sawyer die Hände auf die Schultern. »Das Blut lockt diese Tiere an, und wie im Rausch bringen sie alles um, was ihnen in die Quere kommt.«

Riley atmete vernehmlich aus. »Hört sonst noch wer das Titellied vom *Weißen Hai*?«

Entschlossen griff sie nach dem Krug und schenkte sich nach.

8

Sawyer starrte das Gemälde an. »Das steht auf Platz zwei der Liste der unangenehmen Todesarten.«

»Auf meiner auch.« Riley nippte vorsichtig an ihrem Glas und schaute ihn mit einem leicht gezwungenen Lächeln an. »Und was steht auf Platz eins?«

»Schlangengrube. Und bei dir?«

»Strecken und vierteilen.«

»Das ist ebenfalls nicht schlecht.«

»Was ist strecken und vierteilen?«, erkundigte sich Annika, und Sawyer strich ihr sanft über die Hand.

»Das willst du gar nicht wissen«, meinte er und blickte wieder Sasha an. »Und das hast du gesehen?«

»Klar und deutlich.«

»Uns, umzingelt von den Schurken, während gleichzeitig ein Rudel Haie uns umkreist.«

»Ja!«, fuhr sie ihn an und schüttelte den Kopf, als ihr Riley einen Drink anbot.

»Sieht ziemlich düster aus«, bemerkte er. »Aber zugleich erweckt es den Anschein, als ob es einen Schutzwall zwischen uns und Bruce und seinen Kumpels gäbe.«

»Bruce?« Immer noch erschüttert, presste Sasha sich die Finger vor die Augen. »Wer zum Teufel soll das sein?«

»So haben die Filmleute das mechanische Raubtier in *Der weiße Hai* genannt«, erklärte Riley. »Hmm.«

»Genau. Und jetzt setz dich erst mal hin.« Bran drückte Sasha auf einen Stuhl. »Eine bessere Ablenkung kann man sich gar nicht wünschen.«

Jetzt kniff Sasha ihre Augen zu. »Ein Haiangriff als Ablenkung?«

»Und zwar eine wirklich gute, denn ich gehe jede Wette ein, dass sich die Biester erst mal auf die Beute stürzen, die als Erstes zu erreichen ist.« Doyle sah sich ihr Bild wie einen Schlachtplan an. »Ein Haiangriff ist mal was Neues – denn zwar bin ich inzwischen wirklich lange auf der Welt, aber so was habe ich bisher noch nie erlebt. Wie steht's mit dir, Schöne?«

»Wir können sie hören – oder vielleicht eher fühlen –, und dann halten wir uns möglichst fern. Notfalls können wir auch ein Geräusch machen, das sie nicht mögen, und die anderen warnen, falls ein Angriff dieser Biester droht.«

»Was für ein Geräusch?«, erkundigte sich Riley.

Anni atmete tief durch und öffnete den Mund.

Obwohl er nichts hörte, hatte Sawyer das Gefühl, als würde ihm ein Eispickel durchs Ohr direkt ins Hirn gerammt; in der Ferne fingen Hunde an zu bellen, und Riley hielt sich kurzerhand die Ohren zu.

»Wow. Okay.«

»Wenn sie trotzdem kommen, kämpfen wir. Wir schlagen sie hier …«, sie tippte an ihre Nasenspitze, »und dann drehen sie ab.«

»Oder auch nicht.«

»Quint«, erklärte Riley. »Sawyer ist anscheinend immer noch beim *Weißen Hai*.«

»Das Meer ist voll mit Beute, die sich leichter fangen

lässt. Hier auf dem Gemälde sind die Schurken leichter zu erreichen als wir selbst.«

»Annika hat recht.« Riley nickte zustimmend. »Vor allem vielen Dank an Sasha für die Vorwarnung. Wie nutzen wir das Wissen jetzt am besten für uns?«

»Sie wollen uns nicht töten, sondern fangen«, meinte Doyle. »Das Blut im Wasser ist nur teilweise von uns. Ein paar von diesen Kerlen sind ebenfalls verletzt. Sie sind dreimal mehr als wir, aber trotzdem sind wir alle noch am Leben. Wenn uns diese Typen töten wollten, hätten sie zumindest einen von uns längst umgebracht. Oder auf jeden Fall schwerer verletzt, als es auf diesem Bild den Eindruck macht.«

»Vor allem sind wir eine Gruppe«, fügte Bran hinzu. »Wir sind alle dicht zusammen. Dicht genug?«

»Ja, dicht genug«, erklärte Sawyer. »Das Problem besteht wahrscheinlich darin, es zu schaffen, dass wir eine festgefügte Gruppe bilden, die sich dann von diesen Kerlen umzingeln lässt.«

»Die sich dann …« Inzwischen hatte Sasha sich weit genug beruhigt, dass sie einen Schluck Margarita trank. »Ich verstehe.«

»Unser Instinkt rät uns wahrscheinlich, uns zu wehren, statt uns diesen Kerlen einfach zu ergeben. Aber wenn wir uns umzingeln lassen, werden die Typen instinktiv entweder gegen die Haie kämpfen oder schnellstmöglich verschwinden, bevor sich die Viecher auf sie stürzen.«

»Wenn wir alle dicht zusammenbleiben, transportiere ich uns schnellstmöglich zurück aufs Boot und …«

»… den Rest erledigen die Haie.« Riley prostete ihm zu. »Auf Quint.«

»Nicht den ganzen Rest«, erklärte Doyle. »Ich gehe davon aus, dass sie ein Tauchboot haben, und wenn ich den Angriff auf uns planen müsste, würde ich auf diesem und dazu auch noch auf unserem Boot ein paar zusätzliche Männer stationieren.«

»Spaßverderber«, fuhr ihn Riley an. »Meinetwegen, aber diese Leute werden ganz bestimmt nicht damit rechnen, dass wir plötzlich aus dem Nichts dort auftauchen. Also rennst du oder ich schnellstmöglich zum Ruderhaus, und die anderen schalten die Kerle, die vielleicht an Bord des Bootes sind, einfach aus.«

»Wir werden diesen Angriff überstehen«, versicherte Bran den anderen. »Das ist schließlich Teil unserer Mission.«

»Das ist Teil unserer Mission«, stimmte ihm Sasha zu. »Aber eine Sache müssen wir in die Berechnungen miteinbeziehen. Und zwar, dass einer von uns panisch wird. Dies sind keine mechanischen Haie wie in dem Film. Und es reicht, wenn eine dieser Bestien beschließt, sich einmal das leckere Innere des Kreises anzusehen.«

»Da hast du recht. Aber zur Sicherheit haben wir ja noch Annis Haipfiff«, rief ihr Riley in Erinnerung.

»Trotzdem sollte man den Faktor Panik nicht vollkommen außer Acht lassen. Denn nachdem ich während meines ganzen bisherigen Lebens ohne eine solche Liste ausgekommen bin, habe ich inzwischen auch eine erstellt, und bei mir steht Tod durch Haie auf Platz eins.« Abermals hob Sasha ihr Glas und genehmigte sich einen möglichst großen Schluck.

Gewappnet für den Angriff und entschlossen, das zu tun, was nötig wäre, setzten sie am nächsten Tag die Suche fort.

Und am übernächsten und am überübernächsten, ohne dass sie angegriffen wurden, irgendwo den Stern entdeckten oder sich ihnen ein neuer Weg in Richtung ihres Ziels auftat.

Rastlos stapfte Doyle während des Kampftrainings im Garten auf und ab.

»Denk an deine Füße, Sasha!«, schnauzte er, als er sie wieder einmal unsanft auf dem Hintern landen sah. »Verdammt, Gwin, statt dich immer zurückzuhalten, solltest du ihr direkt an die Gurgel gehen.«

»Sie hält sich inzwischen doch echt gut.«

»Schwachsinn. Benutz endlich das verdammte Messer, das du in der Hand hast, Sash.« Als Sasha es versuchte und ihr Ziel mal wieder verfehlte, trat er auf sie zu und packte sie am Arm. »Kampfgriff und nach unten.« Er riss ihren Arm so hart und schnell nach unten, dass ihre Muskeln, die von den verdammten Klimmzügen noch schmerzten, schrien.

»Das Messer wird sie nicht verletzen. Hast du etwa kein Vertrauen in deinen eigenen Freund?«

»Doch, natürlich. Ich *versuche* ja, sie zu erwischen.«

»Dann versuchst du es noch nicht genug. So gut ist sie nämlich gar nicht.«

Riley schob herausfordernd die Hüfte vor. »Ach nein? Dann versuch doch selbst mal dein Glück und geh mit dem Messer auf mich los.«

Da er durchaus in der Stimmung dafür war, nahm er Sasha das Messer aus der Hand, und als sie wütend murmelte: »Ich hoffe, dass sie dir den Arsch versohlt«, sah er sie böse von der Seite her an.

»Ich hoffe, dass du nächstes Mal beim Training auch so sauer bist.«

Während er noch sprach, trat Riley ihm so kräftig in den Bauch, dass er nach hinten flog. Sie selbst landete geschmeidig auf den Füßen und blieb lächelnd vor ihm stehen.

»Du hämmerst uns doch ständig ein, allzeit bereit zu sein. Aber wie es aussieht, hast du Großmaul selbst nicht daran gedacht.«

»Genau wie du vergessen hast, dass man den Gegner möglichst gleich vollkommen kampfunfähig machen soll.«

Sie umrundeten einander, und obwohl es ihr gelang, dem Messer auszuweichen, traf Doyles eisenharte Faust sie mitten in den Bauch. Doch im Fallen rammte sie dem Kerl ihr eigenes Zaubermesser in den Oberschenkel, rollte sich zurück und sprang behände wieder auf.

»Beim nächsten Mal erwische ich deine Arterie«, versprach sie ihm, und sie umkreisten sich erneut.

Sie schlugen, traten, täuschten an und stachen immer wieder mit den Messern aufeinander ein.

Bran und Sawyer unterbrachen ihren eigenen Trainingskampf, um ihnen zuzusehen. Annika ließ die Arme sinken, und die Übungsbälle hingen reglos in der Luft.

Doyle trat seiner Gegnerin die Beine weg, aber sie rollte sich zur Seite, machte einen Salto rückwärts und trat ihm, bevor sie wieder auf die Füße kam, ein wenig fester, als es beim Training nötig wäre, in den Unterleib.

Zähneknirschend unterdrückte er den Schmerz – sie hatte wirklich gut getroffen – und erwischte mit dem Messer ihren linken Arm.

»Du blutest.«

»Kein Problem. Das wäre nicht das erste Mal.«

Abermals gingen sie aufeinander los, kreuzten wie Piraten ihre Messer, funkelten einander zornig an, und Doyle stieß sie wenig sanft zurück. Sie drehte sich in Windeseile einmal um die eigene Achse, trat ihm vor die Brust, er packte ihren Fuß, warf sie in die Luft, und sie schlug einen Salto, geriet bei der Landung aber etwas aus dem Gleichgewicht.

Er griff sie sofort wieder an, schleuderte sie rücklings auf den Rasen und hielt ihr das Messer an den Hals.

»Du bist erledigt.«

»Du genauso, Alter, denn ich habe dir mein Messer in den Bauch gerammt.«

Er blieb kurz auf ihr liegen, denn noch immer tat sein Unterleib höllisch weh. Dann stützte er sich auf den Armen ab, sah an sich herunter, und tatsächlich steckte ihr verdammtes Messer bis zum Griff in seinem Bauch.

»Ich würde sofort wieder auferstehen, aber du wärst dann noch immer tot.«

»Nur gut, dass Lazarus an unserer Seite kämpft. Und jetzt runter von mir«, wies sie ihn an.

»Sofort.« Er wandte sich den anderen zu. »Gehen wir davon aus, dass Riley unbewaffnet ist. Ich habe sie zu Fall gebracht und halte ihr mein Messer an den Hals. Was tust du, Annika?«

Ohne nachzudenken, riss sie einen ihrer Arme in die Luft, und er spürte ein Kribbeln in der Hand, in der das Messer lag. »Perfekt. Blitzschnelle Reaktion und hohe Zielgenauigkeit. Bran?«

Bran wedelte mit einer Hand, und statt des Messers hielt der andere nur noch eine Banane in der Hand.

»Ein kleiner Scherz«, erklärte Bran, »doch durchaus effektiv.«

»In Ordnung. Sasha?«

Sie griff nach Brans Messer, zielte und traf Doyle am Hinterkopf.

»Beeindruckend.«

»Eigentlich wollte ich deinen Rücken treffen, aber manchmal hat man eben Glück.«

»Sawyer?«

Eine Hand in seiner Tasche, maß er kurz den Abstand, hockte einen Moment später neben Doyle, schlitzte ihm die Kehle auf, packte Rileys Schulter, und zusammen flogen sie zu seinem Ausgangspunkt zurück.

»Nicht übel.« Doyle erhob sich ebenfalls. »Natürlich unter der Voraussetzung, dass einem von euch der entscheidende Moment zum Reagieren bleibt.«

»Wir werden dafür sorgen, dass immer einer von uns reagieren kann«, erklärte Annika. »Denn schließlich ist es unsere Pflicht, einander zu beschützen, und wenn wir nicht alles für die anderen tun, was wir tun müssen, ist diese Mission gescheitert. Selbst wenn wir die Sterne finden, ist diese Mission, wenn einer von uns fällt, ein Misserfolg. In der Nacht auf Korfu dachten wir, du wärst gefallen, und haben um dich getrauert. Weil wir jetzt eine Familie sind. Und Familienmitglieder sind immer füreinander da.«

»Dir ist es gelungen, Riley abzuschirmen«, rief ihm Sasha in Erinnerung. »Anni hat recht. Wir sechs sollen zusammen die Sterne finden. Das bedeutet, dass unsere Mission gescheitert ist, falls einer von uns stirbt. Doch das darf nicht passieren. Deshalb werde ich mich zukünftig noch mehr anstrengen.«

»Du bist schon so viel besser, als du anfangs warst. Du musstest viel mehr lernen als wir anderen«, erklärte Doyle.

»Damit willst du mir wahrscheinlich Mut machen.« Sie sah ihn forschend an. »Du bist wütend, stimmt's? Das kann ich deutlich spüren. Du bist wütend und fängst an, daran zu zweifeln, ob wir auf dem rechten Weg und ob wir hier auf Capri richtig sind. Du fragst dich, ob wir unter Umständen aufgrund meiner Vision am falschen Ort gelandet sind.«

»Du bist erst noch dabei zu lernen, die Bilder zu deuten, die du siehst.«

»Trotzdem lag sie bisher immer richtig«, rief der Zauberer ihm in Erinnerung. »Und Ungeduld mag menschlich sein, ist aber selten produktiv.«

»Der Kompass unterstützt ihre Visionen«, mischte sich Sawyer ein. »Er sagt auch, dass wir hier richtig sind. Ich überprüfe jeden Abend unsere Position, und er sagt mir jedes Mal, dass dies der Ort ist, wo wir suchen sollen.«

»Wenn man etwas verliert, ist es immer dort, wo man als Letztes danach sucht. Denn wenn man es gefunden hat, stellt man die Suche ein«, rief Riley ihren Freunden in Erinnerung. »Und diesen letzten Ort haben wir bisher einfach noch nicht erreicht.«

»Habt ihr euch schon mal gefragt, warum sie uns bisher nicht angegriffen hat? Schließlich sind wir schon seit fast zwei Wochen hier.«

»Sie hat uns bereits angegriffen.« Bran schlang einen Arm um Sashas Schulter, und sie tastete nach den schützenden Steinen an der Kette, die ihr Liebster für sie angefertigt hatte.

»Es vergeht kein Tag, an dem sie nicht versucht, in meine Gedanken einzudringen. Aber schließlich haben Gottheiten auch Zeit im Überfluss, nicht wahr?«

»Götter und Unsterbliche«, warf Riley ein. »Aber die Zeit von uns anderen ist begrenzt.«

»Also setzen wir die Suche fort, bis wir den letzten Ort erreicht haben«, erklärte Sawyer, und als Annika nach seinen Fingern griff, drückte er ihr aufmunternd die Hand. »Der Ort hier ist richtig, und ich werde mich sicher nicht beschweren, weil mir während dieser Suche ein, zwei Wochen lang Kämpfe auf Leben und Tod erspart geblieben sind.«

Konnten sie nicht sehen, dass sie zu fünft auf einer Seite standen, während Doyle alleine auf der anderen Seite stand? Da sie selbst es deutlich sah, trat Anni auf ihn zu und schlang ihm die Arme um den Hals.

»Du bist wütend, weil du dieses Mal nur deine Freunde hast, mit denen du zusammen kämpfen kannst.«

»Vielleicht ist er ja auch ganz einfach angefressen, weil er plötzlich Freunde hat«, warf Riley feixend ein. »Von denen eine ihm zu allem Überfluss auch noch in die Kronjuwelen getreten hat.«

»Vielleicht. Und vielleicht haben wir den letzten Ort noch nicht gefunden, weil wir bisher nicht an der rechten Stelle gewesen sind. Damit meine ich nicht Capri, denn wenn unsere Seherin und Sawyers Kompass sagen, dass es Capri ist, wird es auch Capri sein. Aber vielleicht liegt der Stern ja nicht im Wasser und auch nicht in einer Höhle. Vielleicht wäre es nicht schlecht, noch andere Möglichkeiten in Betracht zu ziehen. Du hast gesagt, im Wasser und aus Wasser«, wandte Doyle sich Sasha zu. »Aber was ist mit Brunnen, unterirdischen Quellen, Meeresarmen, Buchten?«

Sie sah ihn aus dunklen Augen an. »Die Seufzerbucht.

Verloren zwischen dem, was ist, was war und was einst wird. Mit grenzenloser Schönheit und Bedauern angefüllt. Seid ihr würdig, dort hindurchzugehen? Das treueste Herz, der reinste Geist? Seufzer für die, die angenommen wurden, und Seufzer für die, die abgewiesen worden sind. Nie erloschene Hoffnung auf Erlösung. Der Gesang des Sternes wird dich führen.« Sasha stieß einen tiefen Seufzer aus. »Sie warten darauf, dass wir ihn finden.«

»Wer und wo?«, erkundigte sich Doyle.

»Das weiß ich nicht. Ich kann spüren … dass etwas voller Hoffnung wartet. Aber was und wo, kann ich nicht sagen, tut mir leid.«

»Ich auch nicht«, pflichtete ihr Riley bei. »Ich habe nach der Seufzerbucht geforscht und bisher nichts entdeckt. Aber ich werde weitersuchen und gehe noch anderen Spuren nach. Vielleicht handelt es sich dabei ja um eine Parallelwelt. Eine Zeitverschiebung wäre Sawyers Angelegenheit. Ich zapfe ein paar weitere Quellen an.«

»Ich auch«, erklärte Bran. »Vielleicht weiß ja jemand aus meiner Familie irgendwas von dieser Bucht oder kennt jemanden, der mir was darüber sagen kann. Und bis dahin stellen wir weiter unsere eigenen Recherchen an.«

»Am besten frühstücken wir erst einmal und gehen dann zum Boot.« Riley unterbrach sich, als ihr Handy lautstark klingelte. »Einen Augenblick. Das ist mein Malmon-Informant.«

Sie hob den Apparat ans Ohr und ging davon.

»Wenn Riley beschäftigt ist, kann ich dir beim Frühstück helfen.«

Sasha sah dorthin, wo Riley stand, sagte dann aber »okay« und folgte Annika ins Haus.

Als Riley in die Küche kam, um sich einen Kaffee zu holen, schob Sash den letzten Armen Ritter auf die Platte zu dem Berg von gebratenem Speck.

»Was hast du herausgefunden?«

»Das erzähle ich, wenn wir alle zusammen sind. Danke für die Übernahme meines Küchendienstes, Anni.«

»Gern geschehen. Ich liebe es, Obstsalat zu machen.«

»Der gut aussieht und fantastisch riecht. Ich erstatte Bericht, wenn wir am Essen sind.«

Kaum dass alle saßen, häufte Riley sich den Teller voll und sah die anderen an.

»Malmon ist anscheinend immer noch in London, aber er hat eine Superduper-Villa mit Blick auf den Hafen angemietet. Degli Dei.«

»Göttervilla«, übersetzte Doyle.

»Das Schicksal ist manchmal ein echter Scherzbold, findet ihr nicht auch? Er hat sie für einen Monat angemietet und den Preis verdoppelt, damit er sie ja bekommt. Das Mietverhältnis beginnt in drei Tagen, und als Mieter steht John Trake in dem Vertrag.«

Sawyer schüttelte den Kopf. »Der Name sagt mir nichts.«

»Mir schon. Ein Ex-Colonel der US-Armee. Er war bei einer Spezialeinheit für verdeckte Operationen und wurde vor vielleicht sieben Jahren in aller Stille unehrenhaft entlassen, nachdem er die Grenzen des Erlaubten deutlich überschritten hatte. Er hatte zu großen Spaß am Töten, und Kollateralschäden waren ihm egal, selbst wenn es dabei um seine eigenen Männer, unbewaffnete Zivilisten oder Kinder ging. Trake bringt als Verstärkung Eli Yadin mit.«

»Den Namen kenne ich. Yadin war schon in Marokko mit von der Partie. War früher mal beim Mossad, glaube ich«, fügte Sawyer hinzu.

»Da glaubst du richtig. Er wurde etwas zu wild und zu verrückt für den Verein, und um den Mossad zu schockieren, muss man schon ziemlich brutal und völlig irre sein. Er ist ein Auftragskiller, hat sich aber in der Zwischenzeit auf Folterungen spezialisiert. Außerdem kommt angeblich auch noch Franz Berger mit. Fährtenleser, Heckenschütze, Jäger – wobei ihm egal ist, ob er Jagd auf vier- oder auf zweibeinige Säugetiere macht.«

»Wie sehr vertraust du deiner Quelle?«

»Blind. Sie ist bei Interpol, und glaub mir, Interpol hat Malmon und die anderen schon seit Längerem auf dem Radar. Sie sind genauso interessiert daran, was er im Schilde führt, wie wir.«

»Trotzdem hielte ich es nicht für gut, hätten sie auch uns plötzlich auf dem Radar«, erklärte Bran.

»Dann müssen wir eben vorsichtig zu Werke gehen. Uns bleiben noch drei Tage. Warum sehen wir uns Malmons Bleibe hier auf Capri nicht mal an? Am besten nachts, wenn alles schläft.«

»Ein kleiner Einbruch?« Sawyer pikste ein Stück vom Armen Ritter mit der Gabel auf. »Klingt nach jeder Menge Spaß. Wenn ich die richtigen Dinge hätte, könnte ich vorher noch ein paar Wanzen bauen.«

»Wie soll das gehen?«, fragte Annika. »Man kann doch keine Tiere bauen.«

»Wanzen heißen bei uns winzige Geräte, mit denen man vollkommen unbemerkt andere abhören kann«, erklärte er. »Wir gehen ins Haus, sehen uns dort um und bringen an den Stellen, die uns am sinnvollsten erscheinen, ein paar Wanzen an. Es wäre sicher nicht von Nachteil, wenn wir wüssten, was der Kerl im Schilde führt.«

»Ganz sicher nicht. Aber erstens, kannst du wirklich Wanzen bauen?«, meinte Riley skeptisch.

»Ich bin ein ziemlich guter Bastler«, klärte er sie lächelnd auf.

»Okay. Und zweitens könnte ich mir vorstellen, dass der Kerl das Haus nach seinem Einzug erst einmal nach solchem Zeug absuchen wird.«

»Da könnte ich mich nützlich machen«, überlegte Bran. »Mit einem Zauber, der sie unsichtbar für Peilsender und fremde Augen macht. Da fällt mir sicher etwas ein.«

»Sehr gut. Und drittens…« Gut gelaunt schenkte Riley sich Kaffee nach. »Meisterschütze, sag mir einfach, was du brauchst, und ich besorge es. Was allerdings bis heute Abend dauern kann.«

»Ich werde dir eine Liste machen, und dann sehen wir uns morgen Abend in der Villa um. Drei Tage«, überlegte Sawyer. »Vielleicht haben wir ja Glück und finden den Stern, bevor der Kerl nach Capri kommt.«

»Und wenn nicht?« Sasha blickte die fünf Leute, denen sie inzwischen blind vertraute, nacheinander an. »Dann werden wir tun, was wir tun müssen, um den Stern und einander vor Schaden zu bewahren.«

Da Sawyer nach dem Frühstück seine Liste schrieb und Riley ihre Strippen zog, kamen sie erheblich später als erwartet los, doch seiner Meinung nach machte die Chance, etwas von Malmons Plänen zu erfahren, die Verspätung mehr als wett.

Als er seine Sachen für die Bootstour packte, trat Annika durch die offene Tür in sein Zimmer.

»Ich muss mit dir reden.«

»Sicher«, meinte er und fuhr mit Packen fort.

Als sie aber die Tür hinter sich schloss, hielt er im Packen inne und fragte besorgt: »Ist es was Ernstes?«

»Nichts Ernstes, aber etwas Wichtiges. Auf Sashas Bild bist du verletzt.«

»Bei diesem kleinen Abenteuer wurde jeder von uns schon mal auf die eine oder andere Art verletzt, Anni. Auch Doyle hat auf dem Bild was abbekommen, also ...«

»Du weißt auch, dass Doyle nicht sterben kann.«

»Und ich werde es nicht tun.« Als er die Angst in ihren Augen sah, griff er nach ihren Händen und versprach: »Ich werde uns dort rausholen.«

»Es ist schwer für dich, wenn du mit derart vielen Leuten reisen musst. Bitte lüg mich nicht an, nur weil du mich beruhigen willst. Weil Lügen nicht beruhigend sind.«

»So schwierig ist das gar nicht. Es ist etwas knifflig, aber he, ich habe uns sogar von Korfu bis hierher gebracht.«

»Es würde doch bestimmt noch kniffliger, wenn du verwundet wärst?«

»Annika, es ist vollkommen sinnlos, dass du dir darüber jetzt Gedanken machst.« Er glitt mit den Händen über ihre Arme und legte sie sanft auf ihren Schultern ab. »Ich werde uns dort wohlbehalten rausholen. Du musst mir vertrauen.«

»Das tue ich. Ich vertraue dir mit allem, was ich bin. Aber du wirst verwundet sein. Du und Doyle werdet verwundet sein. Und auch wenn er nicht sterben kann, kann er die Schmerzen spüren. Ich bin auf dem Gemälde nicht verletzt, und ich stamme aus dem Meer.«

»Okay.«

»Ich kann den Männern und den Haien entkommen. Kann sie *ablenken*, wenn du die anderen zurück aufs Boot bringst und…«

»Vergiss es«, fauchte er sie zornig an.

»Hör mir zu!«, befahl sie ihm nicht weniger erbost. »Wenn das Knifflige für dich zu schwierig wird, kannst du *mir* vertrauen. Ich komme ohne deine Hilfe von dort weg. Nimm du die anderen mit, und ich…«

»Ich lasse dich ganz sicher nicht zurück. Ich würde dich niemals zurücklassen. Niemals.« Bevor sie etwas sagen konnte, fuhr er wütend fort: »Falls du denkst, dass ich das jemals täte, falls du denkst, dass ich das je auch nur in Erwägung ziehen würde, hast du keine Ahnung, wer ich bin.«

»Verstehst du nicht? Ich könnte selbst zu dem Boot kommen, genauso schnell wie ihr.«

»Das ist egal. Ich lasse dich ganz sicher nicht zurück, wenn die Hölle von dem Bild über uns hereinbricht, ganz egal, wann auch immer das ist. Egal, zu welcher Zeit, und egal, an welchem Ort.«

Als er einen Funken in ihren Augen sah – sie wäre eine jämmerliche Pokerspielerin –, ließ er von ihren Schultern ab und rahmte mit den Händen ihr Gesicht. »Und glaub ja nicht, dass es dir gelingt, dich so weit von der Truppe zu entfernen, dass ich dich nicht mehr erreichen kann. Denn das wird nicht passieren, und wenn du es versuchen würdest, würdest du mir meine Aufgabe nur unnötig erschweren.«

»Ich will dir deine Aufgabe ganz sicher nicht erschweren. Ich will nur, dass du sicher bist.«

»Das werde ich auch sein, genau wie du.« Er schob ihren Kopf etwas zurück und presste ihr – anfangs noch zärtlich und beruhigend – seine Lippen auf den Mund.

Dann schlang sie ihm die Arme um den Hals, und er verlor sich ganz in ihrer wunderbaren Wärme und seiner eigenen Lust. Entschlossen drückte er sie mit dem Rücken an die Wand, nahm und genoss, was sie ihm gab, und ging völlig auf in dem, was er bei diesem Kuss in seinem tiefsten Inneren empfand.

Er war derart verloren in seinem zärtlichen Verlangen, dass er die drei lauten Klopfer an der Tür fast nicht mitbekam.

»Sawyer! Nimm die Pfoten von dem Mädel«, befahl Doyle. »Wir brechen auf.«

»Wir müssen los.« Widerstrebend und fast schmerzlich ließ er von der Nixe ab.

»Warum hast du keinen Sex mit mir?«

»Was?« Er wich so schnell vor ihr zurück, als hielte sie eine entsicherte Granate in der Hand. »Was?«

»Dein Glied wird hart, wenn du mich küsst, aber trotzdem bittest du mich nicht darum, mit dir zu schlafen. Ich weiß nicht, ob ich dich darum bitten darf. Ich weiß nicht, welche Regeln ihr für solche Dinge habt.« Sie deutete auf seinen Unterleib, und am liebsten hätte er die Hände schamhaft vor dem Schritt verschränkt. »Ich habe keinen … es ist ganz bestimmt nicht so, dass ich … Regeln«, griff er den Gedanken dankbar auf. »Natürlich gibt es dafür Regeln. Jede Menge komplizierter Regeln. Wir sollten uns darüber unterhalten. Später. Jetzt müssen wir los.«

»Aber später wirst du mir erklären, welche Regeln ihr für diese Sache habt?«

»Ich … ja, wahrscheinlich. Später.« Eilig schnappte er sich seinen Rucksack, öffnete die Tür, blieb dann aber noch einmal stehen und rang nach Luft. »Aber jetzt müssen wir gehen. Verlorene Sterne, Welten in Gefahr, die Mutter der Lügen, die es auf uns abgesehen hat. Du weißt schon, der ganz normale Wahnsinn«, fügte er hinzu.

»Wenn ich die Regeln kenne, kannst du in mein Zimmer kommen, weil mein Bett viel größer ist.«

»Nun, das wäre eine Überlegung wert.« Hastig setzte er den Rucksack auf, umklammerte mit einer Hand die offene Tür und streckte die andere nach ihr aus. »Und jetzt lass uns gehen.«

Er zog sie aus dem Raum und blieb erst wieder stehen, als sie ins Freie traten, wo der Rest der Gruppe schon versammelt war.

Er schaffte es, sich weit genug von Annika zu lösen, um Sasha ins Ohr zu flüstern. »Lenk sie bitte ab, weil ich kurz mit den Männern reden muss.«

»Nun, ich …«

Da er bereits loslief, blieb sie stehen und zeigte in die Luft. »Schaut mal. Ein Schmetterling.«

Riley runzelte verwirrt die Stirn, doch Anni machte sofort halt und bewunderte das hübsche Tier.

»Hör zu«, erklärte Sawyer, als er Doyle erreichte. »Es ging eben zwischen Annika und mir um mehr als meine Hände.«

»Von den anderen Dingen will ich gar nichts hören.«

»Ich denke schon, dass du das willst. Und Bran und Sash und Riley auch. Anni hat mir nämlich einen haarsträubenden Vorschlag unterbreitet, und wir dürfen sie beim Tauchen niemals aus den Augen lassen, denn ich weiß nicht, ob ich es geschafft habe, ihr klarzumachen, wie idiotisch ihre Idee ist.«

Er blickte kurz über die Schulter, sah, dass ihm noch etwas Zeit für diese Unterhaltung blieb, und winkte Bran zu sich heran.

Annika lief gerne mit den beiden anderen Frauen, zumal sie hoffte, dass sie bei Gesprächen über Sex nicht so nervös und scheu wie Sawyer wären.

»Könnt ihr mir erklären, welche Regeln ihr für Sex habt?«

»Regeln?«, fragte Riley. »Was für Regeln?«

»Keine Ahnung. Eure Regeln sind mir nicht bekannt. Sawyer hat gesagt, dass es sehr viele komplizierte Regeln dafür gibt. Ich verstehe nicht, was daran kompliziert sein soll, aber ich kann diese Regeln sicher lernen, denn ich lerne schließlich gern.«

»Kompliziert«, stieß Riley schnaubend aus. »Ich finde, dass die Regeln total einfach sind. Die drei Hauptregeln für mich? Dass beide wollen, ungebunden und vor allem sauber sind.«

»Das ist wirklich einfach«, stellte Annika zufrieden fest. »Dann gibt es also keinen Grund, dass ich keinen Sex mit Sawyer haben könnte.«

»Ich verstehe nicht, warum er dich nicht längst schon gevögelt hat.«

»Riley.« Sasha rollte mit den Augen. »Weil verschiedene Menschen in Bezug auf Sex eben verschiedene Regeln haben. Oder vielleicht keine Regeln, sondern eher … Befindlichkeiten, die man manchmal nicht so leicht erklären kann.«

»Willig, frei und sauber«, zählte Riley die von ihr genannten Regeln an den Fingern ab.

»Das sind wichtige Voraussetzungen«, pflichtete Sasha ihr bei. »Etwas Zeit und ein gewisses Maß an Ungestörtheit wären bei einem solchen Gespräch nicht schlecht«, erklärte sie, als ihnen eine Gruppe Fußgänger entgegenkam.

»Aber ihr werdet es mir bald erklären, damit ich weiß, wie diese Dinge bei euch funktionieren.«

»Auf jeden Fall.«

»Danke. Und dann können ich und Sawyer endlich Sex haben wie du und Bran.« Anni wandte sich der anderen Freundin zu. »Es tut mir leid, dass du nicht auch Sex haben kannst.«

»Mir auch, Schwester, mir auch.«

9

Sie konzentrierten ihre Suche auf die Ostküste der Insel und suchten verschiedene Höhlen und Buchten ab. Anni hörte keine Seufzer und auch keine Lieder, und nur einmal spürte sie etwas im Wasser, was von seiner Größe her vielleicht ein Mensch oder ein Raubfisch war.

Doch es waren nur zwei andere Taucher – Mann und Frau –, deren Interesse weniger der Unterwasserwelt als offenbar dem jeweils anderen galt.

Nach dem zweiten Tauchgang schwamm sie vor den anderen zurück zum Boot. Sie würde wachsam sein, bis die Geschehnisse aus Sashas Bild hinter ihnen lägen und sie alle wieder sicher wären.

Wie immer froh, die unpraktischen, unbequemen Gummiflossen auszuziehen, die sie tragen musste, wenn sie Beine hatte, zog sie sich an Bord des Bootes.

Hinter ihr kam Sasha und dann Sawyer, und da sie sich nützlich machen wollte, klappte Annika den Kühlboxdeckel auf. Sasha würde Wasser wollen, Sawyer und Riley tranken lieber Cola und…

Während sie die Flaschen aus der Kiste nahm, kam ein Vogel angeflattert und nahm auf der Reling Platz. Sie blickte lächelnd auf das Tier…

…stellte vorsichtig die Flaschen wieder ab und richtete sich auf.

»Du bist kein Vogel.«

Sasha öffnete den Reißverschluss ihres Neoprenanzugs und sah sie fragend an. »Wie bitte?«

»Das ist ihr Geschöpf.«

Der Vogel saß vollkommen reglos da, drehte seinen deformierten Kopf und starrte sie aus gelb glitzernden Augen an, während Sawyer seine Waffe aus dem Rucksack zog.

»Erschieß ihn nicht«, raunte ihm Sasha zu. »Warte erst auf Bran und die anderen.«

Als Riley sich an Bord zog, nahm ein zweiter Vogel auf der Reling Platz. »Wir haben Gesellschaft.« Eilig zerrte sie ihr Messer aus der Scheide, die an ihrem Gürtel hing.

Die Vögel waren groß wie Tauben, aber ihre Körper waren sehnig und verschrumpelt, und die breiten Köpfe sahen wie die von Eulen aus. Sie saßen stumm auf dem Geländer, als ein dritter Vogel angeflogen kam. Ihre ölig schwarzen Federn lagen glatt an ihren Leibern, und die kränklich gelben Augen blickten reglos geradeaus.

Bran ließ sich an Deck fallen und hob den Kopf, als auch Doyle nach seinem Messer griff.

»Diese Biester hat sie uns geschickt?« Bran betrachtete die Vögel, und ein dunkles Lächeln huschte über sein Gesicht. »Das sollen ihre Boten sein? Damit will sie uns Angst einjagen? Ist das etwa alles, was das Weib zu bieten hat?«

Sasha presste eine Hand an ihren Kopf und streckte die andere zum Zeichen aus, dass ihre Freunde warten sollten. »Komm und sieh. So steht es in dem Buch von eurem Gott. Und ich sah, so steht es dort geschrieben, und siehe, ein fahles Pferd. Und der darauf saß, dessen Name war Tod, und die Totenwelt folgte ihm. Also schicke ich ein fahles Pferd und einen Reiter. Dies ist der Tod, der euch ereilen

224

wird. Dies ist eure Hölle, die ihm folgen wird. Meine Vögel werden das Fleisch von euren Knochen picken, und meine Hunde werden euer Blut lecken.«

Bran trat auf sie zu, doch sie schüttelte nachdrücklich den Kopf. »Warte. Warte noch.« Sie schloss die Lider, atmete tief ein, schlug sie wieder auf, und ihre Augen loderten wie feurige Kristalle, während sie mit lauter Stimme sprach.

»Und wir sagen, dass du diese Sterne niemals in den Händen halten wirst. Schick dein Pferd und deinen Reiter, schick das Schlimmste, was du schicken kannst, und wir werden es vernichten. Und dich werden wir schlagen, auf dass du alt wirst und verwitterst und verwelkst. Wir sind deine Zerstörung und dein Tod. Komm und sieh!« Sie warf den Kopf zurück und streckte auffordernd ihre Arme aus. »Komm und sieh!«

Kreischend breiteten die Vögel ihre Flügel aus und flogen auf sie zu.

Annika riss einen Arm nach oben, schirmte das Gesicht der Freundin ab und vernichtete das Tier mit ihrem Armreif, während Bran die anderen beiden Vögel mit zwei gleißend blauen Blitzen traf.

Ihre Leiber stiegen in drei Säulen fettig schwarzen Rauchs zum Himmel auf.

»Ich habe sie verletzt.« Sasha presste sich die Finger an die Schläfen und stieß ein verblüfftes Lachen aus. »Ich habe sie verletzt. Ich kann ihre Schmerzen spüren. Ich habe ihr genauso sehr ... nein, stärker wehgetan als sie mir.«

»Deine Nase blutet.« Anni fuhr ihr sanft mit einem Handtuch über das Gesicht.

»Schon gut. Es geht mir gut.« Sasha wandte sich an Bran, und die Tränen, die in ihren Augen brannten, waren

Tränen des Triumphs. »Kein Problem, denn ihre Nase blutet auch. Ich habe es geschafft.«

»*Fáidh.*« Überwältigt und zugleich erschüttert zog er sie an seine Brust und hielt sie fest. »*A ghrá.* Setz dich, setz dich erst mal hin.« Noch während er dies sagte, zog er sie auf seinen Schoß. »Sie braucht Wasser.«

Abermals stieß sie ein – bereits weniger nervöses – Lachen aus. »Es geht mir gut. Kannst du das denn nicht sehen? Es geht mir gut. Ich habe gehört, wie sie vor Schmerz und Zorn geschrien hat. Und vielleicht, ja, vielleicht könnte ich was gegen die Kopfschmerzen gebrauchen, aber davon abgesehen geht es mir gut. Ich habe sie geschlagen. Habe sie zurückgedrängt. Habe es geschafft, in ihre Gedanken einzudringen, Bran.«

»Lass mich dir die Schmerzen nehmen.« Er legte ihr sanft die Finger an die Schläfen und glitt sachte mit den Händen über ihren Kopf. »Überlass mir deinen Schmerz, und er ist weg.«

»Und jetzt trink erst mal etwas.« Annika ging vor ihr in die Hocke, drückte ihr die Wasserflasche in die eine Hand und zog ihre andere an ihre Wange. »Du warst furchtbar stark und mutig«, stellte sie mit ehrfürchtiger Stimme fest.

»So habe ich mich auch gefühlt. Ich habe sie hereingelassen. Wusste, dass es an der Zeit ist und dass ich es schaffen kann.«

»Denkst du etwa, ich hätte je daran gezweifelt?«, fragte Bran und gab ihr einen Kuss. »Du hast mich um Jahre altern lassen, doch an dir gezweifelt habe ich nicht einen Augenblick.«

»Beim nächsten Mal wird sie bestimmt noch ein paar Kohlen nachlegen.«

226

»Meint der Spaßverderber.« Riley sah Doyle böse von der Seite her an.

»Sie wird noch ein paar Kohlen nachlegen«, beharrte er auf seiner Position, »weil sie jetzt weiß, dass diejenige, die sie – genau wie ich – für schwach gehalten hat, viel stärker ist, als sie erscheint.«

»Worauf du einen lassen kannst«, erklärte Annika, und Riley brach in lautes Gelächter aus.

»Auf jeden Fall. Sie kommt uns also mit der Offenbarung? Mit dem Mist von den vier Reitern und dem Ende der Welt? Das kann sie meinetwegen gern versuchen. Bran, wie wäre es, wenn du uns noch ein bisschen Höllenfeuer, Pech und Schwefel zur Verfügung stellst? Dann werden wir ihr zeigen, was die Hölle ist.«

»Malmon ist kein fahler Reiter.« Sawyer nahm zwei Colaflaschen aus der Box, warf Riley eine zu und reichte Anni eine Flasche Saft. »Du bist heute von der ganz besonders schnellen Sorte«, sagte er zu ihr. »Aber wie dem auch sei, Malmon ist ein Psychopath, ein Schuft mit jeder Menge Geld.«

»Und inzwischen ist er noch viel mehr«, rief ihm Sasha in Erinnerung.

»Das hast du schon gesagt. Aber was das auch immer heißen soll, wir werden die Bande fertigmachen.« Er hob seine Flasche an den Mund. »Sasha Riggs, du hast gerade eine Göttin in einem Gedankenspiel besiegt. Was wirst du weiter tun?«

»Weiter werde ich die beiden letzten Sterne finden und mit euch zusammen irgendwo an einem sonnenhellen Strand Bellini trinken, tanzen und nach Kräften feiern, dass wir siegreich aus der Schlacht hervorgegangen sind.«

»Um mein Mädel zu zitieren: Worauf du einen lassen kannst. Aber erst einmal würde ich sagen, dass die Tauchparty für diesen Tag beendet ist.«

»Es geht mir gut. Wirklich, Sawyer.«

»Trotzdem hat er recht. Wir sind für heute fertig.« Doyle marschierte Richtung Ruderhaus.

»Lasst uns die Suche heute positiv beenden.« Riley setzte sich zu Sasha auf die Bank und legte eine Hand auf ihre Schulter. »Außerdem will ich noch sehen, ob meine Kontaktperson das Zeug besorgen konnte, das auf Sawyers Liste stand.«

Nachdem Annika sich vergewissert hatte, dass es Sasha gut ging, setzte sie sich neben Sawyer und nahm seine Hand. »Ich habe verstanden.«

»Was?«

»Was du zu mir gesagt hast und was mir zwar nicht vom Herzen, doch vom Kopf her auch schon vorher klar gewesen ist. Als der Vogel, der kein Vogel war, auf Sasha zugeflogen ist und ich ihn zerstört habe. Ich hätte ihn auch umgebracht, wenn er ein Mann gewesen wäre. Ich hätte gegenüber einem Mann genauso reagiert.«

Als sie den Kopf auf seine Schulter legte, schlang er einen Arm um ihre Taille, und sie fuhren zurück an Land.

Kaum dass sie im Hafen waren, zog Riley ihr Handy hervor. »Gebt mir fünf Minuten Zeit«, bat sie die anderen und ging davon.

»Sasha sollte ein Gelato kriegen, denn das hat sie sich verdient«, erklärte Annika.

»Bei Eis kann ich schwerlich Nein sagen … Das ging aber schnell«, meinte Sasha, als Riley zurück zum Boot gelaufen kam.

»Schnell und gut. In einer Stunde kann ich all die Sachen abholen, die auf deiner Liste standen, Sawyer.«

»Eine Stunde? Super. Dann haben wir drei Frauen noch Zeit für einen Einkaufsbummel.«

»Einen Einkaufsbummel!« Annika fing an zu strahlen.

»Einen Einkaufsbummel?« Riley schob verwundert ihre Sonnenbrille auf die Nasenspitze und blies sich den Pony aus der Stirn. »Warum denn das?«

»Für einen Einkaufsbummel braucht man keinen Grund.« Fröhlich ergriff Sasha Rileys Hand und drückte sie zum Zeichen dafür, dass sie besser schwieg. »Wir drei werden ein bisschen shoppen gehen, Sawyers Sachen holen und bringen dann zum Abendessen Pizza mit.«

»Du hattest einen anstrengenden Tag und ein erschreckendes Erlebnis«, begann Bran. »Nerezza hat den ersten Schritt gemacht, deswegen fände ich es besser, wenn die Gruppe erst einmal zusammenbliebe.«

»Sie wird heute bestimmt nicht noch einmal ihr Glück bei mir versuchen, und vor allem habe ich aus meiner Sicht bewiesen, dass ich mich inzwischen recht gut gegen sie behaupten kann. Und du willst doch wohl nicht sagen, dass wir drei uns nicht alleine wehren können, bloß weil wir Frauen sind.«

»Vorsicht, Kumpel«, warnte Sawyer seinen Freund. »Das ist ein Streit, den du niemals gewinnen kannst. Aber wir können ja hier unten etwas trinken gehen, während ihr …«

»Nun geht schon«, forderte die Seherin die Männer auf. »Und zwar alle drei. Zur Belohnung dafür, dass ich es mit diesem Weibsbild aufgenommen habe, würde ich jetzt gerne mit den anderen Mädchen shoppen gehen, ohne dass ihr Männer uns in den Geschäften auf den

Füßen steht.« Um die Sache zu besiegeln, stand sie auf und gab ihrem Liebsten einen sanften Abschiedskuss. »In zwei Stunden sind wir da.«

»Wenn nicht…«

»Wir werden pünktlich sein.«

»Aber bleibt die ganze Zeit zusammen, ja?«

»Auf jeden Fall«, versicherte ihm Sasha und wartete, bis er und die beiden anderen nicht mehr zu sehen waren. »Also gut.«

»Ich könnte neue Ohrringe gebrauchen!«

»Wir werden keinen Einkaufsbummel machen.«

»Aber du hast doch gesagt…«, begann Annika enttäuscht.

»Wir reden stattdessen über Sex.«

»Oh ja!« Sie packte Sashas Hand. »Das mit dem Einkaufsbummel war also nur eine List!«

»Genau.«

»Wenn wir über etwas sprechen, was mir nicht vergönnt ist, will ich wenigstens was trinken.« Riley sah sich um. »Am besten suchen wir uns irgendwo ein Plätzchen, von dem aus man eine schöne Aussicht hat und wo es Bellini gibt.«

Sie marschierte los, und innerhalb von zehn Minuten saßen sie auf einer schattigen Terrasse, die einen phänomenalen Blick über das Meer bot. Sie bestellte ihre Drinks auf Italienisch, flirtete ein wenig mit dem Kellner und stellte zufrieden fest: »Ich musste mir nur kurz beweisen, dass die Möglichkeit bestünde, Sex zu haben, wenn auch vielleicht nur im Rahmen eines One-Night-Stands. Also«, wandte sie sich gut gelaunt an Annika. »Wir sind ganz Ohr.«

»Was heißt denn das?«

»Dass wir dir zuhören«, erklärte Sasha Annika.

»Oh. Freundinnen zu haben ist echt schön.«

»Auf jeden Fall«, stimmte ihr Sasha zu.

»Sawyer sagt, dass es beim Sex sehr viele komplizierte Regeln gibt. Aber wenn das so streng und schwierig ist, warum haben die Landwesen dann Sex?«

»Das ist eine gute Frage. Früher dachte ich, es wäre derart kompliziert, dass es das Beste wäre, nicht einmal an Sex zu denken. Ich war tatsächlich überzeugt davon, dass es für mich besser wäre, keinen Sex zu haben, bis ich Bran begegnet bin.«

»Weil ihr beide Partner seid.«

»Ja.« Was immer noch das reinste Wunder für sie war. »Die Gefühle, die wir füreinander haben, haben mich völlig überrascht. Aber er hat mich, das, was ich bin und was ich habe, vorbehaltlos akzeptiert. Das hatte bis dahin kein Mensch getan. Ihr alle seid die Ersten, die mich nehmen, wie ich bin.«

»Trotzdem wollte ich bisher noch keinen Sex mit Sasha haben.« Strahlend wandte Riley sich dem Kellner zu, als der mit den Getränken kam.

»Aber sie ist wunderschön und gutherzig und weise. Der Sex zwischen euch beiden wäre sicher toll.«

»Gibt es etwa Meerjungfrauen, die vom anderen Ufer sind?«, erkundigte sich Riley fasziniert.

»Wir leben nicht am Ufer, sondern hauptsächlich im Meer.«

»Nein, ich meine ... Gibt es Meerjungfrauen, die andere Meerjungfrauen lieben? Kann sich eine Meerjungfrau mit anderen Meerjungfrauen paaren?«

»Ja, natürlich – auch wenn es wegen der Körper etwas

anderes ist und wenn es dabei keine Jungen geben kann. Aber man begehrt nun mal, wen man begehrt, nicht wahr? Man liebt nun einmal, wen man liebt.«

»Darauf sollten wir anstoßen.« Riley griff nach ihrem Glas.

»Ist eine der Regeln bei euch, dass eine Frau sich nicht mit Frauen paaren kann?«

»Wir schaffen diese Regel gerade ab. An manchen Orten braucht das etwas länger, doch wir arbeiten daran.«

Stirnrunzelnd sah Annika auf ihren Drink. »Sind alle Regeln dumm?«

»Ein paar vielleicht, aber vor allem hängen die Regeln von verschiedenen Faktoren ab.«

Jetzt hob die Meerjungfrau frustriert die Hand. »Wie können Regeln Regeln sein, wenn sie unterschiedlich gelten?«

»Wir brauchen mehr Bellini«, beschloss Riley. »Und Gebäck.«

»Auf jeden Fall. Aber die Regeln, Anni«, mischte sich jetzt Sasha ein, »hängen von den Leuten und der Situation ab, in der sie sich befinden. Wenn zum Beispiel Bran verheiratet oder schon einer anderen versprochen wäre ...«

»Die Regel der Verfügbarkeit«, fiel Riley ihr ins Wort.

»Die verstehe ich. Und ich verstehe auch, dass beide wollen müssen, dass niemand gezwungen werden darf. Warum Sauberkeit so wichtig ist, verstehe ich nicht ganz.«

»Es geht nicht um die Art Sauberkeit, an die du denkst. Es geht mehr darum, dass du den Partner wissen lässt, dass du keine Geschlechtskrankheiten hast.« Sasha schüttelte den Kopf. »Ich glaube nicht, dass das bei Sawyer und dir ein Thema ist, also brauchen wir auf diese Angelegenheit nicht weiter einzugehen. Aber andere Regeln hängen vom Moralkodex und von der Religion der Beteiligten ab.«

»Sawyer ist ein ehrenhafter Mann. Vielleicht zu ehrenhaft. Ich habe versucht, ihm zu erklären, dass ich mich von euch trennen kann, wenn das passiert, was du beim Malen vorhergesehen hast. Dass er, weil er verletzt ist, nur euch andere zurück zum Boot bringen und mich schwimmen lassen soll.«

»Auf keinen Fall.«

Anni schüttelte frustriert den Kopf. »Aber ich kann …«

»Es ist mir scheißegal, was du womöglich alles kannst. Und wenn Sawyer dir nicht widersprochen hätte, hätte ich ihm dafür eine reingehauen.«

»Es ist beleidigend für uns«, erklärte Sasha sanft. »Es ist beleidigend für ihn und uns, dass du das vorgeschlagen hast.«

»Ich wollte damit niemanden beleidigen. Ich liebe euch, euch alle. Habe ich seine Gefühle verletzt?« Ihr Herz zog sich zusammen, und sie senkte unglücklich den Kopf. »Oh, das tut mir leid. Ich werde mich bei ihm entschuldigen.«

»Vergiss es einfach«, schlug Riley ihr vor. »Und merk dir ein für alle Mal das Motto, das für unsere Truppe gilt: Alle für einen und einer für alle.«

»Alle für einen und einer für alle«, wiederholte Annika. »Das ist ein guter Kodex. Den vergesse ich ganz sicher nicht. Ich habe seine Gefühle verletzt, deswegen hat er keine Lust auf Sex mit mir.«

»Ich glaube nicht, dass Sawyer keine Lust hat. Jetzt brauchen wir wirklich noch etwas zu trinken.«

Riley winkte abermals den Kellner an den Tisch und flirtete erneut mit ihm.

Interessiert verfolgte Annika das Mienenspiel des Mannes. »Er hätte gerne Sex mit dir.«

»Was nicht zu übersehen ist. Sex mit einem Fremden kann sehr aufregend sein, und die Gefahr ist Teil der Aufregung. Aber augenblicklich reichen mir die Aufregung und die Gefahren unserer Mission. Außerdem geht's gerade nicht um mich, sondern um dich und Sawyer. Und ich kann dir sagen, dass er in Gedanken schon x-mal mit dir geschlafen hat.«

»Aber ich will, dass er mit seinem Körper mit mir schläft.«

»Was ich dir nicht verdenken kann.«

Anni beugte sich zu Riley vor. »Er ist mutig, stark und freundlich und unglaublich attraktiv. Aber du hast keinen Sex mit ihm.«

»Huh. In Ordnung, ja, er ist echt süß, er ist unglaublich heiß und alles andere als ein Feigling, aber ... man begehrt nun mal, wen man begehrt, nicht wahr?«

»Ja.« Zufrieden lehnte sich die Meerjungfrau auf ihrem Stuhl zurück. »Das ist eines der Geheimnisse des Herzens. Ich will ihn, und er will mich. Sein – ich weiß nicht mehr, wie ihr es nennt.« Sie wies auf ihren Schoß.

»Dafür gibt es jede Menge Namen.«

»Bleiben wir erst mal bei Penis.« Lachend pikste Sasha Riley in den Arm.

»Sein Penis wird hart, wenn er mich küsst und mich berührt. Das zeigt mir, dass er mich begehrt, was ich auch in seinen Augen sehen kann. Aber trotzdem schiebt er seinen Penis nicht in mich hinein.«

»Ist das in eurer Welt so einfach?«, wunderte sich Sasha.

»Oh, es gibt auch ein Paarungsritual – wenn es zwischen zwei Wesen ernster ist. Aber manchmal geht es nur um den Spaß oder um das Verlangen.«

»Das gibt's bei uns auch. Hör zu, aus meiner Sicht herrscht hier am Tisch ein gutes Gleichgewicht. Weil ich beim Thema Sex wahrscheinlich lockerer als Sasha bin.«

»He.«

»Bevor du Bran begegnet bist«, fügte Riley großmütig hinzu.

»In Ordnung. Da hast du wahrscheinlich recht.«

»Ich gehe davon aus, dass Sawyers Ehrenkodex dazu führt, dass er, wenn es um dich geht, derart komplizierte Regeln hat. Er will dich oder die Situation nicht ausnutzen. Das heißt jedoch noch lange nicht, dass er keine Lust hat, dich zu vögeln, oder sich nicht ständig vorstellt, das zu tun.«

»Mich zu vögeln? Das Wort hast du schon mal gesagt… Oh. Weil die Körper…« Annika fing an zu lachen. »Das gefällt mir. Das klingt lustig. Und wie bringe ich ihn dazu, ohne ihn zu zwingen, dass er es sich nicht nur vorstellt, sondern auch endlich tut?«

»Leg ihn einfach flach.«

»Wow. Du überraschst mich, Sasha«, stellte Riley blinzelnd fest.

»Du hast gesagt, ich wäre prüde.«

»Habe ich nicht, obwohl es mir kurz durch den Kopf gegangen ist. Ja, genau, leg du ihn einfach flach.«

»Ich soll mit ihm kämpfen?«

»Nein. Das heißt, dass du den Anfang machen sollst. Dass du zu ihm gehen und ihn dazu bringen sollst, dass er dich… vögelt«, klärte Sasha ihre Freundin auf. »Du machst die Tür hinter dir zu, ziehst deine Kleider und, wenn nötig, auch noch seine Kleider aus.«

Riley schüttelte den Kopf. »Meine Güte, Sash.«

»Ich bin inzwischen alles andere als prüde«, klärte Sasha sie mit einem selbstzufriedenen Grinsen auf. »Ich würde dir nicht vorschlagen, ihn derart anzumachen, wenn ich nicht gespürt hätte, wie sehr er dich begehrt, Anni. Es war so stark, dass ich es einfach spüren musste, ob ich wollte oder nicht. Ich bin nicht in seine Gedanken eingedrungen, wirklich nicht.«

»Das ist auch ein Ehrenkodex, ich weiß. Aber du hast gefühlt, dass er mich will?«

»Ja. Und dass er sein Verlangen nur noch mühsam unterdrücken kann.«

»Also sorge ich dafür, dass er es nicht mehr unterdrücken muss.« Anni griff sich an ihr wild klopfendes Herz. »Ist das denn erlaubt?«

»Es ist sogar erwünscht.«

Der Kellner trat erneut an ihren Tisch, und Riley setzte ihr verführerischstes Lächeln auf.

Er flirtete mit ihnen allen und stellte die nächste Runde Drinks und einen kleinen Teller mit feinen Törtchen auf den Tisch.

»*Belle donne*«, sagte er und küsste seine Fingerspitzen. »Ist mir ein Vergnügen, Ihnen zu Diensten zu sein.«

Als er sich zum Gehen wandte, sah ihm Riley hinterher. »Vielleicht sollte ich es mir noch einmal überlegen…«

»Nein«, sagte Sasha bestimmt.

»Du hast gut reden, aber leider hast du recht. Nun, zumindest haben wir leckere Törtchen.«

»Kann ich Sawyer denn schon heute Abend flachlegen, damit er sein Verlangen nicht mehr unterdrücken muss?«, erkundigte sich Annika.

»Die Entscheidung liegt bei dir.« Nach kurzem Überlegen entschied Riley sich für ein *zeppole*, biss hinein und
meinte mit noch vollem Mund: »Wobei er noch die Wanzen für uns bauen muss.«

Anni nickte. »Das ist wichtiger, als mich zu vögeln. Aber
wenn er mit den Wanzen fertig ist?«

»Schmeißt du dich einfach an ihn ran. Was ist denn
das?«, erkundigte sich Sasha und zeigte auf ein anderes
Stück Gebäck.

»Sieht gut aus, also kann es dir doch wohl egal sein, wie
es heißt. Aber um deine Neugier zu befriedigen: Das ist
ein *bombolone*. Stell dir darunter am besten einfach einen
supertollen Donut vor. Hier.« Sie legte Annika ein kleines,
bunt glasiertes Törtchen auf den Teller und stellte ironisch
fest: »Ohne die Bellini wäre dies die reinste Teeparty.«

»Ich liebe Partys«, meinte Anni gut gelaunt. »Danke,
dass ihr mir geholfen habt, die Vögel-Regeln zu verstehen.«

»Ich glaube nicht, dass du es brauchen wirst, aber trotzdem …« Sasha ergriff ihre Hand und wünschte: »Toi, toi,
toi.«

»Und jetzt esst eure Törtchen auf. In zwanzig Minuten
muss ich Sawyers Sachen holen.«

»Können wir auf dem Weg dorthin noch shoppen gehen?«

Ehe Riley es verneinen konnte, nickte Sasha mit dem
Kopf. »Ich fürchte, dass uns gar nichts anderes übrig bleibt.
Schließlich waren wir angeblich auf Shoppingtour, da
wäre es doch seltsam, wenn wir mit leeren Händen heim-
kämen.«

»Verdammt. Aber wir haben keine Zeit für einen Einkaufsmarathon. Das heißt, es muss sehr schnell gehen«, ermahnte Riley Annika.

»Kein Problem.«

»Das glaube ich, wenn ich es sehe.«

Sie kamen vollbepackt zum Haus zurück, denn trotz der Eile war es Annika gelungen, Ohrringe, zwei Paar Sandalen – eins davon mit hohen Absätzen, auf denen sie sich derart mühelos bewegte, als wären sie ihr angeboren –, eine winzig kleine Tasche, in der höchstens Platz für zwei, drei Bonbons wäre, die ihr aber wegen der hübschen Muschelschnalle gut gefallen hatte, und drei neue Kleider zu erstehen.

Gemeinsam schleppten sie die Einkaufstüten, Sawyers Teile und drei große Pizzen für das Abendbrot den steilen Weg hinauf.

Riley schüttelte verständnislos den Kopf. »Was zum Teufel willst du denn mit den High Heels?«

»Sie sind das perfekte Accessoire, um Sawyer zu verführen. Sie wird in sein Zimmer gehen, ihr Kleid ausziehen und dann nur noch in den tollen Schuhen vor ihm stehen.«

»Du bist auf dem Gebiet vielleicht ein Neuling, Sasha, aber du hast eindeutig Talent und wirklich gute Strategien.«

»Ich hatte heute jede Menge Spaß! Deine neuen Ohrringe sehen an dir sehr hübsch aus, Riley«, meinte Annika.

Achselzuckend gestand Riley ihre eigene Schwäche ein. »Bei einem Kampf genügt es, wenn mein Gegner eins von diesen Dingern packt und daran zieht.«

»Aber sie sind wirklich schön. Und die neuen Ohrringe von Sasha und ihr neues Kleid und die Sandalen auch.

Warum hast du nicht das Kleid genommen, das dir so gut wie die Ohrringe gestanden hat, Riley?«

»Weil ich keinen Mann habe, den ich verführen will.«

»Aber du hast einen wirklich guten Körper. Klein und stark und wendig, und auch deine Brüste gefallen mir.«

»Deshalb habe ich noch immer niemanden, der mich flachlegt, aber trotzdem vielen Dank.«

»In meiner Welt würden nicht nur die Männer, sondern auch die Frauen dich vögeln wollen.«

Lachend liefen sie zum Haus, und Bran, der bereits Ausschau nach den Frauen gehalten hatte, atmete erleichtert auf.

»Wie es aussieht, war die Einkaufstour erfolgreich.«

»Allerdings, und wie versprochen haben wir Pizza mitgebracht.« Sasha gab ihm einen Kuss.

»Dann bringe ich die Pizza erst mal in die Küche. Doyle ist im Zitronenhain, oder zumindest war er dort. Und Sawyer sitzt auf der Terrasse und arbeitet an den Plänen für das Zeug, das ihr für ihn besorgt habt.«

»Riley kann es ihm nach draußen bringen.« Sasha stieß die Nixe unauffällig mit dem Ellenbogen an. »Wir gehen erst mal rauf und packen unsere neuen Sachen aus.«

»Gehört das auch zur Strategie?«, erkundigte sich Anni auf dem Weg ins Haus.

»Gib ihm etwas Zeit, damit er dich vermissen und sich fragen kann, was du wohl gerade machst. Und zieh deine High Heels erst an, wenn du nachher zu ihm gehst.«

»Es ist wie ein Spiel.«

»Aber eins, bei dem es nur Gewinner gibt.«

In der Tür zu ihrem Zimmer stellte Anni ihre Taschen auf den Boden und schlang Sasha die Arme um den Hals.

»Danke. Du und Riley seid jetzt meine Schwestern. Hier in dieser und in meiner Welt. Wenn die Suche erst vorbei ist, werde ich versuchen, all die Dinge, die ihr mir gezeigt habt, gegenüber meiner eigenen Mutter anzuwenden. Denn erst ihr habt mir gezeigt, was Familie wirklich ist. Wir sehen uns dann unten, ja?«

»Du solltest dein neues Kleid anziehen«, empfahl die Meerjungfrau.

Vor ihrer eigenen Zimmertür blieb Sasha noch mal stehen und lächelte die Freundin an. »Du hast recht. Das mache ich.«

Anni kannte sich mit Spielen und mit Ritualen aus, denn schließlich hatte sie die Paarungsrituale dreier ihrer Schwestern mitverfolgt. Man flirtete dabei, gab sich desinteressiert und flirtete erneut.

Ihr war klar, dass Sawyer nicht ihr Lebenspartner werden könnte, doch sie würde ihn bis an ihr Lebensende lieben, deshalb wäre ihr das Ritual in diesem Fall erlaubt.

Sie verzichtete darauf, sofort ihr neues Kleid zu präsentieren, weil Sasha erst einmal in ihrem glänzen sollte, griff aber zum Lippenstift und trug mit einer kleinen Bürste Farbe auf die Wimpern auf, denn damit sahen Frauen sogar noch hübscher aus.

Dann ging sie nach unten, bereitete, so wie Sasha es ihr gezeigt hatte, aus Mineralwasser und frischen Früchten Limonade und stellte den Krug zusammen mit sechs Gläsern sowie einer Schale Eiswürfel auf ein Tablett.

Sawyer saß unter der Pergola, hatte neben einer Skizze die von Riley mitgebrachten Sachen vor sich ausgebreitet und hielt ein pistolenähnliches Werkzeug in der Hand.

Da Doyle ihm gegenübersaß, um ihm bei der Arbeit zuzusehen, trug sie das Tablett mit einem breiten Lächeln an den Tisch.

»Ich habe kalte Limonade für euch mitgebracht. Das Bier wollt ihr doch sicher zur Pizza trinken, die es nachher gibt. Bran macht sie gerade heiß. Ist das die Wanze?«, fragte sie und schenkte beiden Männern ein.

»Noch nicht ganz. Ich muss noch diesen Kondensator daran festmachen …«

»Ist das ein Fluxkompensator?«, brüllte Riley von ihrem Balkon.

»Haha. Meine eigene Zeitmaschine reicht mir völlig aus. Ich habe genug Zeug für drei Transmitter, also müssen wir uns überlegen, wo sie uns am meisten nützen.«

»Woher weißt du, wie man Wanzen baut?«, wunderte sich Doyle.

»Das habe ich aus Neugierde gelernt. Ich habe früher mal ein altes Radio, einen Anrufbeantworter, eins meiner kaputten ferngelenkten Autos und lauter solches Zeug auseinandergenommen und mir überlegt, wie ich sie wieder zusammenbauen kann, um damit Spion zu spielen. Das hier ist ein bisschen komplizierter, aber trotzdem ist und bleibt's dasselbe schmutzige Geschäft.«

»Schmutzig?«, fragte Annika.

»Das ist eine …« Sawyer blickte auf. »Ah, du siehst gut aus. Ich meine, du siehst immer gut aus, aber …«

»Danke.« Sie glitt sanft mit einem Finger über seine Schulter, als sie hinter ihm vorbeiging, lehnte sich dann aber so gegen den Tisch, dass sie nicht ihn anblickte, sondern Doyle.

Sie beherrschte dieses Ritual durchaus.

»Du steuerst das Boot sehr gut.«

»Das ist nicht allzu schwer.«

»Ich denke schon. Aber vielleicht kannst du es mir ja trotzdem beibringen. Ich lerne gern. Und ich könnte dir zeigen, wie man Handstandüberschläge macht.«

»Und was mache ich bei einem Handstandüberschlag mit meinem Schwert?«

»Ich kann dir zeigen, wie man ihn mit einer Hand macht. Du bist schließlich stark.« Sie streckte eine Hand nach seinem Bizeps aus. »Du könntest dich mit einer Hand abstützen, deinem Gegner mit dem Schwert die Beine weghauen und ihm mit den Füßen ins Gesicht treten.«

»Mit einer Hand?«

»Ja, ich kann dir zeigen, wie das geht. Und wie man eine Wand raufläuft und einen Salto rückwärts macht. Dann hättest du beide Hände frei. Das würde dir im Kampf viel nützen. Soll ich es dir beibringen?«

»Sicher. Kann nie schaden, wenn man ein paar neue Tricks beherrscht.«

Als er aufstand und mit ihr in Richtung Rasen ging, blickte er über die Schulter auf den stirnrunzelnden Sawyer und auf Riley, die sich grinsend ans Balkongeländer lehnte, um dem Treiben zuzusehen.

Als sie Sawyer fluchen hörte, fragte sie: »Gibt's ein Problem, Cowboy?«

»Ich habe mich verbrannt.«

»Wahrscheinlich warst du einfach etwas abgelenkt«, stellte sie mit einem neuerlichen Grinsen fest, denn Anni machte gerade ihren ersten Handstandüberschlag und reckte ihre phänomenalen nackten Beine in die Luft.

10

Knurrend wandte sich Sawyer wieder seiner Arbeit zu. Riley hatte alles aufgetrieben, was er brauchte, und jetzt würde er die Teile so zusammenbauen, dass sie ihnen im Kampf gegen das Böse nützlich wären.

Er gab sich alle Mühe, sich zu konzentrieren und die Anweisungen, die Annika dem Unsterblichen erteilte, sowie dessen Kommentare bestmöglich zu ignorieren.

Genau wie ihr Gelächter. Und dass sich der blöde Doyle, auch wenn er sonst zum Lachen in den Keller ging, über Gebühr zu amüsieren schien.

Vergiss es, warnte er sich, als er merkte, dass er nicht nur wütend, sondern richtiggehend eifersüchtig war. Er hatte eine Aufgabe, er musste Welten retten und konnte es sich ganz bestimmt nicht leisten, sich Gedanken darüber zu machen, dass ein Teil des Teams auf dem dämlichen Rasen turnte, als ob sie beim Zirkus wären.

Vielleicht würde er einfach selbst den einhändigen Flickflack lernen. Doyle war schließlich nicht der Einzige, der mit einem muskulösen Oberkörper ausgestattet war.

Vielleicht konnte Doyle mit seinen Armen mühelos einen Toyota stemmen, aber trotzdem …

Abermals versuchte er, sich auf seinen Job zu konzentrieren. Er wollte sich nicht noch einmal die Finger verbrennen, weil er permanent in Annis Richtung sah.

Kurz darauf kam Sasha aus dem Haus und setzte sich neben ihn. »In einer Stunde kommt die Pizza auf den Tisch, falls das für dich in Ordnung ist.«

Knurrend wickelte er isolierten Draht um einen Bolzen und schnitt beide Enden ab. »Ich mache lieber weiter«, sagte er und streifte das Gummi von den Drahtenden. »Ich kann mir einfach ein Stück Pizza holen und mit dem Zeug ins Haus gehen.«

»Kann ich dir behilflich sein?«

Er schüttelte den Kopf, griff nach dem Lötkolben und lötete die bloßen Drahtenden an das neue, winzig kleine Schaltbrett an. »Das ist eher ein Job, den man alleine machen muss.«

»Falls du … Aber hallo!«

»Was?«

»Doyle hat gerade einen einhändigen Handstandüberschlag gemacht.«

Er hob den Kopf und sah, dass Anni Doyle begeistert ihre Arme um den Nacken schlang. »Na toll.«

Sawyer setzte sich an einen Tisch im Wohnzimmer, wo er genügend Platz, vor allem aber seine Ruhe hatte, und als zwei Wanzen fertig waren, war es draußen bereits dunkel, und er legte eine kurze Pause ein.

Er ging wieder hinter das Haus, setzte sich auf die Treppe und blickte aufs Meer.

»Wie ist es gelaufen?«

Er wandte sich um und sah, dass Bran auf der Terrasse stand. »Zwei Wanzen sind fertig. Ich brauche noch …«

»Warte kurz, ich komme runter.«

Bran setzte sich neben ihn und reichte ihm ein Bier. »Sasha hat gesagt, dass du bisher nur Wasser und Kaffee getrunken hast. Ich dachte mir, dass du jetzt erst mal ein Bier vertragen kannst.«

»Ja, das kann ich, vielen Dank. Ich brauchte einfach eine kurze Pause. Es ist nicht wirklich kompliziert, aber ziemlich anstrengend, vor allem wenn man improvisieren muss. Ich könnte heute Abend auch noch die dritte Wanze zusammenbauen, aber ich kann mich nicht mehr konzentrieren. Wir könnten ja vielleicht bis morgen Abend warten, um die Wanzen in der Villa zu montieren, oder wir beschränken uns auf zwei.«

»Wir haben beim Abendessen darüber gesprochen und bereits entschieden, dass es reicht, uns morgen Abend in der Villa umzusehen. Das bedeutet, dass du erst mal Feierabend machen kannst.«

»Das ist nett.« Froh über das Bier und die Gesellschaft wandte er sich einem anderen Thema zu. »Ich kann uns problemlos in die Villa bringen. Da wir keine Türen oder Fenster brauchen, um dort reinzukommen, muss es uns nicht interessieren, ob sie gesichert sind. Aber falls sie dort Bewegungsmelder haben, kriegen wir ein Problem.«

»Ah.« Bran lehnte sich gegen die Stufen und blickte zum Mond und zu den Sternen auf. »Daran hat von uns anderen bisher keiner gedacht.«

Sawyer aber hatte sich gedanklich intensiv mit den Schwierigkeiten eines Einbruchs in das fremde Haus befasst. »Vielleicht haben sie auch Kameras im Haus. Wenn ich erstens wüsste, dass es dort so etwas gibt, zweitens, welcher Art die Dinger sind, und drittens, wo die Schaltzentrale ist, könnte ich sie unter Umständen so lange ausschalten, bis wir wieder verschwunden wären.«

Der Magier zog eine Braue hoch. »Ach ja?«

Sawyer prostete ihm lachend zu. »Ich bin bisher nicht oft in fremde Villen eingebrochen, aber es ist einfach gut, sich damit auszukennen und zu wissen, wie die Dinger funktionieren. Ich gehe jede Wette ein, dass Malmon die Villa mit Bewegungsmeldern und Kameras bestücken lassen wird, und wir haben keine Ahnung, ob das nicht bereits geschehen ist. Hätte ich eher an diese Möglichkeit gedacht, hätte Riley vielleicht in Erfahrung bringen können, wie gut das Anwesen gesichert ist.«

»Das kann sie vielleicht immer noch. Und wenn nicht, sollten wir meiner Meinung nach auf unser Glück vertrauen. Denn selbst wenn wir dort einen Alarm auslösen würden, wären wir, bis jemand nachsehen käme, längst schon wieder weg.«

»Ich kann wahrscheinlich dafür sorgen, dass es aussieht wie ein Fehlalarm. Aber die Kameras …«

»Ich finde sicher eine Möglichkeit, sie auszuschalten, falls dort wirklich welche sind.«

»Okay. Wenn wir morgen wie gewöhnlich gegen fünf zurück sind, kriege ich die dritte Wanze fertig, bis es dunkel wird.«

»Das ist auf alle Fälle früh genug, denn sicher brechen wir erst gegen Mitternacht zu der verdammten Villa auf. Doyle will sich auch noch auf dem Grundstück umsehen, und da wäre es natürlich besser, wenn nicht zufällig jemand vorbeikommt, der ihn sieht.«

»Und natürlich machen wir es so, wie Doyle es haben will.«

Bran nippte nachdenklich an seinem Bier. »Hast du ein Problem mit Doyle?«

»Nein, nein … oh nein.«

246

Für Bran bedeuteten drei Nein in Folge Ja. »Anscheinend hat er ein paar neue Moves von Annika gelernt.«

»Wie bitte? Was für Moves?« Sawyers Kopf fuhr derart schnell herum, dass Bran sich insgeheim wunderte, dass er danach auch weiterhin auf seinen Schultern saß. »Oh ja, richtig. Der berühmte einhändige Handstandüberschlag.«

»Genau. Bisher bekommt er ihn nur vorwärts hin, aber sie behauptet, dass sie ihm auch zeigen kann, wie man ihn rückwärts macht. Die beiden können sich anscheinend echt gut leiden, und vor allem bewundern sie sich gegenseitig für all die Dinge, die der jeweils andere kann. Und, *mo chara,* falls du denkst, dass mehr dahintersteckt, bist du ein hoffnungsloser Narr. Du müsstest nur mit dem Finger schnipsen, und sie käme angerannt. Und jetzt will ich zu meiner eigenen Frau, und deshalb wünsche ich dir eine gute Nacht.« Mit diesen Worten stand Bran auf und ging zurück ins Haus.

Er müsste nur mit den Fingern schnipsen? Sawyer trank den nächsten Schluck von seinem Bier. So sah es momentan aber nicht aus und fühlte sich auch nicht so an. Vor allem wäre es nicht richtig, das zu tun, denn sie war neu in dieser Welt. Sie brachte noch immer Wörter durcheinander, und er musste ihr ständig irgendwelches Zeug erklären. Wie könnte es da richtig sein, sie darum zu bitten, dass sie mit ihm schlief?

Als wäre das nicht bereits Grund genug, es nicht zu tun, blieben ihnen nicht einmal mehr zweieinhalb Monate, bis sie für alle Zeit zurückmüsste ins Meer, und wenn er sie darum bäte und sie wirklich mit ihm schliefe, käme er in seinem ganzen Leben – ganz egal, wo er auch wäre und was er auch täte – niemals über sie hinweg.

247

Am besten hätte er sie nie geküsst und ihr und sich selbst niemals derartige Flausen in den Kopf gesetzt. Die einfachste Lösung wäre, sie nie wieder zu berühren. Schließlich stand für sie weiß Gott auch ohne Sex und Herzschmerz bereits jede Menge auf dem Spiel.

Er stand auf, nahm sein Bier mit ins Haus, öffnete seine Zimmertür – und hätte fast die Flasche fallen lassen…

…denn sie saß auf der Kante seines Betts. Als sie ihn erblickte, stand sie auf.

»Ich habe auf dich gewartet.«

»Okay.« Behutsam stellte er die Flasche ab. »Brauchst du etwas?«

»Ja. Und ich nehme an, du auch. Also habe ich auf dich gewartet.«

Sie ließ ihn nicht aus den Augen, während sie sich die dünnen Träger ihres Kleides von den Schultern schob und es mit einem Achselzucken an sich herabgleiten ließ.

Der einzige Gedanke, der ihm durch den Kopf schoss, war: Ich bin ein toter Mann. Eilig drückte er die Zimmertür ins Schloss.

»Annika, nicht…«

Mehr brachte Sawyer nicht hervor, denn sie stieg aus dem Kleid und stand, geschmeidig, gertenschlank und glamourös in Schuhen, die aus nichts als ein paar schmalen, leuchtend roten Striemen und schmalen hohen Absätzen bestanden, vor ihm.

»Du begehrst mich«, stellte sie mit ruhiger Stimme fest, während sie den ersten Schritt in seine Richtung tat. »Und ich begehre dich. Wirst du annehmen, was ich dir zu bieten habe, und wirst du mir bieten, was ich will?«

248

Er wusste, es gab Gründe, Nein zu sagen, doch ihm wollte beim besten Willen keiner einfallen. »Ich muss noch ...«

»Komm mit mir ins Bett.«

Sie tat den nächsten Schritt, und ihre grünen Augen zogen ihn in ihren Bann. »Ich will mich mit dir paaren.«

Sie machte den dritten Schritt und blieb dann direkt vor ihm stehen. »Ich will mit dir zusammen sein.« Mit diesen Worten schlang sie ihm die Arme um den Hals, schmiegte ihren langen, wunderschönen Leib an seinen Körper und presste ihm die Lippen auf den Mund.

Ihr langer, warmer, tiefer Kuss bewirkte, dass sich Sawyers Innerstes zusammenzog. Ihm wurde siedend heiß, und als sie die Finger in seinem Haar vergrub, zerfiel seine Gegenwehr zu Staub. Ehe er die Willenskraft und die Vernunft aufbringen konnte, sich von ihr zu lösen, glitt sie mit einem Bein an dem seinen herauf und brach den Damm.

Er ergab sich ihr und seiner eigenen unbändigen Lust. Zur Hölle mit den Risiken und mit den Regeln, dachte er, zog sie noch enger an sich und packte ihr langes, wundervolles Haar.

Sie würden die Risiken gemeinsam eingehen und die Regeln brechen.

Er schob sie rücklings Richtung Bett, und sie zerrte an seinem Shirt.

»Ich will dich sehen und berühren. Ganz. Dazu muss ich dir die Kleider ausziehen.«

»Dazu ist später auch noch Zeit. Lass mich einfach ...« Er ließ sich mit ihr auf die Matratze fallen und glitt ehrfürchtig mit den Händen über ihren weichen, warmen Leib. »Lass mich dich erst erforschen, Annika.«

Genau so hatte sie es sich erhofft und vorgestellt. Die Freiheit, die ihr bisher nie vergönnt gewesen war, die ungebremste Leidenschaft, mit der er sie berührte, und der wilde Hunger seines Mundes, als er sich mit Zähnen, Zunge, Lippen an ihr gütlich tat.

Nie zuvor in ihrem Leben hatte sie ein Wesen mit so großem Appetit geküsst.

Als sie sich in dem Wunsch, ihm mehr zu geben, eng an seinen harten Penis schmiegte, stöhnte er, als ob er Schmerzen hätte, allerdings die Art von Schmerz, die aus Verlangen erwuchs.

Also reckte sie sich ihm entgegen, und es kam ihr vor, als ob ein Blitz durch ihren Körper zuckte, während sich ihr Innerstes auf wunderbare Art zusammenzog.

Die Muskeln in seinem Rücken und an seinen Armen, die Weichheit der Matratze und die Härte seines Körpers riefen eine Unzahl herrlicher Gefühle in ihr wach.

Sie hoffte, dass das Ausziehen eines Mannes ähnlich wäre, wie wenn sie sich selbst auszog, denn da sie sich schmerzlich danach sehnte, seinen Körper ohne all die Kleider zu erforschen, streckte sie die Hand nach seinem Gürtel aus und versuchte, ihre Aufregung so weit zu unterdrücken, dass es ihr gelänge, ihn zu öffnen, ohne dass er die Liebkosung ihrer Brüste unterbrach.

»Moment«, murmelte er. »Sonst ist es sicher furchtbar schnell vorbei.«

Sie zog die Hand zurück. »Geht es denn nur einmal?«

Sie war verwirrt, als eine Mischung aus Gelächter und unterdrücktem Stöhnen über seine Lippen drang.

»Nein. Es geht nicht nur einmal.«

»Dann kann es beim ersten Mal ruhig schnell gehen.«

Sie brauchte Sawyer jetzt, in diesem Moment, und zog den Gürtel auf. »Ich will endlich wissen, wie es ist. Mit Beinen habe ich mich bisher nie gepaart.«

Atemlos und regelrecht verzweifelt zwang er sich, den Kopf zurückzuziehen.

»Noch nie?«

Natürlich nicht, um Himmels willen.

»Heißt das, dass du … Ist dies für dich das erste Mal? Das allererste Mal?«

»Oh, du willst wissen, ob ich noch meinen kleinen Schutzschild habe?« Sie zog ihn abermals auf sich herab. »Nein. Das ist bei uns genauso wie bei euch. Aber meine Beine, dieses Bett und deine Beine … Das ist alles neu für mich. Ich will dich zwischen meinen Beinen spüren. Will dich in mir haben. Möchte wissen, wie es ist, Sawyer. Mit dir.« Erfüllt von diesem glühenden Verlangen, presste sie ihm erneut die Lippen auf den Mund. »Nur mit dir.«

Sie öffnete den Reißverschluss seiner Jeans.

»Moment mal. Schließlich habe ich noch meine Stiefel an.« Eilig rollte er sich neben sie, richtete sich auf, und während er noch wild an seinen Stiefeln zerrte, schlang sie ihm von hinten die Arme um den Bauch und trieb ihn an den Rand des Wahnsinns, als sie ihren Mund auf seinen Nacken presste und mit ihren Händen über seinen Oberkörper glitt.

Als er Stiefel, Jeans und alles andere los war, drehte er sich wieder zu ihr um. Sie kniete auf dem Bett, während ihr Haar wie schwarze Tinte über ihren Rücken und die linke Schulter floss. Sie lenkte den Blick von seinem Oberkörper über seinen Bauch in tiefere Regionen und erklärte lächelnd: »Du bist wunderschön und stark.«

Dann glitt sie mit den Fingern über seinen Schaft. Das Blut rauschte in seinen Adern, und sämtliche Muskeln seines Körpers waren zum Zerreißen angespannt.

»Bereitet dir das Vergnügen?«

»Ich glaube nicht, dass das, was ich empfinde, sich in Worte fassen lässt.«

Noch immer lächelnd, ließ sie sich auf die Matratze sinken. Ihre langen Strähnen wanden sich wie schwarze Bäche auf dem weißen Stoff des Bettbezugs.

»Ich will mich mit dir paaren. Bitte füll mich mit deinem Vergnügen an.«

Sie bot sich Sawyer ohne Arglist ganz natürlich als Geschenk.

Sie betörte ihn, sie brachte ihn um den Verstand und machte ihn dadurch zu ihrem Eigentum.

Vorsichtig schob er sich auf sie, und aus Angst, dass sie sich irrte und sie vielleicht doch noch Jungfrau war, drang er möglichst sanft in ihre feuchte Hitze ein.

»Oh. Oh.« Sie vergrub die Fingernägel tief in seinen Armen, erschauerte, schrie leise auf und blickte ihn dann verwundert an. »Aber das … kommt erst am Ende. Ist das schon das Ende?«

»Nein, das ist es nicht.« Mit zitternden Armen stützte er sich links und rechts von ihrem Leib auf der Matratze ab. »Willst du noch mal kommen? Willst du das noch einmal fühlen?«

»Ist das möglich? Ja. Oh ja.«

Als er tiefer in sie eindrang, entfuhr ihr ein kehliges Geräusch, und er zwang sich, völlig reglos zu verharren, bis sie ihre Hüften kreisen ließ.

»Ich muss das tun … ich muss das tun.«

»Schon gut.« Er glitt mit seinen Lippen über ihren Mund. »Tu, was du tun musst.« Dann raute er den Kuss mit seiner Zunge auf, bis sie noch einmal kam und wieder leise schrie.

Sie rang nach Luft, denn plötzlich rammte er sich einmal hart und tief in sie hinein. Sie reckte sich ihm dann aber entgegen und stieß flehend aus: »Noch mal. Bitte noch mal.«

Er ritt sie fest und hart, nahm sich, was er brauchte, und sie spürte, dass das Ende gar kein Ende war, denn auch in ihrem Inneren wogte frisches, glühendes Verlangen auf. Sie warf die Arme über ihren Kopf, schlang ihm die Beine um den Leib, bewegte sich im selben Takt wie Sawyer, paarte sich mit ihm und trieb mit ihm zusammen auf den Wellen der geteilten Lust dahin.

Dann breitete sich plötzlich mehr als Freude und Verlangen, mehr, als sie jemals zuvor empfunden hatte, in ihr aus, und während sie erschauerte, erschauerte auch er.

Die völlig neue Welt, in die das tatsächliche Ende ihres Liebesakts sie katapultierte, war so schön, dass sie sich nicht in Worte fassen ließ.

Er brauchte einen Augenblick, bevor er wieder richtig Luft bekam, und während er nach Atem rang, stimmte sein Herz ein lautes Danklied an.

Als er sich von ihr herunterrollte, drehte sich auch seine Liebste auf die Seite, und als sie sich selig an ihn schmiegte, fühlte sich das völlig richtig an.

»Bist du mit mir zufrieden?«

»Also, bitte, Anni, ich finde kein Wort, das groß genug wäre für das, was ich jetzt fühle.«

»Mir geht es genauso. Sex mit Beinen ist ganz anders

als mit einer Flosse. Und mit dir ist es viel mehr. Du hast einen sehr guten Penis.«

Sawyer lachte prustend auf. »Vielen Dank. Ich ... bin mit ihm zufrieden.«

»Oh, das bin ich auch. Wirst du ihn noch einmal in mich reinstecken?«

Sie war einfach einmalig, und zwar nicht nur hier in seiner Welt. »Ich würde sagen, dass du ganz sicher davon ausgehen kannst.«

»Ist es diesmal furchtbar schnell gegangen?«

Er nahm ihre Hand von seiner Brust und küsste sie. »Der erste Teil auf jeden Fall. Das Vorspiel, das, was man normalerweise vor der ...« Himmel. »... Paarung macht.«

»Ah, du meinst das Streicheln und Küssen. Das fand ich sehr schön. Ist es besser, wenn das länger dauert?«

»Kommt drauf an. Aber abgesehen von dem Streicheln und dem Küssen gibt es auch noch andere Sachen, die die Leute gerne vorher tun.«

»Noch mehr? Und was?«

Sie war keine naive Unschuld, erinnerte sich Sawyer. Sie kannte sich bisher einfach auf einigen Gebieten noch nicht richtig aus. »Weißt du, vielleicht ist es besser, wenn du dich darüber mit den beiden anderen Frauen unterhältst.«

»Das habe ich bereits getan. Deshalb wusste ich, dass ich hier auf dich warten, mir das Kleid ausziehen und nur die Schuhe anbehalten musste.«

»Du ... Im Ernst?«

»Ich werde ihnen sagen, dass die Schuhe dir gefallen haben.«

Er kniff resigniert die Augen zu. »Das hätte ich mir denken können.«

Langsam zog sie mit dem Finger Kreise über seinem Herzen und glitt mit den Fingerspitzen über seine Brust. »Wirst du auch die anderen Sachen mit mir machen? Und wirst du mir zeigen, womit ich dir noch mehr Freude machen kann?«

»Oh, Annika, du machst mich einfach fertig.«

»Das ist eine Redewendung, stimmt's? Ich würde dir nie wehtun wollen.«

»Ich weiß.« Als er den Kopf drehte, um sie zu küssen, schoss ihm plötzlich ein Gedanke durch den Kopf. »Ich habe dich nicht geschützt.«

»Es war keine Gefahr.«

»Nein, ich meine …« Eilig setzte er sich auf und zog sie neben sich. »Kannst du von mir schwanger werden?«

»Nein. Ich kann keine Jungen mit dir haben, weil wir aus verschiedenen Welten stammen. Es tut mir leid.«

»Nein.« Er küsste sie erleichtert auf die Stirn. »So ist es sicher besser. Schließlich führen wir zum einen gerade Krieg, und zum anderen bleiben dir nicht mal drei Monate, bevor …«

Eilig legte sie ihm einen Finger an den Mund. »Sprich nicht vom Ende. Bitte nicht. Wir haben das Jetzt.«

»Du hast recht. Wenn man sich zu sehr um das Morgen sorgt, versäumt man zu genießen, was man heute hat. Und ich genieße es, dass ich mit dir zusammen bin.«

Sie legte ihren Kopf an seine Schulter. »Ich möchte heute Nacht hier bei dir bleiben.«

»Und ich möchte, dass du bleibst. Das Bett ist vielleicht etwas schmal, aber das kriegen wir auf alle Fälle hin.«

»Oh ja.« Sie zog ihn wieder mit sich auf das Bett. »Ist es wahr, dass man es nicht nur einmal machen kann?«

»Ja. Und es wird sicher nicht mehr lange dauern, bis ich dir beweisen werde, dass das möglich ist.«

»Dann könntest du mir doch, bevor wir schlafen, eine dieser anderen Sachen zeigen, die man machen kann.«

»Das könnte ich.« Er neigte abermals den Kopf, und während er sie küsste, schob er seine Hand an ihr hinab, bis sie zwischen ihren Beinen lag.

»Oh! Das ist sehr schön!«

Lachend brachte er sie abermals zum Höhepunkt.

Auf dem Weg zum morgendlichen Training dachte Sawyer, dass er keine Mühe hätte, zwanzig Meilen immer nur bergauf zu rennen und danach beim Frühstück wie ein Scheunendrescher reinzuhauen.

Draußen lehnte Doyle mit einem Becher Kaffee am Terrassentisch und blickte in die Dämmerung hinaus.

»Die anderen tauchen sicher auch gleich auf«, erklärte Sawyer ihm.

»Mmm-hmm. Du hattest eine tolle Nacht. Das sieht man dir bereits von Weitem an, Bruder. Und selbst wenn man es nicht sehen würde, liegt mein Zimmer direkt nebenan, und deine Meerjungfrau war ganz schön laut.«

»Oh.« Sawyer lenkte den Blick auf seine Wasserflasche und meinte etwas verlegen: »Tut mir leid.«

»Oh nein, das tut es nicht. Was ich dir nicht verdenken kann. Aber dafür bist du mir was schuldig.«

Sawyer sah ihn fragend an.

»Sie hat mich benutzt, weil sie dich aus der Ruhe bringen wollte. Dafür wäre sie mir ebenfalls was schuldig, aber immerhin hat sie mir ein paar wirklich tolle Sprünge beigebracht, deswegen sind wir quitt.«

256

Sawyer dachte an die Handstandüberschläge und die dumme Eifersucht, die währenddessen in ihm aufgestiegen war. »Ich habe es nicht kommen sehen.«

»Das tun wir Männer nie. Und als Revanche für die vergangene Nacht geht ihr in Zukunft bitte rauf zu ihr. Dann muss ich wenigstens nicht ständig daran denken, dass ich selbst der letzte unbeweibte Typ in unserer Truppe bin.«

»Abgemacht. Ich war übrigens ganz schön sauer auf dich.«

»Ja.« Mit einem seltenen Lächeln im Gesicht prostete ihm Doyle mit seinem Kaffeebecher zu. »Was durchaus zu verstehen ist. Du kannst dich wirklich glücklich schätzen, Sawyer, weil sie einfach unvergleichlich ist.«

»Ich weiß. Deshalb habe ich ja auch meine ganze Willenskraft gebraucht, um nicht schon viel eher über sie herzufallen.«

»Bruder, wenn einem Schönheit in die Hände fällt, hält man sie möglichst lange fest. Du könntest morgen schon nicht mehr am Leben sein.«

»Nun, das ist wirklich … aufbauend.«

Als die anderen nach draußen kamen, stapfte Anni geradewegs auf Sawyer zu und gab ihm einen Kuss, der das Verlangen in ihm weckte, sie sofort zurück ins Bett zu zerren.

»Verteilst du die an alle?«, fragte Doyle.

Lachend drehte sie sich zu ihm um, legte ihm die Hände auf die Schultern und küsste ihn sanft, doch flüchtig auf den Mund. »So küsst man die Familie. Auch Sawyer ist Familie, aber auf eine andere Art. Mit ihm habe ich Sex.«

»Das habe ich gehört.«

»Ich hatte Sterne im Kopf. Das hat man nur bei wirklich gutem Sex. Und ich habe gelernt, dass man verschiedene Sachen machen kann. Weißt du, dass ein Mann beim Vorspiel – so ein schönes Wort – der Frau …«

»Okay, okay.« Eilig packte Sawyer ihre Hand. »Wir fangen besser langsam an.«

Nach einer Stunde Kniebeugen, Klimmzügen, Liegestützen sowie anderer Höllenqualen, die Doyle sie wieder mal erleiden ließ, bereitete Sawyer Dutzende von Pfannkuchen für sich und seine Freunde zu. Er war mit dem Frühstück an der Reihe, und wie immer machte ihm die Arbeit in der Küche großen Spaß.

Mitten während ihrer Mahlzeit und der Diskussion über den besten Zeitpunkt, um sich in der Göttervilla umzusehen, schrillte Rileys Handy. Nach einem kurzen Blick auf das Display erhob sie sich von ihrem Platz, ging in den Garten und feuerte auf dem Weg bereits die erste Salve auf Italienisch ab.

Als sie wiederkam, griff sie nach ihrem Teller und schaufelte im Stehen den Rest von ihrem Pfannkuchen in sich hinein. »Okay, ich habe uns drei SPP-1Ms mit vierundzwanzig Stück Munition besorgt. Mehr konnte ich auf die Schnelle nicht erreichen, und die dritte ist ein Bonus. Alles, was mir jetzt noch fehlt, ist Geld.«

»Das gebe ich dir gleich. Wo holen wir die Dinger ab?«

»Wir müssen raus zu seiner Yacht, also sollten wir allmählich los. Ich brauche die Kohle und ein bisschen Raum. Der Typ ist ziemlich menschenscheu.«

»Und wie vertrauenswürdig ist er?«, fragte Bran.

»Nun, er ist ein Schmuggler, Waffendealer und ein Dieb, also eine ziemlich windige Gestalt. Aber er wird mich nicht über den Tisch ziehen, denn schließlich hat er einen

Ruf zu wahren, und vor allem würden ihm sonst weitere Geschäfte mit uns durch die Lappen gehen.«

»Sind die Waffen gestohlen?«, hakte Sasha nach.

»Das habe ich ihn nicht gefragt«, gab Riley achselzuckend zu. »Wir brauchen und wir kriegen sie. Das ist alles, was mich interessiert. Sawyer ist der beste Schütze, also kriegt er eine von den Waffen, und die anderen beiden gehen an mich und vielleicht Doyle. Bran schießt ebenfalls nicht schlecht, aber da er mit ganz anderen Sachen schießen kann, dürfte eine Waffe überflüssig sein. Und auch Sasha ist inzwischen eine durchaus anständige Schützin, aber eben nicht so gut wie Doyle.«

»Trotzdem solltest du mir vielleicht für den Fall der Fälle zeigen, wie man damit schießt.«

»Das mache ich am besten nachher auf dem Boot.«

Obwohl ihr der Gedanke an die zusätzlichen Waffen nicht gefiel, hielt Annika den Mund. Sie erfüllte ihre Aufgaben im Haushalt, packte ihren Rucksack und lief dann zusammen mit den anderen zu ihrem Boot.

Als sie ihren Liegeplatz verließen, streckte Riley einen ihrer Arme aus. »Seht ihr die Yacht da drüben? Auf zehn Uhr?«

»Sie ist kaum zu übersehen«, gab Doyle zurück. »Die ist doch sicher achtzig Meter lang.«

»Lester hält nun mal nicht viel von übertriebener Bescheidenheit.«

Feixend fragte Doyle: »Ein Schmuggler und ein Dieb, der Lester heißt?«

»Ich kannte auch mal einen wirklich bösartigen Wolfsmenschen, der Sherman hieß. Er war ein durchaus netter Kerl, bis er dem Kokain verfallen ist. Danach hat er in drei

Nächten pro Monat jedem, der ihm in die Quere kam, die Kehle aufgeschlitzt. Aber wie dem auch sei, fahr einfach darauf zu und leg an Backbord an. Den Rest bekomme ich alleine hin.« Sie schob sich die Sonnenbrille vor die Augen, während sie von Bran die Tüte mit dem Geld entgegennahm.

»Macht euch keine Sorgen, wenn ihr ein paar Typen mit Maschinengewehren dort seht. Sie werden niemanden erschießen.«

»Das klingt irgendwie nicht sonderlich vertrauenerweckend.« Kurz entschlossen machte Sawyer sein Pistolenhalfter griffbereit an seinem Gürtel fest.

»Und genauso werdet ihr wahrscheinlich ein paar Flittchen oben ohne in der Sonne braten sehen.«

»Dafür brauche ich meine Kamera.«

Tatsächlich entdeckte Sawyer, als sie näher kamen, zwei knallharte Burschen mit Gewehren und, da er nicht einfach davon ausgehen wollte, dass es Flittchen waren, drei wirklich heiße Bräute mit riesengroßen Sonnenbrillen und winzig kleinen Tangas auf der Yacht.

»Riley Gwin«, rief Riley laut. »Lester erwartet mich. Und das hier.« Sie reckte die Tüte über ihren Kopf. »He, Miguel, *qué pasa?*«

Der gedrungene Kerl, der eine AK-47 in den Händen hielt, sah sie mit einem breiten Grinsen an. *»No mucho, chica.«*

Als sie die Leiter runterließen, gab Doyle Sawyer ein Signal. »Übernimm das Steuer, ja? Ich gehe mit.«

»Oh nein, das tust du nicht.«

Ohne auf sie zu hören, packte Doyle die Leiter und erklomm die Yacht.

»Verdammt. Ich habe einen Freund dabei, Miguel! Ich brauche etwas Hilfe, wenn ich mit dem ganzen Zeug die Leiter wieder runterklettern muss.«

Einen Moment später waren sie und Doyle an Bord der Yacht und kurz darauf nicht mehr zu sehen.

»Wie lange sollen wir ihnen geben?«, fragte Sawyer, ohne dass er die zwei Schlägertypen mit den Waffen aus den Augen ließ.

»Zehn Minuten«, beschloss Bran. »Wie sieht's aus, *fáidh*, kannst du diese Typen lesen?«

»Der, den sie Miguel genannt hat, würde mich und Anni gerne nackt sehen. Der andere … fühlt sich nicht ganz wohl. Ich nehme an, dass er Verstopfung hat.«

»Zehn Minuten«, wiederholte Bran. »Außer wenn Sash eine Veränderung bemerkt.«

Sie brauchten die gesamten zehn Minuten, doch noch während sich Sawyer überlegte, wie er es am besten anstellen sollte, seine Freunde auf dem Boot zu schützen und zugleich die Yacht zu entern, um die anderen beiden zu retten, drang Rileys Gelächter an sein Ohr.

Er atmete jedoch erst auf, als er sie, eine Ledertasche vor dem Bauch und einen Metallkoffer in einer Hand, wieder auf der Leiter sah.

Doyle kam, ebenfalls mit einer Tasche, einem Koffer sowie einer unter den Arm geklemmten Kiste, direkt hinterher.

»*Ciao*, Miguel.«

»*Hasta luego, chica.*« Der Bodyguard warf Riley grinsend eine Kusshand zu, hielt aber auch weiter das entsicherte MG parat, bis Sawyer gewendet hatte und die Yacht gut hundert Meter hinter ihnen lag.

»Alles klar?«, erkundigte er sich.

»Alles bestens. Drei russische Pistolen mit Munition, Halftern und Schutzhüllen. Dazu hat Doyle noch extra ein Geschenk gekriegt. Lester fand ihn nett, was ein echtes Glück war, da er es nicht leiden kann, wenn etwas nicht wie abgesprochen läuft.«

»Du hättest all das Zeug wohl kaum alleine tragen können.« Doyle nahm seine Tasche ab und gab sie Bran. »Lester ist kaum größer als Gwin und hat ein Gesicht wie eine Ratte, die in einer Tür festklemmt.«

»Dazu ist er zweihundertfacher Millionär und ein Lebemann, wie er im Buche steht. Er hat eine Vorliebe für gut gebaute Frauen ohne Hirn und heiße junge Männer, die er gerne durchaus gleichzeitig vernascht. Wenn du ihm die Chance dazu gegeben hättest, hätte er dich sicher eingeölt und wäre auch auf dir herumgerutscht«, fügte sie an Doyle gewandt hinzu.

»Er ist nicht mein Typ. Aber der Tequila, den er mir geschenkt hat, ist nicht schlecht.«

»Tres Cuatro y Cinco – der ist mehr als nur ›nicht schlecht‹, der ist das Beste, was es an Tequila gibt. Den nimmt man nicht für Margaritas oder Wackelpudding mit Schnaps, sondern man nippt voll Ehrfurcht daran und genießt ihn. Aber wie dem auch sei, auf jeden Fall hat Lester seinen Teil der Abmachung erfüllt.«

Sie setzte sich auf eine Bank und klappte ihre Tasche auf. »Und jetzt werde ich euch unser neues Spielzeug zeigen.«

»Aber erst nachdem du mir gesagt hast, wohin ich uns fahren soll.«

»Ich kann das Steuer übernehmen«, bot Doyle an. »Ich habe unser neues Spielzeug schließlich schon gesehen.«

Da sie kein Interesse daran hatte, sich die neuen Waffen anzuschauen, stand Annika entschlossen auf. »Ich gehe mit Doyle. Er wird mir zeigen, wie man ein Boot fährt.«

»Hier, nimm du das Steuer.«

Doyle trat hinter Annika und legte ihre Hände auf das Steuerrad.

»Glaubst du, dass ich das kann?«

»Ich bleibe direkt hinter dir.«

Er nickte Sawyer zu, der zu den anderen trat und Rileys kurzem Briefing zu den neuen Waffen lauschte.

Er nahm seine Waffe mit ins Wasser, aber da er keine Munition vergeuden wollte und kein sicheres Ziel vor Augen hatte, feuerte er sie nicht ab. Trotzdem hatte er bereits nach wenigen Minuten ein Gefühl für das Gewicht und die Balance entwickelt, auch wenn die Pistole anders als die Waffen, die er sonst gebrauchte, in seinen Händen lag.

Also konzentrierte er sich wieder auf die Suche, ohne dass er Anni – oder einen von den anderen – jemals völlig aus den Augen ließ.

Rileys Infos könnten falsch sein, oder vielleicht hatte Malmon schon ein paar von seinen Leuten vorgeschickt, doch abermals fanden sie nichts und niemanden.

Trotzdem hatte er auch nach der Rückkehr in die Villa noch zu tun. Die anderen ließen ihn in Ruhe seine Arbeit machen, doch nach einer Weile schaute Annika bei ihm herein.

»Tut mir leid, aber Sasha hat gesagt, dass du was essen musst.«

»Ich bin fast fertig.«

»Sie macht Hühnchen Parmigiana«, stellte Anni ihm in Aussicht, und urplötzlich war der Hunger da.

»Wirklich?«

»Und sie hat gesagt, dass es in einer halben Stunde fertig ist.«

»Das haut für mich hin.«

»Sawyer? Schläfst du heute Nacht mit mir in meinem Bett?«

»Ich wollte dich schon fragen, ob das möglich ist.«

Ihr Lächeln erhellte den gesamten Raum. »Kann ich dann auch deine Wäsche, die ich zusammengefaltet habe, in mein Zimmer legen?«

»Ja, das wäre nett.«

Doch sie sollte mehr haben als bloßen Sex, ging es ihm durch den Kopf. Denn egal wie fatalistisch es auch wirkte, Doyle hatte eindeutig recht. Wenn einem Schönheit in die Hände fiel, hielt man sie am besten fest …

… schätzte sie wert und freute sich daran, ihr gerecht zu werden.

»Vielleicht können wir ja nach dem Abendbrot einen Spaziergang durch den Garten machen.«

»Das wäre sehr schön. Ich laufe gern mit dir, vor allem wenn du dabei meine Hand hältst, wie Bran bei Sasha.«

Beim Abendessen allerdings schlug Riley vor, den Besuch der Villa etwas vorzuverlegen.

»Wenn wir zu der Villa kommen, müssen wir uns erst mal vergewissern, dass dort niemand ist. Vielleicht hat Malmon ja schon Personal oder Soldaten vorgeschickt oder irgendwelche Leute aus dem Ort damit beauftragt, die Vorräte aufzustocken oder so.«

264

»Deshalb hatten wir ja beschlossen, erst nach Mitternacht dort hinzugehen«, rief Doyle ihr in Erinnerung.

»Jetzt ist es schon nach acht, und zu Fuß brauchen wir eine gute halbe Stunde für den Weg. Dann müssen wir das Grundstück erst einmal beobachten, herausfinden, wie es gesichert ist, und schauen, wie wir damit umgehen. Und wenn Sawyer uns ins Haus gebracht hat, kriegen wir es dort bestimmt mit einer weiteren Alarmanlage oder so zu tun. Und dann müssen wir überlegen, wo wir die drei Wanzen anbringen sollen.«

»Warum sollen wir noch warten?«, gab ihr Sawyer widerstrebend recht. »Ihr wolltet mir genügend Zeit lassen, damit ich die Dinger bauen kann. Aber sie sind fertig, also können wir auch jetzt schon los.«

»Und falls jemand im Haus ist?«, fragte Sasha.

Riley tauschte ihren Rotwein gegen Wasser, um während des vorgezogenen Einbruchs in die Villa möglichst fit zu sein. »Es ist deutlich leichter, das vor Ort herauszufinden, als hier rumzusitzen und zu spekulieren.«

»Da hast du recht«, stimmte jetzt auch der Magier zu. »Sollen wir also sagen, dass wir schon um neun statt erst um Mitternacht losgehen?«

Sawyer hatte einen romantischeren Spaziergang im Sinn gehabt, doch dafür, dass sie vielleicht die Gelegenheit bekämen, Malmon zu belauschen und womöglich seine Pläne zu vereiteln, nahm er diese Abweichung von seinem ursprünglichen Plan billigend in Kauf.

Vielleicht könnten sie die Pläne dieses Schurken gegen ihn verwenden, und falls sie es schafften, ihn zu schlagen, würde er Nerezza sicherlich nicht mehr von Nutzen sein.

Und die Strafe, die ihn für die Niederlage treffen würde, hätte er auf jeden Fall verdient.

»Wir sind näher am Meer«, erklärte Annika. »Weiter oberhalb, doch näher dran.«

»Ich kann mir vorstellen, dass er möglichst alles überblicken will.«

Im nächsten Augenblick blieb Riley stehen. »Das Haus liegt hinter dieser Mauer. Bis zum Tor sind es noch ein paar Meter, aber ich bin sicher, dass es abgeschlossen ist, und vor allem wird das Tor wahrscheinlich deutlich besser überwacht werden als der Rest der Mauer.«

»Lass mich trotzdem gucken, wie das Tor gesichert ist.«

Sawyer lief bis zu dem reich verzierten Eisentor, das mit einem Elektronikschloss versehen war. Dichtes Grün schützte die breite Kieseinfahrt vor neugierigen Blicken, doch Kameras waren nirgendwo zu sehen.

Auf dem Weg zurück zu seinen Freunden blickte er sich nach allen Seiten um. Es gab noch ein paar andere Häuser, aber er sah keinen Menschen auf der Straße, und die Läden vor sämtlichen Fenstern waren bereits zugeklappt.

»Ich habe keine Alarmanlage und auch keine Kameras entdeckt, aber wenn wir versuchen würden, durch das Tor zu gehen, würde dadurch wahrscheinlich trotzdem etwas ausgelöst werden. Ich kann uns auf die andere Seite bringen«, bot er an.

»Ich nehme Sasha mit.« Bran schlang einen Arm um ihre Taille und schwebte mit ihr zusammen mühelos über die Grundstückseinfassung hinweg.

»Der Trick wird niemals alt«, bemerkte Sawyer. »Also Leute, fasst euch bei den Händen, und dann geht die kurze Reise los.«

Er brachte sie hinter die Mauer, wo ein süßer Blumenduft die Luft erfüllte und die Nacht voll dunkler Schatten war.

»Bleibt zusammen«, forderte der Magier die anderen auf. »Und achtet darauf, dass ihr euch im Schatten haltet.«

Dicht neben dem Kiesweg liefen sie durch einen Zitrushain, umrundeten ein Areal mit Steinbänken und einem kleinen Brunnen und durchquerten einen Garten, der in voller Blüte stand.

»Jetzt haben wir doch noch unseren Spaziergang durch den Garten.« Sawyer drückte Annika die Hand und blieb dann plötzlich stehen. »Wahnsinn.«

Weiß wie frisch gefallener Schnee mit schwarzen Fenstern, die im Licht der Sterne glitzerten, ragte das Haus vor ihnen auf. Der Kiesweg teilte sich und führte geradeaus zur Villa und linker Hand zu einem weiteren Gebäude, das ein wenig abseits stand.

Links und rechts der Villa blühten Rosenbüsche, und zwei reich verzierte Säulen schmückten das Portal.

Das Gebäude hatte drei Etagen sowie eine große Dachterrasse und wirkte im Licht des Mondes und der Sterne so luxuriös, dass Sawyer meinte: »Im Vergleich zu dem Palast hier kommt mir die phänomenale Villa, die wir auf Korfu hatten, richtiggehend schäbig vor.«

»Ich fand unsere Villa schöner, weil es dort Apollo gab.«

Sawyer drückte Annika erneut die Hand. »Er ist ein wirklich toller Hund.«

»Ich sehe nirgends Licht«, bemerkte Riley. »Dabei ist es nicht mal zehn. Scheint wohl niemand da zu sein.«

Sawyer nickte zustimmend. »Und die Lichter hier draußen werden sicher durch Bewegung aktiviert. Ihr wisst

267

schon, wenn man spät nach Hause kommt, gehen sie automatisch an, damit man nicht auf die Klappe fällt. Aber das sollte keine Rolle spielen. Falls jemand hier draußen Licht angehen sieht, denkt er wahrscheinlich einfach, dass die neuen Mieter bereits eingezogen sind.«

»Ich hoffe nur, dass wirklich niemand da und nicht vielleicht einfach früh ins Bett gegangen ist«, warf Sasha ein.

»Lasst mich nachgucken. Das geht blitzschnell.«

Ehe Sawyer seinen Kompass aus der Tasche ziehen konnte, packte Riley ihn am Arm. »Aber nicht alleine, Barry Allen. So wie Doyle mich heute Morgen auf die Yacht begleitet hat, komme ich jetzt mit.«

»Meinetwegen. Gebt uns zehn Minuten.«

Sie verschwanden, und die Nixe runzelte die Stirn. »Warum hat sie ihn mit diesem Namen angesprochen? Barry Allen?«

»Keine Ahnung«, sagte Bran.

»Barry Allen ist *The Flash*«, murmelte Doyle. »Lest ihr etwa keine Comics?« Kopfschüttelnd wandte er sich zum Gehen. »Am besten sehe ich mich erst mal auf dem Grundstück um.«

»Aber bleib in unserer Nähe«, warnte Bran.

»Okay, okay.« Damit verschwand auch er von der Bildfläche.

11

Nach weniger als zehn Minuten tauchte Sawyer ohne Riley wieder auf und nickte mit dem Kopf in Richtung Haus, in dem man plötzlich Licht hinter den Fenstern sah. »Es ist niemand da, und Bewegungsmelder oder Kameras gibt's keine. Riley sucht schon nach den besten Plätzen für die Wanzen. Die Villa ist echt riesig. Ich hätte am besten ein Dutzend von den Dingern zusammengebaut.«

»Wir werden das Beste aus den dreien machen, die uns zur Verfügung stehen«, erklärte Bran.

»Die sind auf jeden Fall besser als nichts.« Sawyer griff in Sekundenschnelle nach seiner Waffe, als er jemanden aus dem Garten näher kommen sah. Dann erkannte er Doyle und nahm wieder eine entspannte Haltung ein. »Seid ihr bereit?«

Er packte Annis Hand und transportierte sie und die drei anderen ins Haus.

Licht fiel auf das dunkle Holz und die rauchgrauen Fliesen in der hohen Eingangshalle, durch die man zu einer elegant geschwungenen doppelten Treppe kam.

»Wir haben uns schon mal schnell in allen drei Etagen umgesehen. Der Kühlschrank ist gefüllt, und überall stehen frische Blumen. Hier im Erdgeschoss und auf der Dachterrasse gibt's zwei Outdoorküchen, und das Essen in den

Kühlschränken und in der Speisekammer dürfte reichen, um eine Armee an Leuten satt zu kriegen, aber Malmon lässt bestimmt nur seine Bodyguards und die wichtigsten Leute hier herein. Seine Handlanger beherbergt er sicher nicht in der Villa.«

»Wobei wir keine Ahnung haben, wie viele solcher Typen er auf Capri haben und wo er sie unterbringen wird.« Riley kam in ihren ausgelatschten Wanderschuhen über die elegante Treppe aus dem ersten Stock. »Es gibt acht Schlafzimmer, von denen Malmon sich das größte und das schönste nehmen wird. Die Marmorwanne in dem angrenzenden Bad ist freistehend und groß genug, dass man darin problemlos eine Party steigen lassen kann. Ich hätte gerne selbst so eine Wanne, aber vor allem wäre ich dafür, dort eine der Wanzen zu installieren.«

»Ich auch. Zwar wird er dort keine Besprechungen abhalten«, pflichtete ihr Sawyer bei, »aber wahrscheinlich wird er wie ein Prinz dort in der Wanne thronen, während er telefoniert, Befehle erteilt und sich LBs erstatten lässt.«

»Lageberichte«, sagte Doyle zu Annika. »Das ist eine Abkürzung dafür. Die beste Stelle für die Wanze wäre dort, wo er sich mit seinen Mannschaftsführern treffen wird.«

»Sawyer und ich haben schon überlegt, wo er die Typen wohl empfangen wird. Aus unserer Sicht am ehesten im Erdgeschoss.«

»Das werdet ihr am besten wissen, weil ihr zwei ihn schließlich kennt«, erklärte Bran.

Sawyer nickte. »Wie gesagt, wir haben schon mal kurz alles sondiert. Aber trotzdem könnten wir uns erst einmal verteilen, um uns noch genauer umzuschauen.«

Sie schlossen die Küche, die kleineren Schlafzimmer sowie das Billardzimmer aus und beschränkten ihre Auswahl auf den riesigen Salon, der einen wunderbaren Ausblick auf das Meer und die Gärten bot, und eine Mischung aus Bibliothek und Arbeitszimmer mit Möbeln aus dunklem, schwerem Holz und teurem italienischem Leder, in dem ein antiker, handgeschnitzter Schreibtisch stand.

»Was denkt ihr?« Bran sah die beiden fragend an. »Wo spricht er sich mit seinen Leuten ab?«

»Er würde es wahrscheinlich lieben, vor seinen Untergebenen mit der Aussicht zu prahlen«, meinte Riley. »Deshalb nähme er die Leute vielleicht im Salon oder auf der großen Terrasse in Empfang. Aber ...«

»... der Schreibtisch ist ein echtes Prunkstück«, führte Sawyer weiter aus. »Und irgendwie sieht dieser Raum für mich wie eine Kommandozentrale aus. Hier könnte er den Leuten deutlich machen, dass er selbst verdammt noch mal der Chef ist, der das alleinige Sagen hat. Das wäre typisch für den Kerl.«

»Dann bringen wir die Wanzen in den beiden Räumen an.« Doyle sah sich in dem Arbeitszimmer um. »Ihr habt uns ein Gefühl dafür gegeben, wie er tickt. In den oberen Etagen wird er sich entspannen wollen – und vor allem will er die privateren Bereiche dieser Villa sicherlich für sich allein haben. Die Dachterrasse mit dem Pool ist echt der Hit, aber dort wird er sich vergnügen wollen, deshalb geht er seiner Arbeit sicher hauptsächlich hier unten nach.«

»Also installieren wir zwei der Wanzen hier und eine in seinem Schlafzimmer oder dem angrenzenden Bad. Ich hätte wirklich mehr von diesen Dingern bauen sollen.«

»Was auch immer wir dank der drei Wanzen in Erfah-

271

rung bringen, hätten wir ohne sie niemals gehört«, stellte Bran zutreffend fest.

»Okay. Dann ist es also abgemacht?«, erkundigte sich Sawyer, und als alle anderen nickten, blickte er sich suchend um. »Wie wäre es mit dem Regal hinter dem Schreibtisch? Wobei davon auszugehen ist, dass er es erst einmal durchsuchen lassen wird.«

»Ich werde dafür sorgen, dass sie nichts entdecken«, sagte Bran ihm zu.

Sawyer studierte nochmals das Regal, zog ein kleines Silberkästchen aus der Tasche und klappte es auf. »Passt haargenau.«

Mit flinken Fingern brachte er die Wanze an, Bran hielt eine Hand darüber, und mit einem Mal war das Gerät in ein klares blaues Licht gehüllt.

»Das ist eine Art Schutzschild«, klärte er die anderen auf.

Sie wiederholten den Prozess im Salon und dann noch einmal in dem Schlafzimmer, für das sich Malmon ihrer Meinung nach entscheiden würde, weil es das mit Abstand größte und vor allem exklusivste war.

»Bevor wir den Abflug machen, würde ich die Dinger gern testen.« Sawyer sah die anderen an. »Ich brauche einen von euch in jedem Raum. Ich selbst kehre zurück zu unserer Villa. Nach drei Minuten müsste derjenige von euch, der im Arbeitszimmer steht, zwei, drei Sätze sagen. Zehn Sekunden später müsste jemand im Salon was sagen und noch einmal zehn Sekunden später oben im Schlafzimmer. Falls alles funktioniert, bin ich sofort im Anschluss wieder da. Falls nicht, brauche ich zwei Minuten Zeit, um ein paar Änderungen am Empfänger vorzunehmen, und dann spielen wir das Ganze noch mal durch.«

Sie benötigten zwei Runden, bis er vollauf zufrieden war. Dann kam er zurück, sie vergewisserten sich kurz, dass in der Villa alles unverändert war, und er transportierte sie zurück zu ihrem eigenen Haus.

»Du siehst ziemlich erledigt aus«, bemerkte Riley.

»Das liegt einfach daran, dass ich in so kurzer Zeit so häufig mit dem Kompass unterwegs gewesen bin. Das ist ziemlich anstrengend.«

»Dann mache ich dir erst mal einen Snack«, bot Annika ihm eifrig an.

Er wollte schon ablehnen, doch dann stellte er dankbar fest: »Das wäre wirklich toll. Das lädt die Batterien wieder auf.«

Als Anni dicht gefolgt von Sasha, die sie bei der Arbeit überwachen wollte, in die Küche lief, nahm er auf der Terrasse Platz und blickte Riley an. »Jetzt heißt es abwarten.«

»Ich werde versuchen rauszufinden, wo er seine Truppen unterbringt. Falls ich einen Treffer lande, fällt uns vielleicht etwas ein, womit sich deren Unterkunft vermiesen lässt. Ich ...«

Bevor sie ihren Satz beenden konnte, kam die Nixe aus dem Haus gerannt. »Sasha sagt, sie kommen. Aus dem Himmel. Sie sind schon ganz nah.«

»Schnappt euch eure Waffen«, schnauzte Doyle.

Das Training machte sich bezahlt, denn in weniger als zwei Minuten standen sie bewaffnet im Zitronenhain.

»Bringt sie dazu, uns anzugreifen«, befahl Riley. »Zwingt sie dazu zu manövrieren. Hast du genügend Zielwasser getrunken?«, wandte sie sich Sawyer zu.

»Auf jeden Fall«, gab er zurück und zielte mit den beiden Waffen, die er in den Händen hielt, in die Luft.

Diesmal hatte sie nicht Fledermausmutanten, sondern Aberhunderte der fremd- und bösartigen Vögel wie schon auf dem Boot geschickt.

Kleiner, schneller und beweglicher, aber ebenso todbringend, strömten sie in den Hain.

Als Sashas erster Pfeil drei Vögel gleichzeitig durchdrang, lösten sie sich in einem Ascheregen auf.

Sawyer feuerte beidhändig eine Salve nach der anderen ab, und als eins der Tiere durch die Blätter auf ihn zugeschossen kam und seinen Hals nur knapp verfehlte, merkte er, dass die scharfkantigen Flügel ebenso gefährlich waren wie die Krallen und der spitze Schnabel.

»Passt auf die Flügel auf!«, rief er den anderen zu. »Sie sind scharf wie Rasiermesser.«

Er ging in die Hocke, feuerte nach links und rechts und stellte dann sein Timing um. Wenn er wartete, bis sie herankamen, könnte er wie Sash mit einem Schuss gleich mehrere Bestien erledigen. Eins der Tiere fiel vom Himmel und erwischte ihn mit einem Flügel an der Schulter, ehe es in Rauch aufging. Um dem nächsten Vogel auszuweichen, ließ er sich entschlossen auf den Boden fallen, rollte sich herum und knallte ein Dutzend Viecher ab, bevor er zum Nachladen gezwungen war.

Rechts von ihm gab ihm der Magier mit seinen Blitzen Deckung. Riley ließ sich auf den Rücken fallen, als ein tief fliegender Vogel direkt auf sie zugeschossen kam. Doyle durchschnitt das Tier mit seinem Schwert, und während Riley schon wieder feuerte, gelang es ihr, dem Ascheregen durch eine geschickte Seitwärtsrolle zu entgehen.

Sawyer roch den Gestank der Asche und des Blutes. Des Blutes der anderen und seines eigenen, als das Trio, auf das er mit seiner Waffe zielte, auseinanderflog. Er erwischte zwei der Tiere, doch das dritte riss ihm mit den Krallen den Knöchel auf.

Um sich nicht auch noch die Hände an den Flügeln aufzureißen, drosch er mit dem Griff seiner Pistole auf die Bestie ein und durchsiebte sie mit einer Kugel, als sie flatternd auf die Erde fiel.

Dann reckte Annika die Arme, drehte sich mehrmals um sich selbst, und ihre Reife blitzten, bis ein dichter Ascheregen auf sie alle niederging.

Während eines Augenblicks hallte noch lautes Kampfgeschrei durch den Zitronenhain, doch plötzlich war es völlig still.

Herausfordernd trat Riley gegen einen Aschehaufen und wischte sich gleichzeitig den dünnen Blutfaden, der aus der Schnittwunde an ihrer Schläfe quoll, aus dem Gesicht.

»Jetzt will ich einen Snack.«

Anni wandte sich ihr zu und schlang ihr die Arme um den Hals. »Dann werde ich dir einen machen.«

Als er merkte, dass sie hinkte, legte Sawyer Anni einen Arm um die Taille. »Haben deine Füße etwas abbekommen?«

»Nur ein bisschen. Aber diese Biester haben meine neuen Schuhe ruiniert.«

Die Anspannung des Kampfes löste sich in einem leisen Lachen auf, als Doyle sein Schwert in die Scheide steckte und an Bran gewandt erklärte: »Meine Jacke haben die Viecher auch erwischt. Aber das bekommst du sicher wieder hin.«

»Soll er etwa ernsthaft seine Zauberkräfte nutzen, um deine bekloppte Jacke zu nähen?«

»Es ist eine gute Jacke«, erklärte Doyle achselzuckend.

»Warum gehen wir nicht erst einmal zurück ins Haus und gucken, welche Schäden unsere Truppe noch davongetragen hat?« Bran hob Sashas blutige Hand an seine Lippen. »Meiner Meinung nach verarzten wir am besten erst mal uns und gucken dann, ob Jacken, Schuhe oder andere Sachen noch zu retten sind.«

»Das war ein wirklich toller Move.« Sawyer ließ den Arm auf Annis Taille liegen. Zusammen gingen sie zum Haus. »Der letzte, diese Endlospirouette.«

»Ich war wütend wegen meiner Schuhe und musste irgendwohin mit meinem Zorn.«

»Es steht dir, wenn du wütend bist. Aber nicht nur deine Schuhe haben etwas abgekriegt. Diese kleinen Biester waren wirklich schnell.«

»Trotzdem haben wir sie am Arsch gekriegt. Du kannst dir deinen Einwand sparen«, warnte Riley Doyle. »Ich bin keine Idiotin und weiß selbst, dass sie einfach sehen wollte, welche neuen Asse wir vielleicht im Ärmel haben. Denn die kleinen Turteltauben, die sie uns geschickt hat, waren ein Selbstmordkommando, weiter nichts.«

Sie gingen in die Küche, wo der Magier mit Sashas Hilfe ihre Wunden reinigte und sorgfältig verband.

»Der Schaden hält sich in Grenzen«, stellte er erleichtert fest.

Stirnrunzelnd griff Doyle nach seiner Lederjacke und schob einen Finger durch den Riss im linken Ärmel. »Ich mag diese Jacke, und vor allem habe ich sie gerade mal seit dreißig Jahren.«

»Ich sehe sie mir gleich mal an.« Bran stand an der Spüle und wusch seine blut- und cremeverschmierten Hände. »Vielleicht freut es euch zu hören, dass die Lichtbomben für unsere Waffen beinahe fertig sind. Damit werden unsere Pfeile, Kugeln, Schwerter und selbst Annis Reife noch viel wirkungsvoller sein. Höchstens ein, zwei Tage, dann dürften sie so weit sein.«

»Super«, nuschelte Riley und schob sich ein weiteres Stück Salami in den noch halb vollen Mund.

»Wenn alles so läuft wie geplant, können wir mit einem Schuss einen ganzen Schwarm dieser verdammten Vögel auslöschen.«

»Superduper.« Sawyer, dessen Energielevel dank Käse und Salami langsam wieder anstieg, nickte Riley zu. »Aber trotzdem brauchen wir mehr Munition.«

»Ist schon bestellt.«

»Und jetzt zu dir.« Sasha drückte Bran auf einen Stuhl, um sich seine Wunden anzusehen. »Es war genauso wie auf Korfu. Ein Albtraum, der aus dem Himmel kommt. Wir haben gekämpft, geblutet und getötet, ohne dass es jemand mitbekommen hat. Ganz offiziell ist nichts passiert.«

»Was sicher auch besser ist. Denn wenn wir anderen erklären müssten, was hier gerade abgelaufen ist, würde das alles nur unnötig verkomplizieren. Aber ich gehe besser noch mal raus, vielleicht treiben sich im Garten ja ein paar Nachzügler herum.«

»Verdammt.« Riley stopfte sich den nächsten Bissen in den Mund und stand mit Doyle zusammen auf. »Ich komme mit.«

Bran winkte den Unsterblichen zu sich heran. »Aber vorher zeigst du mir noch deine Jacke.«

Doyle warf sie ihm zu, und Bran legte die Hand über den Riss im Ärmel, während Sasha Salbe auf den Riss in einem seiner Arme strich. Dann gab er Doyle seine Jacke zurück, die abgewetzt wie eh und je, aber nicht mehr zerrissen war.

»Danke.«

Doyle und Riley wandten sich zum Gehen. Lächelnd wandte sich der Zauberer an Annika. »Soll ich nicht auch deine Schuhe reparieren?«

»Das ist nicht wichtig. Ich denke, dass für Doyle die Jacke so etwas wie eine … Rüstung ist. Aber meine Schuhe sind nur ganz normale Schuhe.«

»Ohne diese Schuhe wären die Schnittwunden an deinen Füßen sicher deutlich schlimmer ausgefallen.« Sasha hob die Schuhe auf und gab sie Bran. »Weshalb sie auch so etwas wie eine Rüstung waren.«

Bran drückte ihr die reparierten Schuhe in die Hand, und Annika umarmte ihn. »Danke. Und jetzt ist es für Sawyer Zeit, ins Bett zu gehen.«

Er verschluckte sich an seinem Stück Salami, und sie bot ihm eilig ein Glas Wasser an.

»Auch wenn er es nicht zugibt, ist er furchtbar müde. Es hat ihm gutgetan, etwas zu essen, aber jetzt muss er ins Bett. Komm mit, Sawyer. Du kannst bei mir schlafen. Nur schlafen«, fügte sie hinzu und reichte ihm die Hand.

Sie zog ihn aus der Küche, und die anderen hörten, wie sie zu ihm sagte: »Wenn du doch Sex haben willst, leg dich einfach ganz ruhig hin, und ich bringe dich zum Höhepunkt.«

Mit einem halben Lachen zog der Zauberer die Seherin auf seinen Schoß. »Was für eine Frau.«

»Aber sie ist gar keine Frau.« Hin- und hergerissen zwischen Glück und Trauer blickte Sasha den beiden hinterher. »Sie ist nicht von dieser Welt, und ihre Zeit hier ist begrenzt. Und zwar deshalb, weil sie mich gerettet hat.«

Dankbar für das unglaubliche Geschenk, das ihr selbst zuteilgeworden war, schmiegte sie ihr Gesicht an Brans. »Ich habe sie auch noch ermutigt, auf ihn zuzugehen. Sie wollten es beide, und ich ... Die Liebe, die sie ihm entgegenbringt, quillt regelrecht aus ihr hervor. Sie ist leidenschaftlich, tief und grenzenlos. Und jetzt ist das Einzige, woran ich denken kann, was aus ihr und ihrem Herzen werden soll, wenn sie ihn verlassen muss.«

»Er ist ihre große Liebe.« Bran strich seiner eigenen großen Liebe aufmunternd über das Haar. »Und manchmal sind die Götter nett zu denen, die zu wahrer Liebe fähig sind.«

»Was noch zu beweisen wäre.«

»Der Beweis dafür sitzt hier auf meinem Schoß.« Er drehte ihren Kopf zu sich und küsste sie. »Wie könnte ich nicht an die Freundlichkeit der Götter glauben, während du hier sitzt? Freu dich über das, was sie jetzt haben.«

»Und glaube an das Morgen?«

»Ja, genau. Und jetzt solltest du dich ebenfalls ausruhen.«

»Und wenn mir der Sinn nach Sex steht?«

Lachend stand er mit ihr auf. »Dann bringe ich dich gern zum Höhepunkt.«

Der André Malmon, der zwei Tage später in die Göttervilla zog, war ein anderer als derjenige, der an einem schicksalhaften Abend vor zwei Wochen davon abgehalten worden war, sich auf einer langweiligen Wohltätigkeitsgala stundenlang die Beine in den Bauch zu stehen.

Im Grunde war er nicht mal mehr ein echter Mensch.

Womit er alles andere als unzufrieden war.

Ihm gefielen die Kraft und die Gelüste, die Nerezza in ihm wachgerufen hatte. Inzwischen konnte er sogar den Schmerz genießen, der ihn immer wieder unvermutet in der Wirbelsäule traf, als wrängen zwei bösartige Hände sie wie einen feuchten Lappen aus.

Die Gier nach Blut und Fleisch, die er entwickelt hatte, konnte er nach Lust und Laune stillen. Zum Beispiel durch die Hure, die in seiner letzten Nacht in London von ihm umgebracht und ausgeweidet worden war.

Er machte eine Wandlung durch. Das hatte er Nerezza zu verdanken, die ihn obendrein unsterblich machen und mit grenzenloser Kraft ausstatten würde, wenn seine Aufgabe erledigt war. Dazu dürfte er mit den sechs Wächtern machen, was er wollte, sobald sie die Sterne in den Händen hielt.

Dann würden sie für alle Zeiten über die Welten herrschen. Er und sie gemeinsam. Und sie würden sich am Elend aller anderen erfreuen.

Er wusste auch schon, was er mit den Wächtern anstellen würde, hätte er sie erst in der Gewalt.

Er wollte den Kompass und würde den nervtötenden Bauerntölpel umbringen, der ihn bisher in den Händen hielt. So langsam und so qualvoll, wie es ging.

Die geschätzte Dr. Gwin würde er jagen und so lange malträtieren, bis sie ihn zu ihrem Rudel führte, denn wenn er der Besitzer eines ganzen Werwolfrudels wäre, könnte er ein paar der Jungen meistbietend verkaufen, mit den anderen weiterzüchten, und die exklusiven Jagdtrophäen würden ihm über Jahrhunderte hinweg niemals ausgehen.

Den Zauberer würde er so schnell wie möglich umbringen, die Nixe würde er behalten, um sie auszustellen, und auch die Seherin würde er gern behalten, aber da Nerezza sie zerstören wollte, hegte er den Gedanken, ob sie nicht vielleicht ein passendes Geschenk für seine Göttin war.

Der Unsterbliche würde die Krönung seiner Sammlung sein. Wenn das Geschöpf erst mal in Fesseln läge, böte es jahrzehntelange Unterhaltung in der Folterkammer, die er extra für den Zweck errichten ließe.

Langeweile würde also zukünftig ein Fremdwort für ihn sein.

Malmon nippte an der Bloody Mary, deren ganz besondere Zusammensetzung den Geschmack des Mannes, der die Wandlung zum Dämon durchmachte, vorzüglich traf, und sah von der Terrasse auf das sonnenbeschienene Mittelmeer. Da das helle Licht ihm in den Augen wehtat, trug er eine möglichst dunkle Sonnenbrille, und da seine Armvenen sich permanent verdickten und sichtbar pulsierten, zog er inzwischen immer langärmlige Hemden an.

Was ein geringer Preis für das war, was seine Göttin ihm zu bieten hatte.

Heute Abend würde ihn Nerezza abermals besuchen, und ihr Körper würde ihn an Orte führen, die größer waren als jedes sinnliche Vergnügen und als jeder noch so heiße Schmerz.

Doch bis dahin hatte er zu tun.

»Sir.«

Er drehte den Kopf um hundertachtzig Grad, ohne dass

sein Butler auch nur mit der Wimper zuckte oder gar zusammenfuhr. Ein anderer in London war einmal erschrocken vor ihm zurückgewichen, und danach hatte kein Mensch ihn je wiedergesehen.

»Commander Trake ist da.«

»Führen Sie ihn in mein Arbeitszimmer.« Malmon stellte sein halb leeres Glas auf den Terrassentisch und ging ins Haus.

Jetzt gestattete der Butler sich zumindest einen leichten Schauer, nahm das Glas und stellte es auf seinem Weg zurück zur Haustür in der Küche ab.

John Trake, ein durchtrainierter, attraktiver Mann um die vierzig mit einer geschwungenen Narbe auf der schroffen rechten Wange, die ihm einen Ausdruck von Gefährlichkeit verlieh, kam in blank polierten Stiefeln in Malmons Büro marschiert.

Er glaubte an Disziplin und Ordnung; Untergebene, die es versäumten, seinen Standards zu genügen, bestrafte er gnadenlos.

Töten war für ihn einfach Bestandteil der Befehlsgewalt, und auch wenn er davon überzeugt war, dass man sich für gute Arbeit ordentlich bezahlen lassen sollte, tötete er gelegentlich umsonst.

Verträge mit Malmon aber waren immer lukrativ, und für diesen komplizierten, umfassenden und herausfordernden Auftrag hatte er im Voraus eine Million Euro von dem Mann kassiert. Für die Gefangennahme jeder der sechs Zielpersonen hatte Malmon noch einmal dieselbe Summe angekündigt, und wenn die Mission erfolgreich abgeschlossen würde, gäbe es zehn Millionen drauf.

Malmon wollte also sechs Gefangene und drei Sterne

(seiner Meinung nach Juwelen) – das bekäme er doch sicher hin.

Er hatte einen Trupp von sechzig Söldnern, dazu zwanzig Zivilisten; bei Abschluss des Vertrags hatte er sich bereit erklärt, zwei Spezialisten in die Planung und die Durchführung des Einsatzes einzubeziehen. Eli Yadin, der aus seiner Sicht ein Psychopath war, und Franz Berger, dessen Disziplin zu wünschen übrig ließ, an dessen Arbeit es jedoch nichts auszusetzen gab.

Trake ließ es sich nicht anmerken, doch Malmons äußere Erscheinung überraschte ihn. Er war wachsweiß, so dünn, dass das gestärkte Hemd um seinen Oberkörper schlotterte, und trug eine dunkle Sonnenbrille.

»Commander.«

»Mr. Malmon.«

»Ich gehe davon aus, dass bisher alles planmäßig verlaufen ist.«

»Auf jeden Fall. Das Gefangenenlager wird morgen termingerecht fertiggestellt. Yadin ist gestern angekommen und kümmert sich bereits um seinen eigenen Bereich. Berger erwarten wir heute um achtzehn Uhr.«

»Ausgezeichnet. Ich erwarte, dass das Lager schnellstmöglich Verwendung finden wird.«

»Ich gehe davon aus, dass es innerhalb der nächsten sechsunddreißig Stunden zur ersten Gefangennahme kommen wird.«

»Die sechs müssen am Leben bleiben. Das ist unerlässlich.«

»Alles klar.«

»Und wo sind sie jetzt?«

Trake zog ein Gerät hervor und warf einen Blick auf

das Display. »Ihr Boot liegt vor der Südostküste vor Anker. Wollen Sie die Koordinaten?«

Früher hatte Malmon sich bei jedem Deal um sämtliche Details gekümmert, aber jetzt winkte er ab. »Das wird nicht nötig sein. Sobald die Unterkünfte fertig sind, schnappen Sie sich die Leute.«

»Innerhalb der nächsten sechsunddreißig Stunden, Sir.«

»Sie haben mich noch nie enttäuscht, Commander.« Plötzlich schien ein trübes gelbes Licht hinter den dunklen Brillengläsern zu pulsieren. »Ich hoffe, dass dies nicht die Ausnahme von der berühmten Regel wird.«

»Ich werde meinen Auftrag ausführen.«

»Es hängt sehr viel für mich davon ab.« Malmon lächelte, und Trake fiel auf, dass seine Eckzähne erheblich länger und vor allem spitzer als die von anderen Menschen waren. »Geben Sie Bescheid, wenn der Tank fertig ist. Der interessiert mich mehr als alles andere.«

Nach einem neuerlichen langen Tauchtag duschte Sawyer, schnappte sich ein Bier und setzte sich damit vor das Empfangsgerät.

Wenige Minuten später stützte Riley sich mit einer Hand auf seinem Rücken ab, beugte sich über seine Schulter und spitzte die Ohren.

»Spul noch mal zurück. Doyle und Bran spielen gerade eine Party Billard, aber ich laufe los und gebe ihnen und den anderen Bescheid, dass sie kurz herkommen sollen.«

Nachdem alle versammelt waren, hob Sawyer eine Hand. »Im Salon ist bisher alles ruhig, und aus dem Schlafzimmer kann man nur hören, wie jemand herumläuft und wahrscheinlich Malmons Zeug auspackt. Aber im Arbeits-

284

zimmer war schon etwas los. Das Gespräch beginnt gegen Viertel nach elf. Zwischen Malmon und Trake – zumindest denke ich, dass er es ist.«

»Es ist eindeutig Trake«, bestätigte ihm Riley. »Ich habe die Stimme schon beim ersten Wort erkannt. Außerdem hat mir jemand erzählt, dass er sich jetzt Commander nennt. Das heißt, dass er sich selbst befördert hat. Spul noch mal zurück zum Anfang, ja?«

Obwohl die Stimmen beider Männer ziemlich blechern klangen, waren die Worte klar und deutlich zu verstehen.

»Er soll uns also gefangen nehmen und nicht töten. Klingt vernünftig und beherrscht. Wenn man uns auslöscht, wird es schwieriger, den Stern zu finden, den wir bereits haben«, überlegte Bran nach Ende des Gesprächs.

»Dafür ist Yadin da. Der Folterspezialist.« Da Sawyers Bier direkt vor ihrer Nase stand, genehmigte sich Riley einen Schluck. »Er soll uns dazu bringen zu verraten, wo der erste Stern versteckt ist und wo er aus unserer Sicht die beiden anderen Sterne finden kann.«

»Aber das werden wir nicht tun.« Anni sah die anderen nacheinander an. »Wir haben schließlich einen Eid geschworen.«

»Ich will damit nicht sagen, dass wir es den Typen freiwillig erzählen werden, aber Yadin ist ein Spezialist auf seinem Gebiet. Wir wollen also ganz bestimmt nicht in dem Lager landen, ganz egal wo es auch ist. Und wir wollen noch viel weniger, dass Yadin uns dort in die Mangel nimmt. Sechsunddreißig Stunden«, fügte sie hinzu. »Das heißt, dass wenigstens die blöde Warterei ein Ende hat.«

»Er kannte unsere Koordinaten«, meinte Doyle. »Das heißt, wir haben einen Peilsender an Bord des Bootes.

Da wir wissen, dass es einen gibt, wird er sicher nicht so schwer zu finden sein.« Er wandte sich an Bran. »Wie weit könntest du ein solches Ding… verschicken?«

»Wäre Neuseeland weit genug?«

Doyle sah ihn mit einem seiner seltenen, schnellen Lächeln an. »Ich denke, das genügt.«

»Das wird sie nicht aufhalten«, warf Sawyer ein. »Aber es wird ihnen ein bisschen wehtun, deswegen gefällt mir die Idee. Ein Gefangenenlager könnte sonst wo sein, aber ich wette, dass es in der Höhle ist. Weil Sasha dort Gefahr für uns gewittert hat.«

»Vielleicht sollte Bran die Bomben zünden. Das wird ihnen noch weher tun.«

»Aber wenn das Lager doch woanders ist, hätten wir uns all die Mühe mit den Sprengfallen ganz umsonst gemacht«, widersprach ihr Doyle.

»Ich könnte ja kurz hin und mich dort umsehen.«

»Nein«, wies Sasha Sawyers Vorschlag vehement zurück. »Du musst dich von dort fernhalten. Vor allem ist dies nicht der rechte Augenblick dafür. Ich kann dir nicht sagen, woher ich das weiß, aber es ist auf alle Fälle nicht der rechte Augenblick.«

»Okay«, gab Sawyer sich geschlagen. »Also warten wir damit, den Typen wehzutun, und hören erst mal weiter zu.«

»Noch ein bisschen«, meinte Bran. »Und danach bringt ihr mir eure Waffen und sämtliche Munition, damit ich ihre Kraft im Licht des Mondes noch verstärken kann.

Obwohl das Ritual recht einfach war, mussten sie dabei alle sechs zusammen sein und brauchten neben Brans Gebräu eine Menge Vertrauen.

»Wir sollen all unsere Waffen hier in diesen Topf voll Glibber werfen?«

Bran sah Riley unter hochgezogenen Brauen hervor an. »Das ist kein Topf, sondern ein Kessel, und vor allem ist das kein Glibber.«

Argwöhnisch beugte sich Riley über das Gefäß und betrachtete die zähe blaue Flüssigkeit. »Sieht aber wie Glibber aus. Ein bisschen wie das Zeug, das sich meine Großtante Selma immer in die Haare schmiert.«

»Ins Haar oder ins Fell?«, erkundigte sich Sawyer hämisch, und als Riley schnaubte, wandte Bran sich wieder ihrem eigentlichen Thema zu.

»Die Flüssigkeit ist rein und stark. Sie wirkt ähnlich wie die Lichtbomben, hat aber eben eine andere Form. Wenn wir Schwerter, Kugeln, Bolzen, Armreife und alle anderen Sachen damit überziehen, übertragen sich das Licht und auch die Kraft der Flüssigkeit auf sie.«

Anni legte ihre rechte Hand auf ihren linken Armreif – denn nur sie war in der Lage, die von Bran und Sasha für sie kreierten Waffen auszuziehen. »Dazu braucht man Vertrauen.« Sie nahm die beiden Reife ab und hielt sie über das Gefäß.

»Mit deiner eigenen Hand und dem dir eigenen Vertrauen wirf sie in die Flüssigkeit«, forderte Bran sie auf.

Vorsichtig ließ Annika die Reife fallen und sah zu, wie sie langsam in dem blauen Sud versanken.

»Verdammt, was soll's.« Sawyer nahm sein Kampf- und sein Tauchmesser, ließ beides in die blaue Brühe fallen und nahm nach kurzem Zögern auch seine Pistolen in die Hand.

»Du musst daran glauben«, wies ihn Anni an.

»Ja, ja. Tja nun, in meinem ganzen Leben habe ich an niemanden so sehr geglaubt wie an euch fünf. Also ...« Er ließ die Pistolen fallen und warf auch noch die Patronen hinterher.

Sash warf ihre Pfeile in die Flüssigkeit. »Die Armbrust passt nicht ganz hinein.«

Bran strich mit der Hand über ihr Haar. »Oh doch.«

Nickend tauchte sie die Waffe in den Sud und sagte sich, dass sie nicht überrascht sein sollte, als sie vollständig darin versank.

»Okay. Du bist ein wirklich toller Magier, Ire. Wenn ich das nicht glauben würde, wäre ich nicht hier.« Riley warf drei Messer, zwei Pistolen, Munition und schließlich sogar ihr Taschenmesser in die Flüssigkeit. »Wenn schon, denn schon.«

»Daran habe ich gar nicht gedacht.« Sawyer warf sein eigenes Taschenmesser hinterher. »Aber schließlich weiß man nie.«

»Ich habe dieses Schwert schon länger, als ihr auf der Welt seid«, meinte Doyle. »Ich schätze, nicht mal eure Eltern oder Großeltern sind auch nur annähernd so alt wie dieses Ding.« Trotzdem tauchte er das Schwert, seine Armbrust, seine Pfeile, seine Messer, die Pistole und die Kugeln in das leuchtend blaue Nass.

Am Ende gaben sie auch noch die Unterwasserwaffen und die Munition dazu.

»Aber hallo, in dem Kessel herrscht inzwischen mindestens so ein Gedränge wie in der Londoner U-Bahn während des Berufsverkehrs.« Sawyer zog die Brauen hoch, und Riley lachte brüllend auf.

»Vertrauen. Einheit. Kraft.« Bran zeigte auf den Mond.

»Die Sterne wurden von drei Göttinnen kreiert, und diese Göttinnen haben uns auf den Weg geschickt. Auf dem sie uns behüten, so wie wir sie behüten vor dem Dunkel und vor allen, die versuchen, das Reine zu entweihen.«

Langsam hob er auch die andere Hand, als zöge er ein sehr großes Gewicht daran in die Höhe. Auf der blauen Flüssigkeit im Kessel dehnte sich ein weißer Nebel aus, und seine laute Stimme hallte durch die Luft.

»An diesem Ort, zu dieser Zeit,
stellt euer Licht und eure Kraft für uns bereit.
Arianrhod, Luna und Celene,
Mondtöchter, erhöret unser Flehen
durch Wasser, Luft und Erd,
auf dass der Sud noch heller werd,
da diese Waffen, die uns sechs gehören,
das Böse und nichts anderes zerstören.
Das schwöre ich als euer Sohn.«

Er wandte sich an Sasha und nahm ihre Hand.

»Das schwöre ich als eure Tochter«, sagte sie und griff nach Doyles Hand.

Nacheinander leisteten sie ihren Schwur, stellten sich gemeinsam um den Kessel und sahen in die zähe Flüssigkeit, die leuchtend blaue Blasen warf.

Dann reckte Bran erneut die Arme in die Luft und rief mit lauter Stimme: »Wie wir es wollen, so soll es sein.«

Der Mond sandte drei helle Lichtstrahlen direkt in den Kessel, Funken stoben auf, wirbelten wie Sterne durch die Luft, fielen auf die Erde, und mit einem Mal war es plötzlich totenstill.

»Es fällt mir schwer, nicht laut zu klatschen«, stellte Riley schließlich fest. »Für diese Show hast du auf jeden Fall Applaus verdient, Ire.«

»Sie konnte nur gelingen, weil wir alle sechs daran beteiligt waren. Das heißt, wir haben unsere Sache gut gemacht.«

»Ja, Applaus für unseren Trupp. Und was machen wir jetzt?«, fragte sich Riley. »Greifen wir jetzt einfach alle nacheinander in den Glibber – in den Zauberglibber – und holen die Sachen wieder raus?«

Bran drehte einfach seine Handflächen nach oben, hob die Hände an, und sämtliche Waffen tauchten an der Oberfläche auf.

Ohne zu zögern, streckte Annika die Hände nach den Reifen aus. »Sie sind noch genauso hübsch und fühlen sich auch nicht anders an.«

»Das werden sie«, erklärte Bran. »Wenn du sie brauchst.«

Sawyer pflückte zwei Pistolen aus der Luft und sah sie sich von allen Seiten an. »Das wird spätestens in zweiunddreißig Stunden sein.«

»Ich denke, oder nein, ich spüre, dass es weniger sein werden«, erklärte Sasha, während Doyle sein Schwert in die Scheide schob. »Ich spüre, dass es schneller gehen wird. Die Mutter der Lügen und ihr Liebling bewegen sich heute Nacht. Und morgen kommt das Blut. Blut im Wasser und der Tod von Männern. Und wenn wir uns falsch entscheiden, wird einer der Toten einer unserer eigenen Männer sein. Wer, kann ich nicht sehen. Ich kann es nicht, denn alles ist entsetzlich trüb. Umwölkt von Schmerz und Angst.«

»Immer mit der Ruhe.« Bran zog sie an seine Brust. »Du strengst dich zu sehr an.«

290

»Was nützt mir jede Anstrengung, wenn ich nichts *sehen* kann?«

»Du hast gesehen, dass wir morgen kämpfen werden.« Doyle zog seine Armbrust aus dem Sud, legte sie auf seiner Schulter ab und fügte nachdrücklich hinzu: »Und wir werden für den Kampf gewappnet sein.«

12

Als er wach wurde, umschlang sie ihn mit Armen und Beinen, und mit jedem seiner Atemzüge nahm er den Geruch von ihrer Haut und ihren Haaren in sich auf.

Der bevorstehende Tag mit all seinen Unwägbarkeiten brach erst langsam an. Die Dunkelheit nahm ganz allmählich ab, und bis es richtig hell wäre, erlaubte Sawyer sich den Luxus, einfach dort zu liegen, ihren Duft in seine Lunge einzusaugen, mit den Fingern durch die seidig weichen Strähnen ihres Haars zu fahren und dem ruhigen, gleichmäßigen Rhythmus ihres Herzschlags dicht an seinem eigenen Herzen nachzuspüren.

Er könnte sich gut vorstellen, jeden Morgen neben ihr zu liegen, Tag für Tag, Woche für Woche, Monat für Monat, Jahr für Jahr. Er kannte sich aus mit Zeit und damit, was sie gab und nahm. Wenn er könnte, hätte er mit seiner ganz besonderen Gabe – seinem Erbe – einen Raum und eine Zeit für sich und Annika gesucht, wo sie ihr Leben lang gemeinsam aus dem Schlaf erwachen könnten so wie jetzt.

Doch sie hatten beide einen Eid geleistet. Einen Eid, der ihnen heilig war. Mit dem Kompass hatte ihm sein Großvater kein Spielzeug und auch kein normales Werkzeug überlassen, sondern ihn bereits vor Jahren in die Pflicht genommen.

Eine Pflicht, die er erfüllen würde, denn das hatte er geschworen.

Genau wie Anni ihre Pflicht erfüllen würde, die einherging mit der ganz besonderen Gabe, die ihr selbst zuteilgeworden war.

Auch bei ihr ging es um Zeit, und wenn ihre Zeit an Land vorüber wäre, würde ihr nichts anderes übrig bleiben, als in ihre Welt und zu ihrem Volk zurückzukehren an einen Ort, der ihm verschlossen war.

Er wollte sie nicht lieben, nicht so, als hätte er sie immer schon geliebt und als würde diese Liebe ewig währen. Aber sie hatte sein Herz genauso fest umschlungen wie jetzt seinen Leib.

Ob die Zeit den Kummer lindern würde, den es ihm unweigerlich bereiten würde, wenn sie ihn verlassen musste? Er musste nicht wie Sasha hellsehen können, um zu wissen, dass er Anni nie vergessen und nie aufhören würde, sich nach ihr und dem, was hätte sein können, zu sehnen.

Aber das, wofür sie arbeiteten und gemeinsam kämpften, das, wofür sie alle sechs bereit wären zu sterben, war viel wichtiger als ein gebrochenes Herz.

Und vor allem war sie ja noch da, rief er sich in Erinnerung. Sie hätten noch das Heute und das Morgen und die nächsten Wochen, und es wäre dumm, die kostbare Zeit damit zu vergeuden, etwas zu betrauern, was noch gar nicht eingetreten war.

Er glitt mit seinen Lippen über ihre Schläfe und nahm sie noch etwas fester in den Arm. Unwillkürlich schmiegte sie sich enger an ihn und entzündete dadurch ein warmes Licht in seiner Brust.

Obwohl es noch nicht hell war und die Vögel noch nicht sangen, zog sie den Kopf ein Stück zurück und sah ihn lächelnd an.

»Guten Morgen«, wünschte sie ihm. »Für mich ist es ein sehr, sehr guter Morgen, wenn ich die Augen aufmache und du mich in den Armen hältst. Hast du gut geruht?«

»Oh ja. Deine Nähe ist erholsam, Anni.«

»Ich liege gern so still an deiner Seite, bevor das gesamte Haus und vor allem Doyle erwacht. Denn dann wird alles laut und schnell«, klärte sie Sawyer lachend auf. »Ich kann dir Kaffee kochen.«

»Nein. Bleib lieber hier.« Jetzt glitt er mit den Lippen über ihren Mund. Lächelnd fuhr sie mit einer Hand an ihm hinab.

»Du willst Sex. Dein Penis ist schon wach.«

Sie brachte ihn dazu, zu lieben und zu lachen und nach ihr zu lechzen, und als diese drei Gefühle sich in seinem Inneren verwoben, küsste er sie nochmals zärtlich auf den Mund. »Ich will dich, Annika. Willst du mich auch?«

»Wenn du mich küsst und wenn ich deinen Körper eng an meinem Körper spüre, bin ich mit Verlangen angefüllt. Nimm mein Verlangen, Sawyer, und ich nehme deins.«

So einfach und so umfassend zugleich hatte bisher noch keine Frau es formuliert. Er vertiefte seinen Kuss, und selbst die Dämmerung hielt kurzfristig den Atem an, um ihnen diese kostbaren Minuten zu gewähren.

Zärtlich glitt er mit den Händen über ihren Leib, ergötzte sich an jedem Zentimeter ihrer weichen Haut, den subtilen Rundungen, dem schmalen Torso und den wunderbaren Beinen, folgte seinen Händen mit den Lippen, nahm ihr herrliches Verlangen an und gab ihr seins.

Auch Anni gab und nahm. Sie wandte sich ihm zu und schmolz an seiner Brust, als hätte alles, was sie war, nur darauf gewartet, dass sie irgendwann mit ihm zusammenkam.

Jede noch so winzige Bewegung, jede noch so flüchtige Berührung ließ sein Blut pulsieren, und sein Herz wurde gehalten von der Schönheit, Helligkeit und Wärme dieses unvergleichlichen Wesens, das vertrauensvoll in seinen Armen lag.

Ihrer beider Atem mischte sich in einem Kuss, der bis in die Tiefe seiner Seele drang. Ihre Brüste schmiegten sich perfekt in seine Hände, sie ließ die Hüften kreisen, als er sie behutsam zum Orgasmus brachte, und in diesem Augenblick, in dem die Dunkelheit der Nacht lautlos der Helligkeit des Tages wich, war sie das Einzige, was für ihn von Bedeutung war.

»Annika.« Vollkommen überwältigt vergrub Sawyer sein Gesicht an ihrem Hals. »Ich brauche dich.«

Seine Worte riefen ein Gefühl der Wärme in ihr wach. Sie kannte Gedichte, Lieder und Geschichten, aber nie zuvor hatten sie Worte so in ihrem Innersten berührt. Ihr Herz schwoll an vor lauter Glück, und mit Tränen in den Augen schob sie seinen Kopf ein Stück zurück und sah ihm ins Gesicht.

»Ich würde dir alles geben, was du brauchst. Aber jetzt hätte ich gerne, dass du dich mit mir vereinst.«

Sie reckte sich ihm einladend entgegen, und die Tränen, die sie während der Vereinigung vergoss, rührten von Freude und Schönheit und dem überwältigenden Bewusstsein, dass der Mann, den sie schon immer liebte, sie genauso brauchte wie sie ihn.

Annika nahm ihre Freude zum morgendlichen Training und zum Frühstück mit und hielt sie selbst dann noch fest, als Sawyer mit dem Aufnahmegerät auf die Terrasse kam.

»Auch wenn das, vor allem mit vollem Magen, sicher schwer verdaulich ist, solltet ihr das alle hören.«

»Hatte Malmon noch eine Besprechung?«

»So in etwa. Allerdings um kurz nach Mitternacht in seinem Schlafzimmer.«

»Falls wir uns anhören sollen, wie Malmon es mit einer unglücklichen Angestellten treibt…«

»Es ist Nerezza.«

Sawyer wartete einen Moment und schaltete dann den Rekorder an.

Anfangs hörte man nur Rauschen, aber plötzlich knisterte die Luft, und Annika konnte nicht sicher sagen, ob das Zittern in der Stimme ihres Feindes der Erregung oder eher der Angst geschuldet war.

»Ich habe schon gewartet.«

Als Nerezza sprach, klang ihre Stimme süß wie Honig, der aus einer Wabe troff. *»Und ist alles so, wie ich es wünsche?«*

»Alles ist, wie du es wünschst.«

»Nein, mein Schatz, das ist es nicht. Weil die Sterne mir noch nicht gehören und diejenigen, die sie mir vorenthalten wollen, noch nicht vor Schmerzen schreien.«

»Es ist alles arrangiert, damit es wird, wie du es wünschst. Bitte, meine Königin. Ich habe gewartet.«

Ihr Gelächter ließ die Meerjungfrau erschauern. *»Willst du mir nicht erst einmal eine Erfrischung anbieten?«*

»Hier ist dein Kelch.«

»*Aber du hast den Wein noch nicht gesüßt.*« Einen Moment später zischte Malmon laut. »*Ah, perfekt. Der Schmerz verstärkt die Wirksamkeit und den Geschmack.*«

»Blut«, murmelt Bran. »Sie hat den Wein mit seinem Blut gesüßt, das er ihr freiwillig gegeben hat.«

»*Der Raum hier ist sehr hübsch. Ich werde eine Stunde bleiben.*«

»*Eine Stunde? Aber... wirst du denn nicht bei mir in der Villa leben, während ich die Sterne für dich finde?*«

»*Hier? An einem Ort für Sterbliche, für Menschen? Nein, ich habe meine eigene Unterkunft.*«

Der Widerwillen war ihr deutlich anzuhören, doch dann fuhr sie belustigt fort.

»*Schmoll nicht, Liebling, denn in dieser Stunde sorge ich dafür, dass du das Paradies erblickst. Zieh dich aus, damit ich sehen kann, wie weit deine Verwandlung bereits fortgeschritten ist. Und dann werden du und ich unser Verlangen stillen.*«

»Verwandlung.« Riley nickte Sasha zu. »Du hast gesagt, er wäre nicht mehr, was er war.«

»Aber ich weiß noch nicht, in was er sich verwandelt hat oder verwandeln wird.«

»*Ah ja. Du bist sehr anziehend. Hast du Schmerzen?*«

»*Manchmal spüre ich ein fürchterliches Stechen, das jedoch nach kurzer Zeit wieder vergeht.*«

»*Aber du magst den Schmerz, weil er ein Zeichen der Verwandlung ist.*«

»*Ich bin schon deutlich stärker.*«

»*Und du wirst noch stärker werden.*«

»*Ja. Ich werde unbesiegbar und unsterblich sein. Und wir werden gemeinsam über alle Welten herrschen.*«

»*Selbstverständlich.*«

»Kann er denn nicht hören, dass sie lügt?«, flüsterte Annika.

Sie hörten ein Geräusch wie das Pfeifen des Windes und danach ein dumpfes Knurren.

Harsches Keuchen, gieriges Geschmatze, Grunzen wie von einem Schwein, zwei schmerzliche Schreie, die so plötzlich abbrachen, als hätte jemand sie mit einem Messer abgeschnitten, lautes Klatschen, Kettenrasseln und ein Stöhnen, das wie das Flehen der Verdammten klang.

Unter dem Tisch rang Annika die Hände. »Das ist etwas anderes als das, was wir tun. Das hier ist kein Sex. Das ist das, was … die Haie tun. Bloße Gier ohne Schönheit, ohne Freundlichkeit und ohne Herz.«

»Sex ist nicht immer freundlich, aber das hier?« Riley wandte sich ihr zu. »Sei dankbar, dass wir kein Video haben.«

»*Mehr!*« In Malmons Stimme lag ein raues Krächzen, das nicht wirklich menschlich klang. »*Eine Stunde. Du hast mir versprochen, dass du eine Stunde bleibst.*«

»*Ach ja?*« Nerezza lachte kurz. »*Und jetzt schlaf ein. Ja, ja, schlaf ein und träume, bevor du anfängst, mich zu langweilen. Bald, mein Liebling, bald wirst du mir alles bringen, was ich will und was rechtmäßig mir gehört. Denn wenn du versagst, versüßt dein Blut weit mehr als meinen Wein.*«

Wieder hörten sie ein Knistern, und dann war es still.

»Das war's«, erklärte Sawyer.

»Das hätte ich gar nicht alles hören wollen.« Sasha griff nach ihrem Wasserglas und genehmigte sich einen möglichst großen Schluck. »Sie wollte ihn sehen, also hat er anscheinend eine körperliche Wandlung durchgemacht.«

»Guck mich nicht so an«, bat Riley sie. »Ich habe diese

Fähigkeit geerbt, und vor allem mache ich die Wandlung immer nur bei Vollmond durch.«

»Aber du hast gesagt, deine Verwandlung tue weh.«

»Ein bisschen. Das gehört nun mal dazu. Sie macht ganz sicher keinen Wolfsmenschen aus ihm. Wir haben gerade keinen Vollmond, und vor allem geht die Verwandlung immer schnell. Ich tippe auf einen Dämon.«

Bran nickte zustimmend. »Ich auch.«

»Dann kämpfen wir jetzt also gegen eine Göttin, einen Söldnertrupp und einen Dämon.« Sawyer stand entschlossen auf und nahm den Rekorder wieder in die Hand. »Wahnsinn. Ich bringe das Ding erst mal zurück ins Haus.«

Obwohl die Aufnahme sie nachhaltig erschüttert hatte, rief sich Annika die Freude kurz vor Sonnenaufgang in Erinnerung und klammerte sich während des Gesprächs über den Kampf, den sie aus Sashas Sicht an diesem Tag noch auszufechten hätten, daran fest.

Dann gingen sie zum Hafen, und sie tauchte einmal um das Boot, um den Peilsender zu finden, damit Bran ihn nach Neuseeland schicken konnte, wo er ihren Feinden nicht mehr nützlich war.

Sawyer befestigte die Pistole, mit der er auch unter Wasser schießen konnte, sorgfältig an seinem Gürtel, und Riley schloss den Reißverschluss ihres Neoprenanzugs und nahm ihre eigene Waffe in die Hand. »Okay, der nächste Tauchplatz liegt fast auf der anderen Inselseite. Hoffen wir nur, dass die Götter sehen, wie hartnäckig wir sind.«

»Ich wünschte mir, ich würde etwas fühlen wie an dem Tag, an dem wir auf den Feuerstern gestoßen sind.«

»Du musst die Sterne nicht alleine finden.« Riley schlug

der Freundin auf den Arm. »Wir sind schließlich zu sechst. Und auch wenn ich es über der Aufnahme des Triple-X-Malmon vergessen habe zu erzählen, habe ich wahrscheinlich etwas über die Seufzerbucht herausgefunden. Wenn wir nachher heimkommen, muss ich noch ein bisschen tiefer graben, doch zumindest grabe ich aus meiner Sicht am rechten Fleck. Wenn wir also heute immer noch keine Spur von dem Stern finden, stoße ich später vielleicht auf etwas, das uns weiterhelfen kann. Bis dahin suchen wir einfach die nächsten Höhlen ab.«

»Die erste liegt dort drüben, auf zwei Uhr.« Doyle legte seine Druckluftflasche an und nickte in die angegebene Richtung. »Ungefähr fünf Meter tief.«

»Dann sehen wir sie uns mal an.« Sawyer rollte sich über den Rand des Bootes ins Meer.

Egal wie oft sie schon ergebnislos versucht hatten, etwas zu finden – Anni hatte immer großen Spaß daran, wenn sie zusammen mit ihren Freunden schwamm. Heute aber trübte Furcht dieses Vergnügen, trotz der Freude über das, was vor Anbruch der Dämmerung geschehen war.

Sie würde kämpfen, wenn es nötig war. Sie würde niemals ihre Pflicht verletzen. Aber unablässig hatte sie Sashas Bild im Kopf.

Als sie heute unter Wasser die fünf anderen umkreiste, tat sie es nicht spielerisch, sondern damit der ganze Trupp, so dicht es ging, zusammenblieb.

Schon nach einem Augenblick sah sie die Höhle, schwamm aber nicht eilig darauf zu, sondern passte sich weiter an das langsamere Tempo ihrer Freunde an.

Sie durchschwamm die Öffnung neben Sawyer, und

obwohl sie selbst es nicht brauchte, war sie dankbar für das reine, positive Licht, das Bran bereitstellte, damit auch alle anderen die wogenden Pflanzen und die kleinen Fische sehen konnten, die pfeilschnell durchs Wasser schossen.

Eine zerbrochene Schale – ein zerstörtes Heim – verstärkte ihr Unbehagen noch.

Sie verteilten sich erst, als sie tief im Innern der Höhle waren, aber Annika behielt auch weiter mehr die Freunde und die Freundinnen im Auge, statt sich umzusehen. Riley schwamm an einer Wand hinauf und sah sich in den Felsspalten und kleinen Vertiefungen um, während Doyle noch tiefer ging und Sawyer sich auf einen schmalen Vorsprung zog. Kurzfristig war es nicht möglich, alle gleichzeitig im Auge zu behalten, und sie wäre fast in Panik ausgebrochen, als sie plötzlich einen feuerroten Seestern auf einem der Felsen schlafen sah. Die Friedlichkeit und Schönheit dieses Anblicks waren beruhigend, und mit ein paar schnellen Zügen schwamm sie darauf zu, um ihn sich aus der Nähe anzusehen.

Als sie merkte, dass er gar nicht schlief, nahm sie ihn behutsam in die Hände, spürte seine Wärme und schaute ihm lächelnd hinterher, als er, rote Funken sprühend, Richtung Höhlenausgang schwamm.

Am liebsten wäre sie dem Tier gefolgt und hätte sich an seinem roten Licht gewärmt, aber die anderen …

Beschämt, weil sie ein paar Sekunden lang nicht aufmerksam gewesen war, wandte sie sich wieder ihren Freunden zu. Riley klopfte soeben nachdrücklich auf ihre Uhr.

Also schwamm sie hinter Sawyer durch die roten Funken, die, obwohl der Seestern längst verschwunden war, auch weiterhin durchs Wasser stoben, und mit einem Mal

301

verspürte sie dieselbe Freude wie am frühen Morgen, wollte schnellstmöglich zurück aufs Boot und ihm erzählen, dass sie mit ihm im Sternenlicht geschwommen war.

Plötzlich hörte sie die Seufzer und die Lieder, immer noch in einiger Entfernung, aber näher als zuvor. Sie sollten sie führen, ja natürlich, was denn sonst? Die Seufzer und die Lieder riefen sie herbei.

Nicht in dieser Höhle, doch in einer anderen. Wenn es ihr gelänge, den Seestern zu finden und ihm hinterherzuschwimmen, brächte er sie an ihr Ziel.

Aufgeregt tippte sie Sawyer an, und er drehte den Kopf in dem Moment, in dem er durch den Höhlenausgang schwamm.

Er blickte in ihr strahlendes Gesicht und merkte dabei nicht, dass sie in einen Hinterhalt geraten waren.

Der Pfeil drang tief in seine rechte Schulter.

Annika vernahm das grässliche Geräusch und sah das Blut, das aus der Wunde quoll. Wie von Sinnen stürzte sie auf Sawyer zu, doch er schob sie entschlossen hinter sich, während er mit der linken Hand die Waffe zog.

Sie reagierte instinktiv, und die Lichtstrahlen aus ihren Armreifen brachten eine Reihe Gegner aus dem Gleichgewicht. Auch Bran ließ Blitze durch das Wasser zucken, und der Pfeil aus Sashs Harpune durchbohrte ein fremdes Bein.

Annika nahm nur noch Blut und Chaos wahr. Sawyers Blut und das der Angreifer.

Und dann eröffneten die Haifische die Jagd – genau wie auf dem Bild.

Sie wusste, was sie zu tun hatte, dass sie in der Nähe bleiben musste. Und obwohl ihr Magen sich zusammenzog, als eine der Bestien ihr Maul um einen von den Männern schloss, sagte sie sich, dass die Kerle ihre Feinde waren. Wie vorhergesehen, drehten sich die Feinde um und feuerten jetzt auf die Haie statt auf sie.

Sawyer winkte sie zu sich heran und hielt bereits den Kompass in der Hand seines verletzten Arms. Bereit, mit ihm zu reisen, sandte Annika noch eine Reihe Lichtstrahlen aus, doch während sie sich mit den anderen in einem bunten Strudel in die Luft erheben wollte, konnte sie mit einem Mal nur noch verschwommen sehen, sich nicht mehr festhalten und glitt zurück ins Meer.

Blind vor Schmerzen ließ sich Sawyer auf das Deck des Bootes fallen.

»Verdammt, verdammt, verdammt. Bring uns hier weg. Ich bin mir nicht sicher, ob ich uns alle noch einmal transportieren kann.«

»Zeig mal her.« Mit grimmigem Gesicht kauerte sich Bran vor Sawyer auf den Boden, während Doyle sich die Flossen von den Füßen riss.

»Anni.« Obwohl ihre Hände zitterten, lud Sash ihre Harpune nach. »Sie ist nicht mit uns zurückgekommen. Sie ist nicht mehr da.«

»Was?« Sawyer schob den Magier zur Seite und sprang auf. »Ich hatte sie. Ich hatte sie!«

»Sie konnte sich nicht mehr halten. Ich habe gesehen, wie sie wieder ins Meer gefallen ist. Ich konnte nichts dagegen tun. Sie … sie haben sie mit einem Pfeil erwischt. Ich könnte …«

Weiter kam sie nicht, weil Sawyer schon verschwunden war.

»Verflucht. Ich kehre auch noch mal dorthin zurück.«

»Wir haben Gesellschaft«, meinte Doyle, bevor sich Riley abermals ins Wasser stürzen konnte.

»Trotzdem lassen wir die zwei nicht einfach dort zurück.«

»Wir lassen niemanden zurück.« Doyle trat aus dem Führerhaus und schnappte sich sein Schwert.

Sie schwärmten aus dem Himmel, schwebten kurz über dem anderen Boot, das vielleicht fünfzig Meter entfernt lag, und stürzten auf sie zu. Obwohl ihre Waffen und die Munition mit Brans Zauberflüssigkeit ummantelt waren und Dutzende der Bestien in Rauch aufgehen ließen, kostete der wilde Kampf sie kostbare Minuten. Die genügten, dass sie hilflos mitverfolgen mussten, wie das andere Boot mit Hochgeschwindigkeit davonschoss.

»Sie haben sie erwischt!« Schluchzend schnappte Sasha sich Sawyers Waffe und feuerte eine Kugel nach der anderen ab. »Wir müssen ihnen hinterher.«

»Sie haben einen eigenen Schutzwall.« Während sie die letzten Angreifer vom Himmel holten, rollte eine graue Nebelwand über das Meer und verschluckte das gegnerische Boot. Bran schleuderte Blitze, aber sie prallten wie Gummibälle, die man gegen eine Wand wirft, davon ab. »Verdammt.«

»Wir müssen ihnen trotzdem hinterher«, pflichtete Riley Sasha bei. »So groß ist ihr Vorsprung bisher nicht.«

»Aber mit diesem Boot hier holen wir sie niemals ein. Vor allem blutest du.« Doyle legte sein Schwert zur Seite und wies auf den Riss in ihrem Neoprenanzug.

»Ja, eins der Biester hat mich dort gekratzt. Aber nur gekratzt.« Sie sah an sich herab. »Das ist nur eine – haha – Fleischwunde.«

»Die hast du, weil du mich weggestoßen hast. Tu das nie wieder«, fauchte Sasha, und Riley blickte sie mit hochgezogenen Brauen an.

»Ich würde dich auf jeden Fall noch einmal retten. Auch wenn dir das vielleicht nicht passt.«

»Verdammt, ich kann mich selbst verteidigen.«

»Jetzt beruhigt euch erst einmal«, bat Bran. »Und du setzt dich hier auf die Bank, damit ich mir die Wunde ansehen kann. Doyle, am besten bringst du uns erst mal zurück an Land.«

»Wir können nicht einfach zurückfahren und die beiden ihrem Schicksal überlassen.«

»Erst mal müssen wir uns selbst verarzten, uns besser bewaffnen und herausfinden, wohin sie mit ihnen unterwegs sind, *fáidh*. Ich schwöre dir bei meinem Leben, dass wir Annika und Sawyer finden werden. Und dann bringen wir sie heim.«

Sie ließ sich auf die Holzbank fallen und warf sich die Hände vors Gesicht. »Ich habe gespürt, wie Annika erschlafft ist. Offensichtlich haben die Kerle sie betäubt. Ich habe gespürt, wie sie uns entglitten ist, aber wie ich euch schon sagte, konnte ich nichts dagegen tun. Es ging alles zu schnell. Ich kam nicht an sie heran.«

»Dann glaube wenigstens daran, dass Sawyer sie gefunden hat.«

»Aber er ist *angeschossen*.«

»Du musst daran glauben«, wiederholte Bran. »Wir werden sie nach Hause holen, wo sie sicher sind.«

»Ein Rückzug ist etwas anderes, als wenn man sich ergibt.« Doyle wendete das Boot. »Wir werden sie finden und befreien.«

Als sie wieder zu sich kam, war sie noch immer wie benommen, hatte bohrende Kopfschmerzen, und ihre Hüfte tat ihr furchtbar weh. Während eines kurzen, seligen Moments dachte Annika, sie hätte einen schlimmen Traum gehabt. Sie streckte den Arm nach Sawyer aus, statt seiner aber küsste sie das Wasser, das sie immer noch umgab.

Das Meer, die Angreifer, das Blut, die Haie.

Während sie gegen den Nebel kämpfte, der ihr Hirn umwogte, und versuchte, ihren Körper zu bewegen, sah sie, dass sie tatsächlich im Wasser war. Doch das Wasser war von Glaswänden umgeben, auf denen ein durchsichtiger Deckel lag. Sie war in einen Glaskasten gesperrt und …

… splitternackt.

Obwohl sie nicht die angeborene Scheu der Landwesen besaß, war ihr bewusst, dass man sie im Grunde vergewaltigte, indem man sie ohne ihr Wissen und vor allem ihre Zustimmung entkleidete und dann unverhüllt in einen Glaskasten gesperrt hatte wie einen Fisch.

Sie presste die Hände fest gegen die Scheibe und blickte hinaus.

Die Höhle! Wenn sie sich nicht irrte, waren sie in der Höhle, auch wenn sie verändert worden war. Sie sah diverse Lampen, Tresen oder Tische, eine Reihe von Maschinen, Männer mit Gewehren.

Ihr Herz schlug einen Salto, zog sich dann aber zusammen, als sie ein Stück weiter Sawyer sah.

Sie hatten ihn an seinen Armen aufgehängt, und der Verband um seine Schulter war mit seinem Blut getränkt. Er trug nur noch seine Unterhose und hing so hoch, dass er nur mit den Zehenspitzen den Boden berührte.

Sein Kopf ruhte schlaff auf seiner Brust, und sie erkannte, dass er noch bewusstlos war. Wenigstens war er am Leben, machte sie sich Mut. Seine Brust bewegte sich mit jedem Atemzug.

Sie waren beide noch am Leben, und sie musste raus aus diesem Kasten, um ihm beizustehen.

Sie hob die Arme und versuchte, Licht gegen das Glas zu schleudern, doch die Kerle hatten ihre Reife dick mit schwarzem Stoff umwickelt, und egal, wie sehr sie daran zerrte, die Verbände saßen bombenfest.

Das Licht der Blitze wurde durch den Stoff derart gedämpft, dass die Glaswand völlig unbeschadet blieb.

Also trommelte sie mit den Fäusten gegen die verfluchte Wand.

»Da ist ja unsere kleine Meerjungfrau.«

Die Worte schlängelten sich glibberig wie Aale durch das Wasser, und sie wirbelte herum.

Ein schlangengleicher kleiner, dünner Mann betrat den Raum. Er trug ein schwarzes Hemd mit bis zu den Ellenbogen hochgerollten Ärmeln, eine schwarze Hose und einen breiten schwarzen Gürtel mit silberner Schnalle. Er hatte sich die schwarzen Haare sorgfältig aus dem brutalen Gesicht gegelt und sah sie unter schmalen schwarzen Brauen hervor aus kalten, schaurig schönen, wässrig blauen Augen an.

»Wir konnten dir die Armreife nicht abnehmen, ohne dir die Hände abzuschneiden, und ich hoffe nicht, dass das noch nötig wird.«

Wie die Augen wäre auch die melodiöse Stimme vielleicht schön gewesen, aber dafür klang sie viel zu kalt. Lässig trat er vor das Glas und sah sich Annika genauer an.

»Wie kriegst du überhaupt Luft? Kiemen habe ich bisher noch nicht an dir entdeckt. Das ist wirklich faszinierend. Zum Glück haben wir Leute, die dieses Geheimnis lüften werden, auf die eine oder andere Art. Aber wo bleibt mein Benehmen? Ich bin Eli Yadin und werde mit dir und deinem Freund hier arbeiten. Wir können es uns einfach machen oder schwer. Die Entscheidung liegt bei euch. Mr. Malmon müsste jeden Augenblick erscheinen. Er wird sich sehr freuen, dich zu sehen.«

Er warf einen Blick auf Sawyer. »Ihn natürlich auch.«

Sie kehrte ihm den Rücken zu und rollte sich zum Zeichen ihrer Missachtung zusammen, denn mehr konnte sie im Augenblick nicht tun.

»Du scheinst ein wenig aufgebracht zu sein. Dann lasse ich dich erst mal schmollen und wecke deinen Freund.«

Sie wirbelte herum und presste die Fäuste an das Glas, doch Yadin nahm bereits eine Ampulle von einem Tablett und brach sie unter Sawyers Nase auf.

Hustend und nach Luft ringend riss er den Kopf zurück, und obwohl der rote Fleck an seiner Schulter dadurch größer wurde, versuchte er, Schwung zu holen, bevor er das linke Bein nach vorne schießen ließ.

Yadin lachte nur. »Ah, der Trotz der Jugend! Es ist so viel unterhaltsamer, mit jemandem zu arbeiten, der ihn besitzt. Ja, wir haben deine liebreizende Freundin«, fügte er hinzu, als Sawyers Blick auf Anni fiel. »Wir haben das Aquarium extra für sie gebaut. Die anderen haben euch im Stich gelassen.« Seine Stimme wurde weich. »Sind weggerannt, um ihre eigene Haut zu retten. Haben billigend in Kauf genommen, dass euch zwei der Tod oder noch Schlimmeres ereilt. Und es wird schlimmer, sehr viel schlimmer werden, wenn ich von euch nicht bekomme, was ich will.«

»Sehe ich so aus, als würde ich mich auch nur ansatz-
weise dafür interessieren, was Sie wollen?«

»Oh, so jung, so trotzig und so hübsch.« Er fuhr mit
einem Fingernagel über Sawyers nackte Brust. »Zumindest noch.«

Wieder trat er an den Tisch, griff nach einem Tablett
und hielt es so, dass Sawyer sah, was darauf lag. Als der
nicht reagierte, zeigte er es Annika.

Sie sah Messer, jede Menge Messer, sowie andere silber-
farbene, scharfe Gegenstände, die wie Scheren schnitten,
aber sicher noch viel schärfer waren.

Während eines Augenblicks verlor sie die Beherrschung,
trommelte und trat gegen das Glas und schrie gellend auf.

»Ich soll ihm nicht wehtun? Das ist süß. Vielleicht hebe
ich mir diese Dinge ja für später auf.« Er stellte das Tablett mitsamt den Folterinstrumenten wieder auf den Tisch.
»Aber was gibst du mir dafür, dass ich derart geduldig bin?
Mr. Malmon würde sich wahrscheinlich riesig freuen, dich
gleich in deiner richtigen Gestalt zu sehen. Zeig dich in
deiner wahren Form, und vielleicht füge ich ihm dafür
keine Schmerzen zu.«

»Nicht. Er lügt. Gib bloß nicht nach.«

Yadin drehte sich um, nahm einen Beutel voller Sand
vom Tisch und schlug ihn Sawyer ins Gesicht. Als das Blut
anfing zu spritzen, schoss sie an die Wasseroberfläche und
warf sich mit aller Kraft gegen den Deckel des Aquariums.

»Einfach, aber effektiv. Soll ich noch einmal zuschlagen?
Warum eigentlich nicht?«

Diesmal traf er Sawyers Gesicht von der anderen Seite,
und als ihr Geliebter abermals erschlaffte, wirbelte die
Meerjungfrau herum und zeigte ihren Schwanz.

»Ahhh. Faszinierend. Und wunderschön. Du bist ein wahrhaft seltenes Geschöpf.«

Der Glaskasten erbebte, als sich Anni blitzschnell drehte und mit ihrem Schwanz gegen die Scheibe schlug. Sie wirbelte ein zweites Mal herum und schlug noch einmal zu, doch ehe sie zum dritten Schlag ausholen konnte, pikste Yadin Sawyer kurz mit einer Art von Stock gegen die Brust.

Der Gefangene schrie gellend auf, sein Körper zuckte wild, er verdrehte die Augen, bis nur noch das Weiß zu sehen war, und die Geräusche, die er ausstieß, waren schlimmer als jeder Schrei.

Erstickt rang er nach Luft, dann ließ er den Kopf wieder nach vorne fallen. Yadin wandte sich Annika zu. »Das war nur ein leichter Stromschlag. Wenn du das noch einmal machst, röste ich sein Hirn.«

Sie ließ sich auf den Boden sinken und blitzte ihn wütend durch die Scheibe an.

»So ist es besser. Warum ... Ah, der werte Mr. Malmon. Wie Sie sehen, haben wir bereits erste Fortschritte erzielt.«

Im Gegensatz zu Yadin war sein Auftraggeber ganz in Weiß gekleidet, hatte sorgfältig die Ärmel seines Hemds unterhalb der Handgelenke zugeknöpft und eine dunkle Sonnenbrille im Gesicht. Trotzdem brannte sich sein Blick in Annika hinein.

»Prächtig. Sie ist wirklich prächtig, finden Sie nicht auch? Ich glaube, ich werde sie behalten, wenigstens eine gewisse Zeit. Achten Sie darauf, dass Sie sie nicht beschädigen – zumindest nicht auf eine Weise, die von außen sichtbar ist.«

Damit kehrte Malmon Annika den Rücken zu und blickte Sawyer an. »Wie ich sehe, bist du nicht mehr ganz so selbstbewusst. Du blutest, man hat dich geschlagen, und vor allem bist du angekettet wie ein Tier. Du hättest Millionen von mir haben können, aber jetzt bist du in meiner Hand.«

Lächelnd trat er auf ihn zu und nahm ihm den Kompass ab. »Und ich habe den Schatz umsonst von dir gekriegt.«

Yadin hatte den Elektroschocker zurück auf den Tisch gelegt, doch jetzt nahm Malmon ihn mit einem amüsierten Lächeln in die Hand und rammte ihn Sawyer kraftvoll in den Bauch.

Das Wasser im Aquarium mischte sich mit Annis Tränen, als der grauenhafte Stock mehrere schwarze Brandflecke auf Sawyers Körper hinterließ und er noch wilder zuckte als beim ersten Mal.

Dann verpasste Malmon Sawyer einen Fausthieb in den Magen, und sein Körper schwang so heftig und abrupt zurück, dass die Fessel seine Handgelenke blutig riss.

Als Malmon abermals den Stock ergriff, um seinem Opfer damit ins Gesicht zu schlagen, machte Yadin eilig einen Schritt nach vorn. »Mr. Malmon …«

Der bleckte seine Reißzähne und wirbelte zu ihm herum.

Beschwichtigend hob Yadin beide Hände in die Luft. Er wirkte halb ängstlich und halb fasziniert, sprach aber mit demselben kalten Singsang wie zuvor. »Sie können natürlich mit ihm machen, was Sie wollen. Aber falls er Ihnen noch Informationen geben soll, ist dafür ein gewisses Maß an Feingefühl und an Geduld erforderlich.«

Malmon stieß ein schlangengleiches Zischen aus, ließ aber den Arm sinken und warf Yadin den Elektroschocker mit zitternden Fingern zu.

»Vielleicht haben Sie recht. Tun Sie Ihren Job.«

»Selbstverständlich. Also, Mr. King, Mr. Malmon wüsste gern, wie er dieses Instrument bedienen kann. Wenn Sie es ihm erklären, kann ich darauf verzichten, Ihnen zusätzliche Schmerzen zuzufügen, und wir wenden uns sofort den Glückssternen als unserem nächsten Thema zu.«

Er war heiser und noch immer derart atemlos, dass er nur mühsam einen Ton herausbekam. Sein linkes Auge war inzwischen zugeschwollen, aber mit dem rechten sah er die beiden anderen Männer trotzig an dem Blut und an den Schwellungen vorbei an.

»Wenn Sie bei den Pfadfindern gewesen wären, wüssten Sie jetzt, wie ein Kompass funktioniert.«

»Mir gefällt dein Stil.« Lächelnd rammte Yadin Sawyer den Elektroschocker in die Brust.

Der Eid war etwas Heiliges, und sie hatte geschworen, das Lied der Sirene niemals gegenüber Menschen anzustimmen. Aber diese Männer, dachte Anni, als der Körper ihres Liebsten zuckte, waren keine Menschen. Sie waren böse Wesen, und sie würde alles in ihrer Macht Stehende tun, um ihrem Mitgefangenen beizustehen.

In ihrem tiefsten Inneren suchte sie das Lied, mit dem die Männer sich versklaven ließen, hob den Kopf und sang.

Ein grausames Lächeln auf den Lippen, wandte Yadin sich ihr zu. »Sie singt. Vielleicht ein Totenlied für ihren Freund. Das ist…«, dann wurde seine Miene plötzlich weich, und seine Augen wurden glasig, »…einfach wunderschön. Hört ihr es auch? Es ist einfach unglaublich schön.«

Die süße, ungemein verführerische Weise drang aus dem Aquarium. Anni blickte sich aus grün leuchtenden Augen in der Höhle um.

312

Wie in Trance legten die Wachmänner am Eingang ihre Waffen fort, und obwohl Sawyers Kopf auch weiterhin auf seiner Brust lag, sah sie, dass er sich entspannte und ein Lächeln über seine Lippen huschte, während er versonnen ihren Namen murmelte, als träume er von ihr.

Malmon packte Yadins Arm und riss ihn unsanft neben sich. »Was zur Hölle ist hier los?«

»Sie ist unvergleichlich. Wir müssen sie freilassen.«

»Haben Sie den Ver… Der Sirenengesang!«

Eilig rannte er zum Tisch, schnappte sich ein Messer, packte Sawyer und hielt es ihm an den Hals.

»Noch ein einziger Ton, und ich schlitze ihm die Kehle auf.«

Sie brach ab und presste sich eilig eine Hand vor den Mund. Trotzdem fuhr ihr Feind ihrem Geliebten mit dem Messer fest genug über den Hals, dass frisches Blut aus einer schmalen Wunde quoll.

»Noch ein einziger Ton …«, wiederholte er, an Annika gewandt, und starrte Yadin wütend an.

»Reißen Sie sich zusammen, Mann.«

»Sie … sie hatte mich vorübergehend in der Gewalt.« Lachend trat der Kerl auf das Aquarium zu. »Wie eine Marionettenspielerin. Wie konnten Sie ihr widerstehen?«

»Offenbar habe ich einen stärkeren Willen. Erteilen Sie ihr eine Lektion.«

»Selbstverständlich.«

Yadin trat vor eine der Maschinen, drehte dort an einem Knopf, und das Wasser füllte sich mit Schmerzen und mit Feuer. Annika schrie gellend auf, während ihr Körper hin und her geworfen wurde, worauf Sawyer wild an seinen Fesseln riss.

»Aufhören, aufhören, hören Sie auf! Wenn sie tot oder verletzt ist, nützt sie Ihnen nichts.«

»Das genügt«, erklärte Malmon, ehe er, als hätte er nur eine kurze Trinkpause gemacht, erneut nach Sawyers Kompass griff. »Wenn ich es recht verstehe, muss man nur an einen Ort oder an die Koordinaten denken, und sofort wird man von diesem Ding dort hingebracht. Das heißt nicht nur an jeden Ort, sondern auch in jede Zeit.«

Malmon klopfte auf den Kompass und drehte ihn auf der Suche nach einem geheimen Mechanismus um. »Und wo ist die Rose?«

»Ganz so einfach ist das nicht.«

»Ach nein? Für unsere Jungfernreise sollte es das aber sein. Am besten fliege ich einmal zur Villa und zurück.« Malmon kniff die Augen zu, nannte die Koordinaten, die er extra nachgeschlagen hatte …

… und blieb, wo er war.

»Das sind keine roten Schuhe wie beim *Zauberer von Oz*, Sie Narr.« Er würde dafür sorgen, dass sie nicht mehr an Annika dächten, und wenn er es schaffte, Malmon unschädlich zu machen, könnte sie noch einmal ihr Lied anstimmen und dem Tank entfliehen.

Seine Antwort kostete ihn einen neuerlichen starken Stromschlag, aber nichts war ihm so wichtig wie die Möglichkeit, dass Annika entkam. Sobald er wieder atmen konnte, lachte er sarkastisch auf. »Super. Machen Sie so weiter, und Sie werden sehen, wie weit Sie damit kommen.«

»Überzeugen Sie ihn, dass es besser ist, wenn er mit uns kooperiert.«

Nickend nahm der andere Mann ein Messer in die

Hand, tauschte es nach kurzem Überlegen gegen ein Stilett, legte auch das noch einmal fort und nahm stattdessen ein Skalpell. »Ich kann ihn in Stücke schneiden, würfeln, ihm die Daumen amputieren oder die Augen ausstechen. Ganz wie Sie wollen. Das wird ein bisschen dauern, und es wird mir durchaus Freude bereiten, aber es gibt Menschen, die selbst diesen Schmerz ertragen, und vor allem gelangen wir auf anderem Weg viel schneller ans gewünschte Ziel.«

Der Folterspezialist zeigte auf Annika.

»Überzeugen Sie ihn«, wiederholte Malmon, und der Foltermeister drehte abermals den Knopf und setzte Anni neuerlichen Höllenqualen aus.

Neben ihren eigenen Schreien hörte sie, dass Sawyer brüllte, fluchte, flehte, bis der Schmerz verebbte und sie kraftlos auf den Grund des Beckens sank. Sie schaute durch das Glas auf sein geschundenes, blutiges Gesicht, sah seinen unglücklichen Blick und schüttelte den Kopf.

Du darfst ihnen nicht geben, was sie wollen, dachte sie. Gib ihnen nichts.

»Ich habe keine andere Wahl. Tut ihr nicht weh. Tut ihr, um Himmels willen, nicht noch einmal weh. Ich kann euch nicht sagen, wie der Kompass funktioniert. Ich kann es euch nicht sagen!«, schrie er, als der andere erneut vor die Maschine trat. »Ich muss es euch zeigen. Tut ihr nichts. Lasst sie ihn Ruhe, wenn ich es euch zeigen soll.«

»Das ist wahre Liebe.« Yadin warf die Hände in die Luft. »Ein Mann mag für die gute Sache selbst grenzenlosen Schmerz ertragen oder sogar dafür sterben. Aber er wird völlig hilflos, wenn er liebt.«

Malmon winkte einem seiner Männer zu. »Lasst ihn runter. Falls du irgendwelche Mätzchen machst, wird er den Strom noch höher drehen. Davon wird sie vielleicht nicht sterben, aber sie wird nie wieder dieselbe sein.«

»Ich habe doch gesagt, dass ich es Ihnen zeige.« Als die Kette endlich nachgab, ließ sich Sawyer auf die Knie fallen und senkte unglücklich den Kopf.

13

Erschöpft streckte er die Hände, die auch weiterhin gefesselt waren, nach dem Kompass aus, worauf ihm Malmon kräftig in den Brustkorb trat.

Abermals schlug Annika mit ihrem Schwanz gegen die Glasscheibe des Tanks, doch zum Zeichen, dass sie sich nicht rühren sollte, reckte Yadin mahnend einen Zeigefinger in die Luft.

»Denkst du, ich gäbe dir das Ding einfach zurück?«

»Ich muss den Kompass halten. Das ist die einzige Möglichkeit, ihn jemand anderem zu übergeben. Ich…« Um Zeit zu schinden, täuschte er den nächsten Hustenanfall vor und dachte hektisch nach. »Die erste Reise müssen Sie mit mir zusammen machen. Anders kann der Kompass nun einmal nicht übergeben werden, wenn der andere ihn danach selbst benutzen will. Verdammt, Malmon, ich habe die Regeln nicht gemacht.«

Er hob den Kopf so weit über den Schmerzpunkt, dass er plötzlich unempfindlich dafür war. »Alles, worum ich Sie bitte, ist, ihr nicht mehr wehzutun. Mir ist klar, dass Sie mich töten werden, wenn Sie erst den Kompass haben. So laufen die Dinge nun mal. Aber Sie haben keinen Grund, auch ihr was anzutun. Sie haben sie gefangen, und aus diesem Glaskasten kann sie nicht fliehen.«

Malmon beugte sich zu ihm herab, packte ihn am Hals

und bohrte ihm seine unnatürlich langen, scharfen Nägel in die Haut. »Wo ist der Feuerstern?«

»Ich weiß nicht, wo …«

»Drehen Sie den Strom noch einmal auf, Yadin.«

»Nein, nein, bitte nicht. Bran hat ihn versteckt. Zu dem Ort kann ich Sie bringen, aber ich schwöre bei allem, was mir heilig ist, ich habe keine Ahnung, wie gut er das Ding gesichert hat. Ich kann Sie hinbringen, damit Sie ihn mit eigenen Augen sehen. Verdammt, Malmon, ich werde alles tun, was Sie wollen. Nur tun Sie ihr nicht weh.«

»Dann hat also der Zauberer den Stern versteckt? Bringen Sie mir Berger und schicken Sie nach Commander Trake«, wies Malmon einen seiner Männer an. Dann trat er vor den Tank und starrte Anni an, während er gleichzeitig mit Yadin sprach. »Schnippeln Sie etwas an ihm herum – was er natürlich überleben muss.«

Yadin wählte eins der Messer aus, während Annika verzweifelt mit den Fäusten an das Glas der Scheibe schlug.

»Sagst du auch die Wahrheit? Falls du mich belügst …«

Sawyer unterdrückte einen Schrei, und Malmon sah der Nixe ins Gesicht. »Als Nächstes schneidet Yadin ihm die Daumen ab.«

Sie starrte Malmons dunkle Brillengläser an und presste beide Hände wie zu einem Schwur gegen ihr Herz.

»Das genügt.«

Malmon drehte sich zu Yadin um, der das Messer aus dem Brustkorb ihres Liebsten zog, während ein anderer Mann den Raum betrat.

Er war hochgewachsen, hatte eine kerzengerade Haltung, blaue Wikingeraugen sowie kurz geschorenes blondes, beinahe weißes Haar.

Mit einem Blick auf Annika meinte er knapp: »Dann ist es also wahr. Es gibt eben noch zahlreiche Geheimnisse auf dieser Welt. Werden Sie sie ficken?«

»Es gibt keinen Grund, vulgär zu werden, Franz.«

»Hat mich einfach interessiert. Ich an Ihrer Stelle würde das auf alle Fälle tun, einfach um zu sehen, ob es möglich ist.« Dann wandte er sich Sawyer zu und erklärte seinem Peiniger: »Sie machen mal wieder jede Menge unnötigen Dreck. Eine Kugel in den Kopf wäre deutlich effizienter.«

»Ich ziehe meine Arbeitsweise vor.«

Achselzuckend blickte Berger Malmon an. »Die übrigen Zielpersonen sind wieder in ihrem Basislager eingetroffen.«

»Riggs, die Seherin. Sie haben ihre Beschreibung.«

Berger nickte knapp. »Die Blondine. Die ausnehmend anziehende Blondine.«

»Ihr können Sie gerne eine Kugel in den Kopf jagen.« Malmon achtete auf Annis Reaktion, und als sie sich schluchzend auf dem Beckengrund zusammenrollte, nickte er zufrieden. »Aber den Zauberer dürfen Sie nur verwunden.«

»Gibt es einen Körperteil, den ich verschonen soll?«

»Sie sind der Experte. Commander«, wandte Malmon sich an Trake, der inzwischen ebenfalls erschienen war. »Mr. Berger möchte seine Arbeit machen. Rufen Sie einen Einsatztrupp zusammen, warten Sie, bis Berger seinen Job erledigt hat, und dann gehen Sie rein und nehmen die Überlebenden gefangen. Ich will Gwin und Killian lebend haben. Mit diesem McCleary können Sie machen, was Sie wollen, aber sorgen Sie dafür, dass er anständig gefesselt wird.«

»Zu Befehl, Sir.«

»Und durchsuchen Sie das Haus. Ich will sämtliche Computer, Aufzeichnungen, Karten sowie anderen Papiere aus der Villa haben.«

Er entließ die beiden Männer durch ein knappes Nicken und trat abermals auf Sawyer zu. »Aufstehen.«

Zähneknirschend rappelte sich Sawyer auf.

»Wie sind die Koordinaten des Orts, an dem der Feuerstern versteckt ist?«

Sawyer nannte ihm den Breiten- und Längengrad, und Malmon gab die Daten in einen Computer ein. »Eine Insel in der Südsee? Wie gewöhnlich.«

»Sie ist nicht bewohnt, und der Stern ist gut versteckt und durch einen Zauberspruch geschützt. Ich weiß nicht, wie das funktioniert. Ich kann Sie hinbringen, aber ich habe keine Ahnung, ob der Zauber dadurch bereits aufgehoben wird. Sie brauchen Sasha nicht zu töten. Hören Sie … hören Sie mir zu. Sie kann Ihnen noch nützlich sein. Nerezza hätte sicher gerne ein Geschenk. Sie können …«

Malmon schlug ihm derart kraftvoll ins Gesicht, dass er gut drei Meter nach hinten flog. »Ich weiß selbst, was Nerezza will. Es steht dir nicht zu, auch nur ihren Namen in den Mund zu nehmen. Wenn du das noch einmal tust, füge ich der Meerjungfrau mehr Schmerzen zu, als ein Gehirn erträgt.«

»Ich tue alles, was Sie wollen!«

»Wie lange wird es dauern, zu dem Stern zu reisen und wieder zurückzukommen?«

»Die Reise selbst? An die zwei Minuten.«

»Sicher reichen anderthalb Minuten auch. Du.« Er wies

auf einen seiner Männer. »Du bringst ihn dorthin und anschließend wieder zurück.«

»Aber…«

»Bildest du dir allen Ernstes ein, ich würde dir erlauben,
mich aus dieser Höhle zu entführen? Um dir zu helfen,
das, was auch immer du dir in deiner Verzweiflung ausge-
dacht hast, zu realisieren? Wenn du länger als die anderthalb Minuten brauchst, wenn du versuchst, dich aus dem
Staub zu machen, oder mir den Kompass klaust, wird sie
qualvoll sterben.«

»Anderthalb Minuten rei…«

»Das ist die Zeit, die dir für diese Reise zur Verfügung
steht.« Malmon sah auf seine Uhr. »Yadin.«

Ein missbilligender Ausdruck huschte über das Gesicht
des anderen Mannes, aber trotzdem drehte er den Strom
noch einmal auf.

»Noch mal.«

»Aufhören! Gottverdammt, ich habe doch gesagt, ich
tue alles, was Sie wollen.«

»Jetzt kennst du den Preis, den sie dafür bezahlt, falls du
es dir noch einmal anders überlegst. Drehen Sie den Strom
noch etwas höher, und machen Sie sich bereit, ihn anzustellen. Zieh deine Waffe, du Idiot, und vor allem nimmst
du ihn während des Fluges am besten in den Schwitzkasten.«

Der Mann trat hinter Sawyer, legte einen seiner muskulösen Arme um seinen verbrannten Hals und drückte den
Lauf seiner Pistole an sein Ohr.

»Ausgezeichnet. Anderthalb Minuten. Die Zeit läuft.«
Damit drückte Malmon Sawyer seinen Kompass in die
Hände, die auch weiterhin gefesselt waren.

Sawyer lenkte den Blick auf Annika, sprach ihren Namen. Und verschwand.

Im Haus sah Bran nach Rileys Wunde, während Doyle mit Sasha die Waffen holen ging.

»Es muss die Höhle sein, nicht wahr? Sasha hat die beiden sicher nicht umsonst davor gewarnt hineinzugehen. Natürlich könnte er sie auch in seiner Villa haben, aber...«

»Wir wissen nicht sicher, wo sie sind«, fiel Bran Riley ins Wort. »Es ist schwerer, zwei bewusstlose, verwundete Gefangene auf den Berg zu transportieren. Du darfst dich nicht bewegen, bis ich fertig bin.«

»Das ist nur ein verdammter Kratzer, und vor allem müssen wir allmählich los.«

»Es ist erheblich mehr als ein verdammter Kratzer, und bevor wir aufbrechen, müssen wir wissen, wo die beiden sind.«

»Ich habe gesagt, wir holen sie zurück.« Mit zwei Pistolen am Gürtel, seinem Schwert auf dem Rücken sowie einem Messer, das in seinem Stiefel steckte, betrat Doyle den Raum. »Ich war mehrere Leben lang Soldat und lasse Kameraden oder Freunde nicht einfach zurück.«

»Wir werden es nicht schaffen, Annika und Sawyer zu befreien, wenn du ein solches Theater um eine kleine Wunde machst«, wandte sich Riley abermals an Bran.

»Ohne Bran würdest du mindestens zwölf Stiche für die kleine Wunde brauchen.« Sasha trat mit ihrer Armbrust, einem Köcher voller Pfeile und der Waffe, die sie bisher nur bei Schießübungen abgefeuert hatte, durch die Tür.

»Okay, in Ordnung. Meiner Meinung nach ist es all-

mählich an der Zeit für die von dir versprochene Kettenreaktion«, wandte sich Doyle an Bran.

»Auf jeden Fall«, stimmte ihm Riley zu.

Als Bran den beiden keine Antwort gab, setzte Sasha
sich auf einen Küchenstuhl. »Und wenn wir uns irren,
haben wir die Sprengfallen ganz umsonst dort angebracht
und hochgejagt. Ich muss endlich sehen, wo die beiden
sind. Das hat niemand gesagt, aber mir ist klar, dass ihr das
alle denkt. Glaubt ihr, das könnte ich nicht *fühlen*?«

»Es wäre natürlich eine Hilfe, aber Sash, wir alle wissen,
dass du die Visionen nicht erzwingen kannst.«

»Und warum nicht?«, fuhr sie Riley an. »Warum kann
ich sie nicht aufrufen, wenn wir sie brauchen? In einem
Moment wie diesem, während zwei von uns … Warum
sagst du mir nicht, was ich tun soll?«, wandte sie sich
schlecht gelaunt an Bran. »Warum sagst du es mir nicht?«

»Weil es deine eigene Gabe ist, *a ghrá*.« Er umfasste ihre
Schultern und küsste sie tröstend auf die Stirn. »Weil du
diese Visionen nur allein heraufbeschwören kannst.«

»Dann werde ich das tun. Aber warum hilfst du mir
nicht mit einem Zauberspruch?«

»Ich helfe dir mit allem, was ich habe, doch für solche Dinge gibt es keinen Zauberspruch. Es ist deine Gabe,
dein Gehirn, dein Herz, was heißt, dass nur du selbst dich
öffnen kannst.«

»Ich brauche Luft. Ich brauche Platz. Ich muss erst mal
tief *durchatmen*.« In dem Versuch, sich zu beruhigen, stürzte
sie auf die Terrasse, und als Bran ihr folgte, warf sie sich die
Hände vors Gesicht.

Er zog sie sachte wieder fort. »Vertrau dir so, wie ich es
tue.«

»So wie wir alle es tun«, verbesserte ihn Riley und blickte auf Doyle.

»Ja. Wie wir alle es tun«, stimmte er ihr eilig zu.

»Hilf mir.«

Bran zog eine ihrer Hände auf sein Herz. »Du musst mich spüren und dich mir öffnen«, bat er sie.

»Liebe, Vertrauen, Glaube. Bran.«

»Und jetzt öffne dich dir selbst, *fáidh*. Lass die Bilder zu. Du bist unglaublich stark. Überwinde uns allen zuliebe deine Furcht und lass die Bilder zu.«

Sie spürte seinen ruhigen, gleichmäßigen Herzschlag unter ihren Fingern, kniff die Augen zu und zählte die Schläge seines, ihres, ihrer beider Herzen.

»Oh ... sie sind verletzt. Die Schmerzen sind grauenhaft, aber die Furcht ist schlimmer. Sie hat Angst um ihn und versucht zu kämpfen, doch sie tun ihm furchtbar weh. Er hat Angst um sie und versucht zu kämpfen, doch dafür verletzen sie auch sie. Gefangen, Anni ist gefangen. Umgeben von Wasser, das aber nicht weich und zärtlich, sondern grausam ist. Es bereitet ihm Vergnügen, ihnen wehzutun. Er weiß genau, wie er das anstellen muss. Und Malmon ist inzwischen ... nicht mehr nur ein Mensch. Seine Augen, seine Augen, er versteckt sie hinter einer Brille, aber ...«

»Wo, Sash? Wo sind Annika und Sawyer?«

»In der Höhle. Voller Blut und Tod. Sie ist in einen Wassertank gesperrt, verletzt und am Ende ihrer Kraft. Sie weint. Und Sawyer verliert sehr viel Blut. Eine Chance, er spürt, dass er nur eine Chance hat. Ich kann sie nicht sehen, weil es zu viele Bilder und weil ihre Schmerzen unerträglich sind. Sawyer ... Einen Augenblick ... Er ist verschwunden. Er ist nicht mehr da.«

»Tot. Oh nein, oh Gott«, stieß Riley aus, doch Sasha schüttelte den Kopf.

»Weg. An einem anderen Ort. Ich ...«

Während sie sprach, erklang hoch oben in den Bergen eine Explosion, und sie sahen ein grelles Licht.

»Heckenschützennest.« Doyle packte Rileys Arm. »Zurück. Zurück ins Haus.«

»Zeit für die Kettenreaktion, Herr Zauberer.« Riley rannte los, schnappte sich ihre Waffen und war sofort wieder da. »Und höchste Zeit, dass wir uns in Bewegung setzen. Los.«

»Sie kommen.« Sasha legte eilig ihre Armbrust an. »Männer, Malmons Männer. Sie sind auf dem Weg hierher. Sie wollen uns gefangen nehmen.«

»Was ihnen ganz sicher nicht gelingen wird.« Bran reckte entschlossen die geballten Fäuste in die Luft, ließ sie über seinem Kopf zusammenkrachen ...

... und der Berg über dem Haus wurde in gleißend helles Licht getaucht.

Eine Chance, dachte Sawyer und konnte nur beten, dass die Zeit von ihm nicht allzu knapp bemessen worden war. Er würde diesen Kampf vielleicht nicht überleben, doch ihm bliebe eine Chance, Annika zu retten, und das wäre ihm genug. Er spürte den Lauf der Waffe dicht an seinem Ohr und den Arm um seinen Hals und tat etwas, was er noch nie getan hatte.

Er ließ den anderen einfach los.

Der Arm des Schurken löste sich von seinem Hals, und dann war er mit einem Mal allein. Und hörte nicht einmal das leiseste Geräusch.

Er umklammerte den Kompass, dachte möglichst fest an Annika und versuchte, seine Reiserichtung umzukehren.

Auch eine solche Umkehr hatte er bisher noch nie versucht, doch er hatte bereits sechzig kostbare Sekunden seiner Zeit verbraucht und musste unbedingt zurück.

Wenn er sie nicht befreien könnte, wäre sie zumindest nicht allein.

Annika lag mit geschlossenen Augen auf dem Beckengrund. Sie würde weiterkämpfen, würde weiter ein ums andere Mal gegen die Scheibe trommeln, wenn sie erst wieder bei Kräften wäre. Augenblicklich war sie zu geschwächt, und einzig ihr eiserner Wille hinderte sie daran, dass sie einfach starb.

Sie hoffte, dass sie sie bald töten würden. Denn sie wollten Sawyer töten, und wenn er zurückkäme, um sie zu retten, würden sie ihn umbringen.

Seine Ehre würde es ihm nie erlauben, sie einfach zurückzulassen und allein zu fliehen.

Er hatte Malmon angelogen, und er schützte weiterhin den Stern. Er hatte sicher einen Plan und würde alles unternehmen, um sie zu befreien. Doch er blutete, er war verletzt und stand kurz vor dem endgültigen Zusammenbruch.

Sie wünschte sich von ganzem Herzen, dass er weiterreisen würde, bis er sicher wäre – als ein lauter Knall die Scheiben des Aquariums erbeben ließ.

Mühsam kämpfte sie sich an die Wasseroberfläche und sah durch die graue Nebelwand, die in der Höhle aufgezogen war, dass Malmon schreiend aus der Höhle rannte, während Yadin nach dem Drehknopf der Maschine griff.

Und dann war plötzlich Sawyer – wie in einem Traum – bei ihr im Wasser, zwängte die zusammengebundenen Hände über ihren Kopf und zog sie eng an seine Brust.

Blendend helle Blitze zuckten durch die Höhle, und das Wasserbecken wurde wie von Riesenhänden durchgeschüttelt. Von allen Seiten drangen fürchterliche Schreie an ihr Ohr, doch mit einem Mal flogen sie gemeinsam durch die Luft.

Sie schlang ihm die Arme um den Hals und spürte die warme Nässe seines Blutes auf ihrer Haut.

»Ich habe dich«, raunte er ihr ins Ohr.

»Du bist zurückgekommen, um mich zu befreien.« Während ihre Augen sich mit Tränen füllten, kam sie unsanft auf der Erde auf.

Sie hörte Schüsse und Geschrei, sah neuerliche Blitze, spürte, dass ihr Liebster unter ihr erschlaffte, hob den Kopf und sah ihn an. Sein Gesicht unter dem Blut und all den Schwellungen war kreidebleich, und aus seiner Schulter und seiner Seite quollen Ströme frischen Blutes.

Sie wollte aufstehen und kämpfen, doch da ihre Kräfte nicht mehr reichten, um die Flosse gegen Beine auszutauschen, schob sie sich verzweifelt über ihn und schirmte seinen Leib mit ihrem eigenen Körper ab.

Sie versank in einem Dämmerzustand – ob für zwei Minuten oder eine Stunde, konnte sie nicht sagen –, bis sie wie aus weiter Ferne eine Stimme hörte, die ihr irgendwie bekannt vorkam.

»Das werden diese Schweinehunde nicht so schnell noch mal versuchen«, brüllte Riley. »Und jetzt suchen wir endlich … Himmel, du meine Güte. Bran!«

Anni spürte, wie sie hochgehoben wurde.

»Nein, lasst mich hier erst mal liegen«, protestierte sie mit schwacher Stimme. »Sawyer ist verletzt. Sie haben ihn verletzt. Sawyer.«

»Keine Sorge, meine Schöne, Bran versorgt ihn schon. Wir kümmern uns um ihn.«

»Bring sie raus, Doyle, in den Pool. Das Wasser tut ihr sicher gut. Riley, lauf ins Bad und hol mir Handtücher. Wir müssen die Blutung stillen, bevor Bran ihn verarzten kann.« Sasha ließ sich neben Sawyer auf den Boden sinken. »Wie schlimm ist es?«

»Sehr«, erklärte Bran. »Er hat extrem viel Blut verloren. Sein Jochbein ist zertrümmert und sein Auge ...«

»Lass mich helfen. Ich kann auch ein paar Wunden versorgen.«

»Das ist sicherlich zu viel für dich, Sasha.«

»Ich schaffe es. Ich kann dir helfen.« Sie berührte Sawyers Wange und schrie leise auf. »Oh Gott.«

»Hör auf. Das schaffst du nicht.«

»Oh doch. Sag mir einfach, was ich tun soll.« In ihrem Inneren wogten Liebe, Mitleid und Verzweiflung auf. »Du hast gesagt, du würdest mir vertrauen. Also tu es auch jetzt.«

Riley kam aus dem Bad gerannt, ließ sich nach einem kurzen Blick auf Sashs verschwitztes, kreideweißes Gesicht und Brans konzentrierte Miene auf die Knie fallen, presste ein Handtuch auf das Loch in Sawyers Seite und murmelte eindringlich: »Na los, du schaffst es, Meisterschütze. Ich lasse dich bestimmt nicht hier auf dem Fußboden verbluten.« Sie hob kurz den Kopf und wandte sich an Doyle, der aus dem Garten kam. »Du solltest sie jetzt nicht alleine lassen.«

»Es geht ihr schon wieder besser, und ich soll in ihrem Auftrag kurz nach Sawyer sehen. Es wird ihr noch besser gehen, wenn ich ihr sagen kann … Verdammt, die Schweinehunde haben ihm ganz schön übel mitgespielt.«

»Das reicht, Sasha.«

»Noch ein bisschen. Ich kann sicher noch was für ihn tun. Sag ihr, dass er bald wieder auf dem Damm ist, Doyle, und dann hol Brans großen Verbandskasten von oben. Riley?«

»Er blutet nicht mehr ganz so stark, aber stoppen kann ich die verdammte Blutung nicht.«

»Überlass das einfach Bran. Das bekommt er hin. Ich kann uns alle sehen. Wir stehen in einem Steinkreis irgendwo auf einem Hügel, und zu unseren Füßen ist das blaue Meer. Ich kann uns sehen, uns alle sechs. Los, Doyle, hol jetzt endlich den Verbandskasten, und richte Anni von mir aus, dass er wieder in Ordnung kommen wird.«

»Ich bin hier.« Mit zitternden Beinen und noch immer nackt, tauchte die Nixe in der Küche auf. »Und ich glaube dir.«

Doyle zog eilig seine Jacke aus und hüllte Annika fürsorglich darin ein. »Dir ist doch sicher kalt.«

»Er ist meinetwegen noch einmal zurückgekommen. Er hat diese Kerle überlistet und ist umgekehrt, um mich zu retten. Er hat alles für mich, für uns und unsere Aufgabe riskiert. Er ist sehr mutig.« Tränen strömten über ihr Gesicht, als sie sich auf die Knie fallen ließ. »Lasst mich helfen, ja?«

Malmon stieß ein dumpfes Stöhnen aus. Das Licht, das grauenhafte Licht, hatte ihn blind gemacht. Das Einzige, was er noch sah, war vollkommene Dunkelheit. Und die Schmerzen! Zwar hatten der Donner und die Schreie einer ebenso brutalen Stille Platz gemacht, aber er hatte das Gefühl, als ob sein Körper lichterloh in Flammen stünde.

Er roch seine eigene verschmorte Haut und sein heißes Blut.

Aber er war noch am Leben, deshalb kroch er mühselig auf allen vieren über den steinigen, verbrannten Grund. Er sehnte sich nach Wasser, kühlem, kühlem Wasser für seinen verbrannten Hals und seinen ebenfalls verbrannten Leib. Er hätte die Hälfte seines Reichtums gegen einen Becher Wasser eingetauscht.

Dann hörte er plötzlich ihre Stimme und erschauerte vor Furcht.

»Du hast versagt.«

»Nein, meine Königin. Oh nein. Sie haben uns in einen Hinterhalt gelockt und überrumpelt, aber die Soldaten nehmen sie in diesem Augenblick gefangen. Du wirst sie bekommen, alle sechs. Bitte, sie haben mich schwer verletzt.«

»Deine Soldaten haben ebenfalls versagt und sind genau wie all die anderen, die du hergebracht hast, schon längst nicht mehr auf dieser Welt.«

»Bitte, meine Liebe, meine Königin, das Licht hat mich geblendet. Meine Augen. Hilf mir.«

Unter Schmerzen kroch er auf die Stimme zu, doch sie stieß ihn verächtlich fort.

»Weshalb sollte ich einem Versager helfen wollen? Ich habe dir etwas geschenkt, und was hast du mir gegeben?«

»Alles, was ich bin und habe.« In blinder Verzweiflung streckte er die Hände nach ihr aus.

330

»Du bist ein Nichts, und du besitzt auch nichts mehr außer dem, was du von mir bekommst. Ich hatte dir zwei Aufgaben gestellt, mein Schatz. Die Sterne und die Wächter. Wenn ich sie von dir bekommen hätte, hätte ich dir dafür ewiges Leben, ewige Jugend und auch alles andere, was du dir nur hättest wünschen können, geschenkt. Aber du hast weder die Wächter ausgeschaltet noch die Sterne für mich ausfindig gemacht.«

»Das werde ich. Ich schwöre dir, ich werde nicht noch einmal versagen.«

»Du bist blind und schwach. Nichts als die zerbrochene Hülle, die noch von dir übrig ist.«

»Hilf mir.« Obwohl jeder Zentimeter Malmon Höllenqualen leiden ließ, kroch er weiter auf sie zu. »Hilf mir, wieder zu sehen, und mach mich gesund. Ich werde dir die Sterne bringen, und sie werden im Blut der Wächter schwimmen, das verspreche ich.«

»Du willst also wieder sehen?«

»Ich flehe dich an, gib mir mein Augenlicht zurück. Erst wenn ich wieder etwas sehe, kann ich diese Sterne finden und die Wächter töten, die sich dir entgegenstellen.«

»Du willst wieder sehen?«, wiederholte sie mit einer amüsierten Stimme, die ihn erzittern ließ. »Und wenn ich dich wieder sehen lasse, schwörst du, dass du mir für alle Zeiten dienen wirst?«

»Ich bin dein Diener, und ich werde es für alle Zeiten sein. Ich flehe dich um Gnade an.«

»Ist dir nicht klar, dass Gnade eine Schwäche ist? Und ich bin stark. Trotzdem werde ich dich wieder sehen lassen, mein Lieber, trotzdem lasse ich dich wieder sehen.«

Er hatte das Gefühl, als würden seine Augen anfangen

zu kochen. Er schrie und schrie und schrie, bis seine Kehle blutig war, warf sich die Hände vors Gesicht und rutschte auf den Knien umher, als könnte er auf diese Weise dem grauenhaften Schmerz entfliehen.

Die Tränen, die er weinte, waren aus Blut.

Über seine Schreie und die Höllenqualen hinweg drang ihr Gelächter an sein Ohr.

Und durch die Dunkelheit hindurch begann er sie zu sehen.

Schlangengleich peitschte ihr Haar um ihr Gesicht, auf dem ein Ausdruck der Befriedigung und des vollkommenen Irrsinns lag, als er sich schreiend vor ihr wand. Trotzdem streckte der Mann und was aus ihm geworden war, die Hände nach ihr aus.

Er war nur noch ein Bittsteller, sonst nichts.

»Fleh mich nie wieder um Gnade an«, wies sie ihn beinahe freundlich zurecht. »Und enttäusch mich nicht noch mal. So, und jetzt kriechst du am besten wieder in dein Loch.« Sie zeigte auf die Höhle. »Und dort wartest du so lange, bis es mir beliebt, dich wieder herauszuholen.«

»Lass mich nicht alleine. Nimm mich mit. Ich bitte dich, mich mitzunehmen, damit ich dir dienen kann.«

»Du willst mitkommen?« Sie umrundete das Häufchen Elend, das zu ihren Füßen auf den Steinen lag, wobei das Rascheln ihres langen schwarzen Kleides wie das Rauschen zweier riesengroßer Flügel klang.

»Ich werde wieder stärker werden. Werde dir die Sterne bringen. Und die Köpfe der sechs Wächter.«

»Worte und Versprechungen bedeuten mir nichts. Bring mir, was ich verlange.« Sie beugte sich zu ihm herab. »Oder die Schmerzen, die sie dich haben erleiden lassen, wer-

332

den nichts sein im Vergleich zu dem, was du fühlen wirst, wenn ich unzufrieden mit dir bin.«

»Ich werde wieder gesund. Werde dir alles geben, was du willst. Nur lass mich nicht allein, oh meine Königin.«

»Also gut. Nimm meine Hand.«

Zitternd vor Dankbarkeit, befolgte er ihren Befehl. Die Hand, die er ihr reichte, war geschwärzt, große Fetzen der verbrannten Haut lösten sich von ihr ab, und die fast drei Zentimeter langen, dicken, gelben, vorne leicht gebogenen Nägel sahen wie die Klauen eines Vogels aus.

»Wenn du nicht wärst, wozu ich dich gemacht habe, wärst du genau wie all die anderen Versager längst schon nicht mehr da. Vergiss das nicht. Mein Schatz.«

Wieder traf der Schmerz ihn wie ein Schock, als würde das Feuer, das in seinem Inneren und auf seiner Haut gelodert hatte, urplötzlich durch Eis ersetzt. Die Kälte, die ihm beinahe die Knochen brach, hätte ihn fast umgebracht.

Und plötzlich wurde er erneut in vollkommene Dunkelheit gehüllt, und als er blinzelte, bemerkte er, dass er in einer großen Kammer lag. An den steinernen Wänden waren Handschellen und Ketten festgemacht, und die Vögel, die in Wahrheit keine Vögel waren, kauerten auf ihren Stangen und funkelten ihn bösartig aus ihren gelben Augen an.

»Hier wirst du erst mal bleiben, bis deine Verwandlung abgeschlossen ist und ich dich brauchen kann.«

»Es ist so dunkel und kalt.«

»Ah ja, du hast noch immer etwas in dir, was nach Wärme und nach Licht verlangt. Sehr gut.«

Plötzlich brannten ein paar Fackeln, die verdammten Vögel, die in Wahrheit keine Vögel waren, flatterten laut kreischend mit den Flügeln, und die blank polierten Wände warfen grauenerregende Spiegelbilder in den Raum zurück.

Er sah Dutzende von schwarz gewandeten Nerezzas mit Rubinen, rot wie Blut, an ihren Hälsen, Aberdutzende Vögel mit gelben Augen, die ihre Flügel wieder anlegten, und eine Kreatur, wie sie ihm nie zuvor begegnet war. Anstelle von Händen und Füßen hatte dieses Wesen Klauen, die Haut war wechselweise blutig rot und schwarz verbrannt, warf an den Stellen, wo sie nicht in Fetzen hing, abstoßend dicke Falten, unter dem verkohlten Haar glitzerten auf der nackten Kopfhaut Klumpen geronnenen Blutes, und die Augen, die so gelb wie die der Vögel und so schmal wie die von Schlangen waren, drückten panisches Entsetzen aus.

Das Wesen rührte sich, wenn er sich rührte. Erhob sich auf seine Klauen, als er es tat.

»Was bin ich?«

»Erst mal noch ein Mischwesen«, erklärte sie ihm ungerührt. Sie schnipste mit dem Finger gegen eine seiner Hautfalten, und als sie auf den Boden fiel, stürzten sich die Vögel auf die Beute und kämpften verzweifelt darum, wer das größte Stück bekam.

»Ich ... ich bin ein Monster.«

»Nein. Du bist ein Halbdämon. Du stehst in meinen Diensten und solltest nicht vergessen, was für Schmerzen du erlitten hast, mein Schatz. Genauso wenig solltest du vergessen, wer dafür gesorgt hat, dass du wieder sehen kannst. Denk daran, was du geschworen hast.«

»Ich bin ein Mensch.«

»Du bist mein Eigentum, und das wirst du so lange bleiben, bis ich deiner überdrüssig bin.«

Sie ging zu einer Tür, die ihm bis dahin gar nicht aufgefallen war, und zog sie auf. »Du wirst es erfahren, wenn ich Verwendung für dich habe.«

Er versuchte, zu der Tür zu rennen, stolperte und fiel hin. Also kroch er abermals auf allen vieren, aber plötzlich gab es keine Tür und keinen Ausgang mehr, sondern nur noch blank polierte Steine in dem Raum. Blank poliert wie Spiegel, damit er, egal wohin er blickte, stets sich selbst sah.

Malmon kroch in eine Ecke, kauerte sich an die Wand, und das, was er geworden war, starrte ihn von allen Seiten an.

Plötzlich fing er schallend an zu lachen, lachte immer weiter, und die Steinwände der Kammer warfen das Gelächter, das von seinem einsetzenden Wahnsinn zeugte, hundertfach zurück.

14

Sawyer schlief und träumte von Annika, die leise sang, von Sashas leisem Murmeln, von der taffen Riley, die entschlossen Fröhlichkeit verbreitete, von Bran und Doyle, der barsch, doch zuversichtlich klang.

Einmal erschien ihm sein Großvater im Traum. Er saß mit ihm an einem Lagerfeuer, und im weißen Licht des Mondes wirkte er genauso jung wie Sawyer selbst, als er über sein besonderes Erbe, Göttinnen und Sterne sprach.

Mit einem Mal kam es ihm so vor, als schwebe er in einer Seifenblase über Meere, Länder, Welten und am Ende über eine Insel, klar wie Glas, auf der eine Burg auf einem Hügel neben einem Steinkreis stand.

Wie wunderschön die Insel war.

Dann platzte die Blase – und er wurde wach.

Als Erstes sah er das Gesicht von Annika. Sie saß bei ihm auf dem Bett und hielt seine Hand.

Und als erster Gedanke ging ihm durch den Kopf, dass sie gerettet war. Er hatte sie zurückgebracht. Er öffnete den Mund, um etwas zu sagen.

»Psst, du solltest noch nicht sprechen. Bran hat dafür gesorgt, dass du erst einmal schläfst.« Sie hob seine Hand an ihren Mund und bahnte sich mit den Lippen einen Weg bis zu der Schürfwunde an seinem Handgelenk. »Und er hat dir etwas gegeben, damit deine Wunden besser heilen. Sie haben dich verletzt. Sie haben dir wehgetan.«

»Anni.«

»Nein, sei still. Bran hat gesagt, dass ich ihn holen soll, wenn du die Augen aufmachst.«

»Warte. Warte kurz.« Er richtete den Oberkörper leicht auf, ließ sich aber stöhnend wieder in die Kissen fallen. Junge, Junge, selbst die winzigste Bewegung tat noch immer höllisch weh.

»Du hast Schmerzen. Bran sagt, dass du das hier trinken sollst, wenn du nach dem Aufwachen noch große Schmerzen hast.« Sie griff nach der kleinen Flasche, die auf ihrem Nachttisch stand. »Damit du weiterschlafen kannst.«

»Wie lange?« Er musste sich räuspern und atmete durch die neuerliche Schmerzwoge hindurch. »Wie lange war ich weg? Wie lange habe ich geschlafen?«

»Es war Abend, als du uns zurückgebracht hast, dann wurde es noch einmal Abend, und dies ist der Tag danach. Nicht mehr Morgen, sondern Nachmittag. Bitte trink, Sawyer.«

»Ich habe lange genug geschlafen«, widersprach er ihr.

»Dann hole ich jetzt Bran.«

Doch als sie sich erheben wollte, hielt er sie zurück. »Sie haben dich auch verletzt.«

»Bran und Sasha haben mir geholfen, und ich habe auch geschlafen. Nicht so lange, aber schließlich haben sie mich auch nicht so sehr verletzt wie dich. Er ist mit einem Messer auf dich losgegangen. Hier.« Sie legte sanft die Hand auf seine Seite. »Bran sagt, dass die Wunde sehr gut heilt. Und sie haben dir ins Gesicht geschlagen und …«

»Ja.« Er betastete seine Wange und dann seinen Kiefer.

»Irgendetwas haben sie mir gebrochen. Es tut immer noch ein bisschen weh.«

»Du bist noch mal zurückgekommen und hast mich geholt.«

»Ja, natürlich. Ich hätte dich nie im Leben einfach dort zurückgelassen. Aber vorher musste ich… Nicht weinen. Bitte, Anni, weine nicht.«

»Ich wusste, dass du mich holen kommen würdest.« Jetzt verlangten all die Stunden, während derer sie darauf gewartet hatte, dass er zu sich kam, ihren Tribut. »Ich konnte mich nicht selbst aus dem Glaskasten befreien. Ich konnte dir nicht helfen. Sie haben dir immer wieder wehgetan, aber sie hatten irgendwas um meine Armreife gewickelt, das die Lichtstrahlen aufgehalten hat. Bran hat sie repariert, aber ich konnte die Scheibe nicht zerbrechen und nichts für dich tun. Ich hätte sie töten wollen – vor allem den Mann mit den Messern. Aber ich war in dem Glaskasten gefangen und war völlig machtlos.«

»Wir sind hier.« Er strich ihr sanft über das Haar. »Wir sind jetzt wieder hier, und wir sind in Sicherheit. Das ist das Einzige, was zählt… Der Kompass?!«

Eilig stand sie auf und nahm ihn von der Kommode. »Er ist hier. Er ist auch in Sicherheit. Und jetzt hole ich Bran.«

»Wie wäre es damit? Du hilfst mir beim Anziehen, damit ich nicht nackt durchs Haus spazieren muss, und wir gehen zusammen zu Bran.«

»Ich kann in deinen Augen sehen, dass du noch Schmerzen hast.«

Genau wie er die dunklen Ringe unter ihren Augen sah.

»Aber sie sind wirklich nicht mehr schlimm. Pfadfin-

338

derehrenwort – versprochen«, korrigierte Sawyer sich. »Ich muss mich bewegen, Anni. Ich muss mich bewegen, etwas essen und herausfinden, was zum Teufel überhaupt geschehen ist.«

»Riley hat gesagt, dass du nicht noch mal schlafen würdest, wenn du wach wirst.« Seufzend wandte sie sich abermals ihrer Kommode zu. »Ich habe deine Kleider raufgeholt. Ich möchte, dass du bei mir bleibst.«

»Gut, denn das möchte ich auch. Gib mir einfach eine Hose und ein Hemd.«

Anni brachte ihm die Sachen und half ihm, sich anzuziehen.

»Sawyer?«

»Ja?«

»Du bist mein Held.«

»Und du bist meine Heldin, Annika. Jetzt würde ich gerne runtergehen, damit ich auch mit den anderen Helden sprechen kann.«

Ihm taten alle Knochen weh, doch das würde er bestimmt mit ein paar Schmerztabletten in den Griff bekommen. Mit etwas zu essen. Und einem Bier.

Sie traten in den Flur und trafen Riley, die im selben Augenblick aus ihrem Zimmer kam.

»Ich – aber hallo! Er ist wieder da.«

»Du hattest recht. Er wollte seine Medizin nicht nehmen.«

»Weil er wieder auf dem Damm ist, stimmt's, Cowboy?« Riley fuhr mit einer Hand über seinen Dreitagebart. »Du siehst ziemlich verwegen aus, aber das steht dir gut. Du hast uns einen Heidenschrecken eingejagt.«

»Mir selbst auch.«

»Und jetzt bringen wir dich erst mal runter, denn ich wette, dass du was im Magen brauchst.«

»Ich könnte wirklich was vertragen. Und zwar möglichst viel.«

»Das ist ein gutes Zeichen.«

Annika und Riley schlangen jeweils einen Arm um seine Hüfte und halfen ihm aus dem ersten Stock ins Erdgeschoss.

»Am besten gehen wir raus«, verordnete ihm Riley. »Frische Luft und Sonnenschein. Hier unten reicht es, wenn sich Sawyer nur auf eine von uns beiden stützt. Warum holst du ihm nicht erst mal einen Sonnentee, Anni?«

»Lieber ein Bier.«

»Noch nicht, Kumpel. Und was zu essen«, wandte sie sich abermals der Nixe zu. »Wir haben noch Nudeln von gestern Abend übrig und ...«

»Ja, ja, ich hole ihm etwas zu essen und den Tee.«

Kaum dass sie draußen waren, sah Riley Sawyer fragend an. »Sie hat uns schon erzählt, wie alles abgelaufen ist, aber wir würden die Geschichte gern aus deiner Perspektive hören. Sie hat sich die Flosse an der Scheibe des Aquariums blutig geschlagen, um dort rauszukommen und dir beizustehen, und die ganze Zeit an deinem Bett gesessen, bis du wach geworden bist. Sie hat ihr Zimmer nicht ein Mal verlassen, und ich denke, dass sie jetzt erst mal ein bisschen Sonne und vor allem Wasser braucht.«

»Okay.« Da er noch immer ziemlich wacklig auf den Beinen war, setzte er sich auf einen Stuhl unter der Pergola. »Der Pool im Garten ist nur eine Notlösung. Sie braucht das Meer. Vielleicht kann Bran sie ja runter zum Wasser bringen. Mir fehlt dazu noch die Kraft.«

»Kein Problem.«

Sie trat einen Schritt zurück, entdeckte Sasha vor ihrer Staffelei auf dem Balkon und winkte ihr zu. »Sawyer ist aufgewacht und sitzt hier unten. Kannst du Bran Bescheid geben?«

»Wir kommen«, rief die Freundin.

Riley blickte in Richtung des Zitronenhains, schob sich zwei Finger in den Mund und pfiff nach Doyle.

»He, ich dachte bisher immer, dass die Menschen nach Hunden pfeifen und nicht andersrum.«

»Ich bin eine Wolfs- und keine Hundefrau«, klärte Riley ihn erhaben auf. »Aber es freut mich, dass du deinen – wenn auch lahmen – Humor wiedergefunden hast. Ach, Scheiße.« Sie trat auf ihn zu, rahmte sein Gesicht mit beiden Händen und küsste ihn auf den Mund. »Und jetzt helfe ich Annika und hole mir ein Bier.«

»Ich will auch eins.«

»Alkohol gibt's für dich erst, wenn Dr. Zauberer sein Okay dazu gegeben hat.«

Er hätte vielleicht beleidigt das Gesicht verzogen, doch gerade als Riley Richtung Küche stapfte, stürzte Sasha aus dem Haus ... und küsste ihn genau wie Riley auf den Mund.

»Vielleicht sollte ich mich öfter foltern lassen, wenn ich dafür all die Mädels kriege.«

»Du hast wieder Farbe im Gesicht. Was machen die Schmerzen?«

»Nicht mehr wirklich schlimm, aber auch noch nicht ganz weg.«

»Darum kümmern wir uns gleich. Du hast Hunger.«

»Einen Bärenhunger«, stimmte er ihr zu.

»Zeig mir deine Stichwunde.« Sie zog sein Hemd herauf und glitt mit den Fingern über seine Seite, während Doyle über den Rasen kam. »Sie scheint gut zu heilen. Auch die Schulter sieht inzwischen gut aus, und an deinen Handgelenken ist inzwischen fast nichts mehr zu sehen. Bleib bei ihm«, bat sie den Unsterblichen. »Bran kommt sofort runter, und ich gehe in die Küche und helfe den beiden Frauen.«

Nickend setzte Doyle sich Sawyer gegenüber, um ihn einer eingehenden Musterung zu unterziehen.

»Willst du mich nicht küssen? Alle anderen haben mich geküsst.«

»Ich verzichte. Sie haben dich ganz schön übel zugerichtet, Bruder. Haben an dir rumgeschnippelt und dich, so wie Anni es beschrieben hat, mit einem Elektroschocker malträtiert.«

»Etwas in der Art. Was macht Malmon?«

»Der ist wie vom Erdboden verschluckt. Nach einem kurzen Streit sind Bran und Riley noch mal auf den Berg. Da du noch bewusstlos warst, konnten wir dich und Anni nicht allein hier unten lassen, und am Ende hatten uns die beiden überzeugt, dass es am besten wäre, wenn Sash und ich hier unten weiter nach dem Rechten sehen. Nach den Explosionen war die Höhle leer, und sie haben keinen Überlebenden entdeckt. Rileys Quellen zufolge ist Malmon nicht noch mal in seiner Villa aufgetaucht. Seine Sachen sind noch dort, aber er selbst wurde nicht wiedergesehen.«

»Verdammt, wenn ich ein Bier hätte, würde ich darauf anstoßen.«

»Am besten hole ich uns beiden eins.«

»Nicht für Sawyer«, widersprach ihm Bran, der in diesem Augenblick mit einem Verbandskasten in der Hand auf die Terrasse trat.

»So herzlos kannst du doch nicht sein. Ich war fast zwei Tage lang den größten Teil tot.«

»Der Spruch ist aus *Die Braut des Prinzen*«, stellte Riley anerkennend fest, als sie mit einem Teller Nudeln und einem Teeglas aus der Küche kam. »Es gibt noch mehr, aber fang ruhig schon mal an.«

»Erst sagst du mir, wie groß die Schmerzen sind. Auf einer Skala von eins bis zehn«, bat Bran.

Sawyer zuckte mit den Achseln. »Vielleicht viereinhalb.«

Riley zog die Brauen hoch. »Das ist eine solide Sechs. Weil er den Schmerz auf jeden Fall herunterspielt.«

»Das glaube ich auch.« Bran nahm ein kleines Fläschchen aus seinem Verbandskasten. »Das ist nur gegen die Schmerzen, davon schläfst du nicht noch einmal ein«, versicherte er Sawyer. »Sasha wird darauf bestehen, dir deine Schmerzen abzunehmen, und ich möchte nicht, dass sie sich übernimmt.«

»Meinetwegen.« Sawyer wartete, bis Bran fünf Tropfen aus der Flasche in sein Glas gegeben hatte, und trank dann den ersten großen Schluck von seinem Tee. »Und jetzt muss ich unbedingt was essen.«

Er schob sich zwei Gabeln voller Nudeln in den Mund und lehnte sich zurück. »Wow. Das soll nur gegen die Schmerzen sein?«

»Es verleiht dir außerdem noch etwas Energie.«

»Auf jeden Fall. Du musst Annika ans Wasser bringen. Sie muss endlich wieder ins Meer.«

»Wird erledigt.«

Jetzt kamen auch Annika und Sasha wieder aus dem Haus.

»Wir haben noch mehr Nudeln«, fing Sasha an, »Brot, Käse, Obst, Oliven, Peperoni und verschiedene andere Sachen, auf die Annika gekommen ist.«

»Super. Und was esst ihr anderen?«, fragte Sawyer und griff nach dem Brot.

»Ich kümmere mich um deine Schmerzen«, wandte Sasha sich ihm zu.

»Im Grunde spüre ich fast gar nichts mehr.«

»Dann geht es sicher schnell. Inzwischen bin ich wirklich gut. Entspann dich und iss einfach weiter, ja?«

»Und was ist mit meinem Bier?«

»Für den Anfang gibt's ein halbes Gläschen Wein«, erklärte Bran. »Dann werden wir ja sehen, wie du darauf reagierst. Aber vielleicht könntest du uns erst mal erzählen, was passiert ist?«

»Meinetwegen. Danke, Anni, das schmeckt wirklich fein.«

»Aber ich habe den Tisch nicht decken können.«

»Nächstes Mal. Und jetzt zu meinem Bericht. Als ich wieder ins Wasser bin, hing Anni bewusstlos in einem gottverdammten Netz. Wir und die Haie hatten zwar die Zahl der Gegner dezimiert, aber sie waren immer noch zu viele, und vor allem haben sie mir offenbar dasselbe Zeug wie Annika verpasst, denn als ich wieder zu mir kam, hatten sie mich schon an den Armen in der Höhle aufgehängt. Überall standen irgendwelche Gerätschaften und dazu Schlägertypen mit Gewehren, und dann war da dieser Tank. Sie hatten Annika in einen Wassertank gesperrt. – Setz dich, Sash. Wirklich, es geht mir gut.«

344

»Du hattest ein paar angerissene Muskeln in den Schultern, wurdest angeschossen und hattest Verbrennungen auf der Brust«, erwiderte sie. Trotzdem nahm sie Platz.

»Aber jetzt geht es mir wieder gut. Dann kam Mr. Folterknecht herein«, setzte er die Berichterstattung fort.

»Yadin«, meinte Riley.

»Er hat sich mir höflich vorgestellt«, stimmte ihr Sawyer zu. »Und sich ans Werk gemacht.«

Es hätte nichts genützt, ausführlich zu erzählen, was ihm widerfahren war, und so verzichtete er auf Details und gab nur einen groben Überblick über das, was geschehen war.

»Yadin hat das Wasser in dem Becken unter Strom gesetzt. Der verdammte Hurensohn hat Anni einen Stromschlag nach dem anderen verpasst.«

»Genau wie dir«, warf Anni ein.

»Trotzdem könnte man wahrscheinlich sagen, dass er sich noch zurückgehalten hat, bis Malmon auf der Bildfläche erschien«, fuhr Sawyer fort. »Irgendetwas stimmt nicht mit dem Kerl, mit Malmon, meine ich. Er hat sich so bewegt, als hätte er zu kleine Schuhe an. Und er hatte selbst im Innern der Höhle eine Sonnenbrille auf, ein Hemd mit langen Ärmeln an, und, ich weiß, das hört sich seltsam an, aber seine Finger waren zu lang.«

»Seine Finger«, wiederholte Riley.

»Ja, es klingt komisch, und ich war auch schon ein bisschen angeschlagen, als er auf die Party kam.«

»Er hat recht. Malmon war nicht wie die anderen Männer. Es fühlte sich an, als wäre er … nicht vollständig? Kein richtiger Mensch mehr, aber auch nicht wirklich etwas anderes.«

»Auf den Instinkt der siebten Tochter einer siebten

Tochter kann man offenbar vertrauen«, stellte Riley fest. »Das, was du erzählst, stimmt haargenau mit dem überein, was unsere Haus-und-Hof-Hellseherin gesagt hat. Sie hat gesehen, wie Nerezza den Vertrag mit ihm mit seinem Blut besiegelt hat. Ich tippe nochmals auf Dämon.«

»Er sah noch ziemlich menschlich aus«, ergriff Sawyer abermals das Wort. »Aber irgendwie gereizt oder vielleicht auch nur nervös. Was sonst ganz und gar nicht seiner Art entspricht.«

»Nein«, stimmte ihm Riley zu. »Normalerweise ist er immer total cool und souverän. Sein Blutdruck steigt wahrscheinlich nicht mal an, wenn er dir den Hals durchschneidet oder er dabei zusieht, wie jemand anderes es tut, den er dafür bezahlt.«

»Vor allem war er angefressen, weil der Kompass nicht gemacht hat, was er wollte.«

»Er hat Sawyer so brutal geschlagen, dass die Fesseln, die ihm Bran hier in der Küche abgenommen hat, seine Handgelenke aufgerissen haben. Aber dann hat ihn der andere Mann daran gehindert, noch mal auf ihn loszugehen.«

»Ja, ja, ich nehme an, dass er mich kurz k.o. geschlagen hat. Malmon ist vollkommen ausgerastet, aber dann hat Yadin ihn zum Glück noch mal beruhigt.«

»Er hat dem Mann gesagt, dass er Sawyer mit dem Messer schneiden und mir noch mal wehtun soll.«

»Er sollte den Strom noch höher drehen und ihr das Hirn rausbrennen. Das hat Malmon wirklich so gemeint. Er hat nicht einmal mehr an den Profit gedacht, den er mit einer Nixe machen kann.«

»Was ihm wirklich nicht ähnlich sieht. Wahrscheinlich hat er nur geblufft.«

»Das glaube ich nicht. Ich konnte Yadin zögern sehen. Er wollte das Spiel noch etwas in die Länge ziehen, aber trotzdem hätte er sie umgebracht. Also habe ich ihm schnell erzählt, wohin Bran den Feuerstern angeblich verfrachtet hat.«

»Und welchen Ort hast du genannt?«, erkundigte sich Doyle.

»Eine unbewohnte Insel in der Südsee.«

»Und die Koordinaten hattest du im Kopf?«, wunderte sich Riley.

»Mein Großvater hat mich dort hingebracht, als er mir gezeigt hat, wie der Kompass funktioniert. Und vorher hatte ihn sein Vater ebenfalls dort hingebracht. Wir haben ein paar Nächte lang am Strand kampiert. Ich habe davon geträumt«, entsann er sich. »Kurz bevor ich vorhin aufgewacht bin. Aber wie dem auch sei, ich habe Malmon weisgemacht, Bran hätte dort den Feuerstern versteckt.«

»Du hast einen kühlen Kopf bewahrt«, bemerkte Bran.

»Sonst hätten wir nicht die geringste Chance mehr gehabt. Ich habe die Wahrheit einfach etwas ausgeschmückt. Habe behauptet, dass der Kompass, um zu funktionieren, übergeben werden und dass er die erste Reise mit dem Ding mit mir zusammen machen muss. Das wäre Teil des Übergaberituals. Ich dachte, ich könnte ihn auf diese Weise aus der Höhle locken, unterwegs entsorgen und danach zurückkehren und versuchen, Anni zu befreien. Aber er wollte einen Testflug und hat deshalb ein Rothemd mitgeschickt.«

»Das Hemd von diesem Typen war doch braun.«

»*Star Trek*«, klärte Sawyer seine Liebste lächelnd auf. »Wir haben filmtechnisch noch sehr viel nachzuholen.«

»Ein Rothemd ist jemand, auf den man auch verzichten kann«, erklärte Riley ihr. »Die Mitglieder der Crew, die rote Hemden tragen, kommen von ihren Missionen meistens nicht zurück.«

»Und warum ziehen sie dann nicht einfach andere Hemden an?«

Sawyer musste derart lachen, dass der Schmerz in seiner Seite abermals aufflammte, und als er vernehmlich zischte, bedachte ihn Annika mit einem sorgenvollen Blick.

»Du hast wieder Schmerzen.«

»Aber es tut nur beim Lachen weh.«

»Dann solltest du nicht lachen.«

Er drückte ihr aufmunternd die Hand. »Hat sich trotzdem gut angefühlt. Er hat also Yadin gesagt, dass er die Kette lösen soll, an der ich hing, und hat das Rothemd angewiesen, mich zum einen in den Schwitzkasten zu nehmen und zum anderen mit seiner Pistole auf mein Hirn zu zielen. Ich hatte behauptet, dass ich zwei Minuten brauchen würde, denn ich hatte mir bereits gedacht, dass er von der genannten Zeit was abziehen würde, und tatsächlich meinte er, wenn ich nicht in anderthalb Minuten wieder in der Höhle wäre, würde Anni einen weiteren Schlag abbekommen, dann aber so stark, dass ihr Gehirn sich nie wieder davon erholen würde. Um seiner Drohung Nachdruck zu verleihen, hat er Yadin angewiesen, noch ein paarmal Strom durch das Aquarium zu jagen, und dann hat er mir den Kompass in die Hand gedrückt.«

»Ob sich das Rothemd jetzt wohl fragt, was es auf einer unbewohnten Südseeinsel soll?«, überlegte Riley.

Sawyer schüttelte den Kopf und trank einen Schluck von seinem viel zu knapp bemessenen Wein. »Ich konnte nicht riskieren, mit ihm dort hinzufliegen. Konnte keinen

Kampf mit ihm riskieren, und vor allem hätte meine Zeit dafür nicht ausgereicht. Also habe ich ihn einfach … losgelassen.«

»Losgelassen?«, wiederholte Doyle.

»Ich habe die Verbindung zwischen uns gekappt. Habe ihn einfach fallen lassen. Er ist weg.« Dank des Essens hatte er wieder ein bisschen Farbe im Gesicht bekommen, aber jetzt wurde er blass. »Man schwört, dass man den Kompass nie dazu benutzt, um jemandem wehzutun, aber das habe ich getan. Es ist eine Sache, jemanden im Kampf zu töten, aber ich habe den Typen einfach losgelassen.«

»Er hatte dir eine Waffe an den Kopf gehalten«, rief ihm Riley in Erinnerung. »Und vor allem stand Annis Leben auf dem Spiel.«

»Ich weiß. Das ist mir klar. Aber …«

»Du denkst, mit großer Macht geht auch große Verantwortung einher.«

Er nickte Riley zu. »Das hat Onkel Ben zutreffend formuliert.«

»Der Onkel mit dem Reis?«

Wieder lachte Sawyer, bis sich erneut sein Gesicht vor Schmerz verzerrte. »Meine Güte, Sash, ich hätte nicht gedacht, dass du genauso schlimm wie Anni bist. Peter Parkers Onkel Ben. Spider-Man. Ich habe zum ersten Mal getötet, als wir vorgestern im Wasser angegriffen worden sind. Aber das war im Kampf. Während das hier …«

»… auch nichts anderes war. Es war genau dasselbe«, meinte Doyle. »Er hatte eine Waffe in der Hand, und du hast deine eigene Waffe eingesetzt, um Anni und dich selbst zu retten, Bruder. Genau das war deine Aufgabe in dem Moment.«

349

»Auf dass niemand zu Schaden kommt«, mischte sich Bran mit ernster Stimme ein. »Das ist der heilige Eid, den ich geschworen habe. Und genau wie du habe ich meine Gabe nie benutzt, um einem anderen Menschen wehzutun. Bis jetzt. Und obwohl mir meine Tat genauso auf der Seele liegt, weiß ich, ich habe sie begangen, um das Böse zu bekämpfen und mich selbst und euch vor Schaden zu bewahren.«

»Sie haben recht. Ich hasse es zu kämpfen, und zu töten widerspricht allem, woran ich glaube, aber wenn du diesen Mann nicht losgelassen hättest, wären ich und du jetzt tot. Du warst nur ein paar Sekunden weg«, fuhr Annika voll Nachdruck fort. »Ich war so schwach, und ich habe gebetet, dass du nicht noch mal in diese Höhle zurückkehrst. Aber in meinem Herzen wusste ich, dass du noch einmal wiederkommen würdest, weil du der bist, der du bist. Und ich wusste, dass uns diese Männer töten wollten. Das konnte ich deutlich spüren. Wenn Malmon bekommen hätte, was er wollte, hätte er uns Yadin überlassen, damit der uns grausam sterben lässt. Und dann warst du plötzlich bei mir in dem Becken, und ich wusste, dass wir beide überleben würden, weil du willensstark und mutig genug warst, um zu tun, was nötig war. Du irrst dich, falls du denkst, dass das falsch gewesen ist. Falls irgendjemand denkt, du hättest deinen Eid gebrochen, irrt er sich und ist vor allem furchtbar dumm.«

»Worauf du einen lassen kannst.« Da Annis Augen voller Tränen waren, drückte Riley ihr die Hand. »Worauf du einen lassen kannst.«

»Es belastet uns.« Sasha füllte Sawyers Weinglas noch einmal zur Hälfte. »Uns alle. Wir haben Menschen umgebracht. Das war nicht leicht für uns.«

»Sterben wäre sicherlich noch schwieriger«, warf Riley ein.

»Und noch schwerer wäre es für uns, wenn wir versagen würden«, fuhr die Freundin fort. »Wir sind die Wächter, und wir haben die Verantwortung dafür, dass die drei Sterne wieder an ihren sicheren, vorherbestimmten Ort kommen. Keiner von uns hat einen Eid gebrochen oder das Vertrauen der anderen missbraucht. Die Göttinnen wachen über uns. Sie beobachten uns, weil wir ihre Abkömmlinge sind, und sehen, dass wir die Verantwortung für die drei Sterne schultern, unsere Kräfte nur in diesem Sinne nutzen, uns an unsere Schwüre halten und den Glauben nicht verlieren. Töten erfüllt uns mit Trauer, aber selbst zu sterben hieße, dass der Kampf verloren wäre. Und wenn wir den Kampf verlören, würden danach alle Welten von der Dunkelheit beherrscht werden.«

»Warst du das?«, fragte Riley Sasha nach einem Augenblick der Stille. »Oder *du*? Du hattest wieder einmal deinen Seherinnenblick.«

»Teils, teils.« Sie atmete vernehmlich aus. »Woher auch immer diese Sätze kamen, sie sind auf alle Fälle wahr. Und, Sawyer, hier kommt noch ein weiterer wahrer Satz. Wenn ich richtig verstanden habe, was du selbst und Anni uns berichtet habt, hat der Kerl dir während dieser Reise eine Waffe an den Kopf gehalten – nachdem du bereits durch einen Schuss verletzt und mit einem Messer und einem Elektroschocker schwer misshandelt worden warst. Deshalb hast du die Verbindung zwischen euch gekappt – was dir nicht leicht fiel, aber unerlässlich war – und bist zu Anni in den Wassertank zurückgekehrt. Heißt das, du hast sie als eine Art Orientierungspunkt benutzt?«

»Ja, so kann man sagen. Ich hatte die Koordinaten der verfluchten Höhle, aber nicht die, wo das Becken stand. Doch ich musste auf direktem Weg zu ihr, musste mitten in den Tank, um sie dort rauszuholen.«

»Und zwar möglichst schnell«, fuhr Sasha fort. »Und dann hast du sie gleich hierhergebracht. Du hast demnach drei Reisen innerhalb von anderthalb Minuten absolviert.«

»So in etwa«, stimmte er ihr zu.

»Dabei strengt dich diese Art des Reisens furchtbar an, selbst wenn du in Topform bist. Du hattest jede Menge Blut verloren, warst wie eine weich geklopfte Rinderhälfte an der Decke aufgehängt und musstest – was die allergrößte Folter war – auch noch mit ansehen, wie Anni litt. Trotzdem hast du getan, was du tun musstest, und bist noch einmal zu ihr zurück, obwohl du selbst kaum noch am Leben warst. Richtig?«, wandte Sasha sich an Bran.

»Es war wirklich eng.«

»Und deshalb möchte ich in dieser Angelegenheit nicht noch einmal irgendwelchen *Schwachsinn* von dir hören.«

Anni ließ den Kopf auf die Tischplatte sinken und brach in hemmungsloses Schluchzen aus.

»Also bitte. Nicht, oh nein, nicht weinen.« Sawyer strich ihr unglücklich über die Haare und den Rücken, doch als er versuchte, sie auf seinen Schoß zu ziehen, fehlte ihm die Kraft. »Es macht mich fertig, wenn du weinst.«

»Nein, nein, es sind fast alles Freudentränen.« Sie schlang ihm die Arme um den Hals. »Wir sind alle hier, reden miteinander, und du hast gelacht. Zwar tut dir das noch weh, aber du hast gelacht.«

Sie bedeckte sein Gesicht mit Küssen, presste ihm die

Lippen auf den Mund und ging ganz in der Liebkosung auf.

»Möchtet ihr vielleicht allein sein?«, überlegte Riley.

»Ich fürchte, dass mir das im Augenblick noch nicht viel nützen würde«, räumte Sawyer ein.

»Wir werden wieder Sex haben.« Die Nixe lächelte ihn unter Tränen an. »Wenn du ganz gesund bist. Und bis du wieder so stark wie vorher bist, streichele ich dich nur ganz sanft.«

Doyle fing an zu prusten, aber Sawyer meinte lächelnd: »Gut zu wissen. Und vor allem rede ich jetzt keinen Schwachsinn mehr.« Er griff nach seinem Glas und blickte auf den Wein. »Ich habe meine Kraft genutzt und mich meiner Verantwortung gestellt. Okay. Vor allem musste ich mich nicht nur wegen Anni so beeilen. Inzwischen hatte Malmon nämlich Berger einbestellt und ihm gesagt, er solle Sasha erschießen. Bran hätte er nur verwunden, aber Sasha töten sollen. Euch andere wollte er lebend haben, also hat er Trake befohlen, eine Gruppe von Soldaten herzubringen und euch zu schnappen, während Berger sich auf Sash konzentriert.«

»Nerezza fürchtet sich vor dir, *fáidh*.« Unter dem Tisch drückte ihr Bran die Hand. »Anders als sie dachte, hat sie nicht die Macht, dir ihren Willen aufzuzwingen und dir deine Kräfte zu entziehen, damit sie sie selbst nutzen kann. – Du hattest Angst um uns«, wandte er sich Sawyer zu. »Aber genau darauf waren wir vorbereitet.«

»So sieht's aus. Ich dachte mir bereits, dass ihr zumindest Berger ausgeschaltet hättet, als mit einem Mal der Wassertank gewackelt hat. Er hat gewackelt, stimmt's?«, fragte er Annika. »Bei dieser grellen Explosion.«

353

»Ja. Genau in dem Moment, in dem du wiederkamst. Malmon rannte los, aber er war bestimmt nicht schnell genug, um vor dem grellen Licht zu fliehen.«

»Wir waren gerade mit Trake und seinen Handlangern beschäftigt, als ihr beide kamt«, führte Riley weiter aus. »Wir waren für sie bereit. Bran hat oben auf dem Berg die Sprengfallen gezündet, und wir hatten jede Menge zusätzlicher Fallen hier verteilt. Von dem Trupp ist nichts mehr übrig geblieben. Wenn man jemanden mit unseren neuen, magisch aufbereiteten Waffen nur verletzt, tut das schon höllisch weh, aber wenn man jemanden damit tötet, wird er dadurch völlig ausgelöscht. Das heißt, dass nichts mehr von ihm übrig bleibt.«

»Weshalb es keine Leichen gibt, die man entsorgen muss. Das ist die kalte Wahrheit«, fügte Doyle hinzu, als er Sasha zusammenzucken sah.

»Du hast recht«, erklärte sie. »Ich weiß, dass du das hast. Bran und Riley waren gestern noch mal oben bei der Höhle. Schließlich mussten wir uns vergewissern, dass dort nichts mehr ist, was uns bedroht. Nach einer hitzigen Debatte haben wir die beiden fliegen lassen, während Doyle mit mir zusammen hiergeblieben ist. Wir konnten das Risiko nicht eingehen, dass Bran alleine fliegt oder dass Annika und Sawyer einem potenziellen Angriff schutzlos ausgeliefert wären. Deshalb ...«

»Dort war nichts mehr übrig«, meinte Bran. »Die Höhle ist jetzt nur noch eine ganz normale Höhle. Zwar hing noch ein Hauch von etwas ... Dunklem in der Luft, aber er war nur noch ganz schwach und praktisch nicht mehr wahrnehmbar.«

»Wir haben trotzdem vorsorglich ein bisschen Salz verstreut, und dann hat Bran die Höhle noch mit einem Ritual gereinigt«, fügte Riley achselzuckend an. »Womit das Thema abgeschlossen ist.«

»Diese Runde haben wir also gewonnen, und jetzt fahren wir am besten mit der Suche fort, bevor das Weib sich überlegt, wo und wie es den nächsten Angriff auf uns starten soll.«

Sasha griff erneut nach ihrem Glas und blickte Sawyer an. »Nein.«

»Was soll das heißen, nein?«

»Dass entweder wir alle sechs auf die Suche gehen oder niemand. Bis du wieder weit genug bei Kräften bist, um zu tauchen, bleiben wir zusammen hier.«

»Also bitte, ein paar kurze Tauchgänge bekomme ich problemlos hin. Und mit dem Zaubertrank von Bran wäre wahrscheinlich sogar ein Triathlon im Bereich des Möglichen.«

Wortlos beugte Doyle sich vor und schlug ganz leicht auf den Verband, den Sawyer um die Schulter trug.

»Verdammt!«, stieß Sawyer zischend aus, als er vor seinen Augen Sterne tanzen sah.

»Du bist so lange krankgeschrieben, Bruder, bis du nicht mehr jammerst, wenn du einen leichten Stupser abkriegst.«

»Das war ja wohl kein leichter Stupser«, protestierte Sawyer.

»Die Sterne warten seit Jahrhunderten«, mischte sich Bran in das Gespräch. »Sie können ruhig noch ein paar Tage länger warten, und vor allem musst du, wenn Nerezza ihren nächsten Angriff startet, wieder voll und ganz bei Kräften sein.«

»Ich kann euch sagen, wenn der Sex ihm keine Schmerzen mehr bereitet.«

»Prima.« Riley lehnte sich auf ihrem Stuhl zurück und
prostete ihr zu. »Aber vielleicht könntest du etwas konkre-
ter werden. Wie zum Beispiel, welche Art von Sex er jeweils wieder hinbekommt.«

»Und wie lange er durchhält«, meinte Doyle, und Riley
stimmte grinsend zu.

»Sie wollen uns verscheißern, Anni. Das ist nur ein
Witz.«

»Oh nein, das ist mein voller Ernst.« Riley zog die
Brauen hoch und wandte sich an Doyle.

»Meiner auch«, sagte der. »Also, meine Schöne, halt uns
genau auf dem Laufenden, okay?«

»Das mache ich. Und wenn er wieder ganz gesund ist,
finden wir die Seufzerbucht. Wir wissen, dass wir schon
in ihrer Nähe waren, denn ich habe sie noch mal gehört.«

»Was hast du gehört? Und wann?«

»Als du mich zurückgebracht hast, Sawyer. Hast du
denn die Seufzer und die Lieder nicht gehört?«

Er durchforstete sein Hirn. »Ich … ich dachte, das wärst
du gewesen. Doch, verdammt, ich habe was gehört. Ich
habe wirklich was gehört.«

»Und ich habe was herausgefunden«, mischte sich Riley
wieder ein. »Während du in deinem durch Magie hervor-
gerufenen Koma lagst, hatte ich Zeit zum Recherchieren.
Und ich habe tatsächlich etwas entdeckt.«

»Und das erzählst du uns erst jetzt?« Doyle funkelte sie
böse an.

»Ich bin eben erst darauf gestoßen und war gerade auf
dem Weg zu euch, als unser Dornröschen wach geworden

ist. Es gibt da eine Legende. Ich kenne jemanden, der sie von jemandem erzählt bekommen hat. Aber der Kerl, der die Legende kennt, ist gerade in Klausur, deshalb wird es noch ein paar Tage dauern, bis ich ihn persönlich sprechen kann. Bis dahin gehe ich der Sache einfach selbst weiter nach. Wie bei den meisten Legenden gibt es auch von dieser unzählige Varianten, mich aber interessiert vor allem die Version, in der es eine Verbindung zwischen der Seufzerbucht und der Glasinsel gibt.«

»Interessant.« Bran beugte sich vor und stützte sich auf seinen Knien ab. »Erzähl uns alles, was du weißt.«

»Wissen tue ich bisher so gut wie nichts. Im Augenblick ist alles nur Spekulation. In der Version, von der ich rede, existierte vor langer, langer Zeit mal eine Verbindung zwischen Bucht und Insel. Beide aber gerieten irgendwann in Bewegung, und seither kann die Bucht nur noch von einer Handvoll Auserwählten gesehen werden.«

Statt zusammen mit den anderen zu essen, hatte sie den ganzen Mittag hindurch Nachforschungen angestellt. Jetzt spürte sie, wie hungrig sie war, und schob sich erst mal eine Gabel voller Nudeln in den Mund.

»Dann gab es da noch ein Volk, das auf der Insel lebte. Friedfertige Wesen, die sowohl an Land als auch im Wasser existieren konnten und die glücklich und zufrieden waren, bis ein Typ – die Namen variieren, aber meistens heißt er Odhran ...«

»Das ist irisch«, meinte Doyle.

»Genau. Also, dieser Odhran meinte so was wie: ›He, wir können wahlweise an Land oder im Wasser leben, also machen wir uns doch die anderen Wesen untertan. Da ist zum Beispiel diese schicke Burg auf dem Hügel da. Vielleicht will ich die ja haben. Und vor allem sind wir sowieso viel besser und stärker als die Leute, denen sie bisher gehört.«

Bran nickte zustimmend. »Ein beliebter Vorwand, wenn man Krieg führen will.«

»Genau. Und tatsächlich haben sie einen Krieg vom Zaun gebrochen, haben die Menschen in die Bucht gelockt und sie dort ertränkt.«

»Mit den Liedern?«, fragte Annika.

»Das ist nicht ganz klar«, erwiderte Riley. »Aber möglich wäre es. Und dann haben sie sich brandschatzend und plündernd einen Weg hinauf zur Burg erkämpft. Aber die Königin, die dort herrschte, hat sich tapfer gegen sie zur Wehr gesetzt. Wie sie das gemacht hat, wird verschieden dargestellt. Sie hat wahlweise Feuer regnen lassen, Erdbeben ausgelöst, ist auf einem geflügelten Pferd über die Angreifer hinweggeflogen, hat das allzeit beliebte Feuerschwert geschwungen und so weiter und so fort. Wobei der Ausgang dieses Kampfs immer derselbe ist. Als die Rebellen die Flucht ergriffen und versucht haben, sich zurückzuziehen, hat die Königin sie aufgerieben und vor die Wahl gestellt: Tod oder Verbannung. Odhran selbst und ein paar andere wählten angeblich den Tod, während der Großteil seines Trupps in die Verbannung ging. Also hat sie die Bucht aufs Meer hinausgeblasen und die Leben der Rebellen sowie von ein paar Unschuldigen verschont. Aber dafür treiben sie für alle Zeiten fern der Heimat auf dem Meer. Oder in ein paar anderen Versionen so lange, bis jemand kommt, der sie erlöst, damit die Bucht sich wieder mit der Glasinsel vereint und sie in Frieden darauf leben können wie in der alten Zeit.«

»Meerjungfrauen?«, überlegte Sawyer und strich Annika über das Haar.

»Diese Geschichte habe ich noch nie gehört«, erklärte sie. »Das ist kein Lied, das in meiner Welt gesungen wird.«

»Die Story ist auch ziemlich düster«, sagte Riley, »und vor allem weiß ich bisher nicht, woher sie stammt. Aber wie Doyle gesagt hat, weist der Name des Rebellenführers entweder auf Irland oder England hin. In einigen Varianten der Legende schreibt man seinen Namen Odran, was auf England schließen lässt.«

Bran sah sie fragend an. »Es muss doch noch mehr über diese Geschichte rauszufinden sein.«

»Ich gehe ihr weiter nach, aber mehr habe ich bisher nicht entdeckt. Trotzdem passt sie ziemlich gut. Ich habe mit den Übersetzungen der griechischen, lateinischen und gälischen Versionen begonnen, weil sie vielleicht irgendwas enthalten, was uns weiterbringt.«

»Ich kann dir dabei helfen«, meinte Doyle.

»Du kannst Griechisch, Latein und Gälisch lesen?«, fragte Riley fasziniert.

»Zumindest gut genug, dass ich den Sinn verstehen kann.«

»Okay. Sobald ich den Typen kontaktiere, der die Legende kennt, frage ich ihn, ob er mir noch irgendwelche Einzelheiten nennen kann. Aber auch so deutet aus meiner Sicht inzwischen alles auf die Bucht der Seufzer hin.«

»Die Schwierigkeit dürfte darin bestehen, sie zu finden. Annika hat die Gesänge und Seufzer zweimal während eines Flugs mit mir gehört«, fing Sawyer an. »Ich könnte ...«

»Du könntest dich erst einmal erholen«, fiel Sasha ihm ins Wort. »Kein Tauchen, kein schweres Heben und auch keine Reisen mit dem Kompass, bis du vollständig genesen bist. Fünf gegen einen, Sawyer. Weshalb jede Widerrede zwecklos ist.«

Da die Wirkung von Brans Tropfen langsam nachließ und er das Gefühl hatte, als könnte er die ganze nächste Woche schlafen, widersetzte er sich nicht.

»Du solltest dich jetzt wieder ausruhen.« Annika stand auf und nahm ihn bei der Hand.

»Auch in diesem Punkt ist jede Widerrede zwecklos. Ich kann deutlich spüren, dass du wieder Schmerzen hast«, klärte ihn Sasha auf. »Am schnellsten bist du wieder auf dem Damm, wenn du ausreichend Schlaf bekommst. Hast du noch genügend Salbe, Anni?«

»Ja. Ich reibe ihn gleich damit ein.«

»Morgen bin ich wieder fit.« Doch obwohl er fest entschlossen war, sich bis zum nächsten Tag vollständig zu erholen, wurde ihm schon schwindlig, als er sich von seinem Platz erhob.

Bis er mit Annis Hilfe wieder oben ankam, war er schweißgebadet, und als er ins Bett fiel und auch ohne Medizin erneut in einem komatösen Schlaf versank, zog sie ihn sachte aus, strich seine Wunden sorgfältig mit Salbe ein und schob sich neben ihn. Sie legte eine Hand auf seine Brust, spürte den Schlägen seines Herzens nach und sank selbst in einen tiefen Schlummer.

15

Als er zwar wieder ohne Hilfe gehen konnte, aber nicht einmal dann, wenn sein Leben davon abgehangen hätte, fünfzig Meter hätte rennen können, akzeptierte Sawyer, dass er immer noch nicht ganz genesen war. Da sein rechter Arm zu schwach war, übte er das Schießen mit der linken Hand, doch selbst nach diesem wenig anstrengenden Training war er abgrundtief erschöpft.

Die anderen übernahmen seine Arbeiten im Haushalt, und obwohl er wusste, dass er andersherum ebenso gehandelt hätte, war er es einfach nicht gewohnt, dass man ihm Hilfe angedeihen lassen musste, weil er selbst nicht in der Lage war, noch so leichten Tätigkeiten nachzugehen.

Er war sein Leben lang nie ernsthaft oder mehr als einen Tag lang krank gewesen − auch wenn er im Laufe seiner Schulzeit hin und wieder so getan hatte, damit ihn seine Mum zu Hause bleiben ließ.

Seine momentane Schwäche und die Müdigkeit, die nach der kleinsten Anstrengung wie eine schwere Decke auf ihm lastete, frustrierten ihn.

Als er schmollend am Pool saß und die Beine lustlos in das klare Wasser baumeln ließ, kam Riley angeschlendert und setzte sich neben ihn.

»Wahrscheinlich würde ich ertrinken, wenn ich jetzt versuchen würde, dieses Becken einmal zu durchqueren.«

»Buuhuu. Eigentlich müsstest du tot sein«, klärte sie ihn nüchtern auf und reichte ihm ein Glas mit einer blass orangefarbenen Flüssigkeit. »Das ist mein Ernst, Kumpel. Du hattest schon jede Menge Blut verloren, als ich in die Küche kam, und ich wusste einfach nicht, wie ich die verdammte Blutung in deiner Seite stoppen sollte. Und deine Schulter sah noch schlimmer aus. Ich habe auch früher schon Schusswunden gesehen, aber die war wirklich übel. Das hat mir auch Sashs Gesicht gezeigt, während sie dich zusammen mit Bran verarztet hat. Er musste sie gewaltsam daran hindern, dir einen noch größeren Teil der Schmerzen abzunehmen, denn sie war nach wenigen Minuten schon fast so bleich wie du. Und das, bevor sie sich um dein Gesicht, die angerissenen Muskeln, die Verbrennungen durch den Elektroschocker und den ganzen Rest gekümmert hat.«

»Das ist mir alles klar.«

»Dann sollte dir auch etwas anderes klar sein.« Riley boxte ihm auf den gesunden Arm. »Und zwar, dass du dein Leben Bran und Sash verdankst. Ohne sie hätten wir anderen es unmöglich geschafft, dich zu retten. Das Leben floss einfach so aus dir heraus, Sawyer. Das konnte ich auch ohne Sashs besondere Fähigkeiten sehen. Du hast Annika gerettet, und dasselbe haben Sash und Bran mit dir getan.«

Stirnrunzelnd boxte jetzt Sawyer Riley auf den Arm. »Ich bin ein Jammerlappen.«

»Allerdings. Was dir am ersten Tag gestattet war, nachdem du beinahe den Heldentod gestorben wärst. Aber jetzt wäre es langsam an der Zeit, dass du die Arschbacken zusammenkneifst.«

»Okay.« Seltsamerweise riss Rileys verbale Klatsche ihn

aus seinem Selbstmitleid, doch als er auf das Glas in seinen Händen blickte, runzelte er abermals die Stirn. »Was zum Teufel ist das, und wo ist mein Bier?«

»Das bekommst du erst, wenn Bran es dir erlaubt.«

»Ich spüre, wie der Jammerlappen wieder an die Oberfläche kommt.«

»Kipp's einfach runter, ja? Das haben Bran und Sash für dich gemixt. Es fördert die Genesung und verleiht dir neue Energie.«

»Sieht anders aus als das, was ich bisher bekommen habe.«

»Sie haben die Rezeptur verbessert. Und jetzt nimm gefälligst deine Medizin, Cowboy.«

Er gab sich geschlagen und nahm einen ersten vorsichtigen Schluck aus seinem Glas. »Lecker.« Er trank einen zweiten Schluck. »Hm, das schmeckt echt gut.«

»Ich habe – mit ihrer Zustimmung – noch einen Schuss Tequila reingekippt.«

»Du bist eben ein echter Kumpel.« Er stieß sie mit seiner gesunden Schulter an. »Und wie kommst du mit deinen Nachforschungen voran?«

»Langsam. Ich muss zugeben, dass Doyle ein wirklich guter Übersetzer ist, aber ihm fehlt einfach die Geduld zum Graben, und vor allem weiß er nicht, wo er aufhören und die Dinge, die er rausgefunden hat, noch einmal neu sortieren muss. Am Ende haben wir uns deshalb richtiggehend gezofft.«

»Wie bitte? Ihr hattet Streit? Ich bin schockiert!«

Sie rollte mit den Augen. »Er hat angefangen.«

»Das sagen sie alle.«

Sie bewegte vorsichtig die Füße, und winzige Wassertropfen spritzten durch die Luft. »Die Sache ist die – diese Pause, bis du dich erholt hast, tut uns allen gut. Wir haben sie gebraucht. Ich habe mich mit Sasha unterhalten, deshalb weiß ich, dass sie es genauso sieht. Bran hat endlich Zeit, seine Vorräte an Zaubertränken und Medikamenten aufzufüllen, sie hat etwas Gelegenheit zum Malen, und Annika muss sich genau wie du erst mal erholen. Weil sie nicht nur körperlich gelitten, sondern auch oder vor allem ihre unbändige Fröhlichkeit verloren hat.«

Kalter Zorn wogte in Sawyers Innerem auf. »Ich weiß. Wenn diese Kerle noch am Leben wären ...«

»Da bin ich völlig deiner Meinung. Obwohl sie sich erstaunlich gut erholt. Wahrscheinlich gibt es nichts, was ihre gute Laune längerfristig trüben kann. Doyle und ich haben kaum was abbekommen, aber ...«

»Warte. Immerhin wurdest du angeschossen. Gott, das hatte ich total vergessen. Sie haben dich ebenfalls erwischt.«

Sie zeigte ihm die Wunde, die inzwischen kaum mehr als ein Kratzer war. »Brans Salbe ist echt gut. Vor allem hat mich die Kugel nur gestreift – obwohl auch das schon wehgetan hat wie die Sau. Aber immerhin hat sie mich nur gestreift, während sie in deine Schulter eingedrungen ist.«

»Sie wollten uns nicht töten. Und vor allem haben sie darauf geachtet, dass mein Hirn noch funktioniert.«

»Sie wollten uns panisch machen und vorübergehend außer Gefecht setzen«, stimmte sie zu. »Wahrscheinlich hätten sie uns nur gefangen nehmen sollen, aber das hieß schließlich nicht, dass sie uns nicht ein bisschen bluten lassen konnten, wenn sie schon einmal dabei waren. Außerdem haben sie meinen guten Neoprenanzug zerstört, aber Bran hat ihn wieder repariert. Er ist wirklich unglaublich geschickt. Deinen Anzug konnte er nicht retten, weil wir keine Ahnung haben, was zum Teufel sie damit gemacht haben. Aber ich habe schon einen neuen für dich besorgt, weil du den schließlich bei unserem nächsten Tauchgang brauchst.«

»Du bist nicht nur ein echter Kumpel, sondern fast wie eine Mutter«, stellte Sawyer anerkennend fest. »Apropos Mütter. Ich wüsste verdammt gern, was die Mutter der Lügen jetzt wohl treibt.«

»Tja, wir haben ihr auf Korfu ganz schön zugesetzt.«

»Wir haben ihr einen ordentlichen Tritt in den göttlichen Arsch verpasst.«

»Auf jeden Fall.« Riley klatschte mit ihm ab. »Also hat sie Malmon rekrutiert. Das war zugegebenermaßen eine gute Strategie. Sie lässt ihn die anstrengende Drecksarbeit erledigen, sackt die Sterne ein und kriegt als Bonus einen dämonischen Lustsklaven, den sie sich selbst erschaffen hat.«

Er hob erneut das Glas an seinen Mund. »Aber auch diesen Angriff haben wir erfolgreich abgewehrt.«

»Ja, beide Male haben sich die Pläne dieses Weibs in Wohlgefallen aufgelöst. Zu unserem Vorteil. Wobei Malmon nicht unbedingt in Höchstform war.«

»Ich stimme dir nur ungern zu, da ich wegen dieses Bastards augenblicklich so richtig in den Seilen hänge, aber du hast recht. Willst du wissen, was aus meiner Sicht der Grund für sein Versagen war?«

Sie schob sich die Sonnenbrille auf die Nasenspitze und sah ihn über die Ränder hinweg fragend an. »Ich bin gespannt, ob du dasselbe denkst wie ich.«

»Sie hat sich verrechnet. Was auch immer sie mit ihm angestellt hat, in welch ein Wesen sie ihn auch verwandeln will, hat ihm zwar, wie ich aus Erfahrung weiß, jede Menge zusätzlicher Kraft verliehen, dafür aber seine Intelligenz getrübt. Er war nicht wirklich clever, Riley, obwohl er das bisher immer war.«

»Schon wieder sind wir einer Meinung. Am besten hätten seine Leute Annika sofort woandershin gebracht. Er hatte eine Meerjungfrau ergattert, Sawyer, und der Malmon, den wir beide kennen und verabscheuen, hätte diesen Fang sofort zu Geld gemacht. Aber das Wagnis einzugehen, sie zu beschädigen oder zu töten, um dich unter Druck zu setzen? Das war alles andere als klug. Er hätte sie an einen unbekannten Ort verfrachten und dich Yadin überlassen sollen. Und genau das hätte Malmon früher auch getan.«

»Es ging ihm ausschließlich um den Kompass. Nicht einmal die Sterne haben ihn wirklich interessiert.«

»Du bist ihm schon einmal entkommen, und er war anscheinend nicht mehr schlau genug, das hinter sich zu lassen. Und der geplante Mordanschlag auf Sash kann unmöglich auf seinem Mist gewachsen sein. Das wollte die irre dunkle Göttin so. Der alte Malmon hätte sich alle schnappen wollen. Er hätte Berger angewiesen, Doyle durch einen Kopfschuss kurzfristig außer Gefecht zu setzen, hätte zugleich Trake und seine Leute auf uns angesetzt und Sasha Yadin überlassen, damit er in Zukunft über eine eigene Seherin verfügt.«

Sawyers Beine baumelten im selben Takt wie die von Riley. »Und da er die Sache alles andere als nüchtern angegangen ist, hat er auch noch die zwei verloren, die ihm schon sicher waren. Ich hätte nie erwartet, dass er mir den Kompass wiedergibt, nicht mal, wenn mir dabei einer seiner Männer eine Pistole an die Schläfe hält. Ich habe alles auf eine Karte gesetzt, aber er ist tatsächlich darauf reingefallen.«

»Ich schätze, wenn die Lichtbomben ihn nicht vernichtet hätten, hätte ihn Nerezza plattgemacht. Er sollte dankbar sein, dass er nicht mehr am Leben ist.«

»Aber das ist er noch.« Mit nackten Füßen, hochgestecktem Haar und kreidebleich kam Sash mit einem Skizzenblock zu ihnen an den Pool.

»He, he.« Sawyer überließ der anderen Frau sein Glas, stand so eilig auf, dass ihm von der Bewegung schwindlig wurde, lief auf Sasha zu und packte ihren Arm. »Setz dich besser erst mal hin.«

»Ja. Aber im Grunde sollten wir uns alle setzen. Bran und Doyle sind einkaufen gegangen, und ich wünschte mir, sie wären schon zurück. Wenn ich gesehen hätte... Wären sie doch nur schon wieder da!«

»Sie werden sicher nicht mehr lange brauchen.« Riley hatte sich inzwischen ebenfalls erhoben und kam aus der Sonne in den Schatten der Terrasse, wo sich Sash von Sawyer sanft auf einen der am Tisch stehenden Stühle drücken ließ.

»Wo ist Annika?«

»Sie – ich glaube, dass sie gerade Wäsche macht. Das ist ihre Leidenschaft.«

»Ich werde sie holen.«

»Nein, du setzt dich auch erst einmal hin.« Riley wies auf einen Stuhl. »Ich werde sie holen. Wasser, Saft, was Alkoholisches?«, fragte sie Sash.

»Wasser, nur ein Wasser. Danke.«

»Du hast gesagt, dass Malmon noch am Leben ist«, fing Sawyer an. »Aber wir…«

»Er ist nicht tot. Das, was er jetzt ist, lebt.«

»Ich… Komm erst mal wieder zu dir. Lass mich dir das Wasser holen.«

»Nein, ich möchte nur kurz hier sitzen. Es ist einfach völlig überwältigend, wenn die Bilder in der Geschwindigkeit an mir vorüberziehen.«

»Hast du Kopfschmerzen? Am besten hole ich dir ein Aspirin oder das Zeug, dass Bran immer für dich bereithält.«

»Nein, ich habe keine Kopfschmerzen.« Trotzdem zog sie sich die Nadeln aus den Haaren, als übe der lockere Knoten Druck auf ihren Schädel aus. »Es ist, wie wenn man ein Fenster öffnet und statt einer milden Brise urplötzlich ein Sturm losbricht. Danach braucht man ein bisschen Zeit, um sich zu beruhigen.«

»Aber Bran ist jetzt nicht hier, um dir dabei zu helfen.«

»Du bist hier, und das beruhigt mich ebenfalls, denn du bist ein unglaublich einfühlsamer und mitfühlender Mensch.«

Noch vor Riley kam Annika aus dem Haus gestürzt. »Ich kann ganz schnell ins Dorf rennen und Bran Bescheid sagen.«

»Nein, es wird auch so wohl nicht mehr lange dauern, bis er wiederkommt.«

Riley stellte eine große Flasche Wasser auf den Tisch, schraubte den Deckel ab und schenkte ihnen ein. »Wir brauchen alle Flüssigkeit. Wir sind hier in Sicherheit, und das sind die beiden Männer auch. Du wüsstest, wenn sie in Gefahr wären.«

»Ja, das stimmt. Ich bin einfach kurz in Panik ausgebrochen.« Sasha nippte vorsichtig an ihrem Glas. »Ich habe gemalt. Es fühlte sich so gut an, einfach wieder die Leinwand vor sich zu haben und sich wenigstens einen Tag lang nicht in irgendwelchen Ängsten zu ergehen. Ich wollte die grünen Hügel malen und die Art, in der das Sonnenlicht die Insel überflutet. Irgendwie hat mich das Meer heute nicht interessiert. Ich habe die Leinwand präpariert. Ich hatte schon ein paar Skizzen angefertigt, und die habe ich zusammen mit den Pinseln und dem anderen Werkzeug auf den Tisch gelegt. Als Nächstes wollte ich die Farben mischen.«

Sie starrte kurz den salbeigrünen Fleck auf ihrem Daumen an.

»Dann habe ich mich von der Leinwand abgewandt und die Hand nach meinen Skizzen ausgestreckt. Und plötzlich blies da dieser Wind«, wandte sie sich wieder Sawyer zu. »Er blies durch mich hindurch, unglaublich kraftvoll und wahnsinnig schnell. Ich bekam nur noch mit Mühe Luft, und dann fing ich zu zeichnen an.«

Sie stellte ihr Wasser auf den Tisch und schlug die erste Seite ihres Skizzenbuchs auf.

»Malmon im Smoking«, stellte Riley fest. »Und Nerezza. Aber das sieht nicht aus wie der Raum, in dem du sie beim ersten Mal gesehen hast.«

»Nein, wobei ich glaube, dass die Skizze hier der Anfang ist. Ich glaube, dies ist in seinem Haus in London. Sie hat ihn dort besucht. Und hier …« Eilig blätterte sie um. »Hier war er bei ihr, und da fing es dann richtig an. Ich habe die zeitliche Abfolge der Dinge festgehalten. Wobei die Bilder immer nur ganz kurz zu sehen waren, weshalb ich fast nicht mit dem Zeichnen hinterhergekommen bin.«

Sie schlug die nächsten Skizzen auf.

»Seine Arme«, sagte Annika. »Sie haben sich verändert.«

»Seine Venen pulsieren und sind unnatürlich dick. Und hier.« Sie deutete auf die Schulter, die auf einer Skizze abgebildet war.

Riley schaute sich das Bild genauer an. »Die Stelle hier … die sieht nach Schuppen aus.«

»Und seine Augen glühen. Das Weiß ist jetzt ein blasses, krankes Gelb. Ich weiß, es fällt kaum auf, aber seht ihr die Veränderung dort?«

»Die Form der Augen«, stellte Sawyer fest. »Sie sehen schmaler und irgendwie länger aus.«

»Außerdem trägt er inzwischen immer eine dunkle Sonnenbrille. Sogar wenn er schläft. Und er besucht sie jede Nacht, und sie setzt die Verwandlung fort. Sie mischt seinen Wein mit Blut, jeden Tag ein bisschen mehr, bis sie irgendwann das Blut nur noch ganz leicht mit Wein verdünnt. Er trinkt«, erklärte sie und schlug die nächste Seite auf. »Und jetzt beherrscht sie ihn. Ein Teil des Blutes stammt von ihr selbst, deshalb beherrscht sie ihn. Sie nennt ihn ihren Liebling.«

Sawyer sah, dass Bran auf die Terrasse kam, und legte einen Finger an den Mund.

»Er ist ihre Kreatur. Die Verwandlung ist noch nicht ganz abgeschlossen, aber trotzdem ist er ihre Kreatur. Durch ihn wird sie bekommen, was sie will und was ihr rechtmäßig gehört. Vielleicht wird sie ihn danach behalten. Ihren Liebling. Bis sie seiner überdrüssig wird.«

Als Bran sachte eine Hand auf ihre Schulter legte, atmete sie auf.

»Hier trifft er sich mit den Männern. Dem Folterknecht,

dem Mörder, dem Soldaten. Er trifft sich mit den anderen, die für das Geld, das er bezahlt, tun, was immer er befiehlt. Er langweilt sich nicht mehr, spürt aber auch, dass er nicht mehr der Alte ist. Sein Verstand ist immer häufiger umwölkt, und immer wieder geht sein Jähzorn mit ihm durch. Er bringt eine Prostituierte um und weidet sich daran. Seine Nägel. Er schneidet sie zweimal täglich, doch sie wachsen immer schneller nach. Und gehen ihm etwa langsam die Haare aus? Aber dafür ist er plötzlich furchtbar stark. Und sie hat ihm mehr versprochen, noch mehr Kraft und ewiges Leben. Sie ist seine Göttin, und er ist ihr untertan.

Hier ist er in der Villa – bald wird er einen Palast besitzen, aber erst mal reicht die Villa aus. Doch seine Haut… sie spannt sich schmerzlich über seinen Knochen, und das Licht, es tut ihm immer stärker in den Augen weh. Seht ihr seine Augen?«

»Sie haben sich noch mehr verändert.« Riley blickte auf, als Doyle zu ihnen trat. »Sie sehen aus wie die eines Reptils.«

»Er kann damit im Dunkeln sehen. Er sehnt sich nach der Dunkelheit. Zusammen werden sie das Licht auslöschen und auch all die Menschen, die jetzt für ihn arbeiten und ihn bewachen. Hubschrauber bringen die Dinge, die er braucht, doch er verlässt die Villa bloß nachts und rennt dann ruhelos den Berg hinauf. Er ist so schnell wie eine Schlange. Aber sie kommt nur noch selten, dabei sehnt er sich nach ihr noch schmerzlicher als nach der Dunkelheit.

Jetzt wird sie ganz sicher kommen. Schließlich hat er zwei von ihren Feinden in seiner Gewalt. Jetzt wird sie kommen und ihm geben, was er will und braucht.«

Sie schlug das Bild der Höhle auf, in der Sawyer blutend an den Ketten hing und Anni in dem Wassertank gefangen war.

»Er will den Kompass und die Macht, die ihm dieses Gerät verleiht. Einmal hätte er ihn fast bekommen, und ein zweites Mal enthält ihn Sawyer ihm bestimmt nicht vor. Der Reisende muss dafür zahlen, dass er ihm getrotzt und ihm den Kompass nicht freiwillig überlassen hat. Seine Königin begehrt die Sterne, und wenn er den Kompass hat, wird er sie für sie holen. Er wird alle töten, aber vorher wird er sich noch das nehmen, was ihm gehören soll, und das finden, was sie begehrt. Oh, wie sehr er es genießt, dass er sie leiden lassen kann. Los, Yadin, füg ihnen noch mehr Schmerzen zu.

Das Licht! Das Licht! Es brennt so heiß, dass er es nicht erträgt. Die Hitze versengt den Großteil seiner Haut. Er schreit nach ihr, doch sie lässt ihn auch weiterhin allein.«

»Großer Gott.« Trotz allem, was das Monster ihn hatte erleiden lassen, starrte Sawyer gleichzeitig entsetzt und mitleidig die nächste Skizze an. »Das ist Malmon?«

»Die Verwandlung ist noch nicht ganz abgeschlossen, aber er ist jetzt mehr Bestie als Mann. Gefangen in der Dunkelheit und fürchterlichem Schmerz.«

»Diese Art Dämon nennt man Mephisto«, klärte Riley ihre Freunde auf. »Sie ist in der Hierarchie relativ weit unten angesiedelt und wird oft von einem Herrscherdämon oder einem dunklen Gott versklavt. Mythologisch gesprochen meidet diese Spezies das Licht.«

»Dafür gibt es wirklich einen Namen?«, fragte Sawyer überrascht.

»Es gibt für alles einen Namen, wenn man gründlich genug forscht.«

»Sie kommt zu ihm.« Sasha blätterte die nächste Seite auf. »Er vergießt Tränen aus Blut. Sie könnte ihn zerstören, so groß ist ihre Wut. Und sie ist genauso wahnsinnig wie er. Aber sie ist immer noch gewieft, und er wird ihr weiter nützlich sein. Sie bringt ihn dazu, dass er vor ihr auf den Knien rutscht, sie anfleht und sich ihr vollkommen unterwirft, aber sie gibt ihm auch sein Augenlicht zurück und nimmt ihn mit in ihren Palast im Innern des Berges, in dem sie schon eine Kammer für ihn vorbereitet hatte. Erfolg oder Versagen hätten keinen Unterschied gemacht, denn dieses Schicksal war ihm von Anfang an vorherbestimmt. Nachdem die Mutter der Lügen ihm Reichtum, Macht, Unsterblichkeit versprochen hat, wird er jetzt so und nur so lange leben, wie sie es will, und nur bekommen, was sie ihm zugesteht.«

Sie blätterte weiter, und die anderen sahen die Vögel, die seine verbrannte Haut vom Boden pickten, während sich in den Steinwänden der Kammer das monströse Wesen spiegelte, das mit einem irren Grinsen im Gesicht zusammengekauert in der Ecke saß.

»Es heißt, es gäbe Dinge, die man nicht mal seinen ärgsten Feinden wünscht. Malmon steht auf dieser Liste ganz weit oben.« Riley atmete geräuschvoll aus. »Aber nein, so etwas wünsche ich noch nicht mal ihm.«

»Sie hat ihm einen sauberen Tod verwehrt. Das ist grausam, aber ...« Doyle maß das Bild mit kühlen Blicken. »Das hier ist sein wahres Ich, nicht wahr? Das ist das, was immer schon in ihm verborgen war. Sie hat es nur hervorgeholt.«

»Ja. Genau«, stimmte ihm Sasha zu. »Sie hat das Ungeheuer in dem Mann erkannt. Und jetzt verwandelt er sich äußerlich zu dem, der er schon immer war.« Sie nahm einen großen Schluck. »Und sie wird ihn beherrschen. Er ist wahnsinnig – sie hat ihn wahnsinnig gemacht, aber er ist stärker, schneller, bösartiger und deswegen noch gefährlicher als je zuvor.«

Sie tastete nach Brans Hand. »Ich bin so froh, dass ihr zurück seid.«

»Einen ruhigen Tag mit deiner Staffelei hattest du dir sicher anders vorgestellt.«

»Allerdings. Aber schließlich ist der Tag noch nicht vorbei. Im Gegensatz zu Malmons Leben. Er hat seinen ganzen Reichtum und all seine Privilegien gegen ihre Lügen eingetauscht. Nein, so etwas wünscht man nicht mal seinem ärgsten Feind, aber er hat sich ihr hingegeben, weil das Monster, das auch vorher schon in seinem Inneren lebte, noch mehr haben wollte, als ihm vorher schon vergönnt gewesen war.«

Sie nahm den nächsten Schluck aus ihrem Glas und atmete tief durch. »Wie bringt man ein solches Wesen um?«

»Das kommt auf den Dämon an.« Riley warf einen letzten Blick auf Sashas Bild. »In der Mythologie gilt die Enthauptung als probates Mittel, aber für manche braucht man Feuer, Wasser, Salz oder die passende Beschwörungsformel. Ich kann ja mal nachsehen, was in seinem Fall am besten passt. Ich bin mir ziemlich sicher, dass er ein Mephisto werden soll, trotzdem stelle ich am besten ein paar weitere Nachforschungen an.«

»Ich auch.« Mit sorgenvoller Miene küsste Bran Sasha aufs Haar. »Du solltest malen, Sash. Etwas Helles, Schönes.«

»Das mache ich. Würdest du für mich Modell stehen, Annika?«

»Ich soll für dich Modell stehen?«

»Nach all dem hier?« Sie klappte ihren Skizzenblock entschlossen zu. »Bran hat völlig recht. Ich würde gerne etwas Schönes malen, etwas, das voller Licht und Freude ist.«

»Du würdest mich malen? Oh!« Annika griff sich ans Herz. »Aber solltest du es nach den ganzen dunklen Skizzen mit dem Malen nicht vielleicht erst mal etwas gemächtlicher angehen?«

»Ah.« Sawyer schüttelte den Kopf, massierte sich den Nacken und erklärte: »Sicher meintest du gemächtlich ohne *t*.«

»Warum denn das?«

»Das Gemächt ist etwas anderes als gemach …«

»Meine Güte, Sawyer, sag doch einfach, wie es ist«, mischte sich Riley ein. »Das Gemächt sind seine Kronjuwelen.« Sie wies auf seinen Schritt, und er schlug nach ihrer Hand. »Sein bestes Stück. Während gemach oder gemächlich ohne *t* bedeutet, dass man langsam macht.«

»Oh! Aber im Augenblick macht Sawyer mit seinem Gemächt doch eher gemächlich, oder nicht? Egal. Wenn Sasha nicht gemächlich machen muss, stehe ich ihr sehr gern Modell.«

»Würdest du vielleicht im Pool für mich posieren, als Meerjungfrau?«

»Oh ja!« Begeistert griff sie nach dem Saum ihres Kleides.

»Warte, wow. Du kannst nicht einfach hier dein Kleid ausziehen.«

Verwundert warf sie die Hände in die Luft. »Aber ich gehe nicht mit meinem Kleid ins Wasser, und in meiner wahren Form kann ich auch keinen Bikini anziehen.«

»Ja, aber…« Sawyer wandte sich an Doyle. »Hast du nicht irgendwas im Haus zu tun?«

»Ich bin gern hier draußen.«

»Doyle und Bran haben mich schon nackt gesehen.«

»Was?«

»Als wir zurückgekommen sind, hatte ich keine Kleider an. Und weil ich gefroren habe, hat Doyle mir seine Jacke umgehängt. Du bist einfach zu schüchtern«, sagte sie zu ihrem Schatz, marschierte Richtung Pool, zog sich im Gehen das Kleid über den Kopf, warf es auf einen Stuhl und sprang kopfüber ins kühle Nass.

»Sie ist bereits ein echtes Kunstwerk, ohne dass man sie malt. Und sie ist *deine* Freundin, Bruder.« Trotzdem gönnte Doyle sich einen letzten Blick auf Annika, bevor er sich erhob.

»Dann werde ich jetzt noch ein bisschen weiter übersetzen, während du Dämonen recherchierst«, sagte er zu Riley und ging ins Haus. Sawyer atmete erleichtert auf.

Da die Suche nach dem Stern, Tauchen und selbst Training für den Tag gestrichen waren, setzte Sawyer seine eigene Recherche fort. Obwohl es ihn ärgerte, dass er darüber einschlief, tat das einstündige Nickerchen ihm gut.

Doch selbst nach der Ruhepause rührte sich der Kompass nicht vom Fleck, und obwohl die anderen ihm versichert hatten, dass er seinen Eid durch Fallenlassen seines Gegners nicht gebrochen hatte, fürchtete er halb, er hätte vielleicht trotzdem durch die missbräuchliche Nutzung des Geräts sein Recht daran verwirkt.

Er schnappte sich sein Handy und ging wieder in den Garten, wo die Meerjungfrau mit nassem Haar, das ihre

Brüste nur zum Teil bedeckte, auf den Beckenstufen lagerte und mit den Fingern über ihre wie mit tausend funkelnden Juwelen besetzte Flosse glitt. Sie drehte unmerklich den Kopf und lächelte ihn an.

»Ich soll noch ein paar Minuten still halten. Sasha sagt, ich darf das Bild erst sehen, wenn es ganz fertig ist.«

Um selbst schon vorher einen Blick darauf zu werfen, stellte Sawyer sich zu Sasha vor die Staffelei. Neben der Leinwand hatte sie Skizzen von verschiedenen Posen seiner Nixe befestigt, und auf die Leinwand selbst hatte sie Annis grenzenlose Schönheit und vor allem ihre unbändige Lebenslust gebannt.

»Super. Das sieht echt … unglaublich aus.«

»Ich bin begeistert von all den verschiedenen Tönen und Schattierungen, die ihre Flosse hat.« Sasha mischte auf ihrer Palette neue Farben und tupfte mit einem dünnen Pinsel auf der Leinwand herum. »Und von der Art, wie jede Schuppe auf ganz eigene Weise das Licht einfängt.«

»Du könntest auch zum Pool kommen und mit mir reden. Sasha hat gesagt, dass ich ruhig reden kann.«

»Vielleicht später. Erst mal muss ich kurz telefonieren.«

»Wirst du auch Sawyer malen, Sash?«

»Sie will bestimmt nicht …«

»Er steht schon auf meiner Liste.«

»Wirklich?«

»Ich möchte ein Bild von jedem von uns und dann noch eins von uns zusammen malen. Ich muss nur die richtige … Pose finden. Wie jetzt hier bei Annika. Bran habe ich bereits gemalt. Aus dem Gedächtnis. Nachts, während er seine Blitze in den Himmel schickt, hell und strahlend wie die Juwelen in Annis Meerjungfrauenschwanz. Aber ich brauche für jedes Bild den rechten Augenblick. Wie jetzt gerade mit ihr.«

»Das ...« Er fand einfach nicht die rechten Worte. »Du wirst von dem Bild begeistert sein«, rief er seiner Freundin zu. »Und jetzt führe ich erst einmal mein Telefongespräch.«

Er ging in den Zitronenhain, weil es dort ruhig und schattig war, zog den Kompass aus der Tasche, steckte ihn dann aber wieder ein. Er hatte kurz erwogen, seinen Großvater zu Hause aufzusuchen, aber dann würde sich die Familie sicher Sorgen machen, und vor allem wäre eine solche Reise höchst riskant, solange er nicht wieder ganz bei Kräften war.

Also rief er ihn besser einfach an.

»*Deduschka.*«

Ihm wurde leicht ums Herz, als er die Stimme seines Großvaters vernahm.

»*Kak posiwajesch?*«

Er bemühte sich um einen möglichst leichten Ton und wechselte problemlos aus dem Russischen ins Englische und umgekehrt, während er fragte, welche Neuigkeiten es zu Hause gebe.

»*Solotse*«, sprach sein Großvater ihn schließlich mit dem altvertrauten Kosenamen an. »*Kto sluchilos?*«

Was los war?, dachte Sawyer. Tja, wo fing er am besten an?

»*Deduschka.* Ich habe Angst, ich ... Lass mir dir erzählen, was passiert ist, ja?«

Bran trat in den Zitronenhain. Sasha hatte ihn darum gebeten, weil der immer noch nicht wieder ganz gesunde

Sawyer vor fast einer Stunde dort verschwunden und noch immer nicht zurückgekommen war.

Er fand ihn auf dem Boden sitzend vor. Sawyer lehnte an einem Baum, der voller reifer Früchte hing, und hielt den Kompass in der Hand.

»Ich hoffe, dass du nicht schon wieder unterwegs gewesen bist.«

»Was? Oh, hallo. Unterwegs? Oh nein. Ich habe mich seit einer Stunde nicht vom Fleck bewegt. Ich habe mit meinem Großvater telefoniert.«

Bran setzte sich neben ihn und streckte seine Beine aus. »Geht es ihm gut?«

»Ja. Seit dem Schreck nach seinem Herzanfall ist er so fit wie schon seit einer Ewigkeit nicht mehr.«

»Es ist gut, wenn man gelegentlich mit der Familie spricht. Ich habe selbst gestern erst mit meiner Mutter telefoniert.«

»Hat sie Angst um dich?«

Während eines Augenblicks spürte Bran in der Hitze eines Nachmittages in Italien, wie ihm die kühle, feuchte Luft Irlands entgegenblies.

»Sie ist meine Mutter. Ja, natürlich hat sie Angst um mich. Aber zugleich vertraut sie mir und glaubt an mich. Und obwohl es mir ganz sicher nicht gefällt, wenn sie sich Sorgen um mich macht, wird mein Selbstvertrauen durch ihr Vertrauen noch verstärkt.«

»Ja. Weißt du, ich liebe meinen Dad. Und meine Mom, meine Geschwister und auch meine Großmutter. Aber *Deduschka* ...«

»Ihr habt eine besondere Bindung, stimmt's? Der Kompass hat ihm gehört, und er hat ihn dir vermacht. Ich liebe auch meinen Vater und den Rest meiner Familie, aber meine Mutter hat mir alles beigebracht und mir gezeigt, wie ich mich meinen besonderen Fähigkeiten öffnen kann.«

»Dann kannst du mich also verstehen.«

»Auf jeden Fall. Und jetzt hast du ihm erzählt, was dir noch immer auf der Seele liegt.«

»Das, was ihr gesagt habt, hat totalen Sinn ergeben, und es hat mir auch geholfen. Sogar sehr. Aber du weißt, dass du deine besondere Gabe immer hast, nicht wahr? Du musst sie nicht nutzen, damit du sie fühlst.«

»Ich weiß, was in mir ist, das stimmt.«

»Seit ich mit Annika hierher zurückgekommen bin, habe ich diese Verbindung, die ich bisher immer zu dem Kompass hatte, irgendwie nicht mehr gespürt.«

Im getupften Sonnenlicht, das durch die Blätter der Zitronenbäume fiel, schwebte eine hauchzarte Libelle an ihnen vorbei. Sawyer sah ihr hinterher und dachte daran, dass auch er wusste, wie es war, wenn man schwerelos von einem Ort zum anderen flog.

»Mir war klar, dass ich mit meinem Großvater darüber sprechen musste, und ich dachte kurz daran, ihn einfach zu besuchen. Aber dann habe ich mir gesagt, dass meine Batterien noch nicht wieder richtig aufgeladen sind und dass meine Familie sich sicher Sorgen macht, wenn sie mich plötzlich auf der Matte stehen sieht. In Wahrheit aber hatte ich vor allem Angst, dass ich vielleicht das Recht verloren hätte, den mir anvertrauten Kompass zu benutzen, und deshalb gar nicht mehr damit reisen kann.«

»Und was hat dein Großvater dazu gesagt?«

»Tja, er hat sich erst einmal in Ruhe angehört, was ich

ihm über Malmon und die Höhle, über Annika und alles andere erzählt habe. Auch davon, dass ich während einer Reise einen Mann getötet und jetzt vielleicht keinen Anspruch mehr auf diesen Kompass habe, weil man ihn niemals zum Schaden anderer einsetzen darf.«

»Und?«

»Im Grunde hat er gesagt, ich soll kein solches Weichei sein.«

Sawyer zuckte mit den Achseln und verzog den Mund zu einem schiefen Grinsen, weil die fürchterliche Last von seinen Schultern abgefallen war.

»Er hat noch mehr gesagt, und zwar dasselbe, was ihr anderen ›mir schon versichert habt, aber mit dem ›Weichei‹ hat er mich eiskalt erwischt. Und dann hat er noch gesagt, dass er mich liebt und an mich glaubt und davon ausgeht, dass ich tun werde, wozu ich auf die Welt gekommen bin. Also solle ich den Job, verdammt noch mal, einfach erledigen und wohlbehalten heimkommen.«

»Ich freue mich bereits darauf, wenn ich ihn irgendwann mal kennenlerne.«

»Ja, nach Abschluss der Mission schmeißen wir eine Party, die die Wände wackeln lässt.« Das stärkste der Gefühle, die in seinem Innern aufstiegen, war grenzenlose Dankbarkeit. »Ich kann sie wieder spüren. Die Verbindung. Sie ist wieder da, und jetzt weiß ich, dass der Kompass mir gehört, bis es an der Zeit ist, ihn zu übergeben. Aber erst musste ich aufhören, wie ein Weichei rumzujammern, weil ich ein verdammtes Arschloch habe fallen lassen, damit es mir nicht das Hirn wegbläst.«

»Hervorragend. Ich würde sagen, damit hast du dir ein Bier verdient.«

»Ein ganzes?«

Prüfend legte Bran die Hand auf Sawyers Schulter und die Messerwunde und nickte zufrieden. »Ein ganzes«, sagte er, stand auf und reichte seinem Freund die Hand. »Willkommen zurück unter den Lebenden.«

»Dann können wir also morgen wieder tauchen?« Und tatsächlich tat es kaum noch weh, als er sich auf die Füße ziehen ließ.

»Damit warten wir vielleicht noch ein, zwei Tage und lassen die Gräberin noch etwas weiterbuddeln, bis sie was gefunden hat.«

»Noch zwei Tage, und die Gräberin wird abermals zum Wolf.«

»Aber nur von Sonnenuntergang bis Sonnenaufgang, und vor allem bin ich mir inzwischen sicher, dass der Stern in dieser Seufzerbucht zu finden ist. Also geben wir ihr und Doyle noch etwas Zeit, um sie zu finden, und dir und Annika die Chance, euch ein bisschen zu erholen. Aber erst mal holen wir dir dein Bier.«

»Wenn ich dir widersprechen würde, wäre ich ein Narr.«

Anni lagerte nicht mehr am Beckenrand. Auch Sash war nirgendwo zu sehen, aber die Leinwand stand noch immer auf der Staffelei.

Sawyer sah sich Sashas Werk noch einmal an und riss die Augen auf. Das Gemälde drückte Schönheit, Freude, Staunen sowie einen grenzenlosen Zauber aus. Er wusste nicht, wie Sasha es geschafft hatte, das Glitzern und das Funkeln nur mit Farben einzufangen. Auch hätte er nicht erwartet, dass es möglich wäre, das besondere Leuchten der meergrünen Augen zu kopieren.

Wie konnte es sein, dass ein Bild die Süße, Sinnlichkeit und gleichzeitige Stärke dieses Wesens wiedergab?

»Es gefällt dir.« Einen berühmt-berüchtigten Bellini ihrer Freundin in der Hand, kam Sasha aus dem Haus und hakte sich bei Sawyer ein.

»Es zeigt, wer und was sie ist.«

»Ich werde noch andere Bilder von ihr malen, in der klassischen Meerjungfrauenpose auf einem Felsen im Meer und wenn sie Handstandüberschläge oder Saltos auf dem Rasen macht. Deshalb hängen all diese Skizzen hier.«

Als er hörte, wie vergnügt sie klang, und sah, dass alle Anspannung aus ihrem Blick gewichen war, erkannte Sawyer, dass Brans Wunsch nach ein, zwei zusätzlichen Ruhetagen alles andere als unberechtigt war.

Und auch Riley hatte recht. Sie brauchten eine Pause.

»Ich könnte sie noch Stunden und Tage malen«, fuhr Sasha fort. »Und das werde ich bestimmt auch tun. Aber das hier ist für dich.«

»Für mich?«

»Auf jeden Fall.« Während sie an ihrem Cocktail nippte, schaute sie sich das Bild noch einmal kritisch an. »Vielleicht brauche ich noch eine Stunde, um die letzten kleinen Fehler zu beheben, aber dann gehört es dir. Es zeigt sie haargenau so, wie sie ist.«

»Aber sie selbst kann ich nicht mitnehmen, nicht wahr?«

»Wir leben in einer Welt der Wunder und Magie. Ich werde weiterhin an beides glauben.«

»Dieses Gemälde. Es bedeutet mir sehr viel – mehr, als ich dir sagen kann. Ich muss dir etwas dafür geben. Nein, kein Geld«, versicherte er ihr, als sie ihm ihren Arm entzog. »Das ist mir klar, denn das wäre beleidigend. Aber wenn die Suche abgeschlossen, wenn unsere Mission erfüllt ist, werde ich mit dir nach Frankreich fliegen, damit du dich dort mit diesem Maler unterhalten kannst.«

Mit einem leisen Freudenschrei schlang sie ihm die Arme um den Hals. »Oh mein Gott! Eine Unterhaltung mit Monet! Sawyer, das wäre – oh mein Gott! Aber dazu muss ich erst mal mein Französisch aufpolieren.«

»Da wir noch zwei Sterne finden müssen, hast du dafür sicher noch genügend Zeit.«

»Riley wird die Bucht der Seufzer finden, und da ich mir sicher bin, dass dort der Wasserstern verborgen ist, wird uns bald nur noch einer fehlen. Wobei ich bisher noch nicht gespürt habe, wohin die Reise uns von hier aus führen wird. Du?«

Er schüttelte den Kopf. »Der Kompass gibt bisher noch nicht mal den allerkleinsten Hinweis.«

»Wir werden es beide wissen, wenn es so weit ist. Aber erst mal brauchst du mindestens noch einen Ruhetag, bevor die Suche weitergeht. Deshalb bist du morgen dran.«

»Womit?«

»Damit, mir Modell zu stehen. Wobei ich noch nicht weiß, wie ich dich malen will.« Sie trat einen Schritt zurück, und unter ihrem neugierigen Blick kam er sich ziemlich seltsam vor.

»Du bist auf alle Fälle dran«, stellte sie entschieden fest.

»Das fühlt sich jetzt schon eigentümlich an.« Mit diesen Worten suchte er sich einen Platz in der Sonne und freute sich erst einmal auf das Bier, das Bran ihm versprochen hatte.

16

Sawyer wusste, dass er fast wieder der Alte war, als ihn Doyle am nächsten Morgen wieder mit den anderen trainieren ließ. Tatsächlich schaffte er fünf Klimmzüge, bis seine Schulter kreischte wie ein Mädchen, dem man in den Hintern kniff. Trotzdem kratzte es etwas an seinem Stolz, als selbst die zarte Sasha nach dem fünften auch noch einen sechsten Klimmzug hinbekam.

»Diesmal bin ich nicht die Letzte.« Keuchend ließ sich Sasha auf den Boden fallen und reckte triumphierend eine Faust. »Ich bin nicht die Letzte.«

»He, Schlappschulter. Immerhin kann ich im Gegensatz zu dir behaupten, dass ich gerade erst dem Tod von der Schippe gesprungen bin.«

»Ist mir egal. Heute ist ein schöner Tag, weil ich zur Abwechslung mal nicht die Verliererin bin. Und dazu bist du auch noch mit dem Frühstück dran.«

Vielleicht hätte er es mit seiner Genesung doch nicht ganz so eilig haben sollen.

Trotzdem war er froh, als er nach einer Stunde Training nicht den Wunsch verspürte, wieder in sein Bett zu krabbeln. Wobei er wohl langsam wieder daran denken konnte, in seinem Bett auch etwas anderes zu tun, als sofort einzuschlafen.

Also war es auch für ihn ein schöner Tag.

Obwohl er sich dabei ein bisschen lächerlich vorkam, stand er Sasha nach dem Frühstück eine Stunde lang Modell. Es war ein weiterer Triumph für ihn, dass er, als er für sie posierte, wieder seine Halfter trug und eine der Pistolen sowie seinen Kompass in den Händen hielt.

Während er sich von Sasha malen ließ, kam Riley aus dem Haus.

»Hast du was herausgefunden?«

»Nein. Falls du und Doyle euch einbildet, dass das so einfach auf die Schnelle möglich ist – vergesst es. Und vor allem werde ich jetzt erst mal eine Pause machen, weil der Typ, der mir hoffentlich weiterhelfen kann, morgen erst erreichbar ist.«

»Ich hoffe, dass du ihn erreichst, bevor du zur Wölfin wirst.« Jetzt schob er eine Hüfte vor, vergrub den Daumen der Hand, die den Kompass hielt, in einer Tasche seiner Jeans und sah sie mit einem breiten Grinsen an. »Aber vielleicht kannst du deine Nachricht an den Kerl ja im Morsealphabet heulen.«

Riley reckte wortlos den Mittelfinger in die Luft und betrachtete das Bild. »Du hast ihn wirklich gut getroffen, Sash, bis hin zu den kleinen Schweinsaugen.«

»Du musst Riley als Wölfin malen, Sash. Am besten in Aktion. Wenn sie sich die Flöhe aus dem Pelz kratzt oder so.«

»Ich habe keine…« Riley atmete zischend aus, und Sasha fuhr lächelnd mit ihrer Arbeit fort.

»Glaubst du an Reinkarnation?«, fragte die Seherin.

»Auf jeden Fall. Was hätte es für einen Sinn, nur einmal auf der Welt zu sein?«

»Ich persönlich glaube fest daran, dass ihr zwei in einem

anderen Leben schon einmal Geschwister wart. Davon abgesehen, würde ich dich wirklich gern als Wölfin malen, Riley. Und dazu noch in deiner jetzigen Gestalt.«

»Ich glaube nicht …«

»Ich will all unsere Seiten malen«, fiel Sasha ihr ins Wort, während sie nach einem anderen Pinsel griff. »Nun, da ich angefangen habe, weiß ich, dass das etwas ist, was ich ganz einfach tun muss. Brauchst du eine Pause, Sawyer?«

»Mir geht's gut, außer wenn du selbst eine Pause machen willst.«

»Ich würde gerne weitermalen – bis es dich zu sehr anstrengt, still zu stehen. Du musst mir sagen, wenn es dir zu viel wird, ja? Wenn ich male, kann ich mich am besten konzentrieren, und ich kann deutlich spüren, dass sie wieder mal versucht, in meine Gedanken einzudringen.«

»Wer? Nerezza?« Riley drückte ihr die Schulter. »Dann hole ich Bran.«

»Nein, schon gut.« Sasha arbeitete seelenruhig an Sawyers dichtem Haar und fügte ein paar sonnenhelle Strähnen ein. »Es geht mir gut, und vor allem hat er selbst zu tun. Anni hilft ihm, seine Medizin zu mixen. Meinetwegen soll Nerezza es auch weiterhin versuchen. Sobald ich spüre, dass sie durchkommt, holen wir ihn, okay?« Sie konzentrierte sich wieder auf das Bild, tauschte abermals die Pinsel und malte die Hand, in der der Kompass lag. »Ich versuche gar nicht, sie zurückzudrängen. Erst mal reicht es, wenn ich meinen Kopf für sie blockiere. Auch wenn ich das nicht erklären kann.«

»Das ist auch nicht nötig.« Während ihre Hand weiterhin auf Sashas Schulter lag, tauschte Riley hinter ihrem Rücken einen Blick mit Sawyer aus. »Es reicht völlig, wenn du es Sawyer sagst, sobald du deinen Liebsten oder sonst etwas brauchst.«

»Genau.« Unbewusst verstärkte Sawyer seinen Griff um den Pistolenknauf.

»Es ist wie … Wenn du wieder ins Haus gehst, Riley, kannst du Bran ausrichten, dass es ist, als ob sie mit mir spielen würde, um mich abzulenken oder so. Ich weiß, dass sie darauf wartet, dass Malmons Verwandlung abgeschlossen ist. Das ist noch nicht alles, aber … es ist so, als ob sie wollte, dass ich versuche, irgendwas zu sehen.«

»Weil sie dich vielleicht in eine falsche Richtung locken will?«

»Keine Ahnung. Aber ich kann deutlich spüren, nein ich *weiß,* dass sie mich ködern will. Aber darauf falle ich nicht rein. Und ich weiß auch, dass diese Pause, diese wirklich wunderbare Pause von der Suche, von den Kämpfen und dem Blutvergießen, fast vorüber ist.«

»Dann lasst sie uns genießen, solange sie währt.« Riley drückte Sasha ein letztes Mal die Schulter, tauschte einen weiteren Blick mit Sawyer aus, kehrte zurück ins Haus, ging dort zu Bran und erzählte ihm von dem Gespräch.

Sawyer seinerseits beobachtete Sasha, während sie ihn malte, und lenkte den Blick nur einmal kurz auf Bran, der auf die Terrasse kam, um nachzuschauen, ob alles in Ordnung war.

Kurz danach erschien auch Doyle, warf sich auf einen Stuhl und sah der Seherin beim Malen zu. Offenbar hatte Riley ihre Runde durch das Haus gedreht und die Männer zu Sashas Bewachung in den Garten kommandiert.

Sawyer atmete erleichtert auf und ließ die Gedanken schweifen. Oh, er wünschte sich, auch Anni käme aus dem

Haus, und fragte sich, ob ihm, wenn sie die Sterne und die Glasinsel gefunden hätten, noch etwas Zeit mit ihr vergönnt sein würde, ein paar Tage ohne Krieg, ohne Götter, die auf Rache sannen, ohne jegliche Verantwortung und ohne jedwede Gefahr.

Ein paar Tage wären doch sicher nicht zu viel verlangt.

»Hast du ihr gesagt, dass du sie liebst? Ich spüre es«, erklärte Sasha. »Es ist so stark, dass ich es einfach spüren muss. Hast du es ihr gesagt?«

»Was würde das schon nützen? Sicher würde es sie traurig machen, und ich möchte nicht, dass sie bei ihrer Heimkehr irgendwas bereut.«

»Ich glaube nicht, dass Annika etwas wie Liebe je bereuen kann. Und vor allem glaube ich, dass Liebe ihre eigenen Wunder wirken kann.«

»Bald ist wieder Vollmond.« Er konnte den geisterhaften Schatten schon am leuchtend blauen Himmel sehen. »Das heißt, sie hat noch zwei Monate Zeit. Manche haben ein ganzes Leben, um zu lieben, aber anderen bleibt nur ein kurzer Moment. Weshalb ich diesen Augenblick so gut wie möglich nutzen muss.«

»Auf jeden Fall. Weil man vor allem die Dinge bereut, die man verschwiegen oder unterlassen hat.«

Sie ließ den Pinsel sinken, machte einen Schritt zurück und sah sich ihr Gemälde an. »Du bist in Ehren entlassen. Das, was jetzt noch fehlt, bekomme ich alleine hin.« Sie ließ die angespannten Schultern kreisen. »Vor allem tut uns beiden eine Pause gut.«

Neugierig trat er neben sie, um sich ihre Arbeit anzuschauen.

»Aber hallo.«

389

»Na, gefällt es dir?«

»Ja. Es ist … wow.«

Sie hatte ihn vor einer Hügellandschaft porträtiert – strahlend, sonnenhell und voller Leben –, und er sah sie fragend an.

»Wie in aller Welt stellst du es an, dass sich das Licht auf diese Art über das ganze Bild ergießt?«

»Das gehört einfach zum Handwerk.«

»Nein.« Er schüttelte den Kopf. »Das zeugt von riesigem Talent. Ich weiß, du hast mich hier gemalt, weil ich diese Hügel kenne, aber so wie du den Hintergrund gestaltet hast, könnten diese Hügel, diese Berge, dieser Himmel auch überall anders sein.«

»Genau so wollte ich es haben, denn auf diese Art habe ich deine ganz besondere Gabe dargestellt. Und dein Blick auf dem Gemälde zeigt, dass du dir dieser Gabe sicher bist. Was du Riley zu verdanken hast.«

»Riley?«

»Es ist mir erst gelungen, dir diesen Ausdruck zu entlocken, als sie auf der Bildfläche erschienen ist. Da wurdest du endlich locker, hast sie aufgezogen und gegrinst. Das hier bist du, Sawyer. Die Hand an der Pistole, bereit zu kämpfen, wenn es nötig ist, den Kompass in der Hand, bereit zu reisen, wenn du irgendwo gebraucht wirst, aber ebenso bereit, einfach ein guter Freund zu sein.«

»Du lässt ihn glühen – den Kompass.«

»So hat er ausgesehen.«

»Nein, das hat er nicht. Das hätte ich gespürt.«

»Für mich hat es sich so angefühlt.« Sie zögerte, als Sawyer auf den Kompass blickte, dessen Glut wieder erloschen war.

»Oder vielleicht habe ich auch nur gesehen, was er tun wird oder schon getan hat«, fügte sie hinzu, obwohl sie wusste, dass der Richtungsweiser warm geleuchtet hatte, während Sawyer in Gedanken bei der Meerjungfrau gewesen war.

Er wartete bis nach dem Abendbrot, bis sie sich entschieden hatten, erst am übernächsten Tag wieder aufs Meer hinauszufahren. Er hatte den anderen nicht widersprochen, denn er hatte etwas vor, und wenn er es tatsächlich täte, brauchte er danach wahrscheinlich einen zusätzlichen Ruhetag.

»Mit etwas Glück kann ich euch übermorgen einen Ort oder zumindest eine Richtung nennen«, meinte Riley. »Dann werden wir wissen, wo der Stern zu suchen ist.«

»Das wäre gut. Und jetzt muss Annika ans Meer.«

Bran nickte Sawyer zu. »Ich bringe sie nachher hin.«

»Nein, das mache ich.«

Doyle schüttelte den Kopf, doch Sawyer gab nicht nach. »Ich würde nicht sagen, dass ich Anni selbst hinbringe, wenn ich mir nicht sicher wäre, dass ich wieder kräftig genug bin. Und vor allem bringe ich sie ganz bestimmt nicht hier ans Wasser, wo Nerezza sie problemlos finden kann. Ich kenne einen Ort, an dem sie wenigstens ein bisschen Freiheit hat.«

»Du bist noch nicht wieder hundertprozentig fit«, fing Riley an.

»Nein, aber es geht mir wieder gut, und mit dem Reisen kenne ich mich aus. Ich weiß selbst am besten, ob mir was zu viel wird oder nicht. Und ich würde weder mit Anni noch mit jemand anderem von uns jemals ein Risiko eingehen.«

»Der Pool ist schön. Ich bin damit zufrieden.«

»Nein, du brauchst das Meer. Es gibt dir Kraft. Und ich muss endlich wieder mal mit etwas anderem als mit meinen Armmuskeln trainieren. Ich muss wieder der Alte werden, deshalb käme diese Reise nicht nur dir, sondern auch mir gelegen. Vertraust du darauf, dass ich es schaffe?«

»Ich vertraue dir in jeder Hinsicht«, antwortete Annika.

»Aber wir müssen wissen, wo ihr hinfliegt und wann ihr zurückkommt«, erklärte Bran, und als die anderen nickten, fügte er hinzu: »Das ist nicht verhandelbar.«

»Zwei Stunden. Dann hat Anni jede Menge Zeit im Wasser, und ich habe Gelegenheit, um meine Batterien wieder aufzuladen, falls das nötig ist. Ich glaube nicht, dass ich das muss, aber falls doch, reichen zwei Stunden dafür dicke aus. Und wo?«

Er verschwand kurz; zwei Sekunden später war er wieder da und breitete eine Karte auf dem Tisch aus.

»Angeber«, schalt Riley grinsend.

»Damit wollte ich nur demonstrieren, dass ich wieder der Alte bin. Also, unser Trip wird dorthin gehen.«

»Aber… in den Südpazifik?« Mit besorgter Miene wandte Sasha sich an Bran. »Das ist entsetzlich weit.«

»Es ist ein Ort, an dem ich schon sehr oft gewesen bin. Das ist für mich wie nach Hause fahren.«

»Kannst du den Ort erreichen?«, fragte Sasha Bran.

»Wenn nötig, ja.«

»Wie wäre es damit? Wenn ich mich total auf meine Gedanken oder Gefühle konzentriere, kannst du sie dann lesen? Dann kann ich versuchen, dich wissen zu lassen, dass mit uns alles in Ordnung ist.«

»Ich kann es auf jeden Fall versuchen«, stimmte Sasha nickend zu. »Wenn Bran mir dabei hilft, klappt es bestimmt. Aber trotzdem ist es sehr weit weg.«

»Ich kenne mich dort aus«, wiederholte Sawyer und zog eine kleine Reisetasche unter seinem Stuhl hervor.

»Was ist denn da drin?«, erkundigte sich Riley.

»Ein paar Kleinigkeiten.« Sawyer reichte Annika die Hand. »Bist du bereit?«

»Jetzt ist es neun. Um Punkt elf seid ihr zurück«, rief ihm Sasha in Erinnerung.

»Ja, Mom. Auf geht's, Annika.«

Nachdem die beiden verschwunden waren, griff Doyle nach seinem Bier. »Glaubt ihr, dass er extra mit ihr in die Südsee fliegt, damit er sie dort vögeln kann?«

»Nicht nur, aber wahrscheinlich auch.«

Sasha pikste Riley in die Schulter. »Er muss diese Reise machen, damit er sein Selbstvertrauen zurückerlangt. Er wäre um ein Haar gestorben, das hat ihn erschüttert und geschwächt. Und Anni braucht das Meer, und er braucht es, dass er ihr diesen kleinen Luxus bieten kann.«

»Der Sex ist also nur ein Bonus.«

»Sie haben zwei Stunden für das Meer, für Sawyers Selbstvertrauen und für Sex.« Bran wackelte kurz mit seinem Handgelenk und zauberte auf diese Weise eine altmodische Sanduhr auf den Tisch. »Wenn das letzte Sandkorn durchgerieselt ist, fliege ich den beiden hinterher.«

»Ich hatte schon den Timer meiner eigenen Uhr gestellt, aber das hier ist viel cooler«, räumte Riley unumwunden ein.

»Manchmal hat er's wirklich drauf«, erklärte Sasha stolz,

doch plötzlich griff sie nach Brans Hand. »Ich ... ich spüre sie. Ich spüre, dass sie sicher angekommen sind.«

Sawyer brachte seine Liebste direkt dorthin, wo das Meer unter dem sternenübersäten Himmel sanft gegen das Inselufer schlug. Er hatte das Gefühl, als wäre er ein paar Meilen gejoggt – was für ihn völlig in Ordnung war.

»Oh, Sawyer.« Überglücklich drehte Anni eine Pirouette und blieb, einen Fuß am Strand, den anderen im Wasser, vor ihm stehen.

»Ein wirklich schönes Fleckchen Erde, findest du nicht auch?«

»Es ist einfach wunderschön. Ich kenne diesen Ort.«

»Ach ja?«

»Ich war schon öfter hier. Mit meiner Familie.«

»Und woher weißt du das?«

»Ich kenne mich im Wasser aus wie du an Land. Besser kann ich's nicht erklären. Dieser Ort, dieses Gewässer ... Wir ...« Verärgert, weil ihr wieder mal die Worte fehlten, strich sie sich die langen Haare aus der Stirn. »Ich weiß nicht mehr, wie man das nennt. Eine Reise an einen besonderen, heiligen Ort.«

»Eine Pilgerreise?«

»Ja, genau! Eine Pilgerreise«, wiederholte sie, damit sie dieses Wort nicht gleich wieder vergaß. »Wir glauben, dass Annika – von ihr habe ich meinen Namen – heilig und sehr mächtig war und hier herumgeschwommen ist, um Freundlichkeit und Liebe zu verbreiten.«

Er hob ihre Hand an seine Lippen. »Dann haben deine Eltern den passenden Namen für dich ausgewählt.«

»Es ist eine Ehre, dass ich heißen darf wie jemand, den

wir heute noch verehren. Man erzählt sich, sie sei einmal fast gefangen worden und die Seemänner, die hier in dieser Gegend auf der Jagd waren, hätten sie dabei schwer verletzt. Aber einer habe sie gerettet, ihr geholfen und sie so lange gepflegt, bis sie wieder bei Kräften war. Er hat sie gerettet und sie ihn. Denn er war verloren, und sie hat ihm geholfen, wieder heimzukehren. Sie hat ihm ein Geschenk gemacht, damit er sich weder an Land noch auf dem Wasser je wieder verirrt.«

Sawyer stellte seine Reisetasche ab. »Eine ganz ähnliche Geschichte wird in meiner eigenen Familie auch erzählt. Es geht dabei um den Kompass. Allerdings hat sich die Sache in der Nordsee abgespielt, deshalb ...«

Er blickte auf den Kompass, den er immer noch in den Händen hielt. »Aber vielleicht auch nicht. Der Seemann und die Meerjungfrau, die sich gegenseitig retten. Das Geschenk der Richtungsweisung. Das sind jede Menge Parallelen. Vielleicht ist es ja doch dieselbe Geschichte, und der Ort hat sich in eurer oder unserer Version im Lauf der Zeit geändert. Du bist Annika.«

»Ja, ich bin Annika.«

»Und ich bin Sawyer Alexei King – Alexei hieß der Seemann, der den Kompass von der Meerjungfrau erhalten hatte. Meine Eltern haben mich nach ihm benannt. Das sind sehr viele Parallelen, oder könnte es tatsächlich Schicksal sein?«

»Ist das hier der heilige Ort, an den dich dein Großvater gebracht hat?«

»Ja, wir haben direkt hier am Strand gecampt.«

»Dann waren wir also beide vorher schon mal hier. Dieser Ort ist uns beiden wichtig. Sind das wieder Parallelen?«

»Meiner Meinung nach auf jeden Fall. Aber jetzt soll-test du erst einmal ins Wasser gehen. Es ist eine wunder-bare Nacht zum Schwimmen.«

»Komm mit.« Unbekümmert zog sie sich das Kleid über den Kopf und warf es achtlos fort.

Leichtfüßig lief sie los und sprang kopfüber in die Bran-dung. Die Flosse ragte schimmernd wie das Wasser in die Luft und glitt zurück ins mitternachtsblaue Nass.

Sekunden später tauchte Anni bis zu ihren Schultern wieder auf und forderte ihn abermals mit einem breiten Lächeln auf: »Komm rein.«

»Sofort.«

Er musste erst noch ein paar Dinge vorbereiten, als sie wieder unter Wasser glitt, doch dann zog er sich aus und stürzte sich wie sie zuvor kopfüber ins Meer. Er kraulte bis hinter die Brecher, wo das Meer glatt wie ein Spiegel war, und freute sich, dass weder seine Schulter noch die Stich-wunde zu spüren waren.

Dann ließ er sich im kühlen Wasser treiben, während über seinem Kopf der weiße Mond inmitten der Sterne hing, die wie Diamanten auf dem schwarzen Samt des Fir-maments verstreut waren. Und plötzlich war ihm leicht ums Herz, und er erkannte, nicht nur Anni, sondern auch er selbst hatte die kurzen Stunden des Alleinseins hier an diesem Ort gebraucht.

So wie Sasha hatte malen müssen, hatte seine Seele eines Moments der Schönheit und der Helligkeit bedurft.

In diesem Augenblick schoss das Schöne, Helle mit zu-rückgeworfenem Kopf und schwarz glänzendem Haar pfeilschnell in die Luft und schien fast den Himmel zu berühren, bevor es einen Salto schlug und abermals im

Meer verschwand. Dann schlang Anni ihm die Flosse um die Hüfte, und noch während er anfing zu lachen, schleuderte sie ihn ausgelassen in die Höhe, und als er die Knie anzog, um mit dem Hinterteil voran ins Wasser zu plumpsen, lachte sie vor Freude auf.

»Du hast unglaublich gespritzt.«

»Klar doch. Wirf mich noch einmal in die Höhe, ja?«

»Hat dir das Spaß gemacht?«

»Auf jeden Fall.«

Diesmal war er vorbereitet und versuchte einen Kopfsprung, und auch wenn er niemals so geschmeidig wie seine Meerjungfrau ins Wasser tauchen könnte, hatte er aus seiner Sicht für diesen Sprung auf alle Fälle sieben oder acht Punkte verdient.

Sie spielten, tauchten, sprangen, tollten durch das Wasser, und am Ende ließen sie sich einfach treiben und sahen versonnen zu den Sternen auf.

»Tun dein Arm und deine Seite weh?«

»Nein. Ich bin fast wieder o.k.«

»Du bist stark.«

»Na ja.«

Sie drehte sich im Wasser zu ihm um, schlang ihm die Arme um den Hals und wiederholte: »Du bist stark. Und Bran und Sash sind wunderbare Heiler. Du kannst also wieder ganz gesund werden. Ich hatte Angst. Nicht nur in der Höhle, sondern auch noch, als wir wieder bei den anderen waren.«

»Ich auch. Aber jetzt haben wir es überstanden.«

»Ja.« Sie presste ihm die Lippen auf den Mund. »Wirst du mich berühren? Es fehlt mir, dass du mich berührst, wenn du mich willst.«

397

»Ich will dich immer.« Er glitt mit den Händen über ihr hüftlanges Haar und weiter zu ihrem wundersamen Schwanz, der genauso seidig war wie ihre Haut.

Damit sie nicht untergingen, strampelte er automatisch mit den Beinen, aber dann schlang sie die Flosse fest um seinen Leib, und gemeinsam trieben sie dahin.

»Ich habe dich bereits begehrt, als ich dich zum ersten Mal gesehen habe«, gab er zu.

Sie streichelte zärtlich seine Wange. »Ist das wahr?«

»Das ist die reine Wahrheit. Damals warst du nur ein Bild in Sashas Skizzenblock, aber trotzdem habe ich dich gleich begehrt.« Jetzt küsste er sie. »Und als ich dich im Mondlicht in dem weißen Kleid am Strand auf Korfu sah, war es vollends um mich geschehen.«

»Aber du warst nur mein Freund.«

»Ich bin auch heute noch dein Freund, aber es war nicht leicht für mich, nicht mehr für dich zu sein.«

Ihr Herz fing an zu singen, und ein Schauder lief durch ihren Leib, als er mit einer seiner Hände ihre Brust umfing. »Und warum hast du mich dann nicht schon eher geküsst?«

»Ich dachte, das wäre nicht gut für dich. Du hattest noch so viel zu lernen, und ich wollte dich nicht unnötig verwirren.«

»Aber du verwirrst mich nicht.«

Entschlossen reckte sie den Oberkörper aus dem Wasser und bot seinen Lippen ihre Brüste an. Als er sie nahm, ließ sie den Kopf nach hinten fallen, und ihr Haar trieb wie ein Tuch aus schwarzer Seide auf dem dunklen Meer.

Er war sehr stark, ging es ihr wieder durch den Kopf. Sie brauchte es, dass er mit seinen kräftigen Händen über ihren Körper glitt, während sein Mund sie kostete und er sich auf eine Weise an ihr gütlich tat, die ihr deutlich zeigte, wie groß sein Verlangen nach ihr war.

Erregung wogte in ihr auf, und glücklich schoss sie mit ihm in die Luft, drehte sich dort mehrmals um die eigene Achse, schmiegte ihr Gesicht an seine Wange an und stöhnte wohlig auf, als sie erneut mit ihm im kühlen Nass versank. Wieder drehte sie sich langsam um die eigene Achse, immer wieder und wieder, und das Wasser floss um ihre Leiber, während ihre Lippen und die Zungen sich in einem Kuss begegneten, der plötzlich nicht mehr zärtlich, sondern leidenschaftlich und begierig war.

Sie fuhr mit ihren Händen über seinen Körper und zog mit den Fingern die Konturen seiner fast verheilten Wunden nach. »Tut das weh?«

»Oh nein.« Dafür nahm er das Rauschen seines Blutes in seinen Adern überdeutlich wahr. »Wir müssen zurück an den Strand. Ich will dich. Gott, ich muss dich einfach haben.«

»Nimmst du mich auch hier?«

»Ja. Ja.« Halb von Sinnen küsste er sie. »Aber wir müssen näher an den Strand, damit ich stehen kann.«

»Nein, hier.« Sie umschloss sein Gesicht mit den Händen, schob es von sich fort und nahm in seinem Blick dasselbe schmerzliche Verlangen wahr, das sie nach ihm empfand. Aber …

»Würdest du mich auch in meiner wahren Form nehmen? So wie ich auf die Welt gekommen bin?«

»Ich will dich, Anni. Ganz egal, in welcher Form.«

»Ich kann mich für dich öffnen.«

»Öffne dich für mich.« Rasend vor Verlangen zog er sie zurück an seine Brust. »Nimm mich in dich auf.«

Es war ein Geschenk und eine Offenbarung, als sie sich ihm öffnete, ihn in sich eindringen ließ und ihm dabei in die Augen sah. Doch dann war die Bedeutung dieser Offenbarung, dieses Augenblicks so überwältigend und strahlend hell, dass sie, geblendet von dem Licht, das sie mit einem Mal umgab, die Lider schloss.

Es war ein berauschendes Gefühl, in sie hineinzugleiten und darin zu schwelgen, wie sie ihn für einen Augenblick so fest wie eine Faust umschloss.

Sie erschauerte an seiner Brust, und noch immer trieben sie – zwei Liebende, die sich vom Meer umarmen ließen – auf der dunklen See dahin.

Langsam, wie in Zeitlupe, bewegte Sawyer sich in ihr. Es war ein Wunder, dass sie ihm in diesem kurzen Augenblick so umfänglich gehörte, und um diese kostbaren Minuten auszukosten, ging er es möglichst langsam an. Sie trieb unter ihm wie eine Boje auf dem Wasser, und er küsste ihre Wangen, ihre Lider, ihre Lippen, streichelte sie sanft und passte seinen Rhythmus an den Tanz der Wellen an, die sie trugen.

Liebe wogte in ihm auf wie eine warme Brise, die ihm ihren süßen Duft entgegentrug.

Gefangen in dem Glück, das sie in diesem Augenblick verspürte, stieg sie wieder aus dem Wasser auf, drehte sich mit ihm im Kreis, tauchte ab, zog ihn mit sich, presste die Lippen fest auf seinen Mund und hauchte ihm beim Küssen ihren Atem ein.

Im nächtlich dunklen Meer bewegte er sich weiter in ihr, bis er spürte, dass sie kam, sog ihren Atem tief in seine Lunge ein, um ihr noch mehr zu geben, und erkannte, wenn ein solches Wunder möglich wäre, würde er sich

ihre Welt zu eigen machen, um für alle Zeit mit ihr vereint zu sein.

Dann zog sie ihn mit sich in die Luft, dem Licht der
Sterne und des Mondes entgegen, dorthin, wo die Wellen sich am Ufer brachen, und gefangen zwischen beiden
Welten, zog sie sich erneut um ihn zusammen, sprach mit
leiser Stimme seinen Namen…

…und brachte ihn endgültig um den Verstand.

Sie hielt ihn fest, legte den Kopf an seine Schulter und
presste den Leib, der wie für ihn geschaffen war, fest an seinen Körper.

»Du bist doch nicht enttäuscht?«, murmelte sie.

»Annika, ich bin ganz sicher nicht… Mir fehlen die
Worte, um es auszudrücken, aber ich bin das genaue Ge-
genteil davon.«

»Mit Beinen kann man auch noch viele andere Dinge
tun.«

»Oh Annika.« Er küsste eine Strähne ihres wundervollen Haars. »Du bist eine wahr gewordene Fantasie. So
schön und wunderbar wie du ist keine andere Frau, der
ich jemals begegnet bin.«

»Mir geht es andersherum genauso.«

Lächelnd rollte sie sich auf den Rücken und trug ihn
zurück zum Strand.

Als sie ihre Beine wieder hatte und mit ihm im flachen
Wasser stand, legte sie eine Hand auf ihre Brust. »Du hast
eine Decke, Kerzen, Wein und sogar Blumen mitgebracht.
Wie hübsch.«

»Du wirst es noch hübscher machen.« Kurzerhand zog
er sie an den Strand. »Ist dir kalt?«

401

»Nein, dir?«

»Ich fühle mich rundherum fantastisch.« Er fischte ein Feuerzeug aus seiner Reisetasche, zündete die Kerzen an, öffnete die Flasche mit dem Korkenzieher seines Taschenmessers und schenkte erst ihr und dann sich vom Wein ein.

»Haben wir denn noch Zeit?«

»Ein bisschen Du-und-ich-Zeit bleibt uns noch.« Er zog sie auf die Decke.

»Du-und-ich-Zeit finde ich sehr schön. Aber ich muss sie nutzen, um dir etwas zu sagen. Nämlich, dass ich nicht ganz ehrlich zu dir war.«

»In welcher Hinsicht?«

Sie senkte unglücklich den Kopf. »Du denkst, ich hätte dich so wie du mich zum ersten Mal an diesem Strand in Griechenland gesehen. Aber das ist nicht wahr.«

»Ach nein? Wann hast du mich denn dann zum ersten Mal gesehen?«

»Als ich für die Mission trainiert habe, hat mich die Meerhexe auf eine andere Insel mitgenommen, und da habe ich dich eines Nachts im Licht des Mondes so wie jetzt am Strand gesehen. Du warst allein, aber du sahst nicht einsam aus.«

Er legte eine Hand unter ihr Kinn und zwang sie sanft, ihm ins Gesicht zu sehen. »Auf was für einer Insel?«

»Sie hat mir gesagt, ich sollte mir merken, wie sie bei den Menschen heißt. Isle au Haut.«

»In Maine? Aber da bin ich zum letzten Mal…« Er stutzte. »Mein letzter Besuch dort ist inzwischen mindestens fünf Jahre her. Wie lange hast du denn trainiert?«

»Bis man mich auserwählt hat und danach noch weiter, bis ich wusste, dass ich zu dir kommen muss.«

»Hast du auch die anderen vorher schon gesehen?«

»Nein, nur dich. Die Meerhexe hat mir nur dich gezeigt. Sie hat gesagt, du würdest reichen, wenn der Augenblick gekommen wäre, um an Land zu gehen. Du wärst
genug. Bist du böse, dass ich nicht schon früher ehrlich zu
dir war?«

»Nein.« Um es zu beweisen, nahm er ihre Hand. »Ich
bin dir deswegen nicht böse.«

»Ich habe dich damals schon gewollt, aber es war nicht
die rechte Zeit, und ich musste noch warten.«

Und da hatte er sich eingebildet, die paar Wochen, die
er selbst gewartet hatte, wären eine halbe Ewigkeit. »Fünf
Jahre. Das ist eine ganz schön lange Wartezeit.«

»Nicht wenn's dafür das hier gibt.«

Wieder schmiegte sie sich lächelnd an ihn an, bettete
den Kopf an seiner Schulter, und gemeinsam blickten sie
aufs Meer. Er hatte ihr das Meer, ein bisschen Romantik
sowie eine kurze Auszeit bieten wollen an einem Flecken
Erde, der ihm wichtig war.

Um festzustellen, dass dieser Ort auch ihr bereits seit
Jahren am Herzen lag.

Mehr hatte er nicht geben und vor allem nicht erbit-
ten wollen. Aber hier an diesem Ort, der ihnen beiden
wichtig war, in diesem Augenblick, der ihnen ganz allein
gehörte, fühlte es sich plötzlich richtig an, ihr mehr zu
geben. Ohne zu befürchten, dass sie es vielleicht einmal
bereuen würden, wenn sie wirklich völlig ehrlich zueinander waren.

»Ich habe dir auch nicht die ganze Wahrheit gesagt.«

»Nein?«

»Ich begehre dich, aber das ist nicht alles. Und ich bin

dein Freund, wobei das auch nicht alles ist.« Er drehte den Stil seines Weinglases in den Sand, nahm ihre Hände und hob erst die eine und danach die andere an seine Lippen. »Ich liebe dich.«

Ihre Augen, ihre wunderbaren Augen, die ihn vorher schon in den Bann gezogen hatten, wurden riesengroß. Ihr stockte der Atem, und gefährlich nah an einem Schluchzer atmete sie wieder aus. »Du liebst mich ... Du meinst, so wie du Sash und Riley liebst?«

»Nein. Die zwei liebe ich auch, doch mehr wie Schwestern oder so. Dich aber liebe ich auf diese ganz besondere Art. Das heißt ...«

»Ich weiß, ich weiß.« In ihren Augen blitzten Freudentränen auf. »Ich weiß«, erklärte sie zum dritten Mal. »Ich liebe die anderen auch, aber nur dich auf diese Art. Aber das durfte ich dir nicht verraten.« Sie umarmte ihn erneut und schmiegte ihre Wange eng an seine. »Das ist wie mit dem ersten Kuss. Du musstest es als Erster sagen. Bevor ich das zu dir sagen durfte, mussten wir erst fest zusammen sein.«

»Das sind wir, Annika.« Er gab ihr einen sanften Kuss. »Ich liebe dich. Ich weiß, wir können nicht ...«

»Nein, nein. Bitte. Sag nicht Nein, wenn du von Liebe sprichst. Wir haben unsere Liebe. Du bist meine Liebe, meine einzige und wahre Liebe. Ich habe den Canal d'Amour durchquert, und dann warst du plötzlich da.«

»Den Meeresarm bei Korfu?«

»Ja. Ich habe dich bereits geliebt, bevor ich dir am Strand begegnet bin. Ich habe gewartet, und als wir uns an diesem Strand getroffen haben, habe ich den Kanal durchquert. Es heißt, wenn man das tut, trifft man seine wahre Liebe. Und das habe ich getan, als du zu mir gekommen bist. Aber das durfte ich dir nicht verraten.«

Sie zog mit den Fingern die Konturen seiner Wangen, seines Kiefers, seines Mundes nach. »Ich kannte dein Gesicht und wusste, wie du lächelst, aber bis zu jener Nacht kannte ich deinen Namen nicht. Und selbst als ich wusste, wie du heißt, durfte ich es dir nicht sagen. Nicht, als wir zusammen gekämpft, als wir uns geküsst und uns gepaart haben, und nicht einmal, als du mich vor dem Tod gerettet hast. Aber jetzt darf ich die Worte endlich aussprechen, denn du hast sie zuerst gesagt. Ich liebe dich.«

Es spielte keine Rolle, dass sie ihren Wein verschüttete, als sie sich Sawyer derart schwungvoll an die Brust warf, dass er rücklings auf die Decke fiel. Der anfangs sanfte Kuss vertiefte sich, und glücklich murmelte sie dicht an seinem Mund: »Ich wollte dir im Wasser ein Geschenk machen.«

»Das hast du.«

»Aber du mir auch.« Ehrfürchtig und voller Freude legte sie die Hand auf seine Brust und spürte seinem Herzschlag nach. »Liebe ist das allerkostbarste Geschenk. Ich werde deine Liebe allezeit in meinem Herzen bewahren, weil sie dort sicher ist. Kannst du noch einmal mit mir zusammen sein? Reicht die Zeit dafür noch aus? Ich möchte das Geschenk, das du mir gemacht hast, feiern.«

»Wir werden uns die Zeit für eine kleine Feier nehmen. Zeit für uns allein.«

»Sie sind zu spät.« Bran stapfte nervös auf der Terrasse umher, wo sie alle zusammen Wache hielten, bis die beiden wohlbehalten heimgekommen wären.

»Es geht ihnen gut«, versicherte ihm Sasha. »Gib ihnen

noch etwas Zeit. Sie sind glücklich und in Sicherheit. Wir müssen uns bald genug den Dingen stellen, die da kommen werden.«

»Wenn es der Mann nicht einmal schafft, in zwei Stunden …«

»Halt die Klappe«, wandte Riley sich an Doyle. »Zum Glück gibt's auch noch Männer, für die es nicht nur rein und wieder raus geht.«

»Zwei Stunden waren abgemacht«, beharrte er auf seiner Position und wies mit ausgestrecktem Zeigefinger auf die abgelaufene Sanduhr auf dem Tisch.

Bran nickte zustimmend. »Genau.«

»Bisher sind sie gerade einmal zehn Minuten drüber«, mischte sich Sasha wieder ein. »Und vor allem geht es ihnen gut. Es gibt keinen Grund … Sie kommen!«

Doyle sprang auf und griff nach seinem Schwert.

Ehe Sasha ihn beruhigen konnte, waren sie bereits da.

»Ich hätte auch schummeln und die Zeit verschieben können«, kam der Reisende den Vorwürfen der anderen zuvor und schaute Annika mit einem Strahlen an, mit dem man die ganze Insel mühelos hätte erleuchten können.

»Er hat kurz überlegt, ob er das machen soll, aber ich habe gesagt, dass das eine Art Lüge wäre und dass dies die Nacht der Wahrheit ist.«

»Allerdings.« Noch immer grinsend, legte er den Arm um sie und wollte von den anderen wissen: »Haben wir jetzt Hausarrest?«

»Pünktlichkeit ist wichtig«, begann Bran.

»Nicht böse sein.« Die Meerjungfrau lief auf ihn zu und fiel ihm lächelnd um den Hals. »Dafür bin ich viel zu glücklich. Sawyer hat gesagt, dass er mich liebt.«

»Was für eine Überraschung!«, kommentierte Riley, und die Nixe runzelte die Stirn.

»Ich kenne diesen Ton ... das ist Ironismus, stimmt's?«

»Nicht Ironismus, sondern Ironie«, verbesserte der Magier.

»Meinetwegen, Ironie. Heißt das, du wusstest, dass Sawyer mich liebt?«

»Falls du das heute Abend erst herausgefunden hast, warst du die Einzige von uns, der das nicht längst schon klar gewesen ist. Also ja, ich wusste es. Und jetzt, da unsere Kinder wieder da sind, kann ich vielleicht endlich schlafen gehen.« Riley blickte auf den Mond. »Ich bekomme schließlich morgen Nacht kein Auge zu.«

»Sawyer muss auch schlafen. Wir hatten sehr viel Sex, und deshalb ist er sicher sehr erschöpft. Er ist wieder bereit zu tauchen«, wandte Anni sich an Doyle. »Aber wegen dem Sex ist es gut, wenn er sich morgen auch noch ausruhen kann.«

Während Riley augenrollend im Haus verschwand, erhob sich auch Doyle von seinem Platz.

»Ich werde eine letzte Runde durch den Garten drehen. Also sieh zu, dass du dich ausruhst, Bruder. Wir tauchen zwar erst übermorgen, aber morgen steht für dich wieder das ganz normale Training an.«

»In Ordnung. Tja, dann gehen wir jetzt am besten rauf und ruhen uns aus.«

Ein sentimentales Lächeln auf den Lippen, sah Sasha den beiden hinterher. »Selbst wenn sie nicht in unmittelbarer Nähe sind, höre ich ihr Glück wie hellen Glockenklang.« Sie stand auf und nahm Brans Hand. »Es hätte keinen Sinn, böse auf sie zu sein. Es ist alles gut – das heißt,

im Augenblick ist alles mehr als gut. Und wir sollten zusehen, dass wir auch ein bisschen Schlaf bekommen.«

»Aber erst nach jeder Menge Sex.«

Mit diesen Worten schwebte er mit ihr auf den Balkon
vor ihrem Zimmer und dann weiter auf direktem Weg ins
Bett.

17

In der Kammer des Palasts im Inneren des Berges rannte das, was nicht mehr Malmon war, wie ein riesengroßer Hamster in seinem Laufrad erst die eine Wand hinauf, dann an der Steindecke entlang, an der anderen Wand wieder herunter, quer über den Boden und die Wand wieder hinauf.

Stundenlang rannte er hin und her, streckte die Krallen nach einem der seltsamen Vögel aus und stopfte ihn sich in den Mund. Nicht aus Hunger, sondern weil es eine amüsante Unterbrechung seiner monotonen Bewegung war. Dann hetzte er glucksend weiter. Gelegentlich blitzten in seinem kranken Hirn Erinnerungen an helle Räume, weiche Betten und an einen Mann mit goldenen Haaren, einem dunklen Anzug sowie vor Entsetzen aufgerissenen Augen angesichts des Monsters auf, das ihm aus dem Spiegel entgegenblickte.

Bei diesen Bildern fing er an zu kreischen, und sein Schrei prallte von den blank polierten Steinwänden der Kammer ab.

Wann immer seine Königin, seine Göttin, seine Welt erschien, ließ er sich auf die mit Schwielen übersäten Knie fallen, und Tränen der Angst, der Freude und der wahnsinnigen Liebe trübten seinen Blick.

Wenn sie sich dann viel zu schnell wieder zum Gehen

wandte, sah er ihr mit seinen starren Reptilienaugen hinterher, stieß ein sehnsüchtiges gutturales Knurren aus und setzte seinen irren Lauf über die Steinwände der Kammer fort.

Als sie schließlich nach Tagen seine Hand nahm und ihn aus der Kammer führte, wedelte er dankbar mit dem kurzen, stacheligen Schwanz und folgte ihr zitternd durch ein Labyrinth aus rußgeschwärztem Stein. An den Wänden brannten Fackeln; die Fledermäuse, die unter der Decke hingen, und die Vögel, die auf Felsvorsprüngen hockten, sahen ihn aus gelb glitzernden Augen an. Sie kamen an einer Kreatur mit Flügeln und drei Köpfen vorbei, die sich in einem See aus Blut inmitten abgenagter Knochen suhlte, und er war froh, dass diese Bestie in Ketten lag.

Dann wurde er in einen großen, reich mit Gold, Silber und Juwelen geschmückten Saal geführt. Das Licht zahlreicher Kerzen spiegelte sich in den Wänden; drei Silberstufen führten von dem goldenen Fußboden zu einem reich geschmückten Thron.

Sie ließ ihn los, bestieg den Thron und streckte ihre langen, mit Rubinringen geschmückten Finger aus. »Schenk uns Wein ein, Liebling.«

Als er sich nicht rührte, blickte sie ihn fragend an. »Erinnerst du dich noch daran, wie man das macht?«

»Erinnerung tut weh«, stieß er knurrend aus.

»Ich wünsche mir, dass du den Wein einschenkst. Hast du nicht gesagt, dass du mir jeden Wunsch erfüllen willst?«

»Ja! Ich tue alles, was du willst. Alles!«

»Dann schenk den Wein ein.«

Seine Hände fingen an zu zittern. Wieder sah er einen

410

Mann mit goldenem Haar, und sein Gehirn wurde von Schmerz durchbohrt. Trotzdem griff er nach der Flasche und goss die blutrote Flüssigkeit in einen mit Rubinen besetzten silbernen Kelch.

Seine Krallen klackerten vernehmlich auf den Silberstufen, als er mit dem Kelch vor seine Herrin trat.

»Und du?«

»Und ich?«

»Wir werden zusammen Wein trinken, mein Schatz. Schenk dir ein und setz dich.« Sie wies ihm einen Platz zu ihren Füßen zu.

Vor Glück und Furcht am ganzen Leibe zitternd, füllte er den zweiten Kelch. Am liebsten hätte er den Wein einfach mit seiner langen Zunge aufgeschleckt, doch er erinnerte sich – schmerzlich –, hob den Kelch an seinen Mund und stieß mit seinen langen, spitzen Zähnen gegen das Metall.

»Und jetzt, André …«

Etwas von dem Wein in seinem Kelch schwappte auf die Silberstufe, und er schrie vor Schmerzen auf.

»Damit du dich verwandeln konntest, musstest du vergessen«, fuhr Nerezza fort. »Aber jetzt ist die Verwandlung abgeschlossen, und du musst dich an den Mann erinnern, der du einmal warst. Denn die Erinnerung an dieses Wesen wird uns beiden nützlich sein.«

»Aber die Erinnerung tut schrecklich weh!«

»Liebst du mich?«

»Ich liebe dich, und ich bete dich an.«

»Dann wirst du diesen Schmerz für mich ertragen. Du hast immer noch ein Menschenhirn, und das werde ich brauchen. Ich werde dich brauchen … André«, sprach sie

411

abermals den Namen aus, der ihn vor Schmerz zusammenfahren ließ. »Du hast versagt, aber ich habe Milde walten lassen, und jetzt sitzt du abermals zu meinen Füßen und trinkst Wein. Du wirst leben, und du wirst so schnell und stark sein, wie kein Mensch es jemals war. Wie hast du vor, mir diese Gnade zu vergelten?«

»So, wie du es mir befiehlst.«

»Genau. Wie ich es dir befehle.« Lächelnd nippte sie an ihrem Wein. »Erinnerst du dich an die Wächter? An die sechs?«

Seine Krallen schlugen tiefe Dellen in den Silberkelch. »Feinde«, stieß er krächzend aus.

»Welchen von ihnen würdest du zuerst umbringen wollen?«

»Sawyer King! Sawyer King! Sawyer King!«

»Ah ja, weil er dich übertölpelt hat. Ich werde dir erlauben, ihn zu töten. Aber nicht gleich, denn als Erstes will ich die Seherin. Während sie stirbt, kann ich sie leeren. Sie ist mächtig und wird mich nähren, und vor allem kann sie die anderen dann nicht mehr führen.«

»Ich werde sie für dich töten, meine Königin.«

»Vielleicht.« Sie nahm die Weltenkugel in die Hand, doch aufgrund der Nebel, die in ihrem Innern wogten, konnte sie kaum etwas darin erkennen. »Falls es dir gelingt, sie umzubringen, darfst du mit dem, den du am liebsten töten würdest, machen, was du willst. Und jetzt musst du dich vorbereiten, André, vorbereiten auf den Kampf.«

Und selbst wenn er versagen würde, selbst wenn er bei dem Versuch, die Seherin zu töten, sterben würde, käme es zu neuerlichem Blutvergießen, dachte sie befriedigt und tauschte die Weltenkugel gegen ihren Spiegel aus.

Sie sah die weiße Strähne in dem glänzenden schwarzen Haar, und auch in ihrem ebenmäßigen Gesicht nahm sie die Spuren des Alters wahr.

Daran waren allein die Wächter schuld. Sie hatten ihre makellose Schönheit ruiniert.

Doch mit dem Blut der Seherin würden deren Fähigkeiten und auch deren Jugend auf sie übergehen, und endlich hätte sie die Möglichkeit, ihre Kraft wiederzuerlangen.

Da er die Verbindung endlich wieder deutlich spürte, legte Sawyer seinen Kompass auf die Karte, und als er anfing zu glühen und sich zu bewegen, atmete er auf.

Der Kompass schob sich auf die Insel Capri, wo er liegen blieb.

»Ja, ja, das weiß ich schon. Aber wohin müssen wir genau?« Stirnrunzelnd lehnte er sich auf seinem Stuhl zurück. »Ich habe die Nase voll von dieser blöden Raterei. Kann man nicht ein Mal eine klare, eindeutige Antwort kriegen, wenn man etwas wissen will?«

Als Riley sich ihm gegenübersetzte, runzelte er immer noch die Stirn. »Kein Glück?«

Er schüttelte den Kopf. »Und du?«

»Ich hasse es, die Leute zu bedrängen, aber trotzdem habe ich dem Typen, der meinem Informanten nach ein Experte für die Bucht der Seufzer ist, noch einmal die Mailbox vollgequatscht und zur Sicherheit eine Mail hinterhergeschickt. Seine dämliche Klausur ging nur bis heute Morgen, also sollte er inzwischen wieder mit der Welt verbunden sein, aber bisher habe ich noch nichts von ihm gehört.«

Sie blickte ebenfalls auf den Kompass. »Nützt es was, ihn anzustarren?«

»Nein.«

»Hatte ich mir schon gedacht. Genau wie es im Augenblick nichts nützt, wenn ich versuche, mehr über die rätselhafte Bucht herauszufinden. Ich habe so tief gegraben, wie ich konnte, und jetzt heißt es abwarten und Tee trinken. Obwohl ich Tee nicht leiden kann.«

»Wenigstens werden wir morgen wieder tauchen. Und vielleicht soll's ja so sein. Vielleicht sollen wir einfach weitersuchen.« Er sah Riley an. »Der Kompass zeigt mir weder diese Bucht noch – was mindestens genauso wichtig wäre – wohin wir von hier aus weiterreisen sollen, wenn der zweite Stern gefunden ist.«

»Dabei müssen wir das unbedingt wissen, sobald wir ihn gefunden haben. Deshalb fällt es mir auch nicht leicht, Sash nicht zu bedrängen, damit sie unser nächstes Ziel sieht.«

»Nerezza wird es wissen, wenn wir ihn gefunden haben, und dann greift sie uns ganz sicher noch einmal an.«

»Davon ist auszugehen.« Riley nahm die Sonnenbrille ab und ließ sie an ihrem Bügel baumeln, während sie laut überlegte, wie am besten fortzufahren wäre. »Als Erstes gilt es, den Stern in Sicherheit zu bringen. Sicherlich wird Bran ihn dort verstecken, wo auch schon der erste Stern verborgen ist. Und dann müssen wir entweder verschwinden oder bereit sein, ihr nochmals hier den Hintern zu versohlen.«

»Natürlich werden wir für einen neuerlichen Kampf gewappnet sein. Aber es fühlt sich nicht so an, als fände er auf Capri statt.«

Riley stützte ihr Kinn auf ihre Faust. »Nein, das tut es

414

nicht. Es fühlt sich nicht so an, als käme es hier in diesem hübschen Haus oder da drüben in dem duftenden Zitronenhain zur letzten großen Schlacht. Es wird bestimmt noch mal zu einer Auseinandersetzung kommen, doch der endgültige Showdown findet auch meiner Meinung nach woanders statt.«

»Wir suchen nach dem Wasserstern, also wird die letzte Schlacht, bevor wir weiterziehen, doch sicher auf oder im Wasser ausgetragen werden.«

»Das habe ich auch schon überlegt. In den letzten Tagen waren wir echt entspannt, als ob wir hier im Urlaub wären oder so. Aber im Grunde spielt es sicher keine Rolle, wann und wo der nächste Kampf stattfinden wird, solange wir dafür gewappnet sind.« Riley blickte auf. »Bran puzzelt wieder mal in seiner Zauberwerkstatt vor sich hin.«

»Und wo sind alle anderen?«

»Sag doch einfach, dass du wissen willst, was Anni gerade treibt. Ich glaube, sie hilft Bran, damit Sasha Zeit zum Malen hat. Wir hoffen schließlich alle, dass sie etwas malen wird, was wichtig für uns ist. Und Doyle ist in der Küche und poliert sein Schwert. Wie dem auch sei, nach dem Wasserstern kommt der Eisstern dran. Es ist also nicht auszuschließen, dass die Suche uns nach Island, Grönland oder vielleicht sogar in die Arktis führen wird. Vielleicht sehnen wir uns schon bald nach der Sonne und der Wärme hier zurück.«

»Am besten konzentrieren wir uns erst mal auf den Wasserstern.« Er merkte, dass sie auf ihr Handy starrte wie er selbst auf den Kompass, der noch immer reglos auf der Karte lag. »Lass uns ein paar Schießübungen machen«, schlug er vor.

»Was?«

»Lass uns ein bisschen schießen«, wiederholte er. »Es macht mich irgendwie nervös, hier rumzusitzen und darauf zu warten, dass dein Handy klingelt oder mein Kompass sich bewegt.«

»Wir können beide schießen und sollten keine Munition vergeuden«, widersprach sie ihm. »Lass uns lieber Messer werfen.«

»Meinetwegen.«

Er griff nach dem Kompass, Riley nach dem Handy, und mit ein paar Runden Messerwerfen schlugen sie die nächste Stunde tot.

»Tiebreak«, sagte Riley, doch er schüttelte den Kopf.

»Lassen wir's beim Unentschieden. Ich bin heute mit dem Abendessen dran und fange besser langsam damit an.«

»Es ist doch noch früh.«

»Heute ist die erste der drei Nächte, während derer du zur Wölfin wirst. Deshalb musst du noch vor Sonnenuntergang was in dem Bauch bekommen. Ich mache Rindfleisch-Manicotti, weil ich dachte, dass du rotes Fleisch gebrauchen kannst.«

»Auf jeden Fall. Danke, das ist nett.« Auf dem Weg zurück zum Haus zog sie ihr Handy abermals hervor. »Wahrscheinlich meldet dieser White sich erst nach Sonnenuntergang, wenn ich nicht mehr mit ihm reden kann.«

»Wie gesagt, heul doch einfach den Morsecode ins Telefon.«

Sie rammte ihm den Ellenbogen in die Seite und marschierte in den ersten Stock. Da sie nachts nicht schlafen würde, täte ihr ein Nickerchen wahrscheinlich gut.

Später aßen sie zu Abend, hingen dabei aber jeder seinen eigenen Gedanken nach. Da der nächste Tag bereits verplant war, blieb ihnen nichts, als abzuwarten, bis die Suche endlich weiterging.

»Mit der Portion Fleisch halte ich bestimmt bis Sonnenaufgang durch«, erklärte Riley und stand auf.

»Du hast doch noch ein bisschen Zeit.«

»In der will ich noch mal versuchen, diesen Dr. Jonas White zu kontaktieren. Ich habe nämlich noch nicht alle Möglichkeiten ausgeschöpft, und je rarer dieser Typ sich macht, umso fester bin ich davon überzeugt, dass er mir ein paar Sachen sagen kann. Falls ich vor Sonnenuntergang nicht noch mal runterkomme, sehen wir uns einfach morgen früh.«

»Halt dich vom Hühnerhaus der Nachbarn fern«, riet Sawyer ihr und handelte sich einen bösen Blick der Wolfsfrau ein.

»Ich übernehme ihre Arbeit«, sagte Annika, als sie im Haus verschwand.

»Was für eine Arbeit?« Sasha war ein wenig durch einen leichten Schmerz in ihrer Schläfe abgelenkt. »Oh. Den Abwasch. Damit wären heute Doyle und Riley dran.«

»Es macht mir nichts aus zu spülen. Vielleicht findet sie ja diesen Doktor, und er kann ihr sagen, was wir wissen müssen. Und wenn nach dem Spülen noch ein bisschen Zeit ist, kann ich ihr eins von den Gelatos bringen, die wir in dem Schrank aufbewahren, der alles kalt hält.«

»Genau.« Widerstrebend erhob sich auch Doyle von seinem Platz. Wenn er mit Kochen dran war, gab es einfach immer Pizza, aber eine Möglichkeit, um den Abwasch herumzukommen, hatte er noch nicht entdeckt.

»Es ist schön, Dinge zu säubern«, meinte Annika, als sie die Teller in die Küche trugen.

»Es ist schön, wenn Dinge sauber sind.«

»Du hast heute dein Schwert geputzt, deine Messer und sogar deine Pistolen.« Zufrieden machte sich die Meerjungfrau ans Werk. »Das hier ist auch nichts anderes.«

Fröhlich ließ sie Wasser in die große Spüle laufen, kippte ein paar Tropfen Spülmittel dazu und atmete beim Schrubben der diversen Töpfe, die Sawyer benutzt hatte, den Duft des Schaumes ein.

»Das Essen war sehr gut.«

»Ja, der Mann kann wirklich kochen.« Doyle stopfte die Teller in die Spülmaschine, und da er in seinem langen Leben sein Geschirr weit öfter in schnell fließenden Bächen hatte sauber kratzen müssen, konnte er sich über diese leichte Arbeit wirklich nicht beschweren.

»Ich kann jetzt auch ein bisschen kochen. Das macht großen Spaß. Du lebst schon so lange, aber trotzdem kochst du nicht.«

»Und dennoch komme ich zurecht.« Er nahm ein Geschirrtuch in die Hand und trocknete die Töpfe ab. »Ich habe auf der Jagd gelernt, wie man über einem offenen Feuer kocht.«

»Du hast die Wunder kommen sehen. Riley hat mir ein paar Bücher ausgeliehen, und ich weiß, die Landwesen waren früher nur zu Fuß oder auf Pferden unterwegs. Dann haben sie gelernt, Autos und Motorräder, wie du eins hast, zu bauen. Und früher gab es auch noch keine Handys, wie Riley sie liebt, und keine Filme, wie Sawyer sie gerne sieht.«

»Dinge verändern sich. Die Menschen selbst jedoch weniger.«

418

»Dinge können sich nicht selbst verändern. Menschen schon. Sasha hat sich in nur einem Monat sehr verändert, findest du nicht auch? Sie ist viel stärker, hat gelernt zu kämpfen, und nachdem sie anfangs nicht mal einen Klimmzug hinbekommen hat, schafft sie jetzt schon sechs.«

»Da hast du recht. Und ich wette, bis zum Ende unserer Suche kommt sie noch auf zehn.«

»Wir haben alle viele dunkle und auch helle Wunder miterlebt«, schloss Anni das Gespräch, und eine Zeit lang setzten sie die Arbeit schweigend fort.

»Ich habe eine schwere Frage«, fing sie schließlich wieder an. »Die wollte ich dir stellen, wenn wir beide mal alleine sind.«

Er sah sie fragend an.

»Du lebst schon sehr lange. Sicher gab es Menschen, die ...« Sie legte eine Hand auf ihre Brust. »Menschen, die dir viel bedeutet haben.«

»Irgendwann versucht man zu verhindern, dass es dazu kommt.«

»Aber das kann man nicht, oder? Wir bedeuten dir etwas, und zwar nicht nur als Wächter und Krieger, stimmt's?«

Er blickte auf die wunderschöne Meerjungfrau und dachte nacheinander an die anderen Mitglieder des Trupps. »Ihr bedeutet mir etwas, das stimmt.«

»Und wie sagst du Wesen, die dir etwas bedeuten, Lebewohl?«

Er legte das Geschirrtuch fort, als er erkannte, dass ihr seine Antwort wirklich wichtig war. »Das fällt mir immer noch nicht leicht. Wenn es leicht ist, heißt das, dass der andere nicht wirklich wichtig war.«

»Aber kann man es leichter machen für denjenigen, den man verlässt?«

»Man muss ihn davon überzeugen, dass er niemals wirklich wichtig war. Aber das wirst du nicht hinbekommen, meine Schöne. Nicht wenn es um Sawyer geht.«

»Nein, ich könnte nie so tun, als ob er mir nicht wichtig wäre«, stimmte sie ihm unumwunden zu. »Dadurch würde das, was uns verbindet, dauerhaft zerstört.«

»Vor allem würde er dir sowieso nicht glauben. Ebenso wie er dich nie vergessen wird.«

»Ich denke, dass es besser für ihn wäre, wenn er mich vergessen würde, aber wenn er dazu in der Lage wäre, würde ich vor Schmerz vergehen. Also halte ich das Wunder einfach weiter fest.«

»Wenn das jemandem gelingen kann, dann dir.«

»Du bist mein sehr guter Freund.« Sie unterbrach die Arbeit und umarmte ihn spontan. »Es wird traurig sein, dir Lebewohl zu sagen. Aber vorher darf ich noch zweimal den Vollmond hier … Oh, die Sonne wird gleich untergehen, aber ich habe keine Zeit, um Riley das Gelato raufzubringen, weil ich das Geschirr noch in den Schrank stellen muss. Aber wir haben auch noch Plätzchen.«

Eilig nahm sie eine Tüte Plätzchen aus dem Schrank. »Ich werde das Geschirr wegräumen, wenn du ihr dafür die Plätzchen bringst. Dafür hat sie sicherlich noch Zeit. Und wenn nicht, kann sie essen, wenn sie hungrig und erschöpft nach Hause kommt.«

»Ich glaube nicht, dass sie …«

»Bitte.« Lächelnd hielt ihm Annika die Tüte hin, und Doyle musste feststellen, dass er gegenüber diesem Lächeln völlig wehrlos war.

»Okay.«

Er trug die Tüte in den ersten Stock. Zumindest blieb ihm dadurch das Umfüllen der Essensreste in diverse Plastikdosen und das Abwischen der Arbeitsflächen und des Herds erspart.

Er hörte durch die Tür, dass Riley interessiert mit jemandem am Handy sprach.

»Ja, sicher. Wenn das möglich wäre, wäre das natürlich toll.«

Er betrat den Raum, in dem sich Bücherberge links und rechts des Nachttischs türmten, an dem Riley wie an einem kleinen Schreibtisch vor ihren Notizen saß.

Als sie Doyle entdeckte, gab sie ihm durch den erhobenen Zeigefinger zu verstehen, dass er warten solle, während sie auch weiter in ihr Handy sprach.

»Ja, ich denke auch, dass Atlantis etwas völlig anderes ist. Das mache ich gleich morgen früh … Oh ja, stimmt. Ich brauche nur ein bisschen Zeit, um alles für Sie zusammenzustellen.«

Doyle zog die Tüte auf, aß eins der Plätzchen, während sie sich weiter unterhielt, schlenderte gemächlich durch den Raum und schaute sich die Bücher, die diversen Karten an den Wänden und das wilde Durcheinander auf dem Schreibtisch an.

Beim Übersetzen der Legende hatte er sich furchtbar über dieses Chaos aufgeregt, doch Riley selbst fand innerhalb von wenigen Sekunden alles, was sie suchte, weshalb sie als Siegerin aus diesem Streit hervorgegangen war.

Er roch einen Hauch ihrer Vanilleseife und den süßen Duft der Blumen, die auf Annikas Betreiben alle Zimmer des Hauses schmückten und sogar auf seinem eigenen Nachttisch standen.

Während er das nächste Plätzchen aß, vertiefte er sich in eine neue Übersetzung, die sie offensichtlich selbst angefertigt hatte, bis ihn ihre Stimme aus seinen Gedanken riss.

»Ich bin Ihnen wirklich dankbar, Dr. White. Sie haben mir sehr geholfen. Ja, auf jeden Fall. Danke. Nochmals vielen Dank. Auf Wiederhören.«

Sie legte auf, vollführte einen kleinen Freudentanz, und ihre goldenen Augen blitzten selbstzufrieden auf.

Aus irgendeinem Grund gefiel ihm ihre Selbstzufriedenheit.

»Du hast gute Nachrichten.«

»Worauf du deinen hübschen Arsch verwetten kannst. Er hatte einfach noch nicht daran gedacht, sein Handy wieder einzuschalten, und auch sein Computer war noch aus. Der Experte für die Bucht der Seufzer – White. Aber jetzt hat er mir …«

Ihr Handy fiel aufs Bett, und sie rang entsetzt nach Luft. »Oh, verdammt, verdammt. Ich habe zu lange gewartet. Raus mit dir!«

Sie ließ sich auf den Boden fallen, zerrte an ihren Schnürsenkeln, und ihm wurde bewusst, dass auch er selbst nicht aufmerksam genug gewesen war.

In diesem Augenblick versank die Sonne wie ein roter Feuerball am Horizont.

Keuchend riss sie an den Doppelknoten, und statt sich zurückzuziehen, warf Doyle die Plätzchentüte fort und ging vor ihr auf die Knie. »Lass mich die Dinger aufmachen, okay?«

»Hau ab! Oh, Shit.«

Eilig packte sie den Saum von ihrem T-Shirt und riss es verzweifelt über ihren Kopf.

»Geschafft.« Inzwischen hielt er ihre Schuhe und Strümpfe in den Händen, und als sie den Kopf nach hinten warf und er das wilde Blitzen ihrer Augen sah, zog er zähneknirschend auch noch ihren Gürtel auf.

»Moment.«

»Zu spät.«

Sie stöhnte abgrundtief, und ihre Knochen fingen hörbar an zu knirschen.

»Riley.« Sash trat durch die offene Zimmertür.

»Ich komme klar. Ich komme klar«, erklärte Doyle. »Aber verdammt noch mal, guck, dass du mich nicht beißt.«

Riley drückte ihren Rücken durch, und Doyle riss an den Knöpfen ihrer Cargoshorts, streifte sie ihr schnellstmöglich über die Beine, schob die Finger unter ihren Sport-BH und zerrte ihn ihr kurzerhand über den Kopf.

Splitternackt erhob sie sich auf alle viere, ihre Schultern zogen sich zusammen, die Muskeln schwollen an, ihre Fingernägel wurden lang und spitz, und die Haut wurde zu einem grauen Pelz.

Abermals warf sie den Kopf zurück, stieß ein lautes Heulen aus, und von der Frau, die sie vor zwei Minuten noch gewesen war, gab es keine Spur mehr.

Mit einem dumpfen Knurren lief sie durch die offene Balkontür, landete mit einem Satz auf der steinernen Balustrade und stürzte mit einem zweiten in die Dunkelheit der angebrochenen Nacht.

»Oh, mein Gott. Riley!«

Sasha stürzte hinter Doyle auf den Balkon und sah, dass

ihre Freundin hinter dem Pool sanft auf dem Rasen auf-
gekommen war, noch einen Blick über die Schulter warf
und dann im Zitronenhain verschwand.

»Ich wusste nicht, dass sie … So weit können doch sicher
nicht mal Wölfe springen.«

»Riley offensichtlich schon.« Und auch wenn er es nur
ungern zugab, hatte sie bei diesem Sprung ins Dunkel einfach prachtvoll, wild und leidenschaftlich ausgesehen.

»Sie muss rennen«, fiel es Sasha wieder ein. »Sie hat uns
erzählt, dass sie nach der Verwandlung einfach erst mal
durch die Gegend rennen muss. Um all die Energie ab-
zubauen. Warum warst du …« Sie räusperte sich leise, als
sie Rileys auf dem Fußboden verstreute Kleider sah. »Im
Grunde geht es mich nichts an.«

»Es ist nicht so, wie es aussieht. Annika hat mich gebeten, Riley ein paar blöde Kekse raufzubringen, und als ich
hereinkam, hat sie an ihrem verdammten Handy mit dem
Kerl gequatscht, den sie schon seit Tagen sprechen wollte.
Sie war total aufgeregt wegen der Dinge, die er ihr erzählt
hat, und hat deswegen nicht aufgepasst. Und plötzlich fing
sie an, sich zu verwandeln, während sie noch vollständig
bekleidet war.«

»Also hast du ihr geholfen.«

»Sie hat die verdammten Schnürsenkel nicht aufge-
kriegt, deshalb …«

Sasha legte eine Hand auf seinen Arm. »Du hast ihr geholfen. Selbst wenn ihr das sicher peinlich war und sie dich
deshalb morgen etwas anknurren wird – haha –, ist sie
sicher dankbar dafür, dass du für sie da gewesen bist. Nun,
ich räume besser ihre Sachen auf, damit sie …«

Sie brach ab, und Doyle sah in ihren Augen, dass sie

in der Trance der Seherin versank. Auch sie war einfach prachtvoll, dachte er. Nie zuvor in seinem langen, langen Leben hatte er Frauen getroffen, die so faszinierend waren wie diese drei.

»Sie kommen. Sie schickt ihn los, nachdem er sich verwandelt hat. Sie will mein Blut, mein Blut, um sich davon zu nähren.«

»Das kann sie vergessen.« Doyle packte sie bei den Schultern und schob sie in Richtung Flur. »Hol Bran und deine Armbrust. Ich gebe den anderen Bescheid.«

»Während wir zu fünft und deshalb schwächer sind, verfolgt sie aus der Ferne, was geschieht.«

»Lass sie ruhig zusehen. Und jetzt geh!«

Er löste Rileys Halfter von dem Gürtel, der noch immer auf dem Boden lag, machte es an seinem eigenen Gürtel fest und rief die anderen zu den Waffen, während er nach unten rannte, weil sein Schwert in seinem Zimmer lag.

Hastig steckte er Ersatzpatronen ein, denn er wünschte sich nichts mehr, als diesen widerlichen Malmon einfach abzuknallen. Zusätzlich schob er ein Messer in den Schaft seines Stiefels und lief in den Garten, wo die anderen bereits versammelt waren.

»Zitronenhain?«

»Dazu reicht unsere Zeit nicht mehr.«

Bran wies in die Richtung, aus der eine schwarze Wolke brodelnd und mit lautem Sturmgeheul aus dem dunklen Himmel auf sie zugeschossen kam.

»Riley«, wandte Anni sich an Sawyer. »Sie …«

»Sie ist jetzt eine Wölfin, und egal wo sie gerade steckt, wir müssen verhindern, dass sie sie erwischen.« Er drückte ihr aufmunternd die Hand, ließ sie los, zückte seine beiden

Waffen, zielte auf die Anführer des gegnerischen Trupps, und sie gingen in Flammen auf.

»Auf sechs«, schrie Doyle, und Sawyer wirbelte herum, als aus Richtung Westen eine zweite Wolke kam.

»Die übernehmen Sash und ich.« Obwohl er ebenfalls bewaffnet war, ließ Bran seine Pistole erst mal stecken und sandte mit ausgestreckten Händen grelle Blitze in Richtung der zweiten Wolke. »Annika und Sawyer sichern uns nach Osten ab, und Doyle …«

»Ich helfe, wo es nötig ist.«

Sawyer schoss die Trommeln beider Waffen leer, wich den scharfen Krallen der Bestien mit Mühe aus und lud in aller Eile nach. Sosehr er auch auf Annis Fähigkeiten und ihre Armreife vertraute, er ließ sie nicht einmal aus den Augen, um ihr notfalls beizustehen, während sie Lichtstrahlen durch das Dunkle sandte, Rückwärtssaltos schlug, mit beiden Beinen gleichzeitig austrat, sich um die eigene Achse drehte und den nächsten hellen Schauer auf das Finstere niedergehen ließ.

Von Malmon fand er keine Spur.

»Nun komm schon her, du blödes Arschloch«, stieß er leise aus und ignorierte Blut und Asche, die das wild wirbelnde Schwert des Freundes in seine Richtung spritzen ließ. »Zeig dich.«

Etwas schoss an ihm vorbei. Er nahm verschwommen etwas Dunkles wahr und spürte den Schmerz, als das Wesen ihm mit den Krallen den Arm aufriss.

Er wirbelte herum und versuchte, ihm mit Blicken zu folgen, aber es bewegte sich so schnell wie einer von Brans Blitzen und schlug wilde Haken wie ein Hase auf der Flucht.

Dann schlug ihm das Herz bis zum Hals, denn plötzlich wurde ihm bewusst, dass der undeutliche dunkle Fleck mit seinem Zickzackkurs auf Sash zuhielt.

Sie traf das Wesen mit einem Pfeil und spannte ihre Armbrust eilig wieder an.

»Aus dem Weg, Sasha!«

Sie zögerte nur einen Augenblick und trat dann eilig zwei Schritte zurück. Sawyer sah das Blut auf ihrem Arm und hörte ihren Schmerzensschrei, und da seine Waffe ihm nichts nützte, weil Sasha zwischen ihm und seinem Gegner stand, lief er eilig auf sie zu, während Bran sich schützend vor ihr aufbaute. Sawyer wollte Sasha ebenfalls vor einem neuerlichen Angriff schützen, doch ihr Gegner änderte so schnell die Richtung, dass Doyles Schwert ins Leere traf. Das Wesen erwischte Sasha am Bein, sodass ihr Blut daran herablief.

»Bring sie rein, bring sie ins Haus.« Sawyer feuerte die nächste Runde aus seiner Pistole ab. »Wir wehren sie so lange ab.«

»Nein, sie sind zu viele.« Sasha schob sich abermals an Bran vorbei und schoss den nächsten Pfeil in Richtung ihres Widersachers ab.

Sawyer zielte ebenfalls und verfehlte ihn nur knapp. Wieder schob sich Bran vor Sasha, und in diesem Augenblick erkannte Sawyer, dass das Wesen ihn erwischen würde.

Als mit einem Mal die Wölfin aus der Finsternis angeflogen kam.

Ihr Heulen war so leidenschaftlich und so tödlich wie die Reißzähne, mit denen sie gesegnet war. Plötzlich zeigte sich der dunkle Fleck in seiner ganzen grässlichen Gestalt.

Die wunde rote Haut war mit Schwielen übersät, und wilde gelbe Augen blitzten in dem länglichen Gesicht, das voller Eiterbeulen war.

Die Wölfin vergrub ihre Zähne in der Schulter des Dämons, der Malmon war, und sein Schrei zerriss die Luft. Mit vor Zorn und Schmerz verzerrter Miene schlug die Bestie zurück. Die Wölfin flog in hohem Bogen durch die Luft und kam unsanft auf der Erde auf.

»Haltet sie von ihr fern.« Mit einem einhändigen Handstandüberschlag landete Doyle an ihrer Seite und wehrte mit seinem Schwert die Vögel ab, die sich auf sie stürzen wollten.

Innerhalb von wenigen Sekunden bildeten sie einen dichten Schutzwall um die Wölfin, doch noch während Sawyer abermals auf Malmon zielte, wurden der Dämon und seine Vögel von der Dunkelheit verschluckt.

Und plötzlich herrschte Totenstille in dem Garten, der erneut im Licht des Mondes lag.

»Riley.« Sasha ließ sich auf die Knie fallen. »Oh Gott, Riley. Bran.«

»Lass mich nach ihr sehen. Du blutest ebenfalls, *a ghrá*.«

»Riley. Sie bewegt sich nicht?«

Sasha legte die Hände auf den Körper der Freundin; ihr eigenes Blut lief über ihren Arm in deren Pelz. »Sie lebt. Ich kann ihren Herzschlag spüren.«

»Wahrscheinlich hat er sie betäubt. Los, wir schaffen sie erst mal ins Haus.«

»Ich habe sie.« Doyle schob sein Schwert in die Scheide und hob die besinnungslose Wölfin vorsichtig vom Boden auf.

Nickend trug der Magier Sash in Richtung Haus. »Du

hast jede Menge Blut verloren. Und Sawyer auch. Annika?«

»Ich bin nicht verletzt und kann dir holen, was du brauchst.«

»Es geht mir gut. Kümmer dich erst einmal um Riley«, forderte ihn Sasha auf.

»Es geht dir alles andere als gut, aber das bekommen wir auf alle Fälle wieder hin. Leg Riley auf den Tisch, Doyle, und besorg mir ein paar Handtücher.«

»Lass mich erst noch sehen, ob sie sich was gebrochen hat.« Doyle legte die Wolfsfrau ab und glitt mit den Händen über ihren Leib. »Ein paar Rippen, aber, Himmel, ich kann spüren, wie sie schon wieder zusammenwachsen. Offenbar heilt sie als Wölfin wirklich schnell. Mir ist ein bisschen …«

»Ja, mir auch.« Als seine Beine ihren Dienst versagten, ließ sich Sawyer einfach auf den Boden sinken. »Irgendwie ist mir ein bisschen schwummrig, ich spüre ein leichtes Brennen, und vor allem lassen meine Kräfte merklich nach.«

»Anscheinend haben sie irgendein Gift verspritzt. Hol die Handtücher und Wasser, Doyle. Anni«, meinte Bran, als sie mit seinem Koffer kam, »hilf mir hier. Ich muss die Wunden säubern, aber erst mal gibst du jedem der Verletzten sechs Tropfen von dieser Medizin. Mach schnell.«

Während Annika die Tropfen zählte, schraubte er schon eine andere Flasche auf. »Tut mir leid. Das wird jetzt ziemlich wehtun«, wandte er sich Sasha zu. »Sieh mich an und öffne dich für mich.«

Er kippte etwas von der Flüssigkeit auf ihren Arm. Sie atmete zischend ein, klappte dann aber einfach die Augen zu. »Es wird schon besser.«

»Gleich ist es geschafft. Ich muss auch noch dein Bein verarzten. Einen Augenblick noch, nur noch einen Augenblick. Sawyer, trink das Zeug, das Anni dir gegeben hat. So, jetzt hast du es geschafft, *fáidh*, jetzt sind die Wunden sauber, und damit sie sich nicht trotzdem noch entzünden, streiche ich noch etwas Salbe drauf.«

»Kümmer dich erst mal um Sawyer.«

»Den versorge ich. Verarzte Sasha ruhig zu Ende.« Doyle nahm Bran die Flasche ab und hockte sich vor seinen Freund. »Bist du bereit?«

»Nun mach schon. Scheiße, Scheiße, aaah, verdammt.«

Die Risswunde in seinem Arm brannte wie die Hölle, und während ihm Anni mitfühlend die Lippen auf den Scheitel presste, drückte seine Leidensgenossin Sash ihm aufmunternd die Hand.

»Ohne deine rechtzeitige Warnung hätte er mich noch viel übler zugerichtet.«

»Ich konnte nicht richtig auf ihn zielen. Er war einfach zu schnell, und dann standest du direkt zwischen uns.«

»Er wollte mir an die Kehle gehen. Das habe ich gespürt, aber dann hast du auf ihn geschossen, und er hat sein Ziel verfehlt. Du hast mein Leben gerettet, und Riley das von Bran. Was für mich dasselbe ist. Bitte, Bran, bitte kümmer dich um sie. Sie hatte einen fürchterlichen Sturz.«

»Sofort. Annika, streich Sawyers Wunde mit der Salbe ein.«

»Ja, das mache ich. Die Wunde ist jetzt sauber. Sie ist tief, aber zumindest ist sie sauber.«

»Das kann ich deutlich spüren. Und ich kann auch wieder stehen.« Sawyer rappelte sich auf, sah die immer noch besinnungslose Wolfsfrau an und wandte sich an Bran. »Du musst doch was in deinem Zauberkasten haben, womit du ihr helfen kannst.«

»Sie hat sonst nichts gebrochen.« Abermals glitt Doyle mit den Händen über ihren Leib. »Und die Rippen sind bereits wieder geheilt.«

Während er dies sagte, schlug die Wölfin ihre lohfarbenen, klaren Augen wieder auf und stieß ein dumpfes Knurren aus.

Eilig zog er die Hände fort und drehte zum Zeichen, dass er ihr nichts tun würde, die Handflächen nach oben. »Immer mit der Ruhe, ja?«

»Du warst verletzt«, erklärte Sasha, als sich Riley auf die Pfoten rollte und geschmeidig auf den Boden sprang. »Wirst du mir sagen, ob du Schmerzen hast? Lässt du mich kurz in deinen Kopf?«

Sie sahen einander in die Augen, und ein zufriedenes Lächeln huschte über das Gesicht der Seherin. »Du hast ihn erfolgreich abgewehrt. Wie wäre es mit ein paar Tropfen von Brans Medizin? Dass deine gebrochenen Rippen derart schnell geheilt sind, heißt bestimmt nicht ... Also gut. Bei Sonnenaufgang. Aber ruh dich erst mal aus.«

Mit einem letzten durchdringenden Blick auf Doyle stapfte die Wölfin in den Flur.

»Du hast mit einem Wolf geredet. Ja, okay mit Riley, aber ...«

Sawyer schüttelte den Kopf. »Wie Dr. Dolittle.«

»Sie hat Schmerzen, aber nicht besonders stark, und jetzt wird sie erst mal schlafen. Es kommt nur sehr selten vor, dass sie als Wölfin schläft, aber das tut ihr sicher gut. Wirklich geredet haben wir nicht«, klärte Sasha ihre Freunde auf. »Es ist eher so, dass sie mich ihre Gefühle lesen lässt, die ich dann in Worte fassen kann. Sie versteht uns ihrerseits genau, und ich kann zumindest ahnen, was sie mich als Wölfin wissen lassen will.«

Seufzend sah sie auf den Blutfleck auf dem Boden. »Und jetzt müssen wir hier erst mal saubermachen.«

»Ich kann wischen. Ich bin nicht verletzt«, bot Anni eifrig an. »Du und Sawyer solltet euch erst einmal ausruhen. Das tut euch genauso gut wie Riley, richtig, Bran?«

»Auf jeden Fall. Und genau das werden sie jetzt tun. Wir reden morgen nach dem Aufstehen über alles, ja?«

»Eine Frage hätte ich Riley noch stellen wollen, bevor sie abgehauen ist.« Doyle blickte zur Tür, durch die die Wölfin kurz zuvor verschwunden war. »Ich schätze, dass das eben Malmon war.«

»Das stimmt«, erklärte Sash. »Nur dass er nicht länger Malmon ist.«

»Dann ist er also ein Dämon. Ein Dämon, der sich von einer Werwölfin oder, wie sie es nennt, von einer Wolfsfrau hat beißen lassen. Wird er sich deshalb jetzt noch einmal verwandeln?«

»Das ist eine gute Frage«, pflichtete ihm Sawyer bei. »Und vor allem, würde das für uns von Vorteil oder eher von Nachteil sein?«

18

Da sie die anderen überraschen wollte, glitt Annika am nächsten Morgen leise aus dem Bett, zog sich eins von ihren Lieblingskleidern an – auf dessen Stoff die Farben durcheinanderwirbelten, als hätte jemand einen Regenbogen, der in einen wilden Sturm geraten war, darauf gebannt –, warf einen letzten Blick auf Sawyer und schlich lautlos aus dem Raum. Auf dem Weg ins Erdgeschoss flocht sie ihr Haar zu einem dicken Zopf, damit es ihr beim Arbeiten nicht in die Quere kam.

Sie hatte ihren Freunden oft beim Kochen zusehen und ihnen helfen dürfen, aber heute wollte sie allein das Frühstück machen. Solange die fünf anderen noch schliefen, hätte sie die Küche ganz für sich.

Doyle hatte am Vorabend gesagt, das morgendliche Training würde wegen des Kampfes und ihrer Suche nach dem Stern ausfallen. Sie selbst liebte Frühsport, aber wie es aussah, teilten ihre Freunde ihren Spaß daran nicht.

Sie sang leise vor sich hin, stellte Töpfe und Pfannen bereit und nahm eine ganze Reihe von Zutaten aus dem großen Silberschrank, der alles kühlte. Nach einer Nacht des Blutvergießens und der Angst erfüllte der Gedanke an den neuen Tag sie mit Kraft und Zuversicht. Wenn sie ein gutes Frühstück ohne Fehler hinbekäme, würde es ein heller Tag werden.

Sie schenkte sich einen Saft ein und sah kopfschüttelnd auf das Gerät, aus dem der Kaffee kam. Die anderen mochten alle gern Kaffee, aber sie fand, dass er furchtbar bitter schmeckte, und zog eindeutig das morgendliche Training vor, um wach zu werden.

Sie trank den kühlen frischen Saft, atmete tief durch und schlang sich die Arme um den Leib. Als Erstes sollte sie vielleicht den Speck braten.

Als die ersten Sonnenstrahlen durch die östlichen Fenster fielen, schob sie den Teller mit dem Speck, genau wie Sash es immer machte, in den Ofen, um ihn warm zu halten, und türmte, wie sie es von Sawyer kannte, Arme Ritter auf dem zweiten Teller auf.

Sie würde auch die Bratkartoffeln und das Rührei machen, das der Zauberer immer für sie briet, denn nach einer Nacht des Fastens würde Riley sicher furchtbar hungrig sein. Und wenn alles fertig wäre, würde sie den Tisch auf der Terrasse decken und mit Blumen und Steinen dekorieren.

Plötzlich hörte sie, dass jemand – früher als erwartet und bevor sie alles fertig hatte – in die Küche kam. Sie verzog den Mund zu einem Lächeln, als sie merkte, dass es Riley war.

»Guten Morgen! Ich kann dir einen Kaffee kochen.«

»Gern. Ich rieche Speck.«

»Weil ich Speck gebraten habe.« Hocherfreut öffnete Annika die Ofentür, dachte an die dicken Handschuhe, die ihre Hände vor Verbrennungen schützten, und zog den Teller mit dem krossen Speck heraus.

»So sieht es aus.« Riley stopfte sich gleich eine ganze Handvoll in den Mund. »Das reicht ja für eine Armee.«

»Habe ich zu viel gemacht?«

»Oh nein. Ich könnte das wahrscheinlich alles allein verdrücken«, erklärte Riley ihr mit vollem Mund. »Und dazu noch Arme Ritter?« Ohne eine Antwort abzuwarten, schob Riley sich auch von dieser Köstlichkeit den ersten großen Bissen in den Mund.

»Ist es lecker?«

»Es ist superlecker, und vor allem bin ich halb verhungert. Wo ist Sash?«

»Die schläft noch. Außer mir und dir schlafen sie alle noch.«

Riley aß die nächste Scheibe Speck. »Kochst du heute etwa solo?«

»Du meinst allein? Ja. Damit wollte ich euch überraschen. Sawyer, Sash und du wurdet verletzt, deshalb hat Doyle das morgendliche Training abgesagt.«

»Aha.«

»Hast du Schmerzen?«

»Nein, es geht mir wieder gut.« Kauend wandte Riley sich dem Kaffeeautomaten zu.

»Ich werde den Kaffee kochen! Setz dich hin. Ich mache gern Kaffee, aber ich selbst mag ihn nicht trinken.« Sie füllte einen großen Becher, stellte ihn vor Riley auf den Tisch und schlang ihr die Arme um den Hals. »Du hast nicht nur Bran und Sash gerettet, sondern uns alle, weil du die bösen Wesen in die Flucht geschlagen hast.«

»Ich bin zu weit gerannt. Ich hätte in der Nähe bleiben sollen. Wenn ich früher wieder hier gewesen wäre …«

»Ich denke, dass du hier warst, als du hier sein musstest. Der Dämon Malmon hat dich verletzt, aber ich vermute, du hast ihm noch schlimmer wehgetan.«

»Er hat mir ordentlich eine verpasst. Er ist ein echter Hulk.«

»Ich verstehe nicht.«

»Er ist sehr stark. Der Kaffee ist wirklich gut, Anni. Ich finde, dass du öfter ganz alleine für uns kochen könntest.«

Ein strahlendes Lächeln huschte über Annikas Gesicht. »Glaubst du wirklich?«

»Ich weiß nicht, warum dich das so freut, aber ja, das denke ich auf jeden Fall. He, Sash, inzwischen macht dir Anni in der Küche ernsthaft Konkurrenz.«

»Oh, Riley, du bist wieder auf dem Damm.«

»Auf jeden Fall«, gab sie zurück, während sie eine weitere Scheibe Speck vom Teller nahm.

»Anni, du hast das alles hier gemacht?«

»Riley sagt, es sei gut. Ich kann jetzt auch für alle kochen. Trägst du mich als Köchin in die Liste ein?«

»Auf jeden Fall, und danke, dass du für mich eingesprungen bist.«

»Fühlst du dich wieder besser?«

»Ich bin okay. Wir alle sind okay. Und da du das Frühstück vorbereitet hast, decke ich den Tisch.«

»Das kann ich auch machen.«

»Lass mich dir zumindest helfen.« Sasha legte eine Hand auf Annis Arm. »Aber vorher trinke ich noch schnell einen Kaffee.«

Am liebsten hätte Anni einen Freudentanz vollführt, als die anderen sich begeistert auf ihr Frühstück stürzten und sie von Sawyer, der seinen Teller ein zweites Mal füllte, vor den Augen aller anderen einen Kuss bekam.

Sie hatte ganz allein eine Mahlzeit für ihre Familie zubereitet. Etwas Schöneres hatte sie, seit sie an Land gekommen war, eindeutig nicht gelernt.

Doyle sah Riley fragend an. »Wird er sich erneut verwandeln? Malmon, meine ich.«

Riley schaufelte sich Rührei in den Mund. »Darüber habe ich die halbe Nacht lang nachgedacht. Ich habe bisher weder Menschen noch Dämonen je gebissen, weil das streng verboten ist. Zumindest wenn man Menschen beißt, wobei er eindeutig kein Mensch mehr ist. Aber um auf deine Frage einzugehen: Ich weiß es nicht. Damit habe ich mich auf ganz neues Terrain gewagt. Ich werde mal einen Experten danach fragen, aber vielleicht haben selbst die bisher noch nie was von solch einem Fall gehört.«

»Falls er sich verwandelt, wann würde das sein?«, mischte sich Sawyer ein.

»Während dieses Vollmondes bestimmt nicht mehr. Einem Menschen, der gebissen worden wäre, würde es jetzt erst mal ziemlich dreckig gehen. Er hätte Schüttelfrost und Fieber, und erst wenn der Mond wieder abnimmt, würde es ihm besser gehen. Bis zum nächsten Vollmond.«

»Nur dass er eben kein Mensch mehr ist«, rief Doyle ihr in Erinnerung.

»Das ist mir klar, und deshalb werde ich mit den Experten reden, aber trotzdem kann ich mir nicht vorstellen, dass eine Verwandlung, falls sie überhaupt eintritt, jetzt gleich erfolgt. Auf jeden Fall ist die erste Verwandlung hart, vor allem für jemanden, der infiziert und deswegen nicht darauf vorbereitet ist. Wobei ich keine Ahnung habe, ob ein Wolfsmensch überhaupt einen Dämon infizieren kann. Ich bin mir nicht mal sicher, ob das überhaupt jemand weiß.«

»Also heißt es erst mal abwarten und Tee trinken.«

Statt Tee trank Bran den nächsten Schluck Kaffee. »Ich war nicht so gut vorbereitet, wie ich hätte sein sollen. Ich konnte ihn nicht sehen, oder auf jeden Fall nicht klar. Daran muss ich noch arbeiten.«

»Aber du konntest ihn sehen«, wandte Doyle sich abermals der Wolfsfrau zu.

»Allerdings.« Sie nickte, immer noch mit vollem Mund. »Er war hässlich wie die Nacht, was eine nette Ironie des Schicksals ist, nachdem er seiner Meinung nach bisher – Verzeihung, lieber Gott – Gottes Geschenk an alle Frauen war.« Sie häufte sich die nächste Gabel voll. »Außerdem konnte ich sehen, dass er Sasha ins Visier genommen hatte. Zwar hätte er erst einmal Bran aus dem Verkehr ziehen müssen, aber hauptsächlich hatte er es auf Sasha abgesehen.«

»Sie will, dass ich sterbe, damit sie mein Blut bekommt. Einen Teil davon hat er ihr sicherlich gebracht.«

»Ich war zu weit von euch entfernt. Ich war abgelenkt, und die Verwandlung fing schon an, bevor ich darauf vorbereitet war. Danke, dass du mir geholfen hast.«

Doyle zuckte mit den Achseln. »Ist mir immer ein Vergnügen, wenn ich eine Frau aus ihren Kleidern schälen kann.«

»Wie süß. Aber sich vor jemand anderem zu verwandeln ... das ist eigentlich eine private Angelegenheit, und ich habe ziemlich heftig darauf reagiert, wie es gestern abgelaufen ist. Deshalb habe ich mich viel zu weit von euch entfernt. Wenn ich hiergeblieben wäre, hätte dieses Weib jetzt vielleicht nicht dein Blut.«

»Wenn du nicht genau in dem Moment gekommen wärst, hätte sie jetzt auch das Blut von Bran, oder ich wäre vielleicht tot. Womit für mich das Thema abgeschlossen ist.«

»Falls der Malmon-Dämon nach deinem Biss auch noch zum Wolfsdämon wird, ist er dann noch stärker als Hulk?«, wollte Annika wissen.

Obwohl die Vorstellung erschreckend war, musste Sawyer einfach grinsen. »Woher hast du … « Er sah Riley an, und als die nickte, reckte er den Daumen in die Luft.

»Vielleicht, aber frühestens, wenn er sich zum ersten Mal verwandelt, und diese Verwandlung wird ihn ziemlich treffen – falls mein Biss wie gesagt in seinem Fall überhaupt ansteckend gewesen ist. Am besten rufe ich gleich ein paar Leute an und… Mist! Apropos Anrufe. Anscheinend bin ich doch noch nicht wieder vollkommen auf dem Damm. White. Dr. White.«

»Doyle hat uns schon erzählt, dass du mit ihm gesprochen hast. Konnte er dir irgendwas erzählen, das uns weiterhilft?«, erkundigte sich Sawyer.

»Ja, auf jeden Fall. Und er schickt mir noch mehr Informationen. Am besten hole ich meine Notizen.«

»Die liegen bei mir.«

Riley hatte sich schon halb von ihrem Platz erhoben, doch jetzt sah sie den Unsterblichen mit großen Augen an. »Wie bitte?«

»Ich habe sie gestern Abend mitgenommen und versucht, sie zu entziffern.«

»Du kannst doch nicht einfach so in meinen Sachen wühlen.«

»Dein Notizbuch lag direkt neben dem Handy auf dem Boden. Du wolltest mir gerade von dem Telefongespräch erzählen, und es sah ganz so aus, als ob du einen Volltreffer gelandet hättest, als plötzlich die Sonne unterging.«

»Mein Zimmer, meine Aufzeichnungen. Die du nicht

439

entziffern kannst, weil ich meinen eigenen Code benutze, damit mir keiner meine Notizen klaut.«

Er winkte müde ab. »Ein bisschen Steno, ein paar Morsezeichen und etwas Navajo. Spätestens in ein, zwei Stunden hätte ich den ganzen Code geknackt.«

»Haha.« Sie stapfte schlecht gelaunt ins Haus.

»Der Code ist wirklich gut«, erklärte Doyle, als sie ihn nicht mehr hören konnte. »Ich bin wirklich überrascht, dass sie ihn selbst entziffern kann.«

»Dann werde ich jetzt meine Karten holen«, meinte Sawyer und erhob sich von seinem Platz. »Wenn sie mir eine Richtung nennen kann, kann ich vielleicht mit meinem Kompass überprüfen, ob sie stimmt. Möglicherweise genügt das ja.«

»Die Caprikarte reicht«, erklärte Sasha ihm. »Ich weiß genau, dass wir hier richtig sind. Ich muss…« Auch sie stand auf. »Ich muss malen. Wartet nicht auf mich.«

»Was ist?« Bran sah sie fragend an.

»Keine Ahnung. Aber ich werde es wissen, wenn es so weit ist. Es ist heute. Das ist mir bereits bewusst. Es ist heute, und ich muss… Wartet nicht auf mich.«

»Solltest du sie vielleicht begleiten?«, fragte Sawyer Bran.

»Nein, am besten fängt sie ohne jede Form der Ablenkung zu malen an.«

»Wo zum Teufel will sie hin?« In diesem Augenblick kam Riley wieder aus dem Haus und sah der Freundin hinterher. »Ich habe große Neuigkeiten.«

»Die hat sie anscheinend auch.«

»Seherinnen-Zeit«, erklärte Sawyer ihr. »Sie hat gesagt, dass wir nicht auf sie warten sollen.«

»Meinetwegen. Also gut. Mitten während des Gesprächs

mit White ergab plötzlich alles einen Sinn. Er ist echt intelligent, aber eine fürchterliche Labertasche und kommt erst nach Stunden auf den Punkt. Aber wie dem auch sei …« Sie legte ihre Aufzeichnungen auf den Tisch. »Seiner Meinung nach gibt es eine Verbindung zwischen Glasinsel und Seufzerbucht. Atlantis hat er ausgeschlossen, aber das hat er mir erst nach einer ganzen Weile offenbart. Seiner Meinung nach haben die Rebellion und die Trennung von Bucht und Insel vor ungefähr dreitausend Jahren stattgefunden, und während die Insel quasi selbst entscheiden kann, wohin sie schwimmen will und wer sie sehen darf, treibt die Bucht seither durchs Meer wie ein Boot, das keinen Motor und auch keine Ruder hat. Und die Wesen, die darin gefangen sind, hoffen, durch ihre Seufzer und Gesänge jemanden herbeizurufen, der sie von der Qual erlösen wird.« Sie schlug die nächste Seite des Notizbuchs auf. »Und er hat noch etwas gesagt. Nämlich dass das Wesen, das sie irgendwann erlösen wird, genau wie sie an Land und auch im Wasser lebt, gesucht wird und gleichzeitig selber sucht. Es wird den Hexen und den Ungeheuern trotzen, sie erlösen und es ihnen möglich machen, sich von der alten Schuld reinzuwaschen, und zwar wenn ein Stern, ein Königinnenstern, vom Himmel in ihr Gewässer fällt.«

Doyle runzelte schlecht gelaunt die Stirn. »Wir haben die verdammte Bucht doch schon gesucht.«

»Aber er hat noch mehr erzählt, und jetzt wird es erst richtig interessant. Der Stern, blau wie die Bucht, und die Bucht, blau wie der Stern, sind eins, bis das Wesen, das sie erlösen soll, den Stern aus der Hand der Meereskönigin empfängt, die ihn sicher für die große Weltenkönigin verwahrt.«

Riley hob erwartungsvoll den Kopf. »Versteht ihr nicht?«

»Jetzt sollen wir also auch noch die Meereskönigin ausfindig machen?«, fragte Doyle. »Soll das vielleicht Salacia sein, weil hier schließlich mal die Römer waren?«

»Das wäre möglich, und ich kann mir auch vorstellen, wo sie zu finden ist. Neptuns Frau. Tiberius hat sich hierher zurückgezogen und für seine Villen und Paläste jede Menge Statuen bestellt. Von denen einige auch heute noch an dem Ort stehen, der unserer Meinung nach als Sternversteck ganz sicher nicht infrage kam.«

»In der Blauen Grotte«, stimmte Sawyer zu, denn plötzlich leuchtete der Kompass und schob sich über die Karte auf die Grotte zu.

»Die Blaue Grotte, die die Einheimischen einst gefürchtet haben, weil sie glaubten, dass sie die Heimstatt von Hexen und Ungeheuern war. Tiberius aber hat die Grotte noch besucht und dort eine Reihe Statuen aufgestellt. Einige wurden bereits gefunden, aber man geht davon aus, dass ein paar andere noch tiefer liegen und deshalb noch nicht geborgen worden sind.«

»Dort wimmelt es doch von Touristen«, meinte Doyle.

»Heutzutage ja«, gab Riley unumwunden zu. »Er hat auch noch ein paar andere Theorien, aber meiner Meinung nach bewegt er sich inzwischen in die falsche Richtung. Augenblicklich konzentriert er sich auf Florida. Ich meine, also bitte … Zwar gibt's dort die Blue Stars, aber was hat diese Suche wohl mit Basketball zu tun?«

Sie wandte sich an Annika. »Und was haben wir hier? Nun, wir haben eine Wächterin, die gleichzeitig an Land und auch im Meer zu Hause ist. Das heißt, du führst die Suche an.«

»Aber ich weiß nicht, wo ich diese Königin und ihre Hände finden soll. Ich bin hier auch vorher schon geschwommen, aber die Seufzer und die Lieder habe ich erst jetzt gehört.«

»Die Zeit war dafür einfach noch nicht reif«, erklärte Bran ihr schlicht. »Wir kannten uns damals noch nicht, und es ist eindeutig, dass diese Mission nur dann gelingen kann, wenn wir alle zusammen sind. Auch Sawyers Kompass zeigt, dass es die Blaue Grotte ist. Und jetzt müssen wir uns überlegen, wie wir es am besten anstellen, nach dem Stern an einem Ort zu tauchen, wo tagtäglich Hunderte von Menschen anzutreffen sind.«

»Nachts ist niemand dort«, stellte Riley fest. »Die Grotte ist nachts geschlossen, und vor allem darf man dort nicht tauchen – obwohl ich mir sicher bin, dass das passiert. Allerdings habe ich das Problem, dass ich erst in drei Nächten wieder eine Druckluftflasche auf den Rücken schnallen kann.«

»Wie wäre es mit einem Sauerstoffhelm? Ich habe bei YouTube Hunde und selbst Katzen damit tauchen sehen«, schlug ihr Sawyer grinsend vor. »War echt beeindruckend.«

»Nie im Leben.«

»Da es deutlich länger dauern würde, so was zu besorgen, als zu warten, bis du dich nicht mehr verwandelst, scheidet diese Möglichkeit tatsächlich aus. Aber vielleicht legst du dir ein solches Ding ja einfach für die Zukunft zu.«

»Unabhängig von den Theorien des Freundes eines Freundes und der Richtung, die der Kompass weist, sehen wir uns dort vielleicht erst mal vor einem potenziellen Tauchgang um«, schlug Doyle den anderen vor.

443

»Whites Theorie passt wie die Faust aufs Auge, und der Kompass hat bestätigt, dass der Stern dort ist. Aber da wir sowieso noch warten müssen, falls wir nachts dort tauchen wollen, kann es sicherlich nicht schaden, sich schon vorher einmal umzusehen. Zum Feuerstern hat Sasha uns geführt. Er hat sie gerufen, und sie ist dem Ruf gefolgt.«

»Wobei sie um ein Haar ertrunken wäre«, rief der Reisende den anderen in Erinnerung. »Deshalb müssen wir auf Anni achten, wenn wir zu der Blauen Grotte fahren.«

»Ich kann im Wasser nicht ertrinken. Wasser ist für mich so etwas wie für euch die Luft.«

»Aber du könntest auf andere Art zu Schaden kommen«, mischte Bran sich ein. »Wenn das hier dein Stern ist – und darauf deutet alles hin –, passen wir auf dich auf, wenn du ihn holst.«

»Es ist eine Ehre, dafür auserwählt zu sein«, gab Annika zurück. »Ich will euch nicht im Stich lassen und meine Pflicht erfüllen. Wenn mich die Göttinnen dazu bestimmt haben, den Stern zu finden, hoffe ich, ihr vertraut darauf, dass mir das auch gelingen kann.«

»Auf jeden Fall«, versicherte ihr Sawyer. »Aber das heißt nicht, dass wir dich nicht beschützen können oder sollen.«

»Das verstehe ich. Alle für einen und einer für alle, stimmt's?«

»Genau.«

»Aber wenn ich ihn finden soll, ziehe ich keinen Anzug an und setze keine Flasche auf. Wenn wir nachts in dieser Grotte tauchen und mich niemand sieht, will ich so frei wie möglich sein.«

»So soll's wahrscheinlich sein. Vor allem wenn du das Gefühl hast, dass du es so machen sollst. Das ist Teil des

Vertrauens, das wir dir entgegenbringen«, fügte Riley hinzu.

»Also kein Helm für Riley und keine Flaschen für dich.« Sawyer sah die beiden anderen Männer an. »Irgendwelche Einwände?«

»Nein, und ich glaube auch nicht, dass Sasha was dagegen hätte«, antwortete Bran mit einem Blick in Richtung des Balkons, wo sie mit ihrem Malzeug stand.

»Du willst dir keine Sorgen um sie machen, aber das gelingt dir nicht. Nun geh schon und sieh nach ihr«, schlug Sawyer vor. »Dann sind auch wir anderen beruhigt.«

»Sie hat unglaublich schnell gelernt, das, was sie ihr Leben lang als Last betrachtet hat, als Geschenk zu akzeptieren und zu kontrollieren. Es ist Teil meines Vertrauens zu wissen, dass sie ihre Gabe auch allein beherrscht, aber ...«, da er immer noch in Sorge um sie war, erhob er sich von seinem Platz, »... trotzdem werde ich kurz nach ihr sehen.«

»Wenn sie malen muss«, erklärte Annika, als Bran im Haus verschwand, »wird es etwas sein, was für uns wichtig ist.«

»Bestimmt.« Als Sawyer nach dem Kompass griff, vibrierte er ganz leicht in seiner Hand. »Und ich habe auch etwas, das wir nutzen können, wenn ihr alle damit einverstanden seid.«

»Wir könnten hier schon unsere Neoprenanzüge anziehen«, stimmte Riley grinsend zu. »Dann könntest du uns alle zu der Grotte bringen, wenn es dunkel ist. Wir brauchten nicht mal ein Boot.«

»Dann wären wir schneller dort, und vor allem würde niemand argwöhnisch werden, wenn er im Dunkeln dort ein Tauchboot sieht. Vor allem aber kann ich uns die unnötige Warterei ersparen.«

»Ich tauche ganz sicher nicht als Wolf, Cowboy, egal wie toll die YouTube-Filme waren.«

Sawyer drehte kurzerhand den Kompass um, sodass eine Uhr zu sehen war.

»Verdammt.« Die Wolfsfrau schüttelte den Kopf und stieß ein halbes Lachen aus. »Daran habe ich gar nicht gedacht.«

»Vor oder zurück, so oder so brauchen wir nicht zu warten«, klärte er sie auf.

»Zurück«, erklärte Doyle und schaute sich die Uhr genauer an. »Ich habe ebenfalls nicht einen Augenblick lang an diese Möglichkeit gedacht. Am besten kehren wir so weit in die Vergangenheit zurück, dass dort keine Patrouillenboote fahren. Wann wurden die ersten Touren durch die Grotte angeboten und Eintrittskarten dort verkauft? Das weißt du doch bestimmt«, wandte er sich Riley zu.

Da sie dieses Wissen selbstverständlich abgespeichert hatte, zuckte sie gleichmütig mit den Achseln und erklärte: »Irgendwann um 1820 haben zwei Deutsche – Schriftsteller und Kumpel – sich von einheimischen Fischern zu der Grotte fahren lassen. Danach hat der Schriftsteller ein Buch über die Grotte und die Statuen, die er dort gesehen hat, verfasst und sie auf diese Weise zum Touristenziel gemacht. Zurück«, murmelte sie, und dabei war ihr die Begeisterung überdeutlich anzusehen. »Vielleicht bis in die Römerzeit. Tiberius oder gar Augustus, und ... Doch darum geht es nicht.«

Sie stützte sich mit den Ellenbogen auf dem Tisch auf und legte ihr Kinn auf den Fäusten ab. »Aber Mann, das wäre wirklich cool.«

»Also irgendwann vor 1820?«

»Ja. Aber am besten nicht zu Zeiten der französischen Besatzung und des ganzen Hin und Her, das Anfang des neunzehnten Jahrhunderts auf der Insel stattgefunden hat.«

»Auf keinen Fall«, bestätigte ihr Doyle.

»Das bekommst du hin?«, erkundigte sich Annika. »Uns alle gleichzeitig an einen anderen Ort und in eine andere Zeit zu transportieren?«

»Ja. Auch wenn der Flug dadurch vielleicht ein bisschen wilder wird.«

»Wild stört mich nicht.«

Er sah sie grinsend an, gab der Versuchung nach und küsste ihre Hand. »Ich hoffe nur, dass du das nach der Reise auch noch sagst. Riley soll das Wann bestimmen, ich gucke mir an, wohin genau wir fliegen sollen, und sobald Bran und Sash an Bord sind, kann die Reise losgehen. Eins noch.« Jetzt blickte er Riley an. »Falls wir vor Sonnenuntergang zurück sind, wird deine bevorstehende Verwandlung keine Rolle spielen, aber falls sich unsere Rückreise aus irgendeinem Grund verzögert, was wird dann mit dir passieren?«

»So etwas habe ich noch nicht gemacht, aber ich würde sagen, dass mich die Verwandlung wie ein Fausthieb treffen wird. Ich käme damit sicher klar, aber falls wir wieder hier wären, bevor der Mond aufgeht, würde mich das durchaus freuen.«

»Wir müssen damit rechnen, dass Nerezza auftaucht«, meinte Doyle. »Entweder in der Höhle, nachdem wir den Stern gefunden haben, oder später hier beim Haus.«

»Die Veränderung von Ort und Zeit?«, gab Sawyer gleichmütig zurück. »Ich will damit nicht sagen, dass wir uns nicht für sie wappnen sollen, aber aus meiner Sicht dürfte das reichen, um sie erst mal zu verwirren. Aber ja, wir brauchen einen Schlachtplan, denn wenn wir den Stern gefunden haben, schlägt sie sicher noch einmal zu.«

Annika empfand es ebenfalls als Ehre, dass sie zwischenzeitlich Teil des Kriegsrats war. »Wir müssen Bran beschützen, damit er den Stern vor ihr verstecken kann. Aber… der Kompass sagt uns nicht, wohin die Reise, wenn wir ihn gefunden haben, weitergehen soll.«

»Noch nicht.«

»Wir sollen also wieder einmal blind vertrauen.«

»Du bist einfach ein unverbesserlicher Optimist. Hast du einen besseren Vorschlag?«, fragte Riley Doyle.

»Hauptsache, wir hauen erst mal von hier ab. Schnappen uns den Stern, bringen ihn in Sicherheit und ziehen uns zurück, bis wir wissen, wie es weitergehen soll. Ich war seit Hunderten von Jahren auf der Suche nach Nerezza und den Sternen, ohne dass ich bis zu dem Tag, als ich euch getroffen habe, je auch nur in ihrer Nähe war. Und jetzt sollen wir plötzlich innerhalb von ein paar Monaten gleich alle drei Sterne und dann auch noch die Glasinsel entdecken, die seit Tausenden von Jahren niemand mehr gesehen hat?«

»Wir sind zu sechst.« Sawyer ergriff Annis Hand. »Wir haben noch zwei Monate, und das genügt. Ich bin mir sicher, dass wir die drei Sterne und die Insel finden werden, ehe diese Zeit vorüber ist.«

»Und wenn ich zurück ins Meer muss, ehe wir den dritten Stern gefunden haben, kann und werde ich euch weiter bei der Suche helfen«, versicherte Annika den anderen.

»So weit ist es noch lange nicht«, meinte Sawyer, als Bran zurück auf die Terrasse kam. »Alles in Ordnung?«

»Ja. Sie ist einfach… erstaunlich. Ich habe sie nicht

beim Malen unterbrochen – aber ich bezweifle auch, dass sie sich hätte unterbrechen lassen, weil sie nämlich vollkommen versunken ist.«

»Und was malt sie?«, wollte Riley wissen.

»Schönheit und aus meiner Sicht den Ort, an den ich den Wasserstern von hier aus schicken soll. Und auch wir selbst werden dort meiner Meinung nach erwartet, wenn die Suche hier auf Capri abgeschlossen ist.«

»Und was ist das für ein Ort? Wenn ich weiß, wohin die Reise geht, kann ich schon mal versuchen, uns dort eine Villa, ein Haus oder zur Not auch einfach ein paar Zelte oder so zu organisieren.«

Bran lächelte Riley an. »Wenn ich das Gemälde richtig deute, dürfte das nicht nötig sein. Weil sie mein Haus in Irland malt. Das Haus, das ich am Ende eines Weges gebaut habe und das sie schon gemalt hat, ehe wir uns überhaupt zum ersten Mal begegnet waren.«

»Auf einer anderen Insel.« Riley lehnte sich auf ihrem Stuhl zurück. »Das passt schon mal. Liegt dein Haus an der Küste?«

»An der Westküste in Clare. Doyle stammt von dort, weshalb es doppelt passt.«

»Wir würden dort also in deinem Haus wohnen. Es ist bestimmt sehr schön.«

»Für mich auf jeden Fall«, stimmte er der Nixe zu. »Und der Platz reicht für uns alle. Als ich es habe bauen lassen, war mir nicht ganz klar, warum ich wollte, dass es derart viele Zimmer hat, aber ich hatte dieses Bild im Kopf und das Gefühl, dass es genau so werden muss.«

Er bemerkte Doyles Gesicht und fragte: »Stimmt was nicht?«

»Ich war schon seit Längerem nicht mehr in Irland, und in Clare erst recht nicht. Ich hätte wissen müssen, dass die Rückkehr Teil der Suche ist. Tja, ihr anderen könnt Bran ja erst einmal erzählen, was ihr ausbaldowert habt.«

Als er aufstand und davonging, sah die Meerjungfrau ihm traurig hinterher. »Sein Herz tut weh.«

»Die Rückkehr an den Ort, an dem er auf die Welt gekommen ist und als ganz normaler Mensch gelebt hat, ist ein hoher Preis, den er für diese Suche bezahlen muss.« Auch Riley stand entschlossen auf. »Ich werde ihm ein bisschen auf die Nerven gehen, um ihn von seinem Elend abzulenken«, sagte sie und wandte sich an Bran. »Clare. Deine Familie stammt aus Sligo, aber dein Haus hast du in Clare gebaut.«

»Der Weg und das, was ich an seinem Ende sah, haben mich einfach magisch angezogen. Die Ruine eines alten Herrenhauses auf den Klippen über der tosenden See. Das ist etwas völlig anderes als die sanft wogenden Hügel meiner Heimat, aber trotzdem sprach mich diese Gegend einfach an.«

»Ich nehme an, wir wissen nun, warum. Und jetzt werde ich Doyle erst mal gegen das Schienbein treten, und dann packe ich mein Zeug, damit ich keine unnötige Zeit damit verliere, wenn die Reise weitergeht.«

Gegen Mittag setzte Sawyer sich zu Sash auf den Balkon. Sie wollten sie beim Malen nicht allein lassen, und jetzt leistete er ihr Gesellschaft, während Bran beschäftigt war.

Er reinigte erst seine Waffen, breitete dann seine Irlandkarte aus und verfolgte, wie der Kompass zielsicher erst bis zur Grafschaft Clare und dort weiter bis zur Küste glitt.

Er sagte sich, dass er sich keine Sorgen um die Nixe machen sollte und nur an das Jahr, den Monat und den Abend denken sollte, den die Wolfsfrau ihm als Ziel der Reise nennen würde, aber diese Dinge schwirrten ihm so lange durch den Kopf, bis er endlich einen konzentrierten Blick auf Sashs Gemälde warf.

Er kannte sich mit Kunst nicht aus, doch er wusste, ob ihm ein Kunstwerk zusagte oder missfiel. Und von der Erschaffung eines Kunstwerks wusste er nur das, was er gesehen hatte, während Sasha bei der Arbeit war.

Das jedoch, was er vor sich auf der Leinwand sah, erschien ihm beinahe unnatürlich schön. Das Licht – wie stellte sie es an, ein solch warmes Leuchten wie im Innern einer Muschel darzustellen? – ergoss sich über einem stattlichen Gebäude ganz aus Stein. Einem großen Herrenhaus mit Bogentüren, Bleiglasfenstern, einem runden sowie einem spitzen Turm und Terrassen, die den Wehrgängen von alten Burgen nachempfunden waren.

Blumen und blühende Büsche breiteten sich wie ein farbenfroher Saum rund um das Fundament des Hauses aus, und die Blätter sommergrüner Bäume warfen ihre Schattenflecken auf das Gras, das grüner als Smaragde war.

Das Grundstück lag auf einer sturmgrauen Klippe hoch über der Brandung, die sich donnernd an den Felsen brach.

Die Szenerie passte hervorragend zu Bran. Der Zauberer in seiner Burg hoch über dem Meer. Wenn er selbst einmal sesshaft werden würde, würde er nach einem kleinen Häuschen unter Palmen suchen, die sich in der milden Brise wiegten, irgendwo an einem Strand, von dem aus man auf leuchtend blaues Wasser sah. Trotzdem konnte er verstehen, dass Bran ein Haus hoch oben auf den Klippen lieber war.

Als Sasha einen Schritt zurücktrat, öffnete er den Mund, klappte ihn aber nach einem Blick zu ihr wortlos wieder zu.

Sie tauschte das Gemälde gegen ihren Skizzenblock.

Was zeigte, dass sie noch nicht fertig war.

Sie öffnete ihre Kreideschachtel und fing an zu zeichnen.

Als Erstes erweckte sie Annika zum Leben, aber so wie auf dem Bild hatte Sawyer seine Liebste nie zuvor gesehen. Mit verzückter Miene reckte sie den Oberkörper aus dem Wasser, und ihr schwarzes Haar wirbelte durch die leuchtend blaue Luft.

Sasha zeichnete mit derart schnellen, sicheren Strichen, dass er das Gefühl hatte, als sähe er bei der Entwicklung eines Fotos zu.

Anni reckte die Arme in die Luft, formte mit den Händen einen Kelch, und dank Sashas Kreide und ihrer besonderen Gabe tauchte kurz darauf der leuchtend blaue Stern in ihren Händen auf.

»Im Wasser und aus Wasser«, setzte Sasha an. »Aus der Hand der Göttin in die Hand der Wächterin, die aus dem Wasser ist. Lunas Stern, der Wasserstern, mit Anmut, Freude, Liebe angefüllt, der jetzt in der Hand der Tochter liegt.«

Sasha ließ die Kreide sinken und wandte sich Sawyer zu. »Aber es kommt die Nacht, brutal und blutig, der der Sechserbund sich stellen muss. Das Risiko, oh Reisender, liegt ganz allein bei dir. Genau wie die Entscheidung, die du treffen musst.«

»Was für ein Risiko?«

»Ihr Leben, um alles andere zu retten. Wirst du die Göt-

452

tin der Dunkelheit umarmen und ins Licht führen, wo sie verloren ist? Sie wird sich wieder aus dem Licht befreien, aber wirst du dieses Wagnis eingehen, wenn du deine Freunde nur auf diese Weise schützen kannst? Damit sie Zeit bekommen, um sich zu erholen?«

»Ich soll sie mit auf Reisen nehmen? Geht das denn?«

»Das kannst nur du wissen. Du bist der Reisende. Sie ist die Tochter«, sagte Sash und wies auf das Porträt. »Ihr müsst beide wählen. So wie wir anderen auch.«

Sie schloss die Augen, stieß einen leisen Seufzer aus und schlug sie wieder auf. »Sawyer?«

»Ja, hallo. Willkommen zu Hause. Setz dich besser erst mal hin.«

»Nein, es geht mir gut«, winkte sie ab. »Ich bin sogar ein bisschen aufgedreht. Ich weiß, was ich zu dir gesagt habe, aber ...«

»Am besten lassen wir das alles erst mal sacken«, schlug er vor. »Annika findet also den Wasserstern.«

»Ich weiß, dass sie es kann.« Während sie ihr eigenes Werk studierte, wischte Sasha sich mit einem Lappen sorgfältig die Hände ab. »Und ich weiß, dass sie von allen Seiten Stimmen hören wird, Schluchzer, Seufzer und Gesang. Aber das ist alles, was ich weiß.«

Jetzt wandte sie sich dem Gemälde zu.

»Dort wartet der Eisstern, dort müssen wir hin. Das ist Brans Zuhause, stimmt's?«

»Ja. Er hat es gleich erkannt, als er es sich vorhin angesehen hat.«

»Brans Zuhause«, wiederholte sie. »Wobei das noch nicht alles ist. Könntest du die anderen bitten raufzukommen? Sie sollten das Gemälde sehen.«

»Ja, ich hole sie. Hier.« Er bot ihr eine Flasche Wasser an. »Du hast vier Stunden durchgemalt.«

»Es fehlen noch ein paar letzte Striche – aber erst mal reicht es so.«

Als Erster erschien Bran, legte einen Arm um ihre Taille und studierte das Porträt von Annika.

»Erhellt die Umgebung sie, oder erhellt sie die Umgebung?«

»Meiner Meinung nach sowohl als auch. Ich hatte das Gefühl, dass die Zeit allmählich knapp wird und ich mich beeilen muss. Ich habe nicht das ganze Ausmaß dieses Leuchtens zu Papier gebracht. Denn wenn wir dieses Leuchten sähen, brächen wir in Tränen aus.«

Sie schmiegte ihr Gesicht an seine Schulter. »Bist du sicher, dass du nichts für sie und Sawyer tun kannst, Bran? Gibt es nicht vielleicht doch etwas, damit sie bei ihm bleiben kann?«

»Selbst wenn das in meiner Macht stünde – was es nicht tut –, sind ihre Beine ein Geschenk, das sie aus einem ganz bestimmten Grund bekommen hat. Und sie hat freiwillig einen Schwur geleistet, den ich nicht einfach umgehen kann.«

»Es bricht mir das Herz.« Sie klammerte sich kurz an ihm fest, trat dann aber einen Schritt zurück und sah ihn an. »Du wirst bald heimkehren.«

»Du auch, *fáidh*. Wenn du möchtest, wird dies zukünftig auch dein Zuhause sein. Würdest du dort, in deinen Bergen in Amerika und in meinen Wohnungen in Dublin, New York und sonst wo mit mir leben wollen?«

»Ich würde ganz egal wo mit dir leben wollen, Bran.« Sie umarmte ihn erneut und sah sich das Gemälde an. »Es ist wunderschön und mächtig. Es passt ganz hervorragend zu dir. Weißt du, warum du ausgerechnet dort ein Haus hast bauen lassen?«

»Ich weiß nur, dass ich das Gefühl hatte, heimgekommen zu sein, als ich zum ersten Mal den Weg hinauflief und die uralte Ruine auf den Klippen sah. Ich brauchte ein Zuhause, und es musste an diesem Ort sein.«

Als Anni den Balkon betrat, atmete sie hörbar ein. »Du hast mich gezeichnet. Ich habe den Stern gefunden und halte ihn in meinen Händen. Das bedeutet doch bestimmt, dass ich ihn finden werde, oder?«

»Das bedeutet, dass du dazu in der Lage bist und dass es dir aus meiner Sicht gelingen wird.«

In diesem Augenblick tauchten auch Doyle und Riley auf, und Sashas Herz vergoss Tränen des Mitgefühls, als sein Blick auf das Gemälde fiel.

»Du hast einen Stern gefunden, Anni. Und ich wette, dass es heute noch genau so kommen wird wie auf diesem Porträt.« Riley trat zu Doyle und starrte das Gemälde an.

»Nicht übel, Bran. Dort halten wir es bis zum Schluss der Suche sicher aus. Wie viele Schlafzimmer gibt's in dem Haus?«

»Zehn, von denen aber bisher nur zwei als Schlafzimmer verwendet wurden, wenn meine Familie mich geschlossen dort besucht hat.«

»Gibt es auch ein Schlafzimmer in einem von den Türmen?«

»Ja.«

»Dann reserviere ich das schon mal.«

»Das hast du gebaut?«, vergewisserte sich Doyle, ohne den Blick von Sashas Bild zu lösen. »Dieses Haus auf den

Klippen, mit dem dichten Wald im Hintergrund? Und am Waldrand nördlich des Gebäudes gibt es einen Brunnen, stimmt's?«

»Es gibt auf dem Grundstück einen alten Brunnen, und wie man mir erzählt hat, fing der Wald vor langer Zeit direkt dahinter an. Woher... ah. Du kennst die Gegend und die Klippen.«

»Ich kenne dieses Meer und den Wald genau. Weil ich dort selbst früher zu Hause war. Mein Urgroßvater und mein Großvater haben dort das erste Haus gebaut. Ein anständiges Haus aus Stein. Und später hat mein Vater meinem Großvater geholfen, südlich ein paar Zimmer anzubauen, weil sie eine Familie mit zehn starken, kerngesunden Kindern waren. Das Blut der McClearys war schon immer gut. Und noch später habe ich mit meinem Vater die von seinem Großvater gebauten Ställe renoviert. Auf den steinigen Hügeln haben Schafherden gegrast, und in den Wäldern haben wir Rehe und Kaninchen gejagt.

Nachdem mein Bruder weniger als einen Tagesritt von diesem Ort entfernt in meinen Armen starb, war ich nie wieder dort. Und jetzt zwingen mich die Götter, noch einmal zurückzukehren.«

»Oh, Doyle, es tut mir furchtbar leid...«, fing Sasha an, doch Riley schüttelte den Kopf.

»Die Bedeutung jener, die vor uns lebten, ihrer Art zu leben und der Bauwerke, die sie errichtet haben, reicht bis in die Gegenwart. Wir ehren sie, indem wir selbst dorthin zurückkehren, um dort, wo sie gelebt haben, ebenfalls zu leben und die von ihnen beschrittenen Wege nachzugehen. Solange wir sie ehren und solange sie eine Bedeutung haben, sind sie niemals wirklich fort.«

Doyle sah sie reglos an. »Das ist der einzige Ort auf Erden, an den ich nie mehr hätte zurückkehren wollen.«

»Götter können echte Schweinehunde sein.«

»Auf jeden Fall.«

»Aber Bran hat dort ein Haus gebaut, wo einst dein eigenes Heim gestanden hat. Das kann kein Zufall sein. Wir müssen diesem Wink des Schicksals folgen, um herauszufinden, was er zu bedeuten hat.«

»Ja, natürlich reisen wir dorthin. Und dies ist auch der Ort, an dem du den Wasserstern verstecken willst, nachdem du schon den Feuerstern mithilfe von Sashas Waldgemälde dort hast verschwinden lassen?«

»Ja.«

»Dann sollten wir am besten zusehen, dass wir ihn allmählich finden«, meinte Doyle und wandte sich zum Gehen.

19

Obwohl sie dadurch weitere Minuten Tageslicht verloren, brachen sie nicht sofort auf. Da sie Capri vielleicht überstürzt würden verlassen müssen, packten sie erst noch ihre Habe.

Während Anni fröhlich ihre Kleider in die bunte Reisetasche faltete, nahm Sawyer plötzlich ihre Hand.

»Mach mal eine kurze Pause.«

»Oh, ich glaube nicht, dass unsere Zeit noch reicht, um Sex zu haben.«

»Darum geht es nicht – obwohl ich es durchaus zu schätzen weiß, dass du sofort an dieses Thema denkst. Ich muss dich etwas fragen.«

»Du weißt, dass du mich alles fragen kannst.«

»Du musst mir sagen, ob du – ich weiß, das ist ein großes Ob –, wenn wir unsere Aufgabe erfüllt haben und falls eure Ältesten, die Meerhexe oder wer sonst bei euch das Sagen hat, es dir erlauben würden, hier bei mir an Land zu bleiben ... also, ob du bleiben würdest.«

Sie bedachte ihn mit einem ernsten Blick. »Ich würde überall mit dir zusammen bleiben, weil du meine einzige und wahre Liebe bist. Aber das kann ich nicht. Man hat mir diese Beine nur geliehen. Ich hätte sie eigentlich benutzen dürfen, bis die Suche abgeschlossen ist, aber nachdem ich euch verraten musste, was ich bin, wurde diese

Zeit auf drei, das heißt inzwischen nur noch zwei Vollmonde verkürzt. Sie wollen nicht, dass einer von uns beiden traurig ist, aber es steht nicht in ihrer Macht, dafür zu sorgen, dass ich bei dir bleiben kann.«

»Vielleicht könnte ja Bran...«

»Ich habe ihn schon danach gefragt.« Sie blickte vor sich auf den Boden. »Ich weiß, das hätte ich nicht sollen, aber weil ich weiß, dass du mich liebst, habe ich es getan. Es steht auch nicht in seiner Macht. Er wird Opfer für uns bringen, aber einen Schwur, der Gutes wirken soll, kann er nicht brechen. Und auch ich kann meinen Eid nicht brechen, nicht einmal der Liebe wegen, nicht einmal für dich.«

»Okay. Okay.« Er küsste sie sanft auf die Stirn. »Vielleicht gelingt mir dann ja ein Tom Hanks.«

»Was ist denn ein Tomhanks?«

»Das ist kein Ding, sondern ein Name. Tom als Vor- und Hanks als Nachname. Ein Schauspieler. Er hat sich in einem Film in eine Meerjungfrau verliebt.«

»Oh, den würde ich gerne sehen.«

»Das kriegen wir bestimmt mal hin. Aber wie dem auch sei, sie hat sich auch in ihn verliebt.«

»Dann ist die Geschichte also schön.«

»Allerdings gab es auch ein paar Fieslinge.«

Sie sah ihn fragend an.

»Böse Menschen, die ihr wehtun wollten. Deshalb konnte sie nicht bei ihm bleiben, weshalb er am Schluss zu ihr ins Meer gesprungen ist. Und sie hat etwas getan, damit er bei ihr bleiben kann. Damit er mit ihr im Wasser leben kann.«

Sie küsste ihn auf beide Wangen und strich ihm mit den

Fingern übers Haar. »Die Geschichte ist wirklich schön. Aber ich habe nicht die Macht, etwas zu tun, damit du unter Wasser leben kannst. Du gehörst an Land.«

»Vielleicht kann ja die Meerhexe …«

»Dass du daran denkst, so etwas für mich zu tun, füllt mein Herz mit Freude und mit Tränen an. Aber sie hat auch nicht die Macht, dich zu verändern.« Da die Tränen ihr jetzt in die Augen stiegen, wandte sie sich ab. »Wir sollten weiterpacken.«

»Meinetwegen, aber eine Möglichkeit gäbe es noch. Statt zu weinen, Anni, hör mir einfach weiter zu. Diese Insel in der Südsee. Sie hat eine eigene Art von Zauber, richtig?«

Anni wünschte sich, sie würden nicht von Dingen sprechen, die unmöglich waren. »Ja. Das Wasser dort ist heilig, und das Land ist wichtig.«

»Richtig. Und vor allem liegt die Insel abseits aller großen Schiffsrouten, wir haben beide eine ganz besondere Verbindung zu dem Ort, und ich könnte mir vorstellen, dort zu leben. Ich bin handwerklich durchaus geschickt und könnte mir am Strand ein kleines Häuschen bauen. Von so was habe ich schon jahrelang geträumt. Und wenn du dort im Wasser leben würdest, könnten wir zusammen sein. Ich könnte mit dir schwimmen und am Strand sein, während du in meiner Nähe auf den Felsen sitzt. Ich könnte dich sehen, mit dir reden, dich berühren.«

Plötzlich schlug ihr das Herz bis zum Hals. »Und deine Familie?«

»He, ich habe immer noch den Kompass. Ich kann sie besuchen und sie abholen, wenn sie uns besuchen wollen. Und für deine Leute gilt das auch. Aber willst du wissen, was für mich das Wichtigste im Leben ist?« Er sah ihr ins Gesicht, während er mit den Händen über ihre Arme glitt. »Das Wichtigste für mich bist du. Du bist meine einzige und wahre Liebe, Anni, und ich möchte nicht in einer Welt leben, in der du nicht mehr bist. Und ich will und kann einfach nicht glauben, dass wir uns gefunden, zusammen gekämpft und alles andere, worum man uns gebeten hat, getan haben, um nach der Suche abermals getrennt zu sein. Das werde ich nicht akzeptieren. Würdest du dort bei mir bleiben – du im Wasser, ich an Land?«

»Aber ich kann dir keine Jungen schenken.«

»Annika, es reicht mir völlig, wenn du mir dich selbst schenkst.«

»Das habe ich bereits getan. Und das werde ich auch weiter tun. Ja, ich werde bei dir bleiben. Ich will auch nie mehr in einer Welt leben, in der es dich nicht gibt.« Jetzt schlang sie ihm die Arme um den Hals. »Ich werde dir gehören und du mir.«

Er hielt sie einfach fest und schloss für einen Moment die Augen. »Das ist mehr als genug.«

»Ich liebe dich mit allem, was ich bin.«

Er küsste sie, und sie vergaßen, dass sie packen mussten, bis ein lautes Klopfen an der Tür sie zusammenfahren ließ.

»Tut mir leid«, erklärte Sash, »aber wir haben jetzt alle Sachen unten und müssen allmählich los. Es ist nämlich schon fast vier.«

»Sawyer wird ein Häuschen auf der Insel bauen und dort wohnen, und ich kann im Wasser leben, und dann können wir für alle Zeit zusammen sein.«

»Liebe findet eben immer einen Weg.« Gerührt trat Sasha auf die beiden zu und nahm sie in die Arme. »Einen guten, liebevollen Weg. Aber bildet euch ja nicht ein, die Tatsache, dass ihr auf eine unbewohnte Insel in der Südsee zieht, hielte uns davon ab, euch zu besuchen.«

»Wir verlassen uns darauf, dass ihr das tut«, gab Sawyer gut gelaunt zurück.

»Aber jetzt müssen wir wirklich los. Die anderen sind schon ganz nervös.«

»Fünf Minuten.«

Obwohl sie noch ein bisschen länger brauchten, schleppten sie am Ende alles hinunter in den Flur, und Doyle holte noch sein Motorrad aus dem Nebenraum.

»Wenigstens kann ich wieder Motorrad fahren, wenn wir in Irland sind.«

»Ich fahre auch gerne Motorrad.«

»Das kriegen wir dort sicher hin.«

»Bevor ihr euren Ausflug machen könnt, haben wir erst mal noch drei Stunden und…«, die Wolfsfrau sah auf ihre Uhr, »…zweiunddreißig Minuten, bis die Sonne untergeht. Wenn wir diese Sache durchziehen wollen, machen wir uns besser langsam auf den Weg.«

»Eins noch. Sashs letzte Vision.«

»Sawyer, nein.« Anni packte seinen Arm. »Sie ist eine Göttin.«

»Die von Bran und Sash auf Korfu in die Flucht geschlagen worden ist. Und wie es aussieht, ist die Reihe jetzt an mir. Meine Entscheidung und mein Risiko, hat Sash gesagt. Ich treffe die Entscheidung und muss daran glauben, dass ich diese Sache durchziehen und uns dadurch etwas zusätzliche Zeit verschaffen kann. Aber ganz alleine kriege ich das sicherlich nicht hin.«

»Sag einfach, was du brauchst, Bruder«, erklärte Doyle.

»Das Timing muss perfekt sein, und ich muss so nah an sie herankommen, dass ich eine Verbindung zu ihr herstellen kann.«

»Sie könnte dich in Stücke reißen«, stellte Riley nüchtern fest und fügte, als die Nixe ihr Gesicht an Sawyers Brust vergrub, hinzu: »Tut mir wirklich leid, Anni, aber so ist es nun einmal. Vielleicht sollten wir uns noch ein bisschen Zeit nehmen, um unser Vorgehen genau zu planen.«

»Es muss jetzt sein. Tut mir auch leid.« Sash strich Annika über das Haar. »Aber es muss jetzt sein. Es gilt, endlich den Wasserstern zu finden, unsere letzte Schlacht hier in Italien zu schlagen und das große Wagnis einzugehen.«

»Sie könnte mich in Stücke reißen, aber ich vertraue darauf, dass das nicht passieren wird. Vor allem nicht, wenn Bran sie vorher etwas weichklopft.«

»Auf jeden Fall«, versprach der ihm.

»Sobald das passiert ist, muss ich dicht genug an sie heran, um eine Verbindung mit ihr einzugehen. Dann nehme ich sie mit auf Reisen und lasse sie wie das Rothemd einfach fallen. Das kann durchaus funktionieren.«

»Aber du wirst ganz alleine sein«, gab Anni zu bedenken.

»Nein.« Er presste eine ihrer Hände auf sein Herz. »Also los, legt die Tauchausrüstung an. Du natürlich nicht.« Er schob Annikas Gesicht sanft zurück und gab ihr einen Kuss.

Doyle und Riley hatten das Equipment ohne Hilfe aus dem Bootshaus bis zum Haus geschleppt. Jetzt setzten alle ihre Druckluftflaschen auf, während Anni Sawyer zusammenzucken ließ, als sie einfach ihr pinkfarbenes Kleid über den Kopf zerrte und achtlos auf den Boden warf.

»Es könnte etwas ruckeln, denn das ist das erste Mal, dass ich von festem Boden unter Wasser gehe.«

»Und dann auch noch über zweihundert Jahre zurück«, fügte Riley gut gelaunt hinzu.

»1742, richtig? Ich habe die Ankunftszeit eingestellt, und wie gesagt, vergesst nicht, dass der Flug ein bisschen wilder wird, als wenn man nur von einem Ort zum anderen reist. Und sobald« – er sagte absichtlich nicht »falls« – »Anni erst den Stern hat, wird sich auf der Rückreise alles noch schneller um uns drehen. Haltet euch so dicht wie möglich an mir und seht vor allem zu, dass ihr zusammenbleibt. Je enger wir beieinanderstehen, umso leichter wird's. Macht euch bereit.«

Er setzte seine Maske auf, rückte sie zurecht und schob sich sein Mundstück in den Mund. Die Unterwasserpistole und das Tauchmesser an seinem Gürtel, nahm er Annis Hand, sah seine Freunde an, schloss nickend die Augen und aktivierte gleichzeitig den Kompass und die Uhr.

Der Stoß war heftiger, als er erwartet hatte, aber Reisen durch Zeit und Raum hatte er schließlich bisher höchstens mit einem einzigen Begleiter absolviert.

Pfeifend schoss die Luft an ihm vorbei und gleichzeitig durch ihn hindurch, während er Annis Hand umklammerte und die Verbindung mit den anderen in Gedanken aufrechterhielt.

Schnell und immer schneller drehte sich die Welt um ihn, und die Jahre schossen wie Luft an ihm vorbei.

Er meinte kurz, Seufzer und Gesänge zu hören, bis mit einem Mal das Wasser über ihm zusammenschlug und er in Dunkelheit versank.

Da die Wolfsfrau offenbar hatte auf Nummer sicher

gehen wollen, hatte sie als Zeitpunkt ihrer Ankunft eine Neumondnacht gewählt, und anderes Licht als das des Mondes gab es nachts in dieser Grotte nicht.

Er konnte spüren, dass Annis Hand auch weiterhin in seiner lag und sie mit der Flosse gegen seine Beine schlug. Doch die anderen?

Plötzlich schwebte eine Lichtkugel über der ausgestreckten Hand des Zauberers, und als er mit der anderen Hand über die Kugel strich, nahm deren Helligkeit noch zu.

Sawyer atmete erleichtert auf und sah sich suchend um.

Ohne Sonne oder Mond und ohne Licht wäre die Höhle dunkel wie ein Grab. Keine Spur des hübschen, beinahe unwirklichen Blaus, das man auf Zeichnungen und Aufnahmen der Grotte sah.

Doch jetzt konnte er Anni lächeln sehen, als sie um sie herumschwamm und die Gruppe möglichst eng zusammenschob.

Dann griff sie sich mit einem Mal ans Ohr, und plötzlich hörte er es auch. Einen leisen Seufzerchor, als atme das Wasser selbst die Seufzer aus.

Mit leuchtenden Augen zeigte sie nach unten, neigte den Kopf, reckte ihre Flosse in die Höhe und schwamm direkt auf die dunkle Tiefe zu.

Instinktiv schwamm er ihr hinterher, doch bereits nach wenigen Sekunden wurde seine Liebste trotz des Lichts, das Bran gezaubert hatte, von der Dunkelheit verschluckt.

Sie tauchte immer tiefer und war glücklich, weil sie endlich wieder dem Grund des Meeres nahe kam. Die Seufzer wurden immer lauter, und inzwischen konnte sie die Worte, die darin enthalten waren, genau verstehen.

Wir warten. Warten.

Und auch in den Liedern lag ein Flehen.

Vergib uns. Erlöse uns. Befreie uns. Umarme uns.

Je tiefer Anni tauchte, umso besser wurde ihre Sicht. Die Dunkelheit der Tiefe war kein Hindernis für sie. Sie sah die Felsen, die von Menschenhand gemachten Statuen, und nach einer Weile nahm sie auch die Silhouetten und die Schatten der Verbannten wahr, die sie anflehten, sie zu erlösen.

Sie flehten sie mit Seufzern und mit Liedern an.

Sie konnte sie spüren, fühlte, wie sie sie mit ihren Fingerspitzen leicht berührten, und obwohl das Leid der Wesen schwer auf ihrer Seele lastete, musste sie den Seufzern und vor allem ihrem eigenen Glauben folgen, bis sie auf die Göttin traf.

Sie stand weiß im dunklen Meer, mit lieblichem und gleichzeitig erhabenem Gesicht. Mit einer Hand hielt sie die weich fließenden Röcke ihres Kleides, und die andere streckte sie nach vorne aus. Die Handfläche aber war leer.

Hilf uns. Sieh uns. Führe uns zurück ins Licht.

Ich sehe euch, dachte die Meerjungfrau. Ich sehe und ich höre euch.

Sie legte ihre Hand in die der Göttin, sah ihr in die Augen und erkannte, dass es eine Statue war. Doch nicht eine Statue aus Stein hielt den Stern.

Im Wasser und aus Wasser, hatte Sasha prophezeit.

Während sie dies dachte, griff ihre Umgebung diese Worte seufzend auf.

Im Wasser und aus Wasser. So wie sie.

Sie breitete die Arme aus, nahm ihr Schicksal an und drehte sich mehrmals um sich selbst.

Ich stamme aus dem Wasser.

Ich wurde von meiner Welt für diese Aufgabe erwählt.

Ich bin die Wächterin und die Erlöserin.

Ich bin diejenige, die sucht.

Sie wiederholte diese Sätze ein ums andere Mal, und während sie hoch über ihrem Kopf die Bewegungen von Sawyer und den anderen Freunden spürte, drehte sie sich immer schneller um sich selbst.

Wir warten darauf, dass du Licht ins Dunkle bringst.

Erlöserin, der Wasserstern erwartet dich.

Wir erwarten dich.

Ich stamme wie die Göttin aus dem Wasser, und der Stern aus Wasser wird aus ihrer Hand in meine übergehen.

Während sie sich immer schneller drehte, fing das Wasser plötzlich an zu leuchten. Erst in einem warmen, dann aber in einem immer helleren und leuchtenderen Blau.

Sie war dazu geboren, die Arme über ihren Kopf zu heben und mit ihren Händen einen Kelch zu bilden, während über ihr das Wasser einen warm glitzernden Strudel bildete, aus dem schließlich der leuchtend helle Stern in ihre Hände fiel.

Sie lachte glücklich auf, und auch die Seufzer rund um sie herum füllten sich mit Freudentränen an.

Die Arme weiter über ihren Kopf gereckt, schoss sie in die Höhe, und die jubelnden Gesänge der Erlösten folgten ihr.

Mit wild klopfendem Herzen sah er, wie sie noch strahlender und schöner als auf Sashas Skizze den glänzenden Stern in den Händen hielt und an ihnen vorbei bis an die Wasseroberfläche schoss.

Wie ein wunderbarer Vogel stieg sie immer höher in die Luft, machte kehrt und kam zurück.

Zurück zu ihm.

Sie überreichte ihm den Stern, und er schloss vorsichtig die Hand um dieses kostbare Geschenk.

Dann legte er den Arm um ihre Taille, sah die Freunde an, und gemeinsam folgten sie dem blauen Leuchten, bis sie an der Wasseroberfläche waren.

Er riss an seinem Mundstück und presste ihr glücklich die Lippen auf den Mund.

»Du hast mir einen Riesenschrecken eingejagt, als du plötzlich verschwunden warst. Du bist wunderschön. Du bist mein Ein und Alles.«

»Ich musste bis auf den Grund des Meeres tauchen. Konntet ihr die Lieder hören?«

»Sie haben mir das Herz zerrissen«, sagte Sash.

»Hier, nimm du ihn.« Anni reichte Bran den Stern.

»Wenn wir wieder in unserer Zeit bei unserem Haus sind, Annika. Deine eigene Magie reicht erst mal aus, um ihn zu halten. Aber wir sollten jetzt zurückkehren und die Sache zu Ende bringen.«

»Haben wir nicht wenigstens noch zehn Minuten Zeit? Ich möchte nur kurz sehen...«, fing Riley an, doch Doyle nahm ihren Arm.

»Wir müssen jetzt zurück.«

»Jetzt«, stimmte auch Sawyer zu. »Also haltet eure Hüte fest.«

Sie erhoben sich in einem wilden Strudel aus dem Wasser und kamen ein paar Sekunden später unsanft auf dem Boden ihres Hauses auf.

»Verdammte Hacke, Sawyer.«

Selbst noch leicht benommen, grinste Sawyer Riley an. »Wow. Das ging echt schnell. Das lag wahrscheinlich an dem Stern. Ich schwöre dir, ich war das nicht.«

»Er ist einfach wunderschön.« Anni blickte auf das blau schimmernde Wunderwerk in ihrer Hand.

Auch Sawyer senkte den Blick, doch nicht nur auf den Stern, sondern auch oder vor allem auf Anni, die mit eingerollter Flosse auf dem Boden saß.

»Vielleicht solltest du dich, na, du weißt schon, erst einmal verändern. Und dir das hier anziehen.« Er hob ihr Kleid vom Boden auf.

»Oh ja, das hatte ich total vergessen. Hier, er lebt und atmet.« Anni reichte ihm dem Stern, und Sawyer riss erneut die Augen auf, als er plötzlich völlig schwerelos, doch warm pulsierend und durch und durch real in seinen Händen lag.

»Aber hallo. Allerdings. Hier.«

Als Bran ihn übernahm, tauschte die Nixe ihre Flosse wieder gegen ihre Beine, stieg in ihr Kleid und strich es sorgfältig an ihrem Körper glatt.

Wie schon den Feuerstern schirmte der Magier jetzt auch den Wasserstern durch eine durchsichtige Kugel ab. »Als Zeichen des Respekts, zum Schutz und um ihn zu bewahren.«

»Wir sollten schnell machen. Sie weiß, dass er hier bei uns ist.«

Nickend trat der Magier vor Sashas Bild, und die anderen versammelten sich im blauen Licht des Sterns. »Wie beim letzten Mal muss jeder von uns eine Hand auf die Glaskugel legen, und dann sprecht ihr mir zusammen nach.«

»Um dieses helle Wasser, dieses reine Licht
vor Unheil zu bewahren,
schicke ich es dorthin,
wo kein Auge es erblicken, keine Hand es greifen
und kein Dunkel seinen Schatten darauf werfen kann.«

Wie auf Korfu breiteten sich energiegeladene Nebelschwaden um die Kugel aus, der Stern pulsierte, der Himmel auf dem Bild fing an zu leuchten, und das helle Licht umfing das Haus, das auf den Klippen stand. Dann glitt der Stern in das Gemälde, und nach einem letzten blauen Blitzen war er fort.

»Jetzt ist alles ruhig«, murmelte Annika. »Jetzt ist der Stern vor ihr in Sicherheit.«

»Er wird noch sicherer und stärker sein...«, erklärte Bran, und als er eine Hand ausstreckte, war auch das Gemälde selbst nicht mehr zu sehen, »...weil er nicht mehr alleine ist.«

»Sie ist außer sich vor Zorn.« Sasha erschauerte. »Wahnsinnig und völlig außer sich vor Zorn. Sie wird Feuer auf uns regnen lassen, damit nur noch Asche von uns übrig bleibt.«

»Wir sollten einfach abhauen, los, am besten hauen wir Richtung Irland ab.« Riley schob sich die nassen Haare aus der Stirn. »Auch wenn ich jederzeit für einen Kampf zu haben bin, wäre dies vielleicht der rechte Augenblick, um sich zurückzuziehen und neu zu formieren.«

»Sie wird uns folgen und ihr Feuer auf uns niedergehen lassen, wo immer sie uns erwischt. Es ist auf alle Fälle Feuer – ich kann spüren, wie es brennt. Aber gleichzeitig ist es ganz kalt.«

»Egal, ob hier oder in Irland, ich werde auf jeden Fall versuchen, die Verbindung zu ihr herzustellen.« Tatsächlich sehnte Sawyer sich inzwischen regelrecht danach. »Ich kann dafür sorgen, dass wir etwas Zeit gewinnen, indem ich sie in die andere Richtung ziehe, damit sie uns erst mal suchen muss. Auf jeden Fall bereiten wir uns besser schon mal auf die Reise vor und wappnen uns für den nächsten Kampf.«

Er legte seine Unterwasserwaffe ab. »Feuer bekämpft man oft mit Feuer, oder nicht?«

»Mit Feuer ... und mit Wasser«, stimmte Bran mit einem kalten Lächeln zu.

»Das klingt vielleicht ein bisschen zweideutig, aber dann wird's auf alle Fälle heiß und feucht«, mischte sich Riley ein. »Das Tauchzeug lassen wir am besten einfach hier auf der Terrasse liegen. Da meine Kontaktleute im Hafen sowieso schon denken, dass ich entweder total bescheuert oder wenigstens exzentrisch bin, spielt es keine Rolle, wenn ich anrufe und sage, dass sie es hier oben abholen sollen.«

Anni folgte Sawyer in sein altes Zimmer, denn dort hatte er einen Satz Kleider, seine Stiefel und vor allem seine Waffen hinterlegt. »Sie ist eine Göttin, Sawyer. Vielleicht lässt sie dich nicht einfach ziehen.«

»Ihr wird gar nichts anderes übrig bleiben.«

»Aber sie ...«

»Hör zu.« Er legte ihr die Hände auf die Schultern und bedachte sie mit einem durchdringenden Blick. »Ich habe dir eben in der Grotte blind vertraut, und das musst du andersherum auch. Okay, vielleicht war ich ein bisschen panisch, als ich plötzlich nicht mehr wusste, wo du warst«, schränkte er widerstrebend ein.

Tatsächlich hatten Doyle und Bran ihn mit vereinten Kräften daran hindern müssen, ihr zu folgen, aber wenn er ihr das jetzt gestehen würde, wäre das wahrscheinlich kontraproduktiv.

»Aber ich habe mich zusammengerissen«, flunkerte er seine Liebste an, ohne rot zu werden. »Weil ich wusste, dass du tust, was du tun musst. Und weil ich nicht einen Augenblick daran gezweifelt habe, dass du es auch schaffst. Es ist mir wichtig, dass du mir vertraust und an mich glaubst. Wenn du das nicht kannst, schaffe ich es nicht.«

»Es hilft dir also, wenn ich an dich glaube?«

»Es macht einen Riesenunterschied für mich.«

»Dann glaube ich an dich.« Sie rahmte sein Gesicht mit ihren Händen, presste den Mund auf seine Lippen und legte ihr ganzes Herz in diesen Kuss. »Ich glaube fest an dich.«

»Dann kann ich nicht verlieren.«

Eilig wechselte er seine Kleider und kehrte mit ihr zusammen zu den anderen zurück.

»Feuersturm und Sintflut werden über euch hereinbrechen«, erklärte Bran. »Ich werde alles tun, um beides von euch abzulenken, aber es wird hart werden.«

»Dann machen wir es eben auf die harte Tour.« Der Unsterbliche zückte sein Schwert und blickte Riley an. »Die sexuelle Anspielung war ebenfalls beabsichtigt.«

»Warum auch nicht?« Grinsend zückte sie ihre Pistole und nahm ihr Messer in die andere Hand.

»Haltet ihre Lakaien möglichst von mir fern.« Sawyer blickte auf und merkte, dass er ohne Sashas Warnung wusste, dass die Feinde längst im Anzug waren. Der Himmel über ihren Köpfen war bereits in Aufruhr, und er wandte sich an Bran. »Wenn sie dabei ist, muss ich dicht genug an sie herankommen, damit ich sie berühren kann. Vielleicht musst du mir dabei helfen.«

»Kein Problem.«

Dann brach der Himmel auf und erschütterte die Welt, indem er ein bitteres dunkles Feuer auf sie niedergehen ließ.

»Ich vertraue dir«, versicherte die Nixe Sawyer, und im nächsten Augenblick griffen die anderen an.

Er wich dem Feuer aus, das aus dem Himmel auf ihn zugeschossen kam und zischend auf den Boden traf. Von dem Schutzmantel, mit dem der Magier das Haus versehen hatte, prallten die Flammen wie von einem Kraftfeld ab, und die zurückgeworfenen Feuerkugeln versengten die messerscharfen Schwingen der unheimlichen Vögel, von denen die Wächter schon des Öfteren angegriffen worden waren.

Geschah ihnen ganz recht, sagte sich Sawyer und holte mit seinen eigenen Kugeln einen Schwarm der Biester aus der Luft.

Heiße Funken stoben von der Erde auf und brannten ihm kleine Löcher in die Haut.

Er feuerte die nächste Salve ab, lud nach und drückte sofort wieder ab.

Die Welt bestand nur noch aus Feuer und Rauch, aus dem Pfeifen der Kugeln, dem Surren von Doyles Schwert, grell zuckenden Blitzen sowie dumpfem Donnergrollen.

Und dann kam mit einem Mal die Flut.

Er war vorgewarnt gewesen, rief sich Sawyer in Erinnerung und stemmte sich gegen den Sturm, der von Bran heraufbeschworen worden war.

Durch die gleißend hellen Blitze, den peitschenden Regen und den heulenden Wind hindurch sah er, wie Annika sich um die eigene Achse drehte und mit ihren Armreifen auf alles zielte, was in ihre Richtung kam.

Der Wolkenbruch löschte das Feuer, und die kühle, reine Nässe linderte den Schmerz der Brandwunden, die er am ganzen Körper trug. Er sah eine verschwommene Gestalt und dachte, dass es vielleicht Malmon war. Er war schnell, doch nicht so schnell, wie er zuvor gewesen war. Anscheinend hatte er sich von dem Biss der Wolfsfrau noch nicht ganz erholt.

Sawyer zielte, doch urplötzlich wölbte sich die Erde, und er stürzte rücklings in den zischenden, beißenden Nebel, der über den Boden glitt. Nach einem Handstandüberschlag kam er sicher auf den Füßen auf. Anscheinend hatte sich das morgendliche Training doch gelohnt...

Suchend sah er sich um, und wie beim letzten Kampf schoss der verschwommene Fleck erneut direkt auf Sasha zu.

Er brüllte eine Warnung, wirbelte herum und drückte ab, doch einer von Brans Blitzen hatte die Gestalt bereits erwischt, sodass sie hilflos durch die Luft wirbelte.

Da bemerkte er, dass Riley Anlauf nahm, Doyle ihren Fuß mit den Händen fing und sie hoch in die Luft warf, wo sie einen Rückwärtssalto schlug und gleichzeitig auf einen Schwarm der widerlichen Vögel schoss.

Wann zum Teufel hatten sie die Zeit gehabt, um diesen Trick zu üben?, schoss es Sawyer durch den Kopf, aber dann blieb ihm keine Zeit mehr für weitere Überlegungen zu diesem Thema.

Plötzlich war die Luft elektrisch aufgeladen, seine Nackenhaare sträubten sich, und sie brach aus der Dunkelheit hervor. Wieder ritt sie auf dem dreiköpfigen Biest, doch dieses Mal hatte sie eine rabenschwarze Rüstung angelegt.

Sie ließ dunkle Blitze zucken, flutete den Regen mit flüssigem Feuer, und die Übelkeit erregenden orangefarbenen Ströme bahnten sich den Weg durch das von Bran hervorgerufene Unwetter hindurch direkt auf den Magier zu.

Sie konzentrierte sich nur auf Bran, erkannte Sawyer, doch die anderen schirmten ihn bereits so gut wie möglich ab. Sie wollte den Zauberer aus dem Verkehr ziehen, damit sie den Flammen hilflos ausgeliefert wären.

Der Zerberus schrie triumphierend auf, seine drei Mäuler spien zusätzliches Feuer, und der Blick der Bestie war genauso wahnsinnig wie der der dunklen Reiterin, die auf ihm saß. Die Welt erbebte, als die Energien der Widersacher aufeinanderprallten, und der Reisende stemmte die Füße in den Boden, zielte nacheinander auf die Schädel ihres Höllenhundes, und statt im Triumph zu schwelgen, schrie die Bestie vor Schmerzen auf.

»Jetzt!«, rief er. »Los, Bran! Schick mich zu ihr rauf!«

Er schob seine Pistolen in die Halfter und umklammerte den Kompass, als er, dankbar, dass er schon einmal mit Bran geflogen war und deshalb wusste, wie er sich zu verhalten hatte, Richtung Himmel schoss. Da Nerezza gerade alle Mühe hatte, ihre Bestien zu kontrollieren, und sich in ihrem Zorn völlig auf Bran und die anderen vier konzentrierte, nutzte Sawyer den Moment, packte eine Strähne ihres wehenden Haars, und obwohl der Schock dieser Berührung seinen Arm nach hinten fliegen ließ, klammerte er sich weiter an ihr fest und dachte an das von ihm ausgewählte Reiseziel.

Wie ein Tornado wirbelte die Dunkelheit um ihn herum, tosend und brennend heiß infolge ihres Zorns. Obwohl sie ihre Energie peitschengleich auf seinen Arm, sein Gesicht und seinen Körper krachen ließ, hielt er sie weiter fest.

Dann begegneten sich ihre Blicke, und ein irres Lächeln huschte über ihr Gesicht.

»Ins Haus«, wies Bran die anderen an. »Wir müssen schnellstmöglich ins Haus. Wir müssen bereit sein, wenn er wiederkommt. Was habt ihr für Verletzungen?«

»Verbrennungen, Schnittwunden, lauter unwichtigen Mist«, erklärte Riley. »Die Sonne wird gleich untergehen.«

Um das Problem zu lösen und da sie beim Rennen sichtbar hinkte, packte Doyle die Wolfsfrau und trug sie wie einen Football bis zum Haus.

»Die Verletzungen behandeln wir in Irland. Komm, ich helfe dir.« Sasha ging vor Riley auf die Knie und zog ihr schnellstmöglich die Stiefel aus.

»Hör zu, ich bin bestimmt nicht prüde, aber wie wäre es, wenn ihr… Verdammt, zu spät.«

Sie warf ihre Sittsamkeit zusammen mit dem T-Shirt über Bord.

Doyle öffnete eilig ihren Gürtel. »Du kannst jetzt nicht rennen.«

»Ach nein? Sawyer…«

»… kommt auf jeden Fall zurück. Wir müssen an ihn glauben.« Sasha packte ihre Hand, die bereits in Veränderung begriffen war. »Wir müssen alle an ihn glauben.«

Heulend rollte Riley sich auf Hände und Knie und überließ sich vollständig dem Mond.

»Kannst du ihn sehen?« Auch Annika ging auf die Knie, schlang die Arme um den Wolf und presste ihr Gesicht, um ihn und auch sich selbst zu trösten, in den warmen Pelz. »Kannst du ihn fühlen, Sasha? Bitte, bitte, sag, dass du ihn fühlst.«

»Nein, aber das kann ich nie, während er unterwegs ist. Er ist stark, Anni, und klug. Er hat es geschafft, sie mitzureißen.«

»Sie war völlig ahnungslos«, fügte Doyle hinzu. »Er hat sie total überrascht. Sawyer hat Eier aus Stahl. Er wird die Sache durchziehen, und dann kommt er zurück.«

»Wir werden auf der Insel leben«, fügte Anni unter Tränen hinzu. »Er wird sich dort ein Haus bauen, und ich bleibe im Meer. Aber wir werden zusammen schwimmen gehen.« Es klang wie ein Gebet, und da Sasha deutlich spürte, dass ihre Freundin darum kämpfte, nicht zu verzweifeln, schlang sie ihrerseits die Arme um die Nixe und den Wolf.

»Ihr werdet dort sehr glücklich sein, und wir werden euch besuchen. Dann können wir alle zusammen schwimmen gehen.«

»Er wird zu mir zurückkommen.« Anni hob den Kopf und atmete tief durch. »Er ist schon einmal zu mir zurückgekommen, und das wird er jetzt auch wieder tun.«

Kurz darauf fiel er ihr direkt vor die Füße.

»Sawyer, Sawyer!« Schluchzend warf sie sich auf ihren Liebsten und bedeckte sein Gesicht mit Küssen, doch als er zusammenzuckte, stieß sie aus: »Du bist verletzt!«

»Es ist nicht weiter schlimm.« Er küsste sie zurück und zischte laut, als er versuchte aufzustehen. »Das heißt, vielleicht ja doch. Es war ziemlich schwierig, die Verbindung abreißen zu lassen, weil sie sich wie eine Irre an mir festgeklammert hat. Ich weiß nicht, wo ich sie habe fallen lassen oder wie lange wir haben, bis sie selbst weiß, wo sie ist, also hauen wir am besten sofort ab.«

»Du bist geschwächt, Bruder«, erklärte Doyle.

»So schwach bin ich nun auch nicht«, fauchte er, obwohl er froh war, dass der andere ihm auf die Beine half.

»Ich habe an dich geglaubt.« Annika hob seine blutverschmierte Hand an ihre Wange.

»Das konnte ich deutlich spüren. Weiter so.«

»Und die Koordinaten hast du?«, fragte Bran.

»Die sind hier drin gespeichert.« Nickend tippte er sich an die Schläfe. »Aber sicher wäre es nicht schlecht, wenn du mir etwas zusätzliche Energie verleihen würdest.«

»Kein Problem.«

»Vergiss ja mein Motorrad nicht«, wies Doyle ihn an.

»Auf keinen Fall.« Er blickte Riley an. »Das wird das erste Mal, dass ich mit einem Werwolf reise.«

Als sie knurrte, fuhr er fröhlich grinsend fort: »Also, Leute, zweiter Stern von rechts und dann bis zum Morgen immer geradeaus.«

»Sawyer King, ich liebe dich«, erklärte Annika.

»Noch einmal: weiter so.« Er gab ihr einen Kuss und zog in Gedanken die vom Kampf gezeichneten Freunde möglichst dicht an sich heran.

Eng von Annika umschlungen, brachte er alle fünf dorthin, wo die ersten beiden Sterne im Verborgenen wieder schienen und der dritte darauf wartete, dass er nach Tausenden von Jahren endlich wieder die Gelegenheit dazu bekam.

Die Mutter der Lügen taumelte durch Raum und Zeit. Ein Sturm aus Wind und zahllosen Geräuschen wirbelte um sie herum. Welten rasten an ihr vorbei und rissen ihr Fleisch mit ihren Kanten auf, während sie fiel und fiel.

Mit jedem Tropfen Blut – sie blutete! – verlor sie mehr von ihrer Energie. Verzweifelt klammerte sie sich an ihren glühend heißen Zorn und alles, was sie war.

Sie wurde schwach und schwächer und begann allmählich zu verblassen, aber schließlich prallte sie wie ein Komet aus Eis direkt vor den Silberstufen, die sie selbst geschaffen hatte, auf dem Boden ihres Thronsaals auf.

Sie schmeckte ihr eigenes Blut im Mund, und da ihre Kraft nicht reichte, um sich zu erheben, blieb sie, eingehüllt in ihre Schmerzen, liegen und nahm undeutlich das Klappern harter Krallen auf den Steinen wahr.

»Oh, meine Königin. Oh, meine Göttin. Oh, meine Geliebte.«

Schwielenübersäte Hände strichen über ihre Haare, und das Ungeheuer, das sie aus dem Mann erschaffen hatte, stieß ein raues Summen aus.

»Ich werde sie alle für dich töten«, beteuerte er. »Ich werde dir helfen, wieder gesund und stark zu werden. Trink.« Er hielt einen Silberkelch an ihren Mund. »Trink, ruh dich aus und werde wieder ganz gesund.«

Sie trank, doch die paar Tropfen Seherinnenblut kamen nicht gegen die Schmerzen an, die sie litt, und lösten nur einen winzigen Teil des Nebels auf, der ihr Hirn umwogte.

Doch zumindest konnte sie im Spiegelbild der blank polierten Steinwände des Saals die Bestie sehen, die sie in den Armen hielt.

Ihre eigenen zerfetzten, angesengten Kleider.

Eine zweite weiße Strähne, die sich schlangengleich durch ihre schwarzen Haare wand.

Die tiefen Furchen rund um ihren Mund.

Und den rachsüchtigen Wahnsinn, der aus ihren Augen sprach, die von Netzen tiefer Falten eingerahmt waren.

Das Ungeheuer hob sie vorsichtig vom Boden auf.

»Du wirst schlafen. Ich werde dich füttern, deine Wunden säubern und dich pflegen. Werde dafür sorgen, dass du wieder ganz gesund wirst, und dann werde ich dich rächen, meine Königin.«

Neben ihrem Zorn und ihren Schmerzen stieg etwas wie Dankbarkeit in ihrem Innern auf. Die Bestie trug sie in ihr Schlafzimmer, wo sie in einem tiefen Schlaf und süßen Träumen von Rache und Blut versank.